KB117758

코뿔소를 보여주마

코
뿔
소
를
보
여
주
마

조완선 장편소설

다산
책방

코뿔소의 뿔은 죽기 전까지 자라는 걸 멈추지 않는다.

싸우다가 부러져도 다시 돋아나 평생을 자란다.

코뿔소 새끼는 어미의 뿔을 보고 가야 할 곳을 찾는다.

차례

프롤로그

그날 이후 시계추는 멈춰 있었다.

1986년 4월에서 2012년 9월 현재까지, 그들에겐 언제나 한결같은 시간이었다. 처음에는 어느 누구도 그들의 시간을 주목하지 않았다. 공안부 검찰 출신의 늙은 변호사가 증발했을 때도, 그가 야트막한 산기슭을 베개 삼아 싸늘한 주검으로 드러누워 있었을 때도 그랬다. 두고 두고 되짚어도 그땐 그럴 수밖에 없었다. 원래 살인사건이라는 게 때와 장소를 가리지 않는 법이니까.

'여기에 들어오는 자, 희망을 버려라!'

돌이켜보니 불길한 전조는 여기서부터 시작된 게 아닐까 싶다. 이 섬뜩한 불씨가 야금야금 모여들어 불벼락을 내릴 줄 어찌 상상이나 했을까. 한 치의 빈틈도 없이 아귀가 착착 맞아떨어졌다. 그 빈틈을 찾으려고 석 달 가까이 눈에 불을 켜고 쏘다녔지만 가는 곳마다 매번 헛손질이었다. 그 후 내내 원인을 알 수 없는 살의와 맞섰다. 그들을 감당하기에는 무리라는 걸 빤히 알면서도 알량한 자존심으로 맞불을 놓았다. 패배를 인정하기에는 너무 일렀고, 다시 전열을 가다듬기에는 너무 늦었다.

시간이라는 것, 뜨내기 바람처럼 마냥 흘러가는 게 아니었다. 저 어둡고 음습한 날의 기억이 멈춰 있는 시간을 불러냈다. 불러내서, 한바탕 살풀이 굿판을 벌였다. 그들이 남긴 소설과 영화, 그리고 시나리오를 보고 나서야 비로소 알아차렸다. 시간은 기억하고 몸부림치는 자의 몫이라는 것을. 용서나 화해는 그다음이었다.

두식은 낚시 장비를 챙기고 아파트를 나섰다. 아내가 새벽부터 바지런을 떨며 끓여준 북엇국은 반도 비우지 못했다. 요즘 통 입맛이 없었다. 한 달 전, 경찰에 입문한 후 처음으로 휴직계를 냈다. 무엇보다 휴식이 필요했다. 그동안 그들의 뒤꽁무니를 졸졸 따라다니느라 온몸이 바짝 쪼그라들었다. 지난주 사우나에 가서 몸무게를 쟀더니 5킬로그램이 몸에서 훌쩍 빠져나갔다.

낚시터는 한산했다. 그새 하늘은 잔뜩 찌푸려 있었다. 집을 나설 때만 해도 쨍쨍하던 햇살은 온데간데없었다. 두식은 물좋은 곳을 찾아 접이식 간이의자를 펼쳤다. 두 달 넘게 사건에 매달린 터라 낚싯대 한 번 물에 담그지 못했다. 그때 점퍼 호주머니에서 휴대폰 벨소리가 요란하게 울렸다. 두식은 게걸음치듯 뒤로 물러나 휴대폰을 빼들었다.

"저, 송 기잡니다!"

여보세요, 하고 물으려는데 수화기에서 먼저 가래 섞인 목소리가 흘러나왔다.

"당신이 웬일이오?"

"반장님께 긴히 드릴 말씀이 있습니다."

"……."

"이제 쉴 만큼 쉰 것도 같은데…… 시간 좀 내주시죠?"

느려터진 쇳소리가 귓불을 흔들었다. 짧은 침묵과 함께 무표정한 얼굴들이 차례차례 떠오르며 동공을 콕콕 찔렀다. 하나, 둘, 셋 그리고 「코뿔소」…… 그들 얘기라면 더 이상 듣고 싶지 않았다. 다시는 그들과 엮이고 싶지 않은 게 솔직한 심정이었다.

왜 하필이면 많은 동물 중에 코뿔소였을까? 코뿔소의 저 무지막지한 뿔에, 단단히 주문이라도 걸어놓은 걸까? 궁금하고 답답해도 꾹 참기로 했다. 코뿔소든 코끼리든 그쪽에는 더 이상 얼씬거리고 싶지 않았다.

"제가 어떤 인간인지 반장님도 잘 아시지 않습니까?"

"……."

"접을 때 접더라도……."

프롤로그

"알았소."

더 이상 토를 달지 않았다. 손을 털었다고 해서 언제까지 뒷짐만 지고 있을 수는 없었다. 이쯤에서 슬쩍 눈길을 줄 만도 했다. 어차피 죽이 되든 밥이 되든 한 번은 부딪쳐야 할 일이었다. 송 기자는 약속장소와 시간을 정하고는 잠시 뜸을 들였다.

"청심환을 준비하셔야 할 겁니다. 하하. 귀신도 놀라 자빠질 소식이 기다리고 있거든요."

청심환은 무슨 얼어 죽을. 속이 또 쓰라려왔다. 두식은 안주머니에서 겔포스를 꺼내 이빨로 쭉 찢었다. 지난 초여름, 똥개마냥 여기저기 싸돌아다니던 날들이 목덜미를 스르르 감아올렸다. 그의 화려한 이력에서 지우개로 빡빡 지우고 싶은 날들이었다. 「코뿔소」「코뿔소를 위하여」「코뿔소를 위한 변명」…… 막돼먹은 소설들이 또 다시 염장을 박박 긁었다. 두 달 내내 코뿔소에 들이받혀 몸 성한 곳이 없었다. 그뿐이 아니었다. 카론, 아누비스, 야마 등 생전 듣도 보도 못한 저승사자들을 죄다 불러들였다. 거기에 고대 이집트 신화의 '심장 무게달기' 의식까지 곁들여 판을 키워놓았다. 섬뜩하고 끔찍한 연출이었다. 두식은 몸을 바르르 떨며 낚싯대 손잡이를 꽉 움켜쥐었다. 비가 오려는지 북녘 하늘엔 먹구름이 꾸역꾸역 몰려오고 있었다.

실종

1

"감이 좀 와?"

또 위가 탈이 난 모양이다. 두식은 아랫배를 살살 쓰다듬었다. 뱃속에는 지렁이 수십 마리가 위벽을 사정없이 긁어대고 있었다. 한동안 뜸하더니 오늘 새벽부터 이놈들이 떼거리로 몰려들었다. 강 형사는 반쯤 허리를 구부린 채 부지런히 사무실을 훑고 있었다.

"먹통인데요."

딱히 와 닿거나 짚이는 게 없다는 소리였다. 가지런히 정돈된 책장, 먼지 한 톨 없는 책상, 윤기가 잘잘 흐르는 바닥…… 실종자의 방은 깔끔했다. 결벽증 환자가 장기출장을 떠난 자리가 저럴까. 어디 한군데 흐트러진 곳이 없었다. 모니터 옆의 작은 나무상자 안에는 필기구와 집게 등 사무용품이 각자의 크기대로 각이 잡혀 있었다.

"누구야? 처음 신고한 사람이."

흑갈색 원목책장 안에는 온갖 법률서적이 빼곡히 들어찼다. 마키아벨리의 『군주론』, 단테의 『신곡』, 셰익스피어의 『햄릿』…… 법률서적 아래칸에는 중세유럽을 풍미한 걸작들도 한자리를 차지하고 있었다.

"사무장입니다."

"그 친군 어딨어?"

"상갓집에 갔다고 합니다."

어젯밤 전직 검사 출신의 한 늙은 변호사가 사라졌다. 이름은 장기국, 나이는 62세. 사무실을 나간 후 그는 감쪽같이 증발했고, 그의 휴대폰은 이튿날 정오까지 내내 먹통이었다. 실종신고가 접수된 지 얼마 되지 않아 휴대폰은 오피스텔에서 한참 떨어진 쓰레기통에서 발견됐다.

"연락은 해봤나?"

"일 마치고 바로 서에 온다고 했습니다."

두식은 원목 책장에서 두어 발치 뒤로 물러났다. 커튼이 드리워진 창문 옆으로 아이 몸통만 한 나무현판이 벽에 착 달라붙어 있었다.

'법과 정의는 만인의 시녀다.'

날렵하게 현판을 휘감은 명구가 두 눈에 쏙 들어왔다. 이번엔 미간에 접힌 두 개의 주름이 회의용 원탁 위에 내려앉았다. 그곳에는 누렇게 바랜 책 한 권이 납작 배를 깔고 누워 있었다. 사무실 안에서 제자리를 찾지 못하고 있는 건 이 책밖에 없었다. 두식은 책을 집어 들었다. 책 겉표지는 예리한 칼날 같은 것으로 숭덩 잘려나가 있었다. 실종자가 사라지기 전에 읽은 책일까. 책 테두리에는 미적지근한 체온이 묻어나왔다.

"이 책은 뭡니까?"

두식은 방 밖에 꿔다놓은 보릿자루처럼 멀뚱히 서 있는 여직원을 불렀다. 그녀는 책을 힐끔 쳐다보더니 두 눈을 가늘게 찢었다.

"얼마 전 이 책이 택배로 온 후부터 장 변호사님이 좀 이상해진 것 같았어요. 말수도 적어지고 사소한 일에도 짜증을 부렸죠."

한마디로 이 낡은 책이 수상하다는 소리였다. 두식은 책을 보내온 자가 누구인지 다시 물었다.

"그건 저도 잘 몰라요. 아마 사무장님이 잘 알고 있을 거예요."

책 제목도, 지은이 이름도 없었다. 얼핏 보아 학위 논문집 같았다. 일반 책보다 사이즈가 크고 종이 재질도 거칠고 빳빳했다. 책을 찍어낸 지 꽤 오래된 듯 인쇄 상태도 아주 조잡해 보였다. 손가락 끝에 침을 바르고 책장을 넘겼다. 곧이어 붉은 밑줄을 그은 명조체가 눈에 확 들어왔다.

길 안에 들어서면 깨끗하고 고요하며 평온한 마을이 있다. 어느 시골 마을처럼 초가가 연이어 있고, 집집마다 가축으로 기르는 개나 닭 우는 소리가 들린다. 이 고을에는 전주錢主도 없고 세리稅吏도 없다. 잘난 군주도 없고 못난 노비도 없다. 전쟁이 없으니 칼과 창을 녹여 호미와 쟁기를 만들고 제도가 없으니 허세와 위선이 들어설 곳이 없다…….

그때 휴대폰 진동음이 옆구리를 흔들었다. CCTV 판독팀이었다. 두식은 책 한 권만 달랑 챙겨들고 변호사 사무실을 나왔다.

실종 당일, 장기국은 네 개의 CCTV 화면에 잡혔다. 9층 복도와 엘리베이터 앞, 그리고 1층 로비와 정문 입구였다. 그가 오피스텔 정문 입구에서 사라진 시각은 22일 밤 10시 15분이었다. 당시 장기국은 감색 바지에 캐주얼 구두, 상의는 줄무늬 셔츠에 푸른 재킷을 걸치고 있었다. 환갑이 넘은 나이치고는 아주 세련된 차림새였다.

"장 변호사님을 마지막으로 본 게 언제였습니까?"

두식은 자판기에서 뽑은 커피를 사무장 앞에 내밀었다. 사무장은 덩치가 곰만 한 40대 사내로, 상갓집에서 방금 온 듯 검정색 양복을 입고 있었다.

"어젯밤 10시 무렵이었습니다. 9시 뉴스가 끝나는 걸 보고 사무실을 나왔거든요."

두식도 자장면 곱빼기를 먹으면서 9시 뉴스를 봤다. 한때 왕 차관으로 불리던 정권 실세가 검찰청 포토라인 앞에 두 발을 가지런히 모았다. 민간인의 불법사찰을 지시했느냐는 기자들의 질문에 그는 썩은 미소를 지으며 건방을 떨었다. 하늘 아래 한 점 부끄럼이 없다고.

"최근에는 어땠습니까? 이를테면 평소와는 좀 달랐다든가……."

"말수가 부쩍 적어지고 초조해 보였습니다."

사무장은 실종 당일 장기국의 허둥대는 모습을 똑똑히 기억하고 있었다. 아침부터 안절부절못하던 그의 얼굴에는 불안감이 눅눅하게 고여 있었다. 무슨 일이 있냐고 여러 차례 물어도 어색한 미소만 흘려보냈다. 10여 년 가까이 장 변호사의 곁을 지켜왔지만, 그날처럼 넋이 빠진 모습은 처음이었다.

"언제부터 그랬습니까?"

"익명의 우편물이 택배로 온 후부터였던 것 같습니다."

두식은 서랍에서 겉표지가 찢겨진 책을 꺼냈다.

"그게, 이겁니까?"

사무장의 눈이 휘둥그레졌다.

"맞아요. 이 책이 배달된 후로 신경이 무척 날카로워졌습니다."

사무장은 어깨를 움츠리며 조심스럽게 말을 이었다. 장기국이 이 책에 대해 처음 입을 연 것은 실종되기 사흘 전이었다. 퇴근 무렵 장기국은 사무장을 방으로 부르더니 이제야 이 책이 기억난다면서 나지막이 중얼거렸다. 까마득한 옛날이야, 아주 오래전의 일이지…… 장기국의 얼굴에 원인을 알 수 없는 두려움이 꾸물꾸물 몰려들었다. 세상 물정 모르는 것들이 감히 내게 덤벼들어? 두려움을 밀어낸 얼굴에 이번엔 차갑고 사나운 표정이 들어섰다. 조만간 손 한번 봐줘야겠군, 돼먹지 못한 놈들…… 누렇게 바랜 책을 움켜쥔 그의 손등에 퍼런 힘줄이 돋아났다.

"잠깐만요."

두식이 사무장의 말을 끊었다.

실종

"대체 그게 뭘 말하는 겁니까?"

"저도 잘 모르겠습니다. 하여튼 조만간 그들이 나타나면 손을 봐줘야겠다는 소리만 앵무새처럼 되풀이했습니다."

"그들이라면…… 이 책을 보낸 자를 말하는 건가요?"

"그런 것 같습니다."

그 정도면 됐다. 일단 이 책을 장기국의 실종과 엮어보기로 했다. 책이 배달된 것은 일주일 전이었고, 장기국은 사흘이 지나서야 이 책을 기억해냈다. 그로부터 나흘 후 쥐도 새도 모르게 증발했다. 책을 둘러싸고 뭔가 큰 그림이 그려졌다.

"얼마 전부터는 이상한 메일이 온다는 소리도 했습니다."

조사를 마치고 자리에서 일어나려고 하는데 사무장의 입에서 뜻밖의 소리가 튀어나왔다. 두식은 다시 무릎을 접으며 그게 어떤 메일이냐고 물었다.

"그러고 보니 메일이 오기 시작한 때와 책이 배달된 시기가 비슷했던 것 같습니다."

"그 메일을 봤습니까?"

사무장은 고개를 절레절레 흔들었다.

"됐습니다. 이제 돌아가셔도 좋습니다."

메일 내용을 밝히는 것은 그리 어려운 일이 아니었다. 신상정보를 탈탈 털어내서 옴짝달싹 못하도록 쥐어짜내는 게 경찰의 일이었다. 그렇게 먼지 한 톨 없이 홀딱 벗겨내면 지레 겁먹고 술술 뱉어내는 법이었다. 두식은 전직 해커 출신들이 즐비한 사이버수사팀에 도움을 요청했다.

예사롭지 않은 책이다. 처음 이 책이 눈에 들어왔을 때부터 아주 특별한 느낌이 머리에 꽂혔다. 캄캄한 막장 안에서 금맥을 잡은 느낌이라고나 할까. 오감이 활짝 열리면서 손아귀에 뭔가 뭉클한 것이 잡혔다.

책의 분량은 120쪽가량 되었다. 얼핏 보기에 이 책은 선인들의 꿈과 이상향을 다루고 있는 것 같았다. 조선 선비의 이상향의 모태, 새로운 세상을 그리다, 허생이 꿈꾸는 세계…… 굵은 고딕체로 쓰인 소제목에도 조선시대의 향취가 물씬 풍겼다. 두식은 제목과 지은이를 찾으려고 맨 마지막 장을 유심히 살폈다. 그러나 여기도 겉표지처럼 뭉텅 잘려나가 있었다.

사무장이 돌아간 지 얼마 되지 않아 사이버수사팀에게 연락이 왔다. 장기국의 ID는 Justice07, 패스워드는 law3039였다. 장기국의 메일함에는 최근에 도착한 메일이 오십 개가량 남아 있었다. 대부분이 스팸이거나 그가 회원으로 가입한 업체에서 온 것들이었다. 강 형사는 6월 초에 온 메일부터 차례차례 열었다. 그런데 보낸 사람의 출처를 밝히지 않은 한 메일에서 낯익은 글이 눈에 띄었다.

주위의 모든 땅은 심고 뿌린 대로 수확한다. 과도하게 사냥을 하지 않기에 노루나 산돼지를 볼 수 있고, 꿀을 머금은 꽃도 만발해 수백 개의 꿀통에 꿀이 넘친다. 싱싱한 고기가 소반에서 뛰고, 푸른 개미가 술잔에 뜬다. 두 다리 뻗고 아기울음 들으니 군주나 벼슬이 무슨 소용이 있는가.

실종

꿀통, 노루와 산돼지, 푸른 개미…… 머리칼이 스르르 곤두섰다. 이 글은 겉표지가 찢겨나간 책의 내용과 아주 흡사했다. 물욕에서 벗어나 자연과 벗삼으려는 옛 사람들의 이상세계가 고이 담겨 있었다. 메일이 도착한 날짜는 15일 19시 22분, 장기국이 실종되기 꼭 일주일 전이었다. 메일을 보낸 아이디는 '카론Charon'이었다.

"여기 또 있습니다!"

강 형사가 마우스를 살살 굴려대며 카론이 보낸 메일을 콕 집어냈다. 18일 22시 18분, 이번엔 시구였다.

해가 뜨면 일하고 해가 지면 쉬네 日出而作 日入而息

밭을 갈아 먹고 우물을 파서 마시니 耕田而食 鑿井而飲

등 따시고 배부르니 含哺鼓腹, 鼓腹擊壤

임금의 힘이 나에게 무슨 소용인가 帝力何有于我哉

두식의 시선이 모니터 화면 속으로 푹 빠져 들어갔다. 출처도 알 수 없는 이상야릇한 문장이 관자놀이를 지그시 눌렀다. 마우스를 다루는 손가락의 움직임도 덩달아 빨라졌다. 곧이어 세 번째의 수상한 메일이 부표처럼 두둥실 떠올랐다. 메일이 도착한 것은 22일 19시 12분, 장기국이 실종되기 세 시간 전이었다.

군주의 책무란 백성들이 태평하게 살 수 있도록 하늘이 군주의 육신을 통해 내린 명이다. 군주가 미혹과 쾌락에 탐닉하게 되면 백성과 신하를 함께 잃는 법이다. 백성이 도탄에 빠져드는 것은 군주가 도리를 다하지 않음이니, 이는 곧 하늘의 명을 거역하는 것과 다르지 않다. 백성을 두려워하기는커녕 백성들의 피고름을 짜내는 군주가 있다면 어찌할 것인가. 군주의 꽁무니를 핥으며 제 배만 채울 것인가, 아니면 역모를 꾸며서라도 못된 군주를 몰아낼 것인가.

이 글은 달랐다. 옛사람들의 유유자적한 이상향 대신 꽤나 정치적이고 공격적인 교시가 각을 세웠다. 못된 군주의 목을 당장이라도 내려칠 듯 섬뜩한 칼날이 숨겨 있었다.

"이거…… 냄새가 좀 나는데요."

강 형사의 콧구멍이 벌름거렸다. 이쯤이면 굳이 개코에게 도움을 요청할 필요도 없었다. 있는 그대로, 코 대신 두 눈을 까뒤집고 쑤셔볼 만했다. 장기국에게 온 메일과 겉표지가 찢겨나간 책, 무늬만 다를 뿐 서로 같은 옷을 입고 있었다.

2

"아는 책인가요?"

두 번이나 물어도 반응이 없었다.

두식은 고개를 주억거리며 천 교수의 쭈글쭈글한 얼굴을 더듬었다. 천 교수는 뭉툭한 손가락에 침을 발라가며 책장을 하나하나 넘겼다. 이따금씩 돋보기안경을 고쳐 쓰고는 메일에서 뽑은 프린트 용지와 대조했다.

"뭐 좀…… 짚이는 거라도 있습니까?"

실종

이번엔 질문을 바꿔봤다.

"목차를 보아하니 박사학위 논문집이 분명한데."

드디어 천 교수의 두툼한 입술이 열렸다. 논문집에서 가장 먼저 눈에 띈 것은 중국 진대晉代의 도연명이 지은 『도화원기桃花源記』였다. 한유의 개인문집인 『한창려집韓昌黎集』, 조선 학자들의 필독서인 『고문진보古文眞寶』도 한자리를 차지했다. 중국 고대 서책뿐만 아니라 안견의 〈몽유도원도夢遊桃源圖〉, 이방운의 〈빈풍칠월도豳風七月圖〉 등의 그림에 대한 설명도 곁들였다.

"『허생전』의 해석이 아주 독특하군. 허허."

이 논문집에서 가장 큰 비중을 차지하는 것은 연암 박지원의 소설 『허생전』이었다. 논문 말미에는 허생이 꿈꾸고 있는 이상세계에 대해 많은 부분을 할애하고 있었다.

허생은 섬이라는 격리된 공간에서 최초의 사회가 이뤄지기 위해서는 삼생三生이 갖춰져야 한다고 여겼다. 즉 생존生存을 위한 식량, 생산生産을 위한 도구, 생식生殖을 위한 배우자이다. 허생은 이 세 가지 조건을 갖추고 익명의 섬에 도착했다. 이 섬은 평소 허생이 꿈꾸던 세계로, 모든 조건을 두루 갖춘 이상 공동체로서 조금도 부족함이 없었다. 허생과 함께 섬에 첫발을 내딛은 도적들도 이상세계에 한껏 부풀어 있었다. 그러나 얼마 가지 않아 허생의 꿈은 좌절되고 말았다…….

"해가 뜨면 일하고 해가 지면 쉬네…… 이 시구는 여순 임금 당시 태평성대를 노래한 시로군."

천 교수는 메일에서 뽑아온 한자 시구를 가리키며 혼잣말로 중얼거렸다.

"이 책의 저자가 누굽니까?"

허생이든 여순 임금이든 아무리 떠들어도 귀에 들어오지 않았다. 지금 고전소설 강의나 들으려고 여기에 온 게 아니었다. 이 늙은 교수를 찾아온 목적은 단 하나, 논문집의 저자였다.

"그것까지는 잘 모르겠소."

제길, 그럼 여태껏 뭘 봤단 말인가. 두식은 맥이 빠졌다.

"무주공도, 율도국, 청학동, 몽유도원도…… 이리 한자리에 모아놓고보니 무릉도원이 따로 없구려. 아마 이 논문집 저자는 이상주의자일 거요. 허허허."

천 교수는 뭐가 좋은지 큰 소리로 껄껄 웃었다. 두식은 논문집을 옆구리에 끼고 연구실을 나왔다.

장기국이 실종된 지 또 하루가 지났다. 그동안 수사팀은 변호사 사무실이 입주해 있는 오피스텔 주변을 샅샅이 뒤졌다. 상가와 편의점, 카페, 횡단보도 건너 버스정류장 주변의 노점까지 훑었다. 인근 도로변에 설치된 CCTV도 빠지지 않고 판독했으나 장기국을 목격한 사람은 나타나지 않았다. 그의 휴대폰 통화 내역에서도 수상한 인물은 포착되지 않았다. 그렇다고 실마리가 전혀 없는 것은 아니었다. 이번 사건의 수사 초점은 카론이라는 아이디와 논문집으로 모아졌다. 그래서 사이버수사팀에 의뢰해 카론의 신상정보 추적에 들어갔다. 카론의 IP를 밝혀내면 메일을 보낸 자의 신원을 파악하는 것은 시간문제였다.

"제 패를 다 드러내놓고 화투 치는 놈 봤습니까?"

그러나 강 형사는 IP 추적이 쉽지 않을 것으로 내다봤다. 상대가 아이디를 노골적으로 드러낸 것은 신분노출의 위험성을 이미 대비해놓았다는 것이었다. 그래도 사이버수사팀의 경과를 지켜보기로 했다. 두식은 논문집을 들고 자리에서 일어났다.

"어디 가시는 겁니까? 오후에 오수연 교수가 온다고 했는데요."

강 형사가 문 앞까지 따라 나왔다.

"오…… 누구? 뭐하는 잔데?"

"범죄심리학자입니다. 서장님이 추천한 모양입니다."

별로 달갑지 않은 소리였다. 언젠가부터 사회적으로 큰 파장을 일으키는 범죄가 발생하면 으레 범죄심리학자가 수사팀의 일원으로 참여했다. 그러나 범죄심리학자와 수사관들 사이에는 서로 손발이 맞지 않는 경우가 허다했다. 두식 역시 범죄심리학자를 탐탁지 않게 여겼다. 그럴 만한 이유가 있었다. 3년 전, 인터넷을 뜨겁게 달구었던 안양 여대생 살인사건이 발생했을 때였다. 범죄심리학을 전공한 박 교수는 살인범을 인텔리 계층의 화이트칼라로 단정지었다. 범행현장에 남긴 흔적이나 범죄성향으로 미루어 지능이 높은 고학력자 출신이라는 것이었다. 그의 추론은 정설에 가까웠고 아무도 토를 달지 못했다. 수사팀은 여의도 증권가와 벤처기업이 몰려 있는 강남을 중심으로 용의자를 추적했다. 그런데 반년을 끌어온 이 사건의 범인은 고등학교를 중퇴한 인근 동네 건달로 밝혀졌다. 그는 인터넷에 올라와 있는 범죄수법을 교묘하게 이용해 수사팀을 철저히 농락했다. 건달의 잔머리에 뒤통수를 맞아 모두 등신이 되고 머저리가 됐다. 그 후로 두식은 범죄심리학자들이 습관처럼 내세우는 '가설'을 믿지 않았다. 하루가 다르게 진화하는 범죄자들을 그런 가설 따위로 상대하다가는 큰코다치기 일쑤였다. 각종 범죄를 다룬 영화나 TV, 인터넷은 범죄 교과서로서 조금도 부족할 게 없었다.

"알았어. 금방 들어올 거야."

"잠깐만요!"

장기국의 메일을 담당하고 있는 민 형사가 벌떡 일어났다.

"메일이 또 왔습니다!"

낯익은 아이디가 장기국의 메일함에 슬그머니 기어들어 왔다. 카론이었다. 이번 메일은 지난번 것과는 달리 제목이 또렷하게 박혀 있었다.

'아무 데도 없는 곳.'

우리 선인들이 일상에서 꿈꾸었던 낙원은 황금 궁궐과 보석으로 치장된 천상낙원이 아니었다. 그들이 꿈꾸고자 했던 낙원은 먹고 입는 것이 충분하고, 사람들 사이에 신뢰가 움트며, 가진 자와 못 가진 자의 구별 없이 분배의 정의가 지켜지는 곳이다. 그리하여 임금의 존재마저 잊어버리는 나눔의 공동체였다.

나눔의 공동체…… 이 글은 논문집 말미에 적혀 있는 글과 똑같았다. 토씨 하나 틀리지 않았다. 그러나 두 번째 메일은 확연히 달랐다.

천하에 두려워해야 할 것은 백성이다. 백성들은 호랑이나 표범, 물난리나 큰 화재보다 더 무섭다. 그런데 권력을 가진 자들은 백성들을 모질게 부리기만 할 뿐 백성들을 두려워하지 않는다. 정말 백성이 무서운 존재가 되는 때는 호민豪民이 나타날 때이다. 호민은 호걸의 탄생을 의미한다. 영웅이 탄생하면 백성들을 괴롭힌 권력자는 내쫓김을 당한다.

3

이 고을에는 잘난 군주도 없고 못난 노비도 없다…… 두 다리 뻗고 아기울음 들으니 군주나 벼슬이 무슨 소용이 있는가…….

수연은 원탁 위에 올라와 있는 글을 꼼꼼하게 살폈다. 몇 문장 되지 않는 짧은 글 속에는 옛 선비의 유유자적한 생활이 진하게 묻어나왔다. 곽 서장의 말대로 범상치 않은 글이었다.

어제저녁 범죄심리학 세미나가 끝나고 곽 서장이 연락도 없이 연구실에 찾아왔다. 그는 다짜고짜 자신 좀 도와달라면서 어린아이처럼 칭얼거렸다. 며칠 전 현직 변호사가 실종되었는데, 그의 메일함으로 이상한 글이 온다는 것이었다.

"실종자는 보통인물이 아닙니다. 원래 차기 검찰총장감이었는데, 그를 10년 넘게 지원하던 스폰서가 대놓고 물 먹이는 바람에 재수없게 옷을 벗었죠. 최근에는 다음 총선을 준비하고 있었습니다."

일반인과 놀던 바닥이 다르니 신경 써서 봐달라는 소리였다. 곽 서장은 이번 사건을 단순 실종사건이 아닌 정치적인 사건으로 해석했다. 이

사건의 배경에는 정치적인 음모가 깔려 있다는 것이다. 수연은 정중하게 사양했다. 거물급 변호사든 따라지 돌팔이든 썩 내키지가 않았다. 10년 만에 찾아온 안식년이었다. 이런 금쪽같은 시간을 실종사건에 매달리고 싶지 않았다. 그러나 곽 서장은 작정을 하고 찾아온 듯 쉽게 물러날 기색이 아니었다. 교수님과 제가 어디 보통 사입니까? 서로 어렵고 막막할 때 밀고 끌어줘야…… 어떻게든 이번 사건에 수연을 끌어들이려고 오랜 인연까지 들먹이며 막무가내로 밀어붙였다. 그렇게까지 통사정을 하는데 차마 외면할 수가 없었다. 수연은 마지못해 그의 제안을 받아들이면서 한 가지 조건을 내걸었다. 앞으로 일주일 동안 실종자에게 큰 변화가 없으면 이 사건에서 손을 떼겠다고 단서를 달았다. 실종사건은 강력사건과는 달리 시간과의 지루한 싸움이다. 언제까지 밑도 끝도 없는 사건에 매달릴 수는 없었다. 그렇게 해서 이번 실종사건에 살짝 발을 담가보기로 했다. 여차하면 언제든지 발을 뺄 참이었다.

"이건 오늘 낮에 온 겁니다."

강 형사가 프린터에서 갓 뽑아낸 용지를 수연에게 내밀었다.

'아무 데도 없는 곳.'

메일에 붙은 제목을 보니 유토피아를 말하려고 한 것 같았다. 유토피아는 그리스 말의 Outopos에서 유래했는데, Ou는 not, topos는 Place이다. 그러니까 유토피아는 아무 데도 없는 곳, 현존하지 않고 이상 속에만 존재하는 나라를 뜻한다. 여기에 올라온 글은 앞선 글과는 많이 달랐다. 천하에 두려워해야 할 것은 백성이다…… 군주의 책무를 제대로 수행하지 않으면 당장 요절을 낼 듯 으르렁거렸다. 납치 용의자들은 왜 이런 글을 보내온 것일까? 이는 자칫 중요한 단서가 될지도 모를 일이 아닌가.

"이맘때쯤이면 납치범들에게서 뭔가 요구사항이 있지 않겠습니까?"

강 형사가 물었다.

"글쎄요."

수연은 이들이 보내온 글을 보고 한 가지 '가설'을 끌어냈다. 보통 신분을 드러내지 않고 글이나 편지를 보내오는 범죄자들의 성향은 두 가지로 해석할 수 있다. 하나는 자신의 범죄행위가 합당하다고 여기며, 이를 알리기 위한 방법으로 메시지를 보낸다. 다른 하나는 범죄 자체를 일종의 '게임'으로 보고 유희의 수단으로 삼는다. 이들은 대부분이 도전적이고 공격적이다.

"조만간 또 연락이 올 겁니다. 아직 본색을 드러내기에는 때가 이른 것 같군요."

납치범들은 이메일을 보내는 것 말고 새로운 방법으로 자신들의 존재감을 드러낼 것이다. 그런 존재감의 수위와 표출에 따라 실종자의 앞날을 점칠 수 있다. 이를테면 시계나 손수건 따위의 물품을 보내오는 것은 위급한 상황에 놓여 있다는 것을 의미한다.

"변호사 사무실에서 가져온 논문집이 있다고 들었습니다."

"그건 반장님이 가지고 있는데…… 곧 들어올 겁니다."

썩 내키지 않는 일이다. 이깟 실종사건을 가지고 벌써부터 범죄심리학자까지 끌어들여 호들갑을 떨다니. 제아무리 실종자가 거물급의 전직 검찰 출신이라고 해도 알아서 설설 기는 모양새가 영 마뜩지 않았다. 무엇보다 곽 서장이 미리 언질조차 주지 않은 게 못마땅했다.

"이겁니다."

두식은 논문집을 내밀면서 오 교수를 힐끔 쳐다봤다. 갸름한 턱선에 짙은 눈썹, 엷은 화장기의 얼굴은 범죄자들이 우글거리는 이 바닥과는 전혀 어울려 보이지 않았다. 그러나 그녀는 이쪽 계통에서 산전수전 다 겪은 베테랑이었다. 굵직한 사건이 입방아에 오를 때마다 그녀는 수사팀의 지원군으로 참여해서 범죄자의 꽁무니를 맹렬하게 뒤쫓았다. 여자라고 함부로 대했다가 개망신을 당한 수사관이 한둘이 아니었다. 그녀는 범죄자들이 지나가는 길목을 점쟁이처럼 콕 짚어내는 신통한 능력을 가지고 있었다.

"용의자들이 보내온 메일 중에는 이 논문집에서 발췌한 글도 있습니다. 토씨 하나 틀리지 않고 똑같았습니다."

강 형사가 논문집과 메일에 올라온 글을 가리켰다.

"동일인물이라는 소리군요."

오 교수는 하얗고 긴 손가락으로 부드럽게 책장을 넘겼다.

"용의자들의 행태가 독특한데…… 혹시 짚이는 거라도 있습니까?"

두식은 정중하게 물었다. 오 교수의 분위기가 그렇게 만들었다. 그녀는 나서기를 좋아하는 학자들과는 격이 달랐다. 자기 의견을 내세우기보다는 상대의 말에 더 귀를 기울였다. 몇 마디만 나눠도 사람의 성향을 대충은 알 수 있다. 그녀는 상대를 배려하는 마음이 몸에 착 달라붙어 있었다.

실종

"제가 보기엔 정치적인 냄새가 납니다만…… 교수님 생각은 어떻습니까?"

태평성대, 군주의 책무, 역모…… 이메일로 온 글은 실종자의 신분과 곧잘 어울려 보였다. 장기국은 정치적인 사안에 아주 민감한 공안부 검사 출신이었다. 유신정권 막바지에 검찰에 입문해 국민의 정부가 들어설 때까지 공안부에서 잔뼈가 굵었다. 이른바 공안통이었다.

"좀 더 두고 봐야 할 것 같습니다……."

오 교수는 즉답을 피했다. 이제 사건 초기단계인데 정치적으로 몰고 가기에는 때 이른 감이 없지 않았다. 그러나 한 가지만은 분명하게 짚어낼 수 있다. 글이나 서신 따위를 남기는 범죄자들은 하고 싶은 말이 많거나 자신들의 주장을 일방적으로 내세우는 성향이 강하다. 또한 대상자를 즉각 처리하지 않는 공통점이 있다. 납치 기간 동안에는 비정상적이고 파괴적인 행위를 자행하며, 대상자와 원한이 깊을수록 파괴의 강도는 더욱 강해진다.

"일단 논문집의 저자부터 밝혀야 할 것 같은데요."

오 교수는 논문집의 맨 마지막 장을 유심히 살폈다. 저자와 제목, 발행 연도가 적혀 있어야 할 곳이 두 쪽이나 잘려나갔다. 누군가 의도적으로 칼을 댄 흔적이 역력했다.

"저자를 알아내기가 쉽지 않습니다."

"그건 제게 맡기세요. 이 분야에 잘 알고 있는 학자가 있습니다."

"카론은 무슨 뜻입니까?"

그때 옆에서 잠자코 있던 민 형사가 끼어들었다. 카론은 그리스 신화에 등장하는 지옥의 신, 하데스의 심복이다.

"죽은 자들의 영혼을 저승으로 데려가는 역할이니…… 우리말로 하면 저승사자라고나 할까요."

"저승사자요?"

두식의 하마 같은 몸이 출렁거렸다. 그 한마디에 정신이 번쩍 들었다. 오 교수는 엷게 웃어 보이면서 메일로 온 글을 가방에 챙겨넣었다.

"이 논문집을 제가 가져가도 되겠습니까?"

"그렇게 하십시오. 복사본을 만들어놨습니다."

오 교수가 사라지자 두식은 의자 등받이에 허리를 묻고 두 다리를 쭉 뻗었다. 열린 창틈으로 서늘한 바람이 불어왔다. 카론이 저승사자라고 했던가? 납치범들이 이 단어를 의도적으로 사용했다면, 그건 장기국의 안전을 보장할 수 없다는 것과도 같았다. 계획적인 범죄는 항상 끝이 좋지 않았다. 게다가 실종사건은 어디로 튈지 모르는 럭비공과도 같다. 잡범 축에도 못 끼는 인간이 졸지에 살인범이 되기도 하고 여럿이 작당을 했다가 홀로 독박을 쓰기도 한다. 그래서 이런 범죄에는 예측이나 속단은 금물이다.

저승사자라…… 두식은 등받이를 밀어내고 등골을 빳빳하게 세웠다. 창문 너머로 검은 두루마기에 하얗게 분칠한 얼굴이 부스스 떠올랐다.

4

잠시나마 무릉도원의 풍광에 흠뻑 취했다. 거기서 노루도 잡고 꿩도

실종

잡았다. 배를 타고 낚시도 하고 낮은 물에 발 담근 채 그물도 걷어올렸다. 조선의 선비가 되어 시 한 수 읊으니 별천지가 따로 없었다. 그러나 이 글 속에는 날카로운 흉기가 숨어 있었다.

"이건 한판 붙자는 건데……."

김 조교는 수사팀이 정리한 글을 유심히 뜯어봤다. 구미가 당기는 눈치였다. 하긴 이런 독특한 사건을 두고 나 몰라라 할 김 조교가 아니었다. 수연은 연구실 창문을 활짝 열었다. 지난 3월부터 안식년을 맞았지만 연구실에는 매일 나왔다. 강의만 들어가지 않을 뿐 평소 생활과 다름없었다. 혼자 사는 여자에게 안식년은 달콤한 장식물에 지나지 않았다. 이럴 때 근사한 애인과 유럽 여행을 다녀오면 얼마나 좋을까. 꿈같은 얘기였다.

"굳이 이렇게까지 광고할 필요가 있을까요?"

김 조교의 얼굴이 살짝 일그러졌다. 납치 용의자들이 보내온 글이 여전히 못마땅한 표정이었다. 조금의 단서도 남기지 않으려는 게 범죄자들의 심리다. 그러나 이들은 달랐다. 장기국이 실종된 후에도 글을 보내왔다. 흔적을 없애기는커녕 되레 장기국의 메일함에 자신들의 존재를 대놓고 드러냈다. 이를 두고 수사관들은 흔히 도발이라고 불렀다.

"나름 생각이 있겠지."

그렇지 않고서야 이처럼 무모하게 나댈 이유가 없다. 수연은 이들의 성향을 두 가지로 분석했다. 첫째는 자신감이다. 경찰에 잡히지 않을 것이라는 자신감, 신분이 노출되지 않을 것이라는 자신감. 사이버수사팀도 카론이라는 IP를 추적하기가 쉽지 않을 것이다. 자신감 없이는 이처럼 무모한 도발을 감행할 수 없다. 둘째는 소통이다. 그들은 막무 가내로 납치한 게 아니라 사전에 은밀한 소통을 시도했다. 장기국이 실종되기 전에 논문집과 메일을 보냈다. 일반 범죄자들이 전달하려는 메시지는 대부분 협박성의 짧은 글이나 경찰을 조롱하는 글이다. 애초 부터 대화는 무시되고 제 할 말만 마구 쏟아낸다. 그러나 이들은 책과 메일이라는 창구를 통해 실종자와 소통을 시도했다. 지금은 부득이하 게 소통 수단이 일방으로 나아가고 있으나 쌍방이 될 날도 멀지 않아 보였다.

"카론이라는 아이디를 쓴 것부터가 찜찜해요."

최 반장과 같은 소리였다. 그 역시 카론이라는 단어가 몹시 신경이 쓰이는 눈치였다. 최 반장은 소문대로 육 척이 넘는 거구였다. 딱 벌어 진 어깨에, 근육질의 팔뚝이 인상적이었다. 그는 후배 수사관들 사이 에서 뚝심과 의리의 롤모델로 알려져 있었다. 말수가 적고 무뚝뚝해 보이지만, 잔정이 많고 후배 수사관들을 잘 챙겨주는 인물로 정평이 나 있었다.

"앞으로 뭔가 또 날아올 것 같은데요."

수연은 고개를 끄덕였다. 장기국의 메일에 글만 보내온 것으로 그치 지 않을 것이다. 뒤를 잇는 후속물이 나와야 본색을 어림잡을 수 있다.

"그게 뭘까?"

"실종자를 찍은 사진 같은 거요…… 교수님은요?"

"동감이야."

실종자의 생존여부를 알릴 수 있는 것은 목소리와 사진이다. 이들의 행태로 봐서 목소리보다는 사진을 보내올 확률이 더 높았다. 공포에 질린 실종자의 사진보다 더 확실한 것은 없다. 그 뒤로는 협상을 벌이면서 자신들이 쥐고 있는 패를 조금씩 드러내 보일 것이다. 수연은 서가 쪽으로 다가가 한 권의 책을 꺼내들었다. 『동양의 유토피아 사상 연구』라는 책이었다. 이 책은 중국의 신선 사상에 등장하는 귀허歸墟, 화서국華胥國, 도원경, 무릉도원, 서방정토, 연화세계 등을 다루고 있었다. 그중에는 무주공도無主空島도 보였다. 무주공도는 빈 섬이라는 뜻으로, 『허생전』에 등장하는 공동체 마을이다. 이 책의 저자는 수연의 오랜 지기인 남치열 교수였다.

"알아보겠어?"

수연은 마른침을 꿀꺽 삼켰다. 남 교수의 눈길이 논문집의 목차를 세세히 훑고 있었다. 그는 이 분야에서 몇 되지 않는 전문가였다. 서로가 엇비스듬한 주제를 다루고 있다면 저자를 알아내는 것은 그리 어려워 보이지 않았다.

"박사학위 논문은 틀림없어."

"언제쯤 간행된 거야?"

"인쇄 상태를 보니까 1980년대 같군."

1980년대 박사 논문집은 대부분 소량의 책자를 간행하기 위해 마스터 인쇄로 찍었다.

"저자만 알아내면 되는 건가?"

"뭐든 알아봐줘. 논문집과 관련된 거라면."

끝으로 하나 더 물어볼 게 있었다. 수연은 수사팀이 복사해준 용지를 꺼내 맨 아래 적힌 글을 가리켰다.

"이건 누구의 글이야?"

천하에 두려워할 것은 백성이다…… 이 글은 장기국이 실종된 후 매일에 올라온 글로, 경찰이 열어볼 것을 염두에 두고 보낸 것 같았다. 다른 글에서는 볼 수 없는, 강력한 메시지가 담겨 있었다.

"허균의 글이로군."

"허균? 『홍길동전』의 저자 말이야?"

"그래. 허균의 '호민론豪民論'에서 발췌한 거야."

허균은 조선 백성이 처한 상황을 세 부류로 나누었다. 그 첫째는 항민恒民으로, 순순히 법을 받들고 윗사람에게 철저히 복종하는 백성이다. 원민怨民은 윗사람에게 모질게 착취당하는 현실을 원망하는 백성이다. 호민은 자신의 모습을 푸줏간에 몰래 감추고 천지간의 기회가 오면 자신의 의지를 관철하는 백성이다. 허균은 이런 호민의 원형을 홍길동과 그 무리에서 찾고자 했다.

"내용이 다소 과격해 보이지만 논문집에서 다루는 내용과 크게 다르지 않아. 허균 역시 이상세계를 무척이나 동경했거든. 그게 바로 『홍길동전』에 나오는 율도국이지."

수연은 가벼운 한숨을 내쉬었다. 그들은 왜 이상세계를 담은 글에 집착한 것일까? 장기국은 유토피아 사상과는 거리가 먼 법조인이었다.

"또 사건을 맡은 건가?"

남 교수의 얼굴에 측은한 빛이 스며들었다. 안식년을 맞이해도 사건

현장이나 쫓고 있는 그녀를 은근히 질책하는 소리였다.

"거절할 입장이 아니었어."

곽 서장과 안면을 트고 지낸 지 벌써 10년이 넘었다. 수연이 처음 사건 현장에 투입됐을 때 소소한 일까지 챙겨준 인물이 곽 서장이었다. 그의 도움으로 사건현장을 유연하게 누빌 수 있었다. 그때만 해도 범죄심리학이라는 게 생소하던 시절이었다.

"얼마나 걸리겠어?"

수연은 자리에서 일어났다.

"오래 걸리지는 않을 거야. 한 삼사 일쯤."

5

사이버수사팀에서 연락이 온 것은 장기국이 실종된 지 나흘째 되는 날이었다. IP 추적 과정을 담은 팩스가 먼저 날아왔고, 뒤이어 담당 수사관에게 전화가 왔다.

"이 IP가 메일에 접속한 것은 15일부터 22일까지 모두 세 차례입니다."

처음 장기국 메일에 접속한 카론의 IP 주소는 중국 선양으로 나와 있었다. IP 추적을 피하기 위해 중국 서버를 이용한 것이다. 두 번째 IP는 미국 마이애미였고, 세 번째는 호주 멜버른이었다.

"현재 마스터 서버의 위치를 추적하고 있지만, 시간이 꽤 걸릴 것 같습니다. 배후 IP를 규명하는 데 최소 반년 이상 걸리며, 아예 불가능할 수도 있습니다."

서버 IP만 갖고 소재를 파악하는 것은 매우 어리석은 짓이다. 배후 IP를 찾아낸다 해도 증거가 남지 않을 수도 있다. 이런 유형의 IP는 보통 국외 서버를 해킹해 사용한다. 흔적을 남기지 않으려고 여러 경로로 우회해 자기 컴퓨터로 접근할 여지를 남겨두지 않는다. 이들이 국외 서버를 세 국가로 선정한 것은 IP 추적을 아예 포기하라는 주문과도 같았다. 담당수사관은 이번 일에 아주 능숙한 전문가가 관여하고 있거나 오랜 기간에 걸쳐 치밀하게 준비한 계획범죄라고 결론을 내렸다.

"거봐요, 제 패를 쥐고 있어야 뭔 수작이라도 부리죠."

강 형사의 말이 맞았다. 패를 훌렁 까 보이면서 화투 치는 등신은 없다. 그래도 이들이 IP 개념도 모르는 초짜이기를 은근히 바랐다. 두식은 서랍 맨 위칸에서 겔포스를 꺼냈다. 그새 약발이 다 됐는지 명치 아래가 콕콕 쑤셔왔다. 하얀 액체를 식도 안으로 깊숙이 밀어넣었다. 그제야 위벽에 달라붙은 지렁이들의 공격이 잠잠해졌다. 아내는 약만 먹지 말고 병원에 가서 내시경 검사를 해보라고 보챘다. 그러나 두식은 한 번도 병원에 간 적이 없었다. 이깟 위염 가지고 굳이 병원 문턱을 넘고 싶지 않았다.

위염은 아버지에게 제대로 물려받았다. 아버지 곁에는 겔포스가 늘 분신처럼 따라다녔다. 술 사와라 하면 두꺼비가 그려진 '진로 소주'였고, 약 사와라 하면 주머니 속의 위장약 '겔포스'였다. 어느 때는 술과 약을 동시에 심부름시킨 적도 있었다. 그런 날이면 아버지는 꼭 술에 취했다. 술에 취하면 노래를 불렀고, 노래가 끝나면 잠이 들었다. 잠에서 깨어나면 가장 먼저 겔포스를 찾았다. 과음한 다음날에는 두 봉지를 한꺼번에 먹었다. 아버지에게 겔포스는 단순히 위장약이 아니었다. 감기에 걸렸을 때도, 머리가 아플 때도 겔포스를 찾았다. 아버지에게 겔포스는 만병통치약이었다.

아버지가 경찰 곤봉에 맞아죽은 그해 5월, 그날도 아버지의 안주머니에는 겔포스가 있었다. 두식은 아버지가 이승과 저승을 오가며 사경을 헤맬 때까지도 그걸 몰랐다.

"이게 뭡니까?"

응급실의 젊은 의사는 아버지의 웃옷을 벗기더니 겨드랑이에 묻어 있는 게 뭐냐고 두 차례나 물었다. 그제야 아버지의 안주머니에 있던 겔포스 봉지가 찢겨나간 것을 알았다. 주머니에서 흘러나온 하얀 액체가 옆구리를 타고 겨드랑이에 스며들었던 것이다. 두식은 병원 화장실에서 물을 떠와 아버지의 몸을 닦고 또 닦았다. 겨드랑이 아래로 뚝뚝 떨어지는 물처럼, 두식의 눈에서도 눈물이 주르르 흘러내렸다. 제발 눈 좀 뜨라고, 이제 그만 주무시고 어서 일어나라고 소리 없이 울부짖었다. 그러나 아버지는 영원히 깨어나지 못했다. 한마디로 개죽음이었다. 장례 절차가 모두 끝난 후 두식은 집에 들어서자마자 서랍 안에 있는 겔포스를 꺼내 모조리 불태웠다. 아버지의 마지막 모습이, 겨드랑이에 묻어 있던 하얀 그것이 속을 뒤집어놓았다. 아버지의 만병통치약은 그렇게 거머번질한 연기로 사라졌다. 그런데 그것으로 끝난 게 아니었다. 아버지를 바다에 뿌린 지 얼마 되지 않아 두식에게도 위염 증상이 나타나기 시작했다. 속이 쓰리고 신물이 넘어왔다. 뱃속에서 지렁이 놈들이 떼거리로 달려들어 위벽을 쪼아대었다. 아버지가 늘 그랬던 것처럼 겔포스를 찾으려고 맨 위 서랍을 열었다. 그러나 서랍 안은 텅 비어 있었다. 약 떨어졌다…… 아버지의 메마른 목소리가 문지방을 넘어왔다. 약 사와라…… 아버지의 퀭한 눈빛이 관자놀이를 지그시 눌렀다. 눈앞이 핑 돌고 등골에 대못이 들어섰다. 그처럼 아버지를 허망하게 보내는 게 아니었다. 그 밤 내내 겔포스를 입에 물고 있는 아버지의 생전 모습이 이부자리를 적셨다. 방 안에 남아 있는 아버지의 미지근한 체온이 가슴을 쥐어뜯었다. 다음날 약국이 문을 열자마자 두식은 아버지의 서랍에 겔포스를 채워넣었다. 아주 가득.

"병원에 가보세요."

강 형사의 시선이 겔포스 봉지를 쑤셔박은 쓰레기통으로 향했다.

"그러다가 속 다 버리겠습니다."

병원에 갈 마음이 있었다면 진작 갔을 것이다. 결코 똥고집이 아니었다. 아버지는 평생 위염으로 고생했어도 병원 근처에는 얼씬도 하지 않았다. 그렇게라도 아버지의 뒤를 따라야 직성이 풀릴 것 같았다.

"쓸데없는 소리 그만하고…… 장기국 주변인물은 어떻게 됐나?"

강 형사는 프린터에서 뽑은 종이를 두식의 책상 위에 올려놓았다.

"이건 최근에 장기국이 만난 사람들의 명단입니다. 정치인과 소송 의뢰인이 반반쯤 됩니다."

수사팀은 장기국의 휴대폰 발신지 내역을 일일이 확인하면서 수사 망을 좁혀나갔다. 장기국은 환갑이 넘어서 뒤늦게 정계진출을 꿈꾸고 있었다. 지난 3월부터는 정치인과 골프 모임이 부쩍 잦았다. 그가 만난 정치인 중에는 이미 국회에 진출한 검찰 출신의 후배들도 적지 않았다. 금배지는 그의 마지막 바람이었다.

"아무래도 소송과 관련된 자의 소행 같습니다."

정계진출을 꿈꾸는 현직 변호사…… 그의 이력을 조금 비틀자 구린 뒷맛이 줄줄이 새어나왔다. 장기국은 민사소송에서 팔 할이라는 높은 승률을 올렸다. 이런 승률을 올리는 데는 증인 매수, 증거 인멸, 전 방위 로비가 받쳐주었다. 공안부 검사 시절 화려했던 인맥도 한몫 거들었다. 지난해는 담당 판사를 접대한 사실이 드러나 변호사협회로부터 여러 차례 주의를 받았다. 장기국은 일단 소송이 진행되면 누구든 간에 인정사정 보지 않았다. 최근 소송 문제로 장기국에게 불만을 가진 인물만도 이십여 명에 이르렀다.

"이들 중에 누구나 장기국을 납치해도 전혀 이상할 게 없습니다."

두식의 생각은 달랐다. 그는 여전히 정체불명의 논문집과 카론이라는 아이디에서 벗어나지 못했다. 사무장과 여직원의 증언이 그런 판단에 적지 않은 힘을 보탰다. 그것만큼 확실한 심증은 없었다. 카론의 IP 추적은 물 건너갔고, 논문집만이 유일하게 남아 있는 단서였다. 과연 오 교수가 논문집의 저자를 밝혀낼 수 있을까? 두식은 그녀에게 한 가닥 기대를 걸어보기로 했다.

논문집의 저자를 밝혀냈다. 남 교수에게 도움을 요청한 지 불과 하루 만이었다. 그는 논문집 원본에서 찢겨나간 표지 복사본을 수연의 팩스로 보내왔다. 저자의 이름은 배종관, 논문 제목은 「조선시대 유토피아에 대한 고찰」이었다. 표지 하단에는 그의 출신 대학과 지도교수가 적혀 있었다. 논문 작성 연도는 1984년으로, 저자의 나이를 어림잡아 보니 50대 중후반쯤 되어 보였다. 그러나 배종관의 현재 소재지는 밝혀내지 못했다. 박사학위를 받은 후 같은 대학강사를 했다는 것 정도였다. 남 교수는 배종관의 소재지를 찾기가 만만찮을 것으로 내다봤다.

"여러 경로를 통해 알아봤는데, 현재 그의 행방을 알고 있는 사람은 없어. 1986년 이후부터 행적이 묘연해."

"유학 간 건 아닐까?"

"그건 아닌 것 같고⋯⋯ 어찌됐든 그의 행방을 찾기가 쉽지 않을 거야."

김빠지는 소리였다. 그의 소재지를 알 수 없다면, 논문집 저자를 밝혀낸 것은 별 의미가 없었다. 수연은 곧바로 배종관의 행적을 찾아 나섰다. 그가 다니던 대학, 그가 전공한 동양철학 등 주변을 죄다 털어서 사람 찾는 데 활용했다. 생전 듣도 보도 못한 사람에게까지 다리를 놓고 새끼를 쳐서 그에게 접근해 갔다. 전화만 스무 통 가깝게 해서 겨우 끈이 닿았다. 배종관을 알고 있는 사람은 극히 드물었다. 그들은 1986년 배종관이 교도소에 수감된 이후부터 행방이 묘연했다고 입을 모았다. 배종관이 형기를 마치고 나와 어디에서 무엇을 하고 있는지 아는 사람은 없었다. 투옥 사유도 불분명했다. 시국사건으로 투옥되었다는 이도 있었고, 학내 문제로 투옥되었다는 이도 있었다. 1986년 이후 그의 행적은 고장난 시계처럼 멈춰 있었다.

갑갑한 일이었다. 경찰에도 배종관의 신원조회를 부탁했고, 김 조교와 남 교수도 팔을 걷어붙이고 나섰다. 할 수 있는 일은 뭐든 다 했으나 별 소득이 없었다. 대학 총동문회에서도 그의 연락처를 알지 못했다. 사람 찾기가 이처럼 어려운 줄은 미처 몰랐다. 배종관을 찾아나선지 사흘밖에 안 됐는데 몸도 마음도 파김치처럼 늘어졌다.

"혹시 어느 산간벽지에 은둔해 있는 건 아닐까요?"

김 조교가 물었다.

"논문집에도 나와 있듯이 배종관은 유토피아를 꿈꾸었잖아요. 그래서 자신만의 이상세계를 실현하기 위해……."

그건 범죄심리학을 연구하는 조교답지 않은 소리였다. 김 조교도 자신의 말이 지나쳤다고 여겼는지 말끝을 흐리며 멋쩍게 웃었다. 수연은 배종관의 행적이 멈춘 1986년을 주목했다. 그가 구속된 이유는 분명하지 않으나 시국사건과도 무관해 보이지 않았다. 1986년은 군사정권의 폭압이 절정에 이르던 시기였다. 그해 부천서 성고문 사건, 건국대 점거농성사건, 5·3 인천사건 등 굵직한 시국사건이 끊이지 않았다. 그때 재킷 주머니에서 휴대폰 벨소리가 들렸다. 액정화면에는 강 형사의 전화번호가 찍혀 있었다. 드디어 배종관의 소재지를 찾은 걸까.

"교, 교수님……."

두 번이나 더듬거리는 그의 말투가 심상치 않았다. 수연은 휴대폰을 귀에 바짝 들이대고 다음 말을 기다렸다.

"이, 이번엔 도, 동영상입니다……."

수사관들이 모니터 앞으로 꾸역꾸역 몰려들었다. 그들의 눈빛은 짙은 호기심과 함께 원인 모를 위기감이 섞여 있었다. 반쯤 열려 있는 창문 틈으로 야채장수의 확성기 소리가 들려왔다. 해는 별관 지붕 위에 위태롭게 걸려 있었다.

오후 5시 22분, 장기국의 메일함에 한 편의 동영상이 올라왔다. 발신자 아이디는 카론이었다. 처음 모니터 화면에 잡힌 것은 칠흑 같은 어둠이었다. 이윽고 어둠의 잔해가 사라지고 화면 가운데 고개를 푹 꺾은 사내가 모습을 드러냈다. 팬티만 달랑 걸친 알몸이었다. 머리칼은 희고 짧았다. 바닥에 쭈그려 앉아 있는 사내는 천천히 고개를 들었다. 장기국이었다. 그는 귀신에 홀린 듯 넋이 빠져 있었다. 두 눈엔 초점이 없었고 입은 반쯤 벌리고 있었다. 카메라가 그의 몸을 구석구석 더듬었다. 주름진 이마, 뾰족한 아래턱, 불룩 튀어나온 아랫배…… 사내가 누구인지 확인하라는 듯 머리에서 발끝까지 천천히 훑어갔다. 이윽고 카메라가 두어 발짝 뒤로 물러서자, 장기국은 자리에서 일어났다. 그러고는 구부정한 허리를 세우더니 뒤뚱뒤뚱 앞으로 걸어갔다. 카메라가 그의 팔자걸음을 따라갔다. 장기국이 걸음을 멈춘 곳 앞에, 십여 개의 촛불이 타오르고 있었다. 그는 촛불 앞에 서서 가쁜 숨을 몰아쉬었다. 눈동자를 이리저리 굴리는 게 누군가의 지시를 기다리고 있는 것 같았다. 이제 곧 어떤 의식이 치러질 분위기였다. 어디선가 손뼉 치는 소리가 들렸고, 그 소리와 함께 장기국은 촛불 앞을 살얼음판을 걷듯 조심스럽게 지나쳤다. 그의 발이 지나갈 때마다 바닥에 있는 촛불이 위태롭게 흔들렸다.

촛불이 놓인 공간을 다 지나가자 이번엔 그의 키보다 두 뼘 정도 큰 나무문이 앞을 막았다. 장기국은 잠시 문 앞에서 멈칫거렸다. 산만하게 주위를 둘러보는 눈자위가 파르르 떨렸다. 곧이어 활짝 열려 있는 나무문 안으로 그의 펑퍼진 몸이 쑤욱 들어갔다. 마치 외계에서 온 생명체가 블랙홀로 빨려 들어가는 것 같았다. 화면 안에 다시 짙은 어둠이 내려앉았다. 문 안으로 들어간 장기국은 다시 나타나지 않았다.

그것이 전부였다. 동영상은 3분 정도의 짧은 분량이었다. 한 차례 거대한 회오리가 지나갔다. 회오리가 쓸고 간 자리에는 수사관들의 탄식만 남았다. 얼굴에는 하나같이 수심의 그림자가 몰려들었다. 두식은 모니터 앞을 떠나지 못했다. 두 번, 세 번, 네 번…… 똑같이 반복되는 동영상을 보고 또 봤다. 동영상이 끝날 때마다 장기국의 팔자걸음과 촛불, 그리고 헐벗은 몸을 빨아들인 나무문이 관자놀이를 조여왔다.

동영상에 푹 빠져든 탓일까. 갑자기 온몸이 젖은 솜처럼 묵직하게 느껴졌다. 두식은 조용히 일어나 경찰서 문밖으로 나왔다. 후덥지근한 날씨였다. 맞은편 빌딩 허리에는 땅거미가 주춤주춤 내려서고 있었다.

'방금 뭘 본 거지?'

꿈도 환영도 허깨비도 아니었다. 장기국의 모습이 너무도 생생해서 아직도 그 위태로운 팔자걸음이 눈 끝에 걸려 있었다. 두식은 담배를 물고 라이터를 켰다. 바람이 불길을 흔들었다. 강 형사가 다가와 두 손을 모으고 바람을 막았다. 동영상이 흐르는 동안 내내 온몸이 근질거렸다. 미세한 숨소리, 가늘게 떨고 있는 몸, 지옥의 문턱에 다다른 영혼까지, 모두 느낄 수 있었다. 난생처음이었다. 이런 해괴한 동영상을 본 것은.

"오 교수는?"

두식은 담배 연기를 길게 내뿜었다.

"곧 올 겁니다."

6

동영상 안에는 파격적인 장면이 연출되고 있었다. 암시와 복선을 동시에 깔았다. 죽은 자의 영혼을 마지막으로 배웅하는 의식이었다.

수연의 예상은 빗나갔다. 그들이 다시 연락해온다면 장기국을 찍은 사진이나 목소리를 통해 메시지를 전할 줄 알았다. 동영상을 찍어 보낼 줄은 미처 생각하지 못했다.

"감이 좀 옵니까?"

최 반장이 물었다. 어떤 감을 말하는지 되묻고 싶었다. 납치범들이 동영상을 보낸 이유를 묻는 것인지, 장기국의 불투명한 앞날에 대해 묻는 것인지. 만약 후자를 묻는 것이라면 확실하게 감이 왔다. 이 짧은 동영상에는 삶과 죽음, 육신과 영혼이 잘 나타나 있었다. 그들이 쥐고 있는 패가 무엇인지 대충 그림이 그려졌다. 장기국의 목숨은 바람 앞의 등불이었다. 그 등불도 이삼 일을 넘기기가 어려워 보였다.

"이건 동영상과 함께 올라온 글입니다."

강 형사가 수연에게 복사 용지를 내밀었다. 그들이 보내온 것은 동영상뿐만이 아니었다.

나를 지나는 사람은 슬픔의 도시로, 나를 지나는 사람은 영원한 비탄으로, 나를 지나는 사람은 망자에 이른다.

실종

정의는 지고하신 주를 움직이시어, 신의 권능과 최고의 지와 원초의 사랑으로 나를 만들었다. 나보다 앞서는 피조물이란 영원한 것뿐이며 나 영원히 서 있으리.

　　여기에 들어오는 자, 희망을 버려라.

　낯익은 글귀였다. 무엇보다 맨 마지막 문구가 눈에 익었다.

　'여기에 들어오는 자, 희망을 버려라…….'

　수연은 다시 한번 모니터에 동영상을 띄우고 카메라 앵글을 따라잡았다. 그녀의 두 눈이 장기국의 팔자걸음을 따라가다가 커다란 나무문 앞에 멈췄다. 그때 '카론'이라는 아이디가 뒤통수를 후려쳤다. 그제야 수연은 이 동영상이 무엇을 뜻하는지 알아차렸다.

　"이것은 단테의 『신곡』에 나오는 글입니다."

　카론, 지옥의 문, 여기에 들어오는 자 희망을 버려라…… 이 동영상은 단테의 『신곡』을 교묘하게 모방한 것이었다. 카론은 『신곡』에 등장하는 늙은 뱃사공이다. 단테는 『신곡』의 '지옥편' 제3곡에서 카론을 '지옥으로 안내하는 사자'로 묘사했다.

　'진흙빛 늪의 뱃사공 카론은 불꽃처럼 이글거리는 눈길로 죄인들을 노려보았다. 손짓으로 어서 배에 타라는 시늉을 하면서 꾸물대는 망령들을 사정없이 노로 후려갈겼다.'

　장기국이 들어간 나무문은 '지옥의 문'을 연상시켰다. 여기에 들어오는 자 희망을 버려라…… 이 글은 지옥의 문 앞에 새겨진 글귀였다. 굳이 이같은 장식물로 치장하지 않아도 그들의 속내를 짚어내는 것은 어렵지 않았다. 앞으로 장기국이 갈 길은 정해졌다. 열린 문 안으로 들어서는 순간, 늙은 뱃사공 카론이 그의 영혼을 지옥의 낭떠러지로 안내할 것이다.

"장기국의 나이가 예순둘인가요?"

수연은 동영상에 나오는 촛불의 수를 유심히 살폈다.

"그걸 어떻게 알았습니까?"

강 형사가 물었다.

"큰 촛불이 여섯 개고, 작은 촛불이 두 개입니다. 마치 생일케이크에 꽂는 촛불처럼 말이죠."

촛불은 영혼을 안내하는 길잡이 역할을 한다. 그 촛불 사이를 장기국이 위태롭게 걷고 있었다. 지금껏 살아온 나잇값을 돌아보라는 듯.

"논문 저자의 행적은 밝히셨습니까?"

최 반장은 화제를 돌렸다. 더 이상 동영상에 대해서는 이러쿵저러쿵 떠들고 싶지 않은 눈치였다.

"시간이 좀 걸릴 것 같습니다."

"저희도 좀 알아봤는데, 생각보다 쉽지 않더군요."

"……"

"1986년 이후로 아무런 정보가 없습니다."

최 반장의 목소리가 착 가라앉았다. 수연은 하루만 더 기다려달라고 짤막하게 대답했다. 경찰서에 오기 전, 남 교수에게 팩스가 날아왔다. 팩스 안에는 배종관과 가장 막역한 친구의 주소가 적혀 있었다. 지금까지 얻은 정보 중에서 가장 기대해볼 만했다. 유령이 아닌 다음에야 어

실종

단가에 발붙이고 살고 있을 것이다. 수연은 동영상을 복사한 CD를 가지고 경찰서를 나왔다.

"사진 따위로는 성이 차지 않았나 봅니다."

김 조교는 동영상에서 눈길을 떼지 못했다. 그 역시 다소 충격을 받은 듯했다. 간혹 범죄자들이 납치 대상자를 찍어 보내온 사진은 있지만, 동영상을 보내온 것은 처음이었다. 카메라를 다루는 솜씨도 보통이 아니었다.

"카론이란 아이디를 괜히 쓴 게 아니군요."

"그러게 말이야."

"그런데 왜 하필이면 단테의 『신곡』이죠?"

수연도 그게 의문이었다. 논문집이나 그들이 보내온 글과는 전혀 어울리지 않았다. 그들은 경찰이 동영상에 담긴 의미를 해석하지 못할까 봐 『신곡』에 나오는 글도 함께 보내왔다. 경찰의 능력을 우습게 봤거나 도가 지나친 친절이었다. 뭔가 내막이 있는 것 같기는 한데 아직 가슴에 와 닿지 않았다.

"여기 나무문에 붙어 있는 건 뭐죠?"

김 조교는 화면을 정지시키고 나무문 쪽을 손가락으로 가리켰다. 동영상을 볼 때는 잘 몰랐는데, 나무문 고리 아래 뭔가 착 달라붙어 있었다.

"그림 같은데요."

마우스로 동영상 화면을 확대했다. 나무문 고리 아래에는 자그마한 그림이 걸려 있었다. 그림 안에는 여러 사람들이 빙 둘러앉아 환하게 웃고 있었는데, 이들의 옷차림은 제각기 달랐다. 작업복, 간호사복, 군복, 정비복, 위생복…… 이건 또 뭘까? 어쩐지 이 그림도 예사롭지 않았다. 마치 숨은 그림을 찾아보라는 듯 넌지시 꼬랑지를 흔들었다.

"이번엔 동영상이니…… 그다음엔……."

김 조교는 말끝을 흐렸다. 이 한 편의 동영상으로 그들의 메시지는 확연하게 드러났다. 장기국을 저세상에게 보내겠다는 최후통첩이었다. 그가 살아 돌아올 확률은 제로에 가까웠다. 이런 주도면밀한 범행에는 잘 짜인 각본이 있기 마련이다. 처음부터 뚜렷한 계획을 세워두고 범행을 저지르기 때문에 우발적이거나 충동적인 일은 벌어지지 않는다. 한두 번 겪는 일도 아니다. 수연은 재킷 안주머니에서 팩스용지를 꺼냈다.

"청송에 가시려고요?"

김 조교가 팩스용지를 힐끔 쳐다보며 물었다.

"하는 데까진 해봐야지."

남 교수에게 온 팩스에는 지승호라는 이름과 주소가 적혀 있었다. 지승호는 배종관과 같은 대학 동기로, 1986년 당시 서로 막역한 사이였다. 동창회보에 나타난 지승호의 주소는 경상도 청송이었다.

7

인터넷에서 단테의 『신곡』을 검색했다. 카론, 지옥편, 지옥의 문 그리고 문에 새겨진 글귀, 여기에 들어오는 자 희망을 버려라…… 동영상과 함께 올라온 글은 지옥의 문에 새겨진 글과 정확히 일치했다.

실종

오 교수는 침착하고 신중한 인물이었다. 납치범들이 보내온 동영상이 무엇을 암시하는지, 장기국의 최후가 어떻게 될 것인지 잘 알고 있을 것이다. 그러나 그녀는 말을 아꼈다. 오히려 수사팀이 겪고 있을 혼란을 은근히 배려했다. 이와 같은 범죄자들은 어디로 튈지 한 치 앞을 내다볼 수 없습니다…… 두식은 오 교수의 말을 있는 그대로 받아들이지 않았다. 그가 보기에 장기국은 살아 있는 목숨이 아니었다. 제삿날을 딱 받아놓고 이승에서 마지막 갈무리를 하고 있었다. 두식은 또 다시 동영상을 모니터에 올렸다. 하도 많이 본 탓인지 촛불 주위를 걷고 있는 장기국의 팔자걸음 수까지 외울 정도였다. 그때 두 가지 의문점이 슬며시 고개를 들었다. 왜 하필이면 동영상의 배경이 단테의 『신곡』일까? 이 위대한 걸작이 납치범들과 어떤 관계가 있는 걸까?

아무 생각 없이 이런 동영상을 만들지는 않았을 것이다. 그들은 장기국의 메일에 글을 올릴 때부터 교묘하게 복선을 깔았다. 어서 이 글의 의미를 풀어보라고, 거기에 이 사건의 핵심이 있다고 수사팀을 은근히 압박했다. 이번 동영상도 마찬가지였다. 이 동영상을 통해 하고 싶은 말을 전하고 싶은 것이다. 두식은 인터넷에서 뽑은 자료를 꼼꼼히 훑어보았다. 그러고 보니 『신곡』이라는 책 제목이 낯설지가 않았다. 최근에 이 책을 어디선가 본 것도 같았다. 분명 오래전의 일은 아니다. 기껏해야 일주일 남짓 되지 않았을까. 그 이상은 기억하기도 힘들었다. 지난주라면 장기국 주변을 똥개처럼 뒤지고 다닌 일밖에 없었다.

두식은 안주머니에서 수첩을 꺼냈다. 수첩 안에는 그날그날의 수사 일지가 간략히 기록되어 있었다. 경찰에 입문했을 때부터 몸에 붙어 있는 습관이었다. 장기국 사무실, 천 교수 연구실, 장기국 자택, 오피스텔 주차장…… 또 어디에 갔었더라. 지난주에는 장기국의 사무실에 간 날이 가장 많았다. 벌써 세 번을 드나들며 여직원으로부터 커피 두 잔과 녹차 한 잔을 받았다. 두 눈을 감고 하나하나 지난 기억을 되새기며 거슬러 올라갔다. 깔끔하게 정돈된 책상, 책상 위의 필기구통, 원탁 위에 놓인 논문집…… 그때 법과 정의는 만인의 시녀다, 아이 몸통만 한 나무현판이 옆구리를 쿡 찔렀다. 현판 옆의 흑갈색 원목책장, 책장 안을 가득 채운 법률서적, 그 아래칸에 중세유럽을 풍미한 걸작, 그 안에 그 책이 있었다. 틀림없이 『신곡』이었다.

장기국 사무실은 을씨년스러웠다. 선장을 잃은 배는 침몰을 코앞에 두고 있었다.

"어서 오십시오."

인사를 건네는 사무장의 목소리에는 힘이 하나도 없었다. 여직원은 이 와중에도 얼굴에 화장을 하느라 정신이 없었다. 이곳을 찾아온 게 오늘로 네 번째였다. 매번 올 때마다 느낌이 달랐다. 임자 잃은 커다란 회전의자, 명패만 달랑 놓여 있는 책상, 책장 속에 빽빽이 꽂혀 있는 각종 서적…… 두식은 나무현판 옆에 있는 원목책장 앞으로 다가섰다. 여직원이 탁자 위에 올려놓은 녹차는 거들떠보지도 않았다. 양미간을 모으고 책장 안을 세세히 더듬었다. 『군주론』, 『햄릿』…… 그 가운데 단테의 『신곡』이 있었다.

"이 『신곡』이라는 책은……."

실종

두식은 두툼한 양장본을 빼어들었다.

"장 변호사님이 가장 아끼는 책이죠."

사무장의 말마따나 오래도록 곁에 두고 본 책 같았다. 책을 펼치자 문장 밑에 빨갛게 밑줄 친 곳도 간간이 눈에 띄었다.

"혹시 이 책이 장 변호사님과 특별한 인연이라도 있습니까?"

"특별한 인연이라뇨?"

"여기 보니까 밑줄까지 쳐가면서 꼼꼼하게 본 것 같은데…… 이 책이 장 변호사님과 남다른 사연이 있는지를 묻는 겁니다."

대놓고 말하기가 쉽지 않아 그렇게 에둘러 설명했다. 아직 장기국의 가족이나 사무실 직원은 동영상의 존재에 대해 알지 못했다. 사무장은 대답 대신 책상 맨 아래 서랍을 열었다. 그러고는 두 손바닥 크기만 한 액자를 꺼냈다. 작은 액자 안에는 신문기사를 스크랩한 종이가 납작하게 누워 있었다. '명사名士의 책읽기'라는 칼럼이었다.

"장 변호사님이 신문사에 청탁을 받고 쓴 글입니다."

'여기에 들어오는 자, 희망을 버려라.'

이탈리아의 위대한 시인 단테는 평생을 걸쳐 불후의 명작인 『신곡』을 남겼다. 내가 지금도 가장 아끼는 책이 바로 단테의 『신곡』이다. 앞에 글은 『신곡』에서 단테가 베르길리우스를 따라 당도한 지옥문 위에 새겨져 있던 시의 일부이다.

단테의 지옥 여행은 원뿔형의 공간을 내려가 그 중심부에서 지옥의 마왕을 접하는 여정이다. 그는 가장 깊은 지옥의 밑바닥을 지나 연옥으로 여정을 떠난

다. 지옥은 '형벌 받은 자'들이 모인 장소이다. 저승으로 안내하는 뱃사공 카론은 죄를 지은 자들을 이곳으로 안내하는 역할을 담당한다. 로댕은 '지옥문'이라는 조각작품으로 이곳의 '매혹적인 두려움'을 후세에 남겼다.

검찰에 입문했을 때부터 나를 사로잡은 것이 바로 위의 글귀이다. 희망이라는 것, 그것은 곧 정직한 사회, 올바른 자만이 가질 수 있는 특권이다. 그러나 범죄자들에게는 희망만큼 혹독한 시련도 없다.

여기 들어오는 자, 희망을 버려라…… 두식의 눈에 불똥이 튀었다. 이 칼럼 속에는 동영상이 의미하는 내막이 차고 넘쳤다. 『신곡』이 생소한 이들을 위해 친절한 설명까지 덧붙였다.

"이 칼럼이 언제 실린 겁니까?"

"변호사로 개업하기 삼사 년 전이니까, 1994년쯤 될 겁니다."

"이 칼럼을 누가 또 알고 있습니까?"

"글쎄요. 하도 오래전의 일이라……."

"장 변호사님이 최근에 이 『신곡』에 대해 말한 적이 있습니까?"

"없습니다."

"이 책을 본 적은요?"

"없습니다."

"의뢰인 중에 이 책에 대해 잘 아는 사람이 있습니까?"

"그건 모르겠습니다."

사무장은 '없다'와 '모른다'는 소리만 되풀이했다.

"그런데 이 책이 장 변호사님의 실종과 무슨 관계라도 있습니까?"

실종

"아, 아닙니다."

사실은 보통관계가 아니었다. 동영상만을 놓고 본다면, 납치범들은 『신곡』에 대해 잘 알고 있었다. 너무 잘 알고 있는 게 되레 탈일 정도였다. 두식은 사무실을 나가려다 말고 걸음을 멈추었다. 기왕에 여기까지 온 걸음이니 그에게 한 가지 물어볼 게 있었다.

"장 변호사님이 논문집을 잘 알고 있다고 했는데, 이런 얘기를 또 알고 있는 사람이 있습니까?"

"그때 말씀 드린 게 전부입니다. 장 변호사님은 원래 주변 이야기를 잘 하는 편이 아닙니다. 그 책이 배달된 후에는 지인 분들도 만나려고 하지 않았습니다. 오히려 홀로 술을 마시는 경우가 잦았죠."

"홀로 술을 마셨다면…… 단골 술집이라도 있습니까?"

"자주 들르는 카페가 있기는 합니다만."

"그곳이 어딥니까?"

8

수연은 갓길에 차를 세우고 전화를 받았다. 최 반장과의 통화는 짧았다. 그는 장기국의 사무실에 『신곡』이 있었다고, 장기국이 그 책과 관련해 칼럼을 쓴 적이 있다고 알려주었다. 그럴 줄 알았다. 처음부터 뭔가 그들만의 의도가 담겨 있을 것으로 여겼다. 별 생각 없이 눈요기로 보여주려는 의식이 아니었다. 궁금증이 어느 정도 풀리기는 했으나 여전히 뒤끝이 개운치가 않았다.

차창 밖으로 청송을 알리는 이정표가 눈 깜짝할 사이에 지나쳤다. 고속도로 톨게이트를 빠져나온 차는 읍내를 지나 주왕산 국립공원 쪽으로 접어들었다. 10여 분 정도 더 지나 비포장도로 옆에 차를 세웠다. 이제부터는 차가 들어갈 수 없는 길이었다.

지승호의 집으로 가는 길은 거칠고 가팔랐다. 아무렇게나 쌓아올린 돌계단은 산중턱까지 곧게 뻗어 있었다. 수연은 한 걸음 한 걸음 돌계단을 밟으며 올라갔다. 숨이 턱 밑까지 차오르고 등줄기에는 땀이 비 오듯 쏟아졌다. 물어물어 지승호가 있는 곳을 찾아왔을 때는 날이 어둑어둑 저물고 있었다.

넓은 마당에는 크고 작은 도자기가 2열 종대로 길게 늘어서 있었다. 제법 운치가 있는 집이었다. 싸리문을 열고 안으로 들어가자, 화로 앞에 앉은 사내가 뒤를 힐끔 돌아보았다. 그의 옆에는 장작더미가 사람 키 높이만큼 쌓여 있었다. 수연은 이곳에 지승호라는 사람이 있는지를 물었다.

"내가 맞소만."

제대로 찾아왔다. 혹시나 이사를 갔거나 부재중일지 몰라 마음을 조아렸다. 지승호는 50대 중반의 깡마른 체구의 사내였다. 방금 전 도자기를 굽다가 나왔는지 그의 앞치마에는 진흙이 잔뜩 묻어 있었다. 수연은 그에게 청송까지 오게 된 경위를 간략하게 설명했다.

"방금…… 배종관이라고 했소?"

배종관이라는 이름이 나오자, 그의 두 눈이 대낮에 도깨비라도 본 것처럼 휘둥그레졌다.

실종

"그렇습니다. 배종관 씨와는 대학 때부터 절친한 사이라고 들었습니다."

"허허, 그럼 그 친구의 소재지를 알려고 날 찾아온 거란 말이오?"

수연은 고개를 끄떡였다. 어느덧 배종관이라는 인물은 이번 사건의 핵심인물로 자리 잡고 있었다. 아직 수사 전면에 드러나는 인물이 없었기에 그의 존재감은 더욱 각별했다.

"기가 찰 노릇이로군."

지승호는 뒷짐을 지고 먼 하늘을 쳐다보았다. 산꼭대기에는 붉은 해가 반쯤 걸려 있었다. 이윽고 그는 잔기침을 두어 번 내뱉더니 땅이 꺼질 듯이 한숨을 쉬었다.

"그 친구는 이 세상 사람이 아니오."

죽었다는 소린가? 그의 말뜻을 잘 알아듣지 못했다.

"오래전에 저세상으로 갔단 말이오."

"그, 그게 언제죠?"

"1986년이오."

배종관이 이미 사망했다니, 맥이 쭉 빠졌다. 한 가닥 품에 안고 온 기대는 물거품처럼 사라졌다. 그것도 까마득한 옛 일이 아닌가. 그렇다고 이대로 발길을 돌릴 수는 없었다. 배종관의 죽음에 어떤 곡절이 있었는지는 알아야 했다.

"교도소에서 목을 맸소…… 그동안 먹고사는 데 정신이 팔려서 그 친구를 까맣게 잊고 있었는데……."

그는 뒤늦게 수연에게 자리를 권하고는 한옥 안으로 들어갔다. 수연은 쪽마루에 힘없이 걸터앉았다. 그새 몸이 납작하게 찌그러진 것 같았다. 잠시 후 그가 녹차를 가지고 나왔다.

"교도소에서 자살했다면…… 무슨 일로 수감된 건가요?"

"그건 나도 잘 모르겠소. 시국사건으로 구속된 것은 확실한데…… 의아한 점이 한둘이 아니오."

배종관이 구속되던 1986년 봄, 대학가는 연일 계속되는 시위로 몸살을 앓고 있었다. 교정에는 학생들이 민주화를 외치는 함성소리가 끊이지 않았다. 서울 신림동 사거리에서는 서울대에 재학 중인 이재호와 김세진 학생이 반미 구호를 외치며 몸에 시너를 붓고 분신했다. 당시 배종관은 아내와 어린 아들을 둔 평범한 대학강사였다. 운동권 조직에 적을 둔 적도, 시위에 참가한 적도 없었다. 한 해 전에 대학 강사가 되어 한창 부푼 꿈에 젖어 있는 서른한 살의 가장이었다. 그런 배종관이 쥐도 새도 모르게 교정에서 사라졌다.

"그 친구가 구속된 것도, 교도소에서 자살한 것도 한참 지난 뒤에 알았소."

그는 빈 녹차잔을 옆으로 치웠다.

"그해 3월 나는 미국으로 유학을 떠났소. 1년 만에 고국에 돌아와보니 그 친구는 이미 이 세상 사람이 아니었던 거요. 어떻게 된 일인지 알아보려고 사방을 돌아다녔지만 아는 사람이 하나도 없었소. 그 친구의 아내는 이미 이사를 간 후였고, 교정에 남아 있는 친구들도 자세한 내막을 알지 못했소."

수연은 그의 말이 믿어지지가 않았다. 한 대학강사가 시국사건으로 구속되고 또 얼마 가지 않아 교도소에서 스스로 목숨을 끊었다. 그런데 어떻게 아무도 모를 수가 있을까. 아프리카의 독재국가에서나 있을 법한 일이었다.

"이걸 한번 봐주시겠습니까?"

수연은 가방에서 논문집을 꺼냈다.

"이건 그 친구의 박사학위 논문집이 아니오? 댁이 어떻게 이 논문집을 가지고 있는 거요?"

"얼마 전에 한 사람 앞으로 이 논문집이 배달되었습니다. 그로부터 며칠이 지나 이 논문을 받은 사람이 감쪽같이 실종됐습니다."

"경찰이오?"

그가 빠르게 물었다.

"아닙니다. 전 범죄심리학 교수입니다."

지승호는 그게 그거라는 듯 입술을 삐쭉 내밀었다.

"그럼 이 논문집을 누가 보냈다는 거요?"

"익명으로 배달되었기 때문에 저희도 알 수 없습니다. 혹시 장기국이라는 사람을 아십니까?"

"처음 듣는 이름이오. 그가 누구요?"

"실종된 사람의 이름입니다. 현직 변호사입니다."

"도무지 알 수 없는 소리로군."

그 후로는 지승호가 대화의 주도권을 잡고 여러 질문을 쏟아냈다. 이 논문집과 실종된 사람은 어떤 관계인가, 배종관이 왜 이런 실종사건에 오르내리는가, 배종관의 아내와 아들은 어디에 있는가. 그는 뒤늦게 절친한 친구의 도리를 다하려는 듯 틈을 주지 않고 수연을 몰아세웠다. 그러나 수연은 그의 쏟아지는 질문에 아무런 답을 주지 못했다. 배종관 이라는 이름을 알게 된 것도 불과 일주일밖에 되지 않았는가.

기와지붕 위로 가랑비가 추적추적 내리고 있었다. 수연은 미지근한 녹차를 비우고 자리에서 일어났다. 지승호는 비닐우산을 건네주며 문 밖까지 따라 나왔다. 그의 집을 나온 뒤에도 한동안 발길이 떨어지지 않았다. 기껏 외진 산골까지 찾아갔는데 배종관이 사망했다니. 지금까 지 유령의 뒤꽁무니를 쫓아 다닌 기분이었다.

가랑비는 점점 굵어졌다. 가파른 계곡 아래로 굵은 물줄기가 콸콸 흘러내렸다. 울창하게 우거진 나무들 사이로 물안개가 뽀얗게 피어올 랐다. 비포장도로에 주차된 차에 오르려는데 한 가지 의문이 뒷덜미를 슬그머니 잡아끌었다. 배종관은 왜 스스로 목숨을 끊었을까?

9

이제 비로소 감이 왔다. 모든 수사는 흐름을 타는 법, 이번 사건은 현재진행형이 아니었다. 배종관과 장기국 사이의 구원舊怨이 뼈대를 이 루고 있었다. 장기국은 배종관의 논문집도, 이를 택배로 보낸 자들도 알고 있었다. 또한 그들이 조만간 자신 앞에 나타날 것 같다고도 했다. 두식은 사무장의 말을 한마디도 흘려듣지 않았다.

배종관의 논문집이 간행된 것은 1984년이었다. 그가 시국사건으로 구속된 것은 2년 후인 1986년이었다. 이 무렵 장기국은 공안부 검사로 명성을 날리고 있었다. 사무장은 요즘 들어 장기국이 검사 시절의 이야기를 자주 되뇌었다고 증언했다. 무엇보다 이런 추측을 끌어내게 만든 것은 장기국의 단골 카페 여주인이었다.

카페 여주인은 40대 초반으로, 연예인 뺨칠 정도로 미모가 빼어났다. 그녀는 장기국이 마지막으로 카페에 온 날을 똑똑히 기억하고 있었다. 6월 20일, 그날은 카페 여주인의 생일이었고, 장기국이 실종되기 이틀 전이었다. 그날 여주인은 카페에 손님이 별로 없어서 장기국과 많은 대화를 주고받았다.

"그날따라 장 변호사님은 무척 불안하고 초조해 보였어요. 며칠 전부터는 누군가 자신을 미행하는 것 같다고도 했어요. 그런 까닭인지 술도 많이 하지 않았어요. 술에 취하면 후회할 일이 생길지도 모른다면서 말이죠."

"미행하는 자에 대해서는 뭐라고 하던가요?"

"특별한 말은 없었고…… 그냥 버르장머리 없는 놈들이라고만 했던 것 같아요. 눈앞에 나타나기만 하면 따끔한 맛을 보여줘야겠다는 소리도 했어요."

미행에 관한 이야기는 더 이상 이어지지 않았다. 그때만 해도 카페 여주인은 장기국의 말을 가벼운 농담으로 여겼다. 나머지는 대부분 장기국의 검사 재직 때의 얘기로 모아졌다.

"범죄자들을 잡으려고 물불 가리지 않고 뛰어다니던 평검사 때가 가장 알차고 보람된 시기라고 했어요. 장 변호사님이 검사 시절의 얘기를 말한 것은 그날이 처음이었어요. 그리고 우리나라의 고전소설에 대해서도 잠깐 말했죠."

"그게 무슨 소설이었습니까?"

"『허생전』이었던 것 같아요."

"『허생전』에 대해 뭐라고 하던가요?"

"별말은 없었고…… 그냥 그 소설을 짧게 말하면서 피식 웃었어요."

장기국의 뒤를 미행한 인물은 누구일까? 장기국은 왜 갑자기 검사 시절에 집착했으며, 난데없이 『허생전』을 꺼냈을까? 가만히 되짚어보니 그의 말은 일관된 흐름을 타고 있었다. 배종관의 박사학위 논문집, 신문에 기고한 『신곡』의 칼럼, 사무장과 카페 여주인의 증언 등은 장기국이 검사 재직 시에 일어난 일들이었다. 밤늦게 청송에서 걸려온 오 교수의 전화도 한몫 거들었다. 오 교수는 배종관이 1986년 시국사범으로 투옥되어 그해 가을 교도소에서 스스로 목숨을 끊었다고 했다. 오 교수의 목소리는 며칠 굶기라도 한 사람처럼 힘이 하나도 없었다. 그나마 유일하게 기대고 있던 실마리도 사라졌다면서 실망감을 숨기지 않았다. 그렇다고 헛수고만 한 것은 아니었다. 시국사건이라면 '공안통'으로 불리던 장기국을 빼놓을 수 없다.

장기국은 검찰의 요직인 공안부에서 잔뼈가 굵은 인물이다. 사법연수원 동기생보다 늘 두어 걸음 앞서나갔고, 젊은 나이에 일찍부터 두각을 나타냈다. 그가 1990년대 초까지 몸담았던 공안부는 정권의 파수꾼 역할을 자처했다. 정치적인 색깔이 강할 뿐 아니라 권력 수뇌부와도 은밀한 관계를 유지했다.

장기국이 공안부에서 활약하던 시기는 1981년부터 1993년까지였다. 제헌의회사건, 반제동맹사건, 구미유학생간첩단사건 등 굵직한 시국 사건이 그의 손을 거쳐갔다. 1990년대 들어서는 대검찰청 중앙수사부로 자리를 옮겨 권력형 비리사건을 맡았다. 대기업 총수들이 그의 발아래서 덜덜 떨며 몸을 사렸다.

장기국은 검사 시절 정치성향이 매우 강했다. 죽은 권력에는 칼을 들이댔고, 살아 있는 권력 앞에는 머리를 조아렸다. 살아 있는 권력은 그의 앞날을 보장해주었고, 죽은 권력은 그의 매서운 칼날을 피해가지 못했다. 그렇게 승승장구하던 장기국은 1997년 국민의 정부가 들어선 후 큰 곤욕을 치렀다. 10여 년 가까이 장기국의 스폰서 역할을 맡았던 한 기업가가 그의 비리를 폭로한 것이다. 정기적인 상납, 룸살롱 대접, 명절날 떡값 명목으로 각종 뭉칫돈이 그의 호주머니로 흘러들어갔다. 장기국의 스폰서를 자처한 이 기업가는 세금 포탈 혐의로 국세청의 조사를 받게 되자 장기국에게 구원의 손길을 내밀었다. 차기 검찰총장감으로 불리던 장기국이 바람막이 역할을 해주리라 믿었던 것이다. 그러나 장기국은 그의 요청을 매정하게 뿌리쳤다. 정권이 교체된 지 얼마 안 된 시기라 몸을 사리는 데 더욱 신경쓴 것이다. 스폰서 기업가도 맥없이 당하고만 있지 않았다. 기자회견을 자청해 장기국과의 유착관계를 모두 까발렸다. 그야말로 마른하늘에 날벼락 같은 폭탄선언이었다. 서로 호형호제하며 지내던 지난 10년간의 밀애는 기업가의 폭로로 풍비박산이 났다. 결국 스폰서 사건이 빌미가 되어 장기국은 옷을 벗었다. 검찰총장의 꿈도 그렇게 물 건너갔다.

이 정도의 이력이면 충분했다. 장기국은 검찰에 재직하는 동안 살아 있는 권력 밑에서 충견 노릇을 톡톡히 했다. 정권을 위협하는 세력에게는 매서운 칼을, 체제를 부정하는 세력에게는 무시무시한 창을 휘두르며 집행관의 역할을 다했다. 이는 곧 원한 살 만한 피해자가 부지기수라는 것을 의미했다. 그가 손을 댄 공안사건은 하도 많아서 일일이 셀 수 없을 정도였다. 앞으로 남아 있는 것은 구원의 관계를 밝혀줄 보강수사였다.

"장기국이 오송회 사건에도 관여했습니다."

강 형사가 오래 묵은 사건 파일철을 내밀었다.

"오지랖도 참 넓지, 하여튼 여기저기 안 끼어든 데가 없더군요."

'오송회 사건'은 1982년 군산의 전·현직 교사 아홉 명을 이적단체 조직과 간첩행위 등으로 구속한 용공조작 사건이다. 오송회라는 이름은 다섯 명의 교사가 소나무 아래에 모였다는 데서 붙여졌다. 당시 재판부는 이 사건 관련자들에게 징역 1~7년의 실형을 선고했다. '오송회 사건' 관련자들은 복역을 마친 후 정부를 상대로 진실규명 운동을 펼쳤지만 번번이 좌절되고 말았다. 그러다가 참여정부 막바지인 2007년 6월 '진실과 화해를 위한 과거사 정리 위원회'는 오송회 사건을 국가보안법을 남용해 조작한 사건으로 결정했다. 오송회 관련자들은 사건 발생 후 26년 만인 2008년 11월 광주 고등법원 재심에서 무죄 판결을 받았다.

"혹시 배종관도 장기국의 농간에 말려든 게 아닐까요? 오송회 사건처럼 말입니다."

터무니없는 소리는 아니었다. 오 교수는 배종관이 구속됐을 당시 시위를 한 적도, 운동권에 가담한 적도 없었다고 했다. 배종관은 그저 평범한 시간강사였다.

"오 교수는 어떻습니까?"

"죽을 맛이겠지."

오 교수가 어떤 기분이었을지 짐작이 가고도 남았다. 두식도 그와 비슷한 경험이 몇 차례 있었다. 1년이 넘게 걸려 살인사건을 증언해줄 목격자를 겨우 찾았는데, 이미 고인이 된 후였다. 그날 수화기에서 흘러나오는 오 교수의 목소리는 깊은 막장 속에 푹 잠겨 있었다.

"나 좀 나갔다가 올게."

머릿속이 먼지가 가득 쌓인 것처럼 먹먹했다. 두식은 경찰서를 나와 가까운 공원으로 향했다. 공원 입구에는 엄마와 아들, 아빠와 딸이 서로 편을 나누어 배드민턴을 치고 있었다. 그들 사이에 웃음소리가 끊이지 않았다. 나무벤치에는 한 노부부가 서로 손을 꼭 잡고 담소를 나누고 있었다.

세상은 평온했다. 어제도 그랬고, 오늘도 그랬다. 두식은 밤낮없이 정체 모를 범죄자들과 외롭게 줄타기를 하고 있는데, 이 세상은 아무 일도 없다는 듯 무덤덤했다. 아파트 앞의 공원은 일상을 즐기려는 사람으로 가득 넘쳐났고, 그들의 얼굴은 하나같이 행복에 겨워 소리 없이 비명을 지르고 있었다.

그때였다. 트럭 한 대가 공원 입구에 미끄러지듯 멈추더니 안에서 백발의 노인이 폴짝 뛰어 내렸다. 노인은 익숙한 몸짓으로 짐칸의 천막을 걷어올렸다. 프로판가스에 불을 붙이고 반죽한 밀가루와 앙꼬를 담은 양재기를 올려놓았다. 트럭은 순식간에 붕어빵 가게로 변했다.

두식은 붕어빵 트럭 앞으로 터벅터벅 다가갔다. 그러고 보니 장기국의 화려한 경력을 살피느라 점심도 걸렀다. 노인은 밀가루반죽이 잘되었는지 꼼꼼히 살폈다. 주름진 노인의 얼굴이 아버지의 얼굴을 꼭 빼다박았다. 양재기를 들어올리는 뭉툭한 손도, 세월의 무게를 잔뜩 짊어진 양 어깨도 아버지의 모습과 너무도 흡사했다.

"붕어빵엔 왜 붕어가 없는 줄 아냐?"

아버지는 왜 서울에 올라왔을까? 서울이 온갖 잡다한 인간망종들이 사는 곳이라면서 담을 쌓았던 아버지였다. 그런 아버지가 서울로 올라갈 채비를 서둘렀다. 그해 여름 애써 키운 닭들이 떼죽음을 당한 게 원인이었다. 무려 5천 마리에 이르는 닭을 폐사시켰다. 어디 하소연 할 곳도 없었다. 죽은 닭을 붙들고 눈물 찍어낼 여유도 없었다. 처자식을 먹여 살리기 위해 아버지는 어떻게든 돌파구를 찾으려고 했다. 그런데 많고 많은 곳 중에 하필이면 그곳이 서울이었다.

"서울이 암만 인간망종들이 우글거려도 사람 사는 데 아니겠냐. 강도짓만 아니면 뭐든 할 테니 너무 걱정 말아라."

어머니는 아버지의 서울행을 말렸다. 세상 물정 모르는 양반이 서울에 가서 무슨 일을 하겠냐며 바짓가랑이를 붙잡고 늘어졌다. 그러나 이미 때는 늦었다. 아버지는 집은 물론 양계장도 모두 헐값에 넘긴 뒤였다. 이삿짐은 단출했다. 그때 두식의 나이 열아홉이었다.

서울에 올라온 아버지는 시장에서 닭장사를 시작했다. 닭이라는 소리만 들어도 이를 부득부득 갈더니 결국 닭 앞에 고개를 조아렸다. 아

실종

버지는 닭 말고는 아는 게 별로 없었다. 처음 시작한 닭장사는 제법 잘 됐다. 생닭과 튀김 닭을 반반씩 팔았다. 시장 입구에 자리잡아 목도 좋은 편이었다. 그러나 닭장사를 시작한 지 1년도 채 되지 않아 시장이 헐리고 말았다. 3년 전부터 시장이 철거된다는 것을 아버지만 모르고 있었다. 보상은 하나도 받지 못하고 전 재산이나 다름없는 가게 보증금만 날렸다. 아버지가 앉아 있는 방구들장에는 소주 빈 병과 겔포스 약 봉지만 늘어갔다. 이듬해 봄 두식은 군에 입대했다. 재수할 형편이 되지 못했다. 아버지는 용산역까지 바래다주면서 제대할 때면 큰 식당을 차려 떼돈을 벌고 있을 것이라고 아버지답지 않게 호기를 부렸다. 떼돈은 필요 없으니 작은 가게라도 가지고 있기를 바랐다. 그해 겨울 두식은 첫 휴가를 나왔다. 아버지는 버스정류장 앞에서 노점상을 하고 있었다. 김이 모락모락 피어오르는 양재기 안에는 길쭉한 나무꼬챙이가 잠겨 있었다. 찬바람이 부는 날의 어묵 꼬치는 별미 중의 별미였다. 아버지는 조미료를 하나도 넣지 않은 국물이라고 힘없이 웃어 보였다. 휴가 내내 두식은 아버지의 리어카를 밀었다. 남은 어묵은 아버지의 술안주가 됐고, 두식의 야참이 됐다. 두 번째 휴가를 나왔을 때 아버지는 순대와 떡볶이를 팔고 있었다. 여름철엔 어묵이 잘 팔리지 않았다. 이번엔 포장마차 리어카 위치가 달랐다. 버스정류장 주변은 유동인구가 많아 노른자 같은 곳이었다. 아버지는 거기에서 한참 밀려나 초등학교 건너편에 자리를 마련했다. 경찰들의 상납 요구는 집요하고 끈질겼다. 상납금이 시원치 않으면 동네 양아치를 시켜 훼방을 놓았다. 결국 아버지는 경찰의 등쌀을 견디지 못하고 그곳에서 밀려났다. 두식이 군에서 제대했을 때 아버지는 붕어빵을 팔고 있었다. 예비군복을 입은 두식을 보고 아버지는 밀가루 값이 올라 붕어빵 값도 올려야 할지 고민이라며 쓴웃음을 지었다.

붕어빵엔 왜 붕어가 없는 줄 아냐? 서울에 올라온 후 아버지가 내뱉은 유일한 농담이었다. 그렇게 말하고는 '눈깔사탕에 눈깔이 없는 거랑 똑같지 뭐.' 하고 웃었다. 두식도 따라 웃었다. 어머니는 웃지 않았다. 아버지는 경찰의 곤봉으로 맞아 죽기 전날까지도 붕어빵을 팔고 있었다.

"제길, 가는 날이 장날이구먼."

붕어빵 노인은 밀가루반죽을 젓다 말고 두 손을 툴툴 털었다. 아직 개시도 하지 않았는데 벌써부터 철수 준비를 서둘렀다. 프로판가스의 불을 끄고 트럭 짐칸의 천막을 거두었다. 두식은 빠르게 주위를 둘러보았다. 건너편 도로에는 구청 단속반 차량이 갈고리를 높이 치켜들고 노점상들 앞에서 무력시위를 벌이고 있었다. 당장 꺼지지 않으면 갈고리로 포장을 북북 찢어놓을 기세였다. 그 모습이 남의 일 같지가 않았다. 아버지도 붕어빵 리어카를 세 번이나 압수당했다. 아버지에게 붕어빵 리어카는 단순히 생계를 유지하기 위한 도구가 아니었다. 유일한 희망이었다. 희망을 빼앗긴 자리에 술과 한숨이 들어찼다. 그런 날이면 아버지는 방구석에 처박혀 하루 종일 겔포스를 안주 삼아 병나발을 불었다.

"또 한번 건드렸다가는 니들 죽고 나 죽는다!"

결국 아버지의 말은 씨가 되고 말았다. 그런데 그들은 멀쩡했고, 아버지는 개죽음을 당했다. 애초부터 상대가 되지 않는 싸움이었다. 붕

실종

어빵 노인은 구청 단속반 차량이 오기 전에 서둘러 자리를 떠났다. 노인이 사라지고 나니 허기가 더 밀려왔다.

"메일이…… 또 왔습니다."

경찰서에 들어서자 강 형사가 벌겋게 상기된 얼굴로 다가왔다. 카론이 장기국의 메일함에 나타난 것은 오후 1시 48분이었다. 이번엔 사진 한 장만 달랑 올라왔다.

'파주 15km.'

자유로에 붙어 있는 도로 이정표를 찍은 사진이었다. 10여 분 후 또 한 장의 사진이 슬그머니 올라왔다.

'축현리 3km.'

파주에서 축현리로 들어서는 이정표였다. 이 두 장의 사진이 무엇을 의미하는 것일까?

"이 사진대로 따라 오라는 게 아닐까요?"

강 형사가 파주 인근의 지도를 활짝 펼쳤다. 자유로를 타고 파주에 와서 축현리로 들어서라는 묵언의 메시지였다. 그러나 두 장의 사진만으로는 그들의 저의를 파악할 수 없었다. 10여 분 후, 또 하나의 사진이 고개를 삐쭉 내밀었다. 사진 속에 포장도로와 비포장도로가 갈라지는 삼거리가 나타났다. 삼거리 가운데 나무푯말에는 '행복 펜션 가는 길'이라고 적혀 있었다. 이들이 지칭하는 이정표는 대로에서 사차선 도로, 그리고 비포장도로로 점점 도로 폭이 좁혀지고 있었다. 수사관들의 마음도 바짝 좁아들었다. 5분 후에 올라온 사진에는 도로도 이정표도 없었다. 커다란 나무 한 그루가 사진 속을 꽉 채웠다.

"저, 저건……."

모니터를 바라보는 수사관들의 얼굴이 딱딱하게 굳어졌다. 사진 속의 나뭇가지에는 낯익은 옷이 듬성듬성 걸려 있었다. 푸른 재킷과 감색 면바지…… 장기국이 실종 당시 입고 있던 옷이었다.

"이런 좆같은!"

등 뒤에서 뿜어내는 입김이 목덜미를 후끈 달궜다.

자유로를 벗어난 차는 좁은 이차선 도로를 숨가쁘게 달렸다. 차가 다리를 건넌 뒤부터 넓은 들판이 나왔고, 띄엄띄엄 고추밭이 보였다. 이제 더 이상 민가는 보이지 않았다. 간혹 수풀에 뒤덮인 농가가 보이긴 했는데, 대부분이 오래 비운 폐가였다.

"아직 멀었나?"

조수석에 앉은 두식이 물었다. 파주까지 오는 동안 나뭇가지에 걸려 있는 장기국의 옷가지가 머릿속을 떠나지 않았다.

"거의 다 왔습니다."

행복 펜션 앞을 지난 지 얼마 되지 않아 앞서가던 차가 멈췄다. 두식은 차 유리문을 내렸다. 야트막한 능선을 타고 내려온 바람이 얼굴을 할퀴고 지나쳤다.

"무슨 일이야?"

대답이 없었다. 차에서 내린 수사관들의 시선이 일제히 한쪽 방향으로 쏠렸다.

"무슨 일이냐고 묻잖아!"

실종

두식은 버럭 소리를 질렀다.

"저기……."

강 형사가 차창 밖으로 고개를 쑥 내민 곳에 장기국의 옷가지가 펄럭거렸다. 재킷은 큰 나뭇가지에, 바지는 작은 나뭇가지에 걸려 있었다. 속옷 상의는 나뭇가지에 찔려 흉측하게 뜯겨져 나갔다. 사진에서 본 모습 그대로였다. 주먹을 쥔 손아귀에 알싸한 기운이 몰려들었다.

'이제 오면 어떻게 하나…….'

임자 잃은 옷가지가 그렇게 자근거리며 수사관들을 맞이했다. 환영의 인사치고는 너무도 고약한 풍경이었다. '여기에 들어오는 자, 희망을 버려라……' 정말로 희망을 버려야 할 순간이 다가오고 있었다. 곧이어 수색작업이 시작됐다. 하늘에는 까마귀 한 마리가 빙빙 맴돌고 있었다. 수풀 속에서는 짝짓기를 앞둔 풀벌레 소리가 들려왔다. 수색작업에 들어간 지 5분 정도 지나 강 형사가 헐레벌떡 뛰어왔다.

"찾았습니다!"

두식은 강 형사를 따라 빠른 걸음으로 능선을 넘어갔다. 뜀박질 소리에 놀란 날짐승이 하늘로 차올랐다. 이윽고 수풀이 우거진 곳에 이르자 목덜미를 적시던 바람이 뚝 멈추었다. 두식도 덩달아 숨을 멈추었다.

장기국은 커다란 바위 위에 반듯하게 누워 있었다. 동영상에 나타난 대로 팬티만 달랑 걸친 알몸이었다.

'이게 정말 사람의 사체인가?……'

장기국의 사체는 깨끗했다. 방금 전 노련한 장의사의 손을 거쳐 염을 끝낸 몸 같았다. 동영상에서 그 혹독한 의식을 치른 사람이라고는 믿어지지 않았다. 사체뿐만이 아니었다. 그의 얼굴은 마치 단잠을 자고 있는 듯 너무도 평온해 보였다. 팬티만 걸친 알몸이 아니라면, 어느 누가 봐도 낮잠을 즐기는 초로의 노인으로 여겼을 것이다.

두식은 사체에서 두어 발치 뒤로 물러났다. 눈에 퍼런 불똥을 매달고 주위를 빠르게 둘러보았다. 하늘과 맞닿은 능선, 야트막한 산기슭 쪽의 공동묘지, 말라버린 개울가, 잎사귀를 살짝 흔드는 실바람…… 아무도 없었다. 아무도 없는데도 인기척이 느껴졌다. 어디선가, 납치범들이 이 고약한 모습을 보고 낄낄거리고 있지 않을까. 눈으로 볼 수 없어도 가슴으로는 느낄 수 있었다.

솔직히 큰 충격은 없었다. 언제부터인지 장기국의 처참한 최후를 마음속으로 그리고 있었다. 아마 동영상을 본 직후 같았다. 그날 밤 카론의 글이 또 올라왔다.

미궁의 _____
늪 속으로 _____

1

오늘도 변함이 없었다.

아파트 지상 주차장에는 단단한 체구의 깍두기 한 놈이 도화지를 양
손에 들고 서 있었다. 놈은 부산을 연고로 한 프로야구구단 모자를 쓰
고, 마스크로 입을 가렸다.

'조용히 살겠습니다.'

준혁은 호주머니에서 차열쇠를 꺼내며 피식 웃었다. 오늘 아침엔 도화지에 적힌 문구가 달랐다. 엊그제만 해도 도화지에는 '착하게 살겠습니다'라고 적혀 있었다. 깍두기가 도화지를 들고 서 있는 자리는 날마다 바뀌었는데, 그 앞에는 항상 깨끗하게 세차된 준혁의 차가 주차되어 있었다. 오늘은 차에 광택을 입혔는지 반지르르한 윤기가 흘렀다.

일주일 전 깍두기 한 놈이 아파트 주차장에 희멀건 낯짝을 들이밀었을 때, 그놈이 누구인지 단박에 알아봤다. 강남역 유흥가를 휘어잡고 있는 조폭의 행동대원이었다. 선고공판 일자를 앞두고 조직원의 형량을 낮춰보려 저리 꼴값을 떠는 것이었다. 처음엔 난데없는 깍두기의 출현에 적잖이 당황했다. 아침부터 팔뚝에 용꼬리 문신을 한 깍두기를 보는 게 기분 좋을 리가 없었다. 아파트 주민들 보기에도 창피하고 민망했다. 그런데 달리 생각해보니 그다지 나쁜 모양새가 아니었다. 이 아파트에 끗발 좋은 검사가 살고 있다는 것을 저 깍두기 놈이 알아서 광고해주고 있지 않은가.

사흘 전부터는 묘한 호기심이 발동했다. 놈의 인내가 어디까지인지 한번 시험해보고 싶었다. 그래서 차 앞에 서 있는 그에게 다가가 얼굴에 침을 뱉고 욕지거리를 풀었다.

"아파트 물 흐리지 말고 당장 꺼져 새끼야!"

깍두기는 낯짝에 가래침을 맞고도 흔들리지 않았다. 오히려 이제야 관심을 보여주어서 고맙다는 듯 조용히 눈웃음까지 지어 보였다. 인내심이 보통이 아니었다. 어제는 처음으로 말을 걸어봤다.

"글이 맘에 안 들어 새꺄, 딴 걸로 바꿔!"

그랬더니 오늘은 '착하게'가 '조용히'로 바뀌었다. 준혁은 깍두기가 정성스레 닦아준 차를 타고 아파트를 나섰다. 놈은 차가 아파트 정문을 벗어날 때까지 직각으로 굽힌 허리를 펴지 않았다. 아침마다 조직폭력배의 배웅을 받다니, 참으로 기가 막힌 일이었다. 두 달 전만 해도 준혁은 아내의 배웅을 받았다. 아내는 무표정한 얼굴로 주차장까지 기어나와 말없이 차의 뒤꽁무니를 쳐다봤다. 언제나 그랬듯이 처녀귀신에게 배웅을 받는 기분이었다. 아파트 베란다에는 딸아이가 유령처럼 서서 아내와 똑같은 표정으로 내려다보기만 했다. 이제는 그런 아내도, 딸아이도 없었다. 둘이 함께 처가댁으로 줄행랑을 친 것이다.

아쉬움도 미련도 없었다. 아내가 내미는 손은 가식의 손이었고, 딸아이가 내민 손은 인형의 손이었다. 고생을 모르고 자란 것들이란, 먹고 사는 게 얼마나 소중한 것인지를 알지 못했다. 검사 남편, 검사 아빠를 둔 게 이 험한 사회를 살아가는 데 얼마나 든든한 배경이 되는지 몰랐다. 한번 호되게 세상 쓴맛을 봐야 정신을 차릴까. 뒤늦게 무릎 꿇고 두 손 싹싹 빌어도 소용이 없다. 이런 정리는 빠를수록 좋았다. 앞으로 처가댁에서 더 얻어낼 것도 없었다. 차는 검찰청사 앞의 신호등에서 멈추었다.

'오늘도 납시셨군.'

준혁의 눈매가 가늘게 찢어졌다. 검찰청사 정문 앞에는 백발이 성성한 노인네가 1인 피켓시위를 벌이고 있었다. 피켓 안에는 '내 아들을 살려내라'라는 문구가 박혀 있었다. 제6공화국 당시 한 야산에서 사망한 아들의 의문사를 재조사해달라는 내용이었다. 백발의 노인은 지난겨울부터 하루도 빠짐없이 나타나 피켓시위를 벌였다. 폭설이 내리고 장대비가 쏟아져도 그 자리를 굳건히 지켰다. 노인네의 집념은 인정해줄 만하나 도가 지나친 요구였다. 20년이 훌쩍 넘은 일을 이제 와서 어쩌겠다는 것인가. 아침 출근 때마다 그 모습을 보는 것도 큰 곤욕이었다. 오늘은 법원 정문 앞에서도 작은 집회가 열리고 있었다. 그곳에는 오십 명가량의 사람들이 모여 있었는데, 사법부의 재판 결과에 항의하는 집회였다.

'권력의 시녀, 사법부는 각성하라.'

그들이 들고 있는 현수막이 가시처럼 눈을 찔렀다. 권력의 시녀…… 한두 번 듣는 소리도 아닌데 오늘따라 영 마음에 들지 않았다. 공권력의 위기였다. 개나 소나 목소리를 높이고 사사건건 마음에 들지 않는다고 개떼처럼 몰려들었다. 저런 광경을 볼 때마다 불도저로 싹 밀어버리고 싶은 마음이 간절했다. 좌회전 신호등이 켜지고 차는 청사 안으로 들어섰다.

"내 방으로 얼른 튀어오게."

모닝커피를 마시기도 전에 부장검사의 호출을 받았다. 수화기에서 흘러나오는 그의 목소리에 힘이 잔뜩 들어가 있었다. 부장검사는 1분 내로, 라는 말을 암호처럼 툭 던지고 전화를 끊었다. 돌발상황이 분명했다. 지금까지 이처럼 다급하게 호출을 받은 적이 없었다. 전화를 끊자마자 머리보다 몸이 먼저 반응했다. 상의를 걸치고 넥타이를 고쳐 매고 손가락으로 머리를 손질했다. 계단을 타고 올라가며 빠르게 머리를

굴렸다. 노크를 하기 직전 나름대로 짧게 결론을 내렸다. 뭔가 큰일이
터진 것이다!

"앉게."

부장검사가 자리를 권했다. 준혁은 가죽소파에 엉덩이만 살짝 걸쳤다.

"자네, 서울에 올라온 지 얼마나 됐지?"

"2년 됐습니다."

근무지의 햇수를 물어보는 것은 조만간 인사이동이 있다는 뜻이다.
검찰에게 보직이란 자존심의 지표다. 이를 목숨보다 더 소중히 여기는
검찰도 꽤 많았다. 소위 끗발이라는 것도 보직에 따라 급수가 정해졌다.

"지낼 만은 한가?"

"네."

부장검사는 입술을 지그시 깨물고는 잠시 뜸을 들였다. 그 짧은 침묵
을 틈타 서울로 올라오기까지의 과정이 주마등처럼 스치고 지나갔다.

고되고 험난한 세월이었다. 서울에 올라오기 위해 10년 가까이 공을
들였다. 명절 때나 인사철이 되면 윗선에 손을 내밀고 온갖 기름칠을 발
랐다. 뇌물이든 선물이든 가리지 않고 평검사로서 잘 보일 수 있는 일은
뭐든 했다. 목적은 단순하고 뚜렷했다. 서울로 올라오는 것, 오직 그 하
나에 모든 걸 걸었다. 이대로 인연 한 자락 닿지 않는 지방 구석에서 썩
을 수는 없었다. 지방 유지들에게 둘러싸여 환대나 향응을 받으려고 사
법고시에 도전한 게 아니었다. 촌구석에서 어깨나 으쓱대자고 일곱 번
의 쓰디쓴 고배를 마신 건 더욱 아니었다. 무뚝뚝한 아내도 서울에 올
라오는 일이라면 발바닥에 불이 나도록 뛰어다녔다. 아내의 노력과 장

인의 재력, 거기에 준혁의 열성이 더해져 기어이 서울에 닻을 내렸다.

준혁에게는 인맥도 배경도 학벌도 없었다. 가진 것이라고는 불알 두 쪽이 전부였다. 중졸의 학력으로 대입검정고시를 패스했다. 대학에 입학한 후에는 한눈 한번 팔지 않았다. 연애는 아예 담을 쌓았고, 술집 근처에도 기웃거리지 않았다. 고시에 패스하기 위해 달짝지근한 욕망쯤은 가볍게 뿌리쳤다. 그렇게 꼬박 8년이라는 세월을 보냈다. 불굴의 정신으로 현재의 대한민국 검찰이 됐다. 그러나 앞으로 가야 할 길은 더 멀고 험했다. 뒤에서 황소처럼 밀어주던 처가댁도 예전과 달랐다.

"자네…… 장기국 변호사라고 들어봤나?"

부장검사의 눈 밑에 퍼런 실핏줄이 꿈틀거렸다. 그 이름이 낯설지 않았다.

"검찰에 몸담고 있던 분 아닙니까?"

"그래. 한때 공안통으로 날리던 분이지."

이제 확실하게 기억이 났다. 사법연수원 시절 장기국은 스폰서를 자처한 기업가의 폭로로 옷을 벗었다. 그때만 해도 차기 검찰총장감으로 입에 오르던 인물이었다.

"그것 좀 꺼내봐."

부장검사는 눈짓으로 탁자 위에 있는 봉투를 가리켰다. 봉투 안에는 대여섯 장의 사진과 함께 중간수사보고서가 들어 있었다. 보고서를 확인한 준혁의 입이 쫙 벌어졌다. 장기국 피살 사건이었다.

"범행 수법이 아주 독특해…… 할 말도 꽤나 많은 것 같고."

부장검사의 목소리가 무겁게 가라앉았다.

"똑부러지게 말하면 될 걸 꼭 요리조리 비트는 인간들이 있지. 참 고약한 종자들 아닌가?"

"……."

"서둘러주게. 빠를수록 좋아."

"알았습니다."

"언론에는 새나가지 않도록 해."

그쯤이면 무슨 소린지 다 알아들었다. 아침부터 부장검사가 호들갑을 떨며 호출할 만했다. 장기국은 보통 인물이 아니었다.

준혁은 자리로 돌아와 봉투 안의 것을 탈탈 털어냈다. 중간수사보고서, 박사학위 논문집, 범인들이 메일에 올린 글, 동영상을 담은 CD, 이번 사건과 관련된 각종 사진들…… 여러 사진들 가운데 현장감식반이 찍은 장기국의 사체 사진이 가장 돋보였다. 무릉도원에서 한가로이 낮잠을 즐기는 신선의 얼굴이 저럴까. 약간 벌린 입가에는 엷은 주름이 잡혔다. 감겨 있는 두 눈가는 꿈을 꾸듯 촉촉이 젖어 있었다. 살이 오른 볼은 달덩이처럼 훤했다. 장기국의 얼굴은 아주 평온해 보였는데, 그게 되레 섬뜩하게 다가왔다. 그뿐 아니었다. 범인들은 사체유기 장소를 알려준 사진까지 곁들여 묘한 호기심을 자극했다. 중간수사보고서에는 범인들이 보내온 글이 날짜별로 잘 정리되어 있었다. 부장검사의 말대로 범인들은 꽤나 할 말이 많아 보였다. 어찌됐든 근래 보기 드문 기묘한 사건이었다.

미궁의 늪 속으로

2

장기국 살인사건은 인터넷은 물론 신문에 한 줄도 실리지 않았다. 언론이 침묵한 것은 아니다. 이 대담하고 엽기적인 사건을 알지 못했을 뿐이다. 모든 게 서장이 발빠르게 대처한 덕분이다. 어제 장기국의 사체현장에서 돌아오자 서장은 다급하게 두식을 찾았다.

"공개수사로 전환하기에는 때가 일러. 피해자 가족에게도 양해를 구했으니 비공개로 가자고."

굳이 그렇게까지 말을 돌릴 필요는 없었다. 이번 사건이 언론에 새나가지 않도록 철저히 문단속을 하라는 것이었다. 서장은 장기국의 사인이 무엇인지, 사체현장의 분위기가 어땠는지는 묻지 않았다. 이 엄청난 악재를 피해갈 궁리만 했다. 두식은 그런 서장의 마음을 이해했다. 아무런 단서나 대안도 없이 수많은 언론매체 앞에서 꿔다놓은 보릿자루 신세가 되고 싶지 않은 것이다. 잘만 하면 이번 사건을 호재로 바꿀 수도 있는데 서장은 몸을 사리기에만 급급했다.

"밖으로 새나가서는 안 돼. 절대로!"

서장은 그래도 마음이 놓이지 않는지 수사팀을 전부 모아놓고 각별한 주의를 당부했다. 어제 두식에게 했던 얘기가 또 다시 반복되었다. 졸지에 언론이 적이 되고 보안이 생명이 되고 말았다. 사실 수사팀도 이번 사건이 외부에 알려지는 것을 원치 않았다. 골칫거리만 늘 뿐 수사하는 데는 하나도 도움이 되지 않았다. 공개수사라는 것은 해볼 데까지 다 해보고 손을 털려고 할 때 써먹는 수법이었다. 이번 살인사

건은 여러 면에서 달랐다. 전직 고검장 출신의 변호사가 살해된 것만
해도 보통 기삿거리가 아니었다. 이 사건이 외부에 알려지면, 기자들
은 자극적인 것만 골라 제멋대로 갈겨댈 것이다. 추리소설가보다 더
현란한 글솜씨로 독자들을 현혹할 것이다. 이처럼 막돼먹은 기자들을
상대하는 것도 여간 힘든 게 아니었다. 서장의 연설은 평소의 지론으
로 막을 내렸다. 모든 수사는 비밀이 원칙이다!

장기국의 사체가 발견된 후 본격적인 수사팀이 꾸려졌다. 이제부터는
실종사건이 아니라 살인사건이었다. 수사본부도 정보과가 있는 4층으
로 옮겨졌다. 보안을 위한 조치였다. 4층 복도에는 외부인 출입금지 팻
말이 들어섰다. 수사본부 안의 정리가 끝나자, 서장이 두식을 불렀다.

"내일 서울지검에서 검사가 올 거야."

서장은 창가로 가더니 문을 활짝 열었다.

"깐깐한 양반이니 잘 협조하라고. 제발 좀 부딪치지 말고."

때 이른 감이 없지 않으나 뭐라 대꾸할 입장이 아니었다. 오래도록
검찰에 몸담은 고인에 대한 배려였다. 검찰의 전관예우는 죽어서도 그
지위를 톡톡히 누렸다.

뭘 저리 뚫어지게 쳐다보는 것일까?

홍 검사는 벌써 다섯 차례나 장기국의 동영상을 틀었다. 동영상이
새로이 돌아갈 때마다 표정이 달라졌다. 처음엔 고개를 갸웃거리더니
그다음엔 다소 심각한 표정으로, 마지막엔 허탈한 미소로 마무리 지었
다. 쇼맨십이 다분한 표정이었다. 그는 전직 검사의 원혼을 달래주기

위해 긴급 투입된 현직 검사였다.

"이게 단테의 『신곡』을 흉내낸 건가?"

장기국이 나무문으로 쑥 들어가는 장면이 나오자, 홍 검사가 뒤를 힐 끔 돌아보았다.

"그렇습니다."

강 형사가 그의 말을 받았다.

"거 참, 별종들이로군."

홍 검사는 목을 뒤로 꺾어대고는 깍지 낀 손을 앞으로 쑥 내밀었다. 우두둑, 관절 꺾이는 소리가 부드럽게 목덜미를 감아올렸다. 두식은 표 나지 않게 얼굴을 찡그렸다. 그의 태도가 마음에 들지 않았다. 사람 을 불러놓고 저리 딴청을 피우는 것은 도리가 아니었다. 오 교수의 얼 굴은 불쾌한 기색이 역력했다.

홍 검사가 수사본부에 들어와 내뱉은 첫마디가 범죄심리학자를 호 출한 일이었다. 범죄심리학자가 이번 사건을 어떻게 보고 있는지 무척 궁금하게 여기는 눈치였다. 그런데 수사본부에 오 교수가 들어서자, 홍 검사의 얼굴이 벌레 씹은 얼굴로 변했다. '여자잖아.' 말은 하지 않 았지만, 그런 표정이 고스란히 이마빡에 찍혀 나왔다. 그는 시간이 꽤 지났는데도 오 교수에게 눈길 한번 주지 않았다.

"마지막에 온 메일은 어디 있나?"

강 형사가 프린터에서 출력한 복사 용지를 홍 검사에게 내밀었다. 장기국의 사체가 발견된 날, 카론이 올린 글이었다.

괴물과 싸우는 사람은 그 과정에서 자신도 괴물이 되지 않도록 조심해야 한다.

우리가 심연을 들여다보면, 심연 또한 우리를 들여다본다.

여기가 끝이 아니다.

"오 교수님이라고 했던가요?"

그제야 홍 검사는 고개를 돌려 오 교수를 힐끔 쳐다봤다. 그의 두 눈이 오 교수의 잘록 팬 옆구리를 파고들었다.

"그렇습니다."

오 교수가 건조한 어투로 대꾸했다.

"이 글, 알아보겠습니까?"

"니체의 글입니다."

오 교수는 홍 검사가 건넨 용지를 쳐다보지도 않았다. 앞의 두 문장은 독일 철학자 니체의 글이다. 여기서 말하는 심연이란 거울과 같은 뜻을 담고 있다. 괴물을 대할 때는 그 괴물의 입장에서 생각해보라는 뜻이다. 이 글은 범죄심리학자에게는 금언과도 같다. 문제를 해결하기 위해서는 범죄자가 처한 입장을 눈여겨보라는 뜻으로도 해석된다.

"사체를 이리 노골적으로 공개한 데는 그만한 이유가 있지 않겠습니까?"

홍 검사는 현장감식반이 찍은 사진을 탁자 앞에 휙 내던졌다. 그러고는 오 교수를 위아래로 쓰윽 훑어보았다. 여전히 범죄심리학자가 여자인 게 못마땅한 얼굴이었다.

"어디 범죄심리학자의 견해 좀 들어봅시다. 흠흠."

"두 가지로 볼 수 있습니다. 첫째는 과시욕이고 둘째는 사체를 통해 뭔가 하고 싶은 말을 전달하려는 뜻으로 해석할 수 있습니다."

"이것들은 후자에 속하겠군요. 그러니까……."

"여기서 주목해야 할 것은 범인이 글을 보내온 시기입니다."

오 교수가 홍 검사의 말을 단칼에 잘랐다.

"범인은 장기국의 사체를 수습한 날 밤 이 글을 올렸습니다. 즉각적으로 자신들의 의사를 표시한 것이죠. 계획적이고 의도적인 살인범의 경우 살인을 저지른 뒤에 종종 안정감을 느낍니다. 사전에 치밀하게 계획한 대로 임무를 완수했기 때문입니다. 그리고 곧 자신이 저지른 행위에 강한 자신감과 집착을 보입니다. 이 시기가 범인들이 하고 싶은 말이 가장 많을 때입니다."

오 교수의 목소리가 똑부러지게 울렸다. 평소보다 카랑카랑한 목소리에는 홍 검사에 대한 반감이 짙게 깔려 있었다.

"범인들의 성향은 파악했습니까?"

"일단 초범일 가능성이 큽니다."

오 교수는 그런 질문을 기다리기라도 한 듯 몇 가지 가설을 내세웠다. 최근에 이와 같은 범죄 사례는 보고된 적이 없다, 피해자의 동영상을 보내거나 사체를 노골적으로 공개하는 것은 재범자에게서는 볼 수 없는 행동이다…….

"장기국은 고검장 출신의 변호사입니다. 피살되기 직전에는 정계진출을 모색하고 있었습니다. 초범자나 잠재적인 범죄자에게는 타깃이 될 수 있지만, 재범자는 결코 이런 대상을 노리지 않습니다. 이들은 언론에 주목받는 것을 원치 않습니다."

모두 공감이 가는 소리였다. 두식 역시 처음부터 이들이 초범일 것이라고 단정 지었다. 두식은 오 교수의 논리에 하나를 더 추가했다. 재범자는 결코 경찰을 끌어들이지 않는다.

"독특하지 않습니까? 사체를 이리 깨끗하게 처리한 거 말입니다. 메일이나 동영상을 봤을 때는 아주 작살을 낼 것 같던데……."

홍 검사의 눈이 오 교수의 엷은 화장기의 얼굴을 더듬었다.

"사체의 얼굴을 훼손하는 것은 면식범일 경우가 많습니다. 팔다리를 훼손하는 경우는 파괴적인 성향을 지닌 자에게서……."

"잠깐."

이번엔 홍 검사가 그녀의 말을 잘랐다.

"면식범은 아니라는 소린가요?"

"……."

"됐습니다. 앞으로 수사에 많은 도움을 주십시오."

홍 검사는 다시 모니터 화면으로 고개를 돌렸다. 그녀를 다급히 호출할 때와는 달리 질문의 핵심은 없었다. 인사치레로 슬쩍 던져보는 질문에 불과했다. 오 교수는 고개를 빳빳이 치켜들고 홍 검사 앞을 지나쳤다. 그녀는 두식 앞으로 다가와 잠시 숨을 골랐다.

"여러 정황으로 봐서…… 이번 사건은 일회성으로 끝날 것 같지가 않습니다."

"또 다른 살인을 계획하고 있다는 건가요?"

강 형사가 빠르게 말을 받았다. 오 교수는 즉답을 주지 않고 뜸을 들였다. 사실 수사팀에게는 하고 싶지 않은 말이었다. 가뜩이나 불편한 그들의 심기를 건드리고 싶지 않았지만, 나름대로 심증을 품고 있었다.

"하나로는 만족하지 못할 겁니다."

여기가 끝이 아니다…… 오 교수는 범인이 마지막으로 남긴 글로 재범에 무게를 두었다. 또 다른 범행을 저지를 것이라고, 지금쯤 다음 상대를 뒤쫓고 있을 것이라고 두세 수 앞을 내다봤다. 그러나 두식의 생각은 달랐다. 단지 그런 글만으로 다음 상대를 물색하고 있다는 것은 지나친 비약으로 들렸다.

"반장님, 나 좀 봅시다."

오 교수가 사라지자, 홍 검사가 두식을 불렀다.

"뭐 하나 물어봅시다."

홍 검사는 등받이에 몸을 푹 파묻었다. 두식을 바라보는 눈매가 실뱀처럼 찢어졌다.

"지금껏 한 게 뭡니까?"

그의 입가에 비웃음이 흘러나왔다. 두식은 입술을 꾹 다물었다.

"지금껏 뭘 했냐고 묻지 않습니까?"

"……."

"벌써 손을 놓은 거요?"

그건 지나친 소리였다. 오늘 아침에도 감식반과 함께 두 눈에 불을 켜고 사체 발견 장소를 뒤졌다. 파주에서 축현리로 들어서는 CCTV도 모두 판독했다. 비포장도로로 들어가기 위해서는 반드시 이차선 국도를 거쳐야 했다. 그런데 국도 입구에 설치된 CCTV에는 수상한 차량이 잡히지 않았다. 사건 당일 폐쇄회로에 찍힌 차량은 대부분 마을주민의 차량이었다. 외부에서 온 몇몇 차량이 있기는 했으나 차량조회 결과 모두 신원이 확인되었다. 살해범들은 CCTV가 설치되지 않은 다른 길로 이동한 것이다.

"여기 수사보고서에 적혀 있는 건…… 죄다 그놈들이 제공한 것 아니오?"

홍 검사는 동영상과 메일, 논문집을 차례대로 가리켰다. 맞는 소리였다. 입이 열 개라도 할 말이 없었다.

"두세 발은 앞서가야지, 미친년 뒤꽁무니만 쫓다가는 등신 되기 딱 알맞겠소."

"……."

홍 검사의 서늘한 눈빛이 두식의 동공을 파고들었다. 눈자위가 따끔거렸지만, 두식은 애써 그의 눈빛을 피하지 않았다.

"잘해봅시다. 앞으로."

3

'등신 같은 자식.'

대체 지금까지 뭘 했단 말인가. 장기국이 실종된 후 수사팀이 밝혀낸 것은 하나도 없었다. 수사팀이 박박 긁어모은 자료라는 게 전부 범인들이 보내온 것이었다. 나랏돈만 축내는 한심한 인간들이었다. 최 반장은 묻는 말에 대답도 없이 이마 주름에 각을 세웠다. 조만간 푸닥거리라도 한번 해야 할 것 같았다. 고인 물은 썩고 뒹구는 돌은 이끼가 끼지 않는 법이다. 빡세게 돌려야 밥값이라도 할 게 아닌가. 한두 번 겪는 일도 아니었다. 이대로 가만히 놔두었다가는 앞길이 창창한 검사 하나 매장시킬지도 모를 일이었다.

준혁은 민 형사와 함께 차에 올랐다. 현장사진을 보는 것만으로는 감이 오지 않았다. 제아무리 수백 장의 사진을 본들 사체현장을 직접 확인하는 것만 못했다. 대낮인데도 파주의 하늘은 어둡고 침침했다. 비포장도로에 들어선 뒤로 줄곧 따라오던 잿빛 실구름도 그새 어디로 숨었는지 보이지 않았다.

마을 입구에 차를 주차시키고 습관처럼 휴대폰을 찾았다. 그새 두 통의 전화가 와 있었다. 하나는 장인이었고, 다른 하나는 작은어머니였다. 둘 다 똥통에 확 쑤셔버리고 싶은 인간들이었다.

김향숙…… 그 이름을 본 순간 입안이 칼칼했다. 그녀의 이름을 왜 휴대폰에 저장해두었을까. 한심한 일이었다. 아직도 홍 씨 집안사람들에게 미련이 남아 있단 말인가. 그건 결코 아니었다.

작은어머니에게 처음 전화가 온 것은 일주일 전이었다. 너무도 뜻밖이라 세 차례나 수화기에서 흘러나오는 목소리의 주인공을 확인했다. 김향숙, 그 이름을 확인하고 나자 팔뚝의 털이 바르르 곤두서면서 오래전의 악몽이 되살아났다. 작은아버지, 큰고모, 작은고모…… 꿈에서라도 볼까, 진저리를 치게 만든 인간들이었다.

이게 대체 몇 년 만인가. 대충 계산해보니 30년이 훨씬 넘었다. 일단 작은어머니가 30년 만에 전화한 용건이 뭔지, 무슨 소리를 지껄이려는지 궁금해서 귀를 기울였다.

"네 아버지 말이다……."

그녀는 아버지의 애기로 물꼬를 트면서 기나긴 단절의 벽을 깨뜨렸다. 30년 만에 내뱉는 첫 소리가 아버지라니. 놀랍다 못해 신기할 정도였다.

"아니, 네 어머니 말이다……."

짧은 한숨과 함께 그녀는 방금 내뱉은 말을 수정했다. 놀랍기는 마찬가지였다. 아버지와 어머니, 모두 오래전에 세상을 떠난 사람이었다. 준혁의 나이 두 살 때 아버지가, 열한 살 때 어머니가 돌아가셨다. 예사롭지 않은 일이었다. 작은어머니는 물론 홍 씨 집안사람들 그 누구와도 연락 한 번 없었다. 그들이 어디에 사는지도 몰랐고, 알고 싶은 생각도 없었다. 그런데 느닷없이 전화를 걸어와 아버지와 어머니를 입에 올리다니. 아무리 쥐어짜도 그림이 그려지지 않았다. 아무런 이유 없이 전화할 인간이 아니었다.

"다시 전화하마……."

첫날의 통화는 그렇게 간단히 끝났다. 전화를 끊고 나자 의아한 점이 하나둘씩 떠올랐다. 휴대폰 번호를 어떻게 알았을까? 어떻게 해야 30년을 안 본 사람의 전화번호를 알아낼 수 있는지 궁금했다. 자신의 소재지를 찾기 위해 온갖 호들갑을 떨며 홍 씨 친척들이나 이웃에게 전화를 걸었을까? 홍 씨 집안의 애물단지가 지금은 대한민국 검사가 된 것을 알고나 있을까? 아직은 모르는 것 같았다. 자신의 안부나 근황에 대해서는 단 한마디도 없었다.

네 아버지 말이다…… 그녀의 한마디가 아련한 기억을 끄집어 올렸다. 두 살 때 아버지가 돌아가셨으니 남아 있는 기억은 하나도 없었다. 아버지의 사인은 분명하지 않았다. 교통사고라는 말도 있고, 물에 빠져 익사했다는 소리도 있었다. 아버지는 저세상에 간 후에도 홍 씨 집안사람들의 입에 자주 오르내렸다. 홍 씨 집안을 일으켜 세울 수재, 그 하나로 모아졌다. 아버지라는 이름은 홍 씨 집안사람들에게 지난 향수를 일으키는 환각제였다. 그러나 어머니는 달랐다. 준혁에겐 '침묵의 강'이었고, 홍 씨 집안사람들에겐 '남편 잡아먹은 여편네'였다.

다음날 작은어머니에게 또 전화가 왔다. 이번엔 전화한 용건이 첫날과 달랐다. 아버지나 어머니 얘기는 온데간데없고 오직 작은아버지만 입에 올렸다.

"작은아버지가 병원에 입원했다……."

그 말을 듣고도 아무런 반응을 보이지 않았다. 휴대폰을 끊지 않았다는 것을 확인시켜주기 위해 간간이 헛기침만 실려 보냈다. 작은아버지 상태가 좋지 않은 것 같다…… 다음에 다시 전화하마…… 그렇게 몇 마디를 두서없이 늘어놓고는 전화를 끊었다.

머릿속이 하얗게 비워졌다. 작은 악마…… 그때만 떠올리면 지금도 오금이 저려왔다. 이러다가 정말 사람을 죽일 수도 있겠구나. 영화에서 본 살인 장면이 남의 일 같지가 않았다. 그무렵 틈만 나면 살인을 꿈꾸었다. 작은아버지는 칼로 목을 찌르고 큰고모는 두 눈을 도려냈다. 작은고모는 인근 야산에 생매장했다. 날마다 그런 상상을 하면서 잠이 들었다. 잠에서 깨어나면 참혹한 현실이 숨통을 죄어왔다.

살인의 환상에서 겨우 벗어난 게 작은고모의 집을 나오면서부터였다. 그때 독립을 선언하고 홍 씨 집안사람들과 영원히 결별했다. 그들과 인연을 끊는 것은 결코 어려운 일이 아니었다. 홍 씨 집안사람들이 그걸 먼저 원했다. 게다가 몹쓸 기억들이 인연을 끊는 데 큰 힘을 실어주었다.

"이쪽으로 오십시오."

민 형사가 두어 발 앞장서서 준혁을 안내했다. 낮은 능선을 넘자 커다란 느티나무 앞쪽에 경찰이 두른 노란 띠가 눈에 들어왔다. 막상 현장에 와보니 사진으로 볼 때와는 느낌이 달랐다. 놈들의 숨결은 물론 미세한 움직임까지 느껴졌다. 준혁은 장기국의 사체를 올려놓은 바위를 물끄러미 내려다봤다.

"어제도 감식반이 와서 이잡듯이 뒤지고 갔습니다."

건질 것도 없는데 여긴 뭣하러 왔냐는 소리로 들렸다.

"놈들이 왜 이 바위에 사체를 깔아놨을 것 같나?"

준혁은 민 형사를 매섭게 노려봤다.

"특별한 이유가 있을 거야. 살인범들에게 사체 처리만큼 성가시고 귀찮은 숙제는 없지."

살인범들에게 사체 처리는 당장에 풀어야 할 숙제이다. 그래서 이들은 사체를 암매장하거나 자신만이 아는 은밀한 곳에 유기한다. 용의주도한 살인범이든 우발적으로 저지른 살인범들이든 사체가 공개되는 것을 원치 않는다. 그러나 놈들은 보란듯이 대놓고 사체를 공개했다.

그런데 왜 하필이면 이곳에 사체를 올려놓았을까? 이처럼 넓적한 바위를 찾는 것도 쉽지 않은 일이다. 놈들은 오래전부터 사체 처리 장소로 이곳을 택했을지도 모른다. 그러니까 범행을 하기 전에 이미 사체를 공개할 곳을 콕 집은 것이다.

준혁은 사체 발견 현장을 꼼꼼하게 살폈다. 잡초가 우거진 길을 파헤치고 차가 들어오는 길까지 나가 주변을 기웃거렸다. 민 형사는 바위 주위를 빙빙 돌면서 마지못해 뭔가를 찾는 시늉만 하고 있었다. 현장 주위에 눈에 띄는 지형지물은 보이지 않았다. 수풀, 나무, 야산…… 산골 어디에서나 볼 수 있는 흔한 풍경이었다. 그나마 시선을 끄는 것은 능선 끄트머리에 누워 있는 무덤뿐이었다. 준혁의 눈길이 능선을 타고 올라가 둥근 봉분에 꽂혔다. 때마침 봉분 위로 까마귀 한 마리가 사뿐히 내려앉았다.

"저기 가보자구."

능선 위에 올라서자 십여 기의 무덤이 어깨동무하듯 누워 있었다. 준혁은 몸을 낮게 움츠리고 무덤들을 차례차례 더듬어갔다. 금방이라도 무덤 속의 시신이 용수철처럼 튀어나올 것 같았다. 무덤에 가까이 다가갈수록 풀벌레 소리가 더 크게 들려왔다. 풀벌레 소리에 섞여 낯익은 목소리가 고막을 흔들었다.

'나 죽거든…… 내 무덤은 만들지 마라.'

어머니의 목소리가 양 어깨에 묵직하게 내려앉았다. 오늘따라 왜 이럴까. 준혁은 고개를 절레절레 흔들었다. 아버지에 어머니, 그리고 작은어머니까지 달라붙어 속을 뒤집어놓았다. 다시는 떠올리고 싶지 않은 기억이었다.

그날 어머니는 아버지의 무덤 앞에서 한참을 울었다. 어머니에게도 눈물이 있었구나, 그때 처음 알았다. 어머니는 여간해서 눈물을 흘리지 않았다. 기쁠 때도 슬플 때도 늘 같은 표정이었다. 그런데 그날은 달랐다. 아버지의 무덤을 내려갈 때 어머니의 눈은 퉁퉁 부어 있었다. 산을 내려와서는 별안간 준혁의 손을 덥석 잡았다. 그것도 처음이었다. 하나뿐인 아들의 손을 우악스러우면서도 다정하게 잡은 것은. 어머니의 손은 얼음장처럼 차가웠다. 그 손을 뿌리치고 싶었지만, 차마 그럴 수가 없었다. 어머니의 눈물, 어머니의 손…… 낯설고 어색했다. 그날 밤 준혁은 어머니의 행동이 이상해서 잠도 제대로 자지 못했다. 어머니는 준혁에게 그런 존재였다. 가까이 다가갈 수도, 멀찍이 떨어질 수도 없는 애매모호한 사람이었다.

"여기선 사체현장이 아주 잘 보이는데요."

너덧 걸음 앞서가던 민 형사가 무덤 아래로 고개를 내밀었다. 민 형사의 말대로 사체현장이 한눈에 쏙 들어왔다. 무덤 양쪽으로는 나무들이 빼곡히 들어차 있었지만, 유독 이 무덤 앞에는 아무런 장애물이 없었다. 가슴이 후련할 정도로 앞이 탁 트였다.

얼마 전에 누군가 다녀간 걸까. 무덤 앞에는 명태포, 꽃다발, 반쯤 찬 술병이 놓여 있었다. 무덤 주변에는 아직도 사람의 손길이 미지근하게 머물러 있었다.

"검사님!"

비석 주위를 살피던 민 형사가 자지러지듯 소리를 질렀다.

"여기……."

민 형사가 가리킨 비문이 두 눈을 찔렀다.

'裵鐘館之墓'

배종관지묘…… 눈앞이 아찔했다. 퍼런 불똥과 함께 논문집에서 본 그의 글이 망령처럼 되살아났다. 여기서 그 이름을 보게 되다니, 몽달 귀신에게 싸대기를 맞은 것처럼 얼얼했다. 때마침 불어온 바람이 준혁의 얼굴을 할퀴고 지나쳤다. 그는 한차례 숨을 고른 후 비석 뒤로 천천히 다가갔다. 비석 뒤에는 다음과 같은 비문이 적혀 있었다.

'여기 유토피아를 꿈꾸며 잠들다.'

4

오늘도 본관 건물 4층에 불이 켜져 있다. 벌써 사흘째다. 어둠이 몰려오면 그곳에 불이 들어오고 창가에 커튼이 드리워졌다. 이따금씩 커튼 사이로 사람의 실루엣이 어른거렸다. 자정이 넘어서도 불이 환하게 밝혀져 있다. 경찰서 내에서 새벽까지 불이 꺼지지 않는 곳은 오직 그곳뿐이다. 형진은 본관 4층에 고정되어 있는 시선을 거두어들였다.

현재 시각 새벽 2시 반, 경찰서 안은 쥐죽은 듯 고요하다. 가해자 가족으로 보이는 사람들만 드나들 뿐이다. 그들의 얼굴에는 하나같이 먹구름이 끼어 있다. 이 시각에 경찰서를 드나드는 사람은 대부분 합의를 하거나 뒷수습을 하기 위해 오는 사람들이다. 피해자와 가해자의 가족을 구분하는 것은 어려운 일이 아니다. 경찰서에 3년 가까이 출입하다 보니 그쯤은 얼굴만 봐도 알 수 있다.

'냄새가 나…….'

형진의 시선이 또 다시 본관 4층으로 향했다. 사흘 전만 해도 꼭두새벽에 본관 4층이 불을 밝힌 적은 없었다. 원래 그곳은 정보 담당 수사관들이 사용하던 사무실이었다. 4층으로 올라가는 계단 앞에는 '외부인 출입금지'라고 적힌 팻말이 놓여 있었다.

대체 그곳에서 무슨 일이 벌어지고 있는 것일까? 새벽까지 꺼지지 않는 불빛, 외부인 출입금지, 부쩍 늘어난 수사관…… 코를 들이대는 곳마다 고약한 냄새가 진동했다. 어제저녁 4층 복도를 기웃거리다가 성깔 사나운 수사관에게 들켜 호되게 당했다. 큰 사건이 터진 게 확실하다. 그렇지 않고서야 저리 호들갑을 떨 이유가 없지 않은가.

수사관들의 행동도 평소와는 달랐다. 대개 굵직한 사건이 터지면 수사관들은 몸을 낮추고 언론과의 접촉을 피한다. 아예 말을 붙이지도 못하게 멀찌감치 거리를 두기도 한다. 형진이 평소 잘 알고 지내는 수사관도 접촉을 꺼렸다. 압구정동에서 강도 살인사건이 발생했을 때도, 강남역에서 조폭들이 대낮에 회칼을 휘둘렀을 때도 지금처럼 경비가 삼엄하지는 않았다. 형진은 나름대로 결론을 내렸다. 언론에 알릴 수 없는, 언론이 알아서는 안 될 사건이 터진 게 분명했다. 아직 이렇다 할 물증은 잡지 못했으나 심증만은 확고했다. 사건의 중심은 본관 4층 건물, 그곳에 수사본부가 설치된 것이다.

요즘 들어 굵직한 사건이 없어서 꽤나 무료하던 참이었다. 사건이 터지지 않으면 할 일이 별로 없었다. 그래도 맡은 꼭지를 채워넣어야 하는 게 기자의 임무다. 자잘한 뉴스를 부풀리거나 절도사건을 강도 사건으로 둔갑시켜서라도 꼭지를 채워넣어야 한다. 그래야 신문이 발간되고 신문사가 돌아간다. 형진이 소속되어 있는 신문사는 서울의 여느 신문사와는 달랐다. 본사가 수원이었고, 지사가 서울에 있었다. 신문 이름은 수도일보이지만, 수도권일보에 더 가까웠다. 겉으로는 종합일간지를 표방하고 있으나 통신사에서 서비스되는 기사를 짜깁기하기에 바빴다. 현재 수도일보 8년차, 서울에서 벌어지는 모든 사건사고가 그의 몫으로 배정됐다. 일손이 부족할 때는 검찰청도 드나들었다. 취재뿐만 아니라 때로는 광고 영업에도 발품을 팔아야 했다. 신문사 사주나 편집국장은 그걸 더 원했다. 그것이 수도일보의 현실이었다.

하루 종일 본관 4층을 주시했다. 아침과 저녁, 밤과 새벽을 가리지 않고 그 주변을 훑고 또 훑었다. 마침내 수사관 말고 본관 4층을 자유롭게 드나들 수 있는 사람을 찾아냈다. 중국집 배달원이었다. 배달원은 수사관들의 제재를 받지 않았다. 오히려 쌍수 들어 환영하는 편이었다. 취재원으로 그보다 알맞은 인물이 없었다. 더 이상 그곳이 열릴 때까지 기다릴 필요는 없었다. 제아무리 단단히 빗장을 걸어 잠가도 틈을 파고드는 게 기자의 능력이다. 특종은 거저 굴러들어 오는 게 아니다. 형진은 중국집 배달원을 구워삶기로 했다.

오전 내내 날이 찌푸리더니 점심시간이 돼서야 해가 드러났다. 형진은 정문 계단 입구에 쭈그리고 앉아 중국집 배달원이 나오기를 기다렸다. 방금 전 중국집 배달원은 오토바이를 타고 와서 철가방 두 개를 번쩍 들고 4층으로 올라갔다. 주위를 잘 살피면 취재원으로 삼을 만한 인물이 지천에 깔려 있다. 수원시청을 출입할 때는 미화원 아주머니가 취재원으로 큰 역할을 했다. 그때의 경험을 살려 이번에도 쓰레기통에 도움을 요청할 생각이었다. 잠시 후 정문 계단으로 중국집 배달원이 나왔다.

"어이, 나 좀 보자."

형진은 계단을 내려가는 그를 불러 세웠다. 배달원은 스무 살이 갓 넘어 보이는 젊은이였다. 휴학 중인 대학생이거나 군 입대를 앞두고 유흥비나 벌 생각으로 아르바이트를 하는 젊은이 같았다. 머리를 노랗게 물들인 녀석은 한껏 멋을 부리고 있었다. 첫눈에 봐도 돈이 꽤 궁한 얼굴이었다. 이런 녀석은 십만 원만 내주면 물불 안 가리고 뭐든 할 인간이다. 형진은 본관 4층에 형사가 몇 명 있냐고 물었다.

"그건 왜요?"

대답 대신 질문이 되돌아왔다. 제법 깐깐한 녀석이었다. 오히려 그런 성격이 마음에 들었다. 까칠한 인간일수록 돈 되는 일에는 더 달려들기 때문이다. 경찰서 출입기자증을 보여주자, 녀석은 꼼꼼하게 기자증을 살폈다. 경찰서를 자주 드나든 탓인지 녀석의 태도도 만만치 않아 보였다.

"수도일보? 처음 듣는데요?"

가장 듣기 싫은 소리가 녀석의 입에서 흘러나왔다.

"앞으로 크게 될 신문사다."

형진은 그 안에 형사가 몇 명이 있냐고 다시 물었다.

"열 명은 넘고…… 이십 명은 안 되는 것 같은데요."

지갑에서 오만 원 짜리 지폐를 꺼내 녀석의 코앞에 들이댔다.

미궁의 늪 속으로

"돈 좀 벌고 싶은 생각 없냐?"

녀석은 아직 감을 잡지 못한 듯 입술을 삐쭉 내밀었다.

"심부름 좀 해다오. 어려운 일은 아니다."

선수금으로 오만 원짜리 두 장을 녀석의 호주머니에 찔러 넣었다. 이럴 때 돈만큼 위력을 발휘하는 무기도 없다. 뭔가를 얻어내려면 그만한 투자가 있어야 한다. 녀석은 누가 볼세라 주위를 빠르게 살폈다.

"왜 이러세요."

"싫으면 안 해도 된다. 대신 잘만 하면 이보다 더 많은 돈을 챙길 수 있다."

"무슨 심부름이죠?"

십만 원의 위력은 금방 나타났다. 형진은 녀석을 본관 뒤편의 소각장 쪽으로 데리고 갔다.

"난 나쁜 짓을 하려는 게 아니야. 단지 다른 기자들보다 먼저 정보를 얻고 싶은 거지. 무슨 말인지 알겠어?"

형진은 녀석의 귀에 대고 똑부러지게 말했다. 4층 안에 있는 서류를 가져오라고, 아무 자료도 좋으니 종이로 된 것은 뭐든 가져오라고 주문했다.

"그러다가 재수없게 걸리면 콩밥 먹으려고요?"

녀석은 정말 콩밥을 먹어봤는지 어깨를 움찔거렸다.

"형사들의 책상 위에 있는 서류를 가져오라는 게 아니야. 쓰레기통 안에 있는 걸 가져와라. 쓰레기통에 들어 있는 건 여기 소각장으로 들어갈 테니 형사들도 모를 거다."

"……."

"서두를 필요는 없어. 아니다 싶으면 언제든 관둬도 된다. 할 수 있겠냐?"

"조건은 어떻게 되죠?"

"서류 내용에 따라 달라진다. 큰 건을 가져오면 그만한 대우를 해주마."

"정말 돈을 주시는 거죠?"

"물론이다. 난 약속은 꼭 지킨다."

일단 녀석을 구워삶는 데는 큰 문제가 없었다. 형진은 수사관에게 발각될 것을 염두에 두고 대처법에 대해서도 자세히 일러주었다. 지금으로서는 이것만큼 유용한 방법이 없다. 3년 전에도 미화원 아주머니가 큰 건을 안겨주었다.

5

범죄심리학자가 하는 일은 단순하고 명확하다. 이들은 범죄행위에서 드러난 여러 가지 특성을 찾아낸다. 그리고 논리적이고 분석적인 추리 과정을 거쳐 범죄자의 성격을 판단한다. '무슨 일이 발생했는지' 범죄 정보를 수집하고, 이를 통해 사건이 '왜 발생했는지'를 알아낸다. 이런 정보들을 모아 아주 간결하게 범인의 특성을 묘사한다. 즉 '무엇'과 '왜'를 합쳐 '누군가'를 찾아내는 것이다.

수연은 두 손을 올리고 길게 기지개를 켰다. 잠을 제대로 자지 못한 까닭인지 온몸이 찌뿌듯했다. 겨우 눈을 붙였을 때가 새벽 5시 무렵이었다. 밤새 범인들이 남긴 흔적을 따라다니며 그들의 심장 속으로 파고들어갔다. 니체의 금언처럼, 그들이 요구한 대로 괴물이 되어 괴물의 입장에서 생각했다. 그들이 사체를 버린 장소를 알려준 이유는 경찰을 조롱하거나 자신들의 우월감을 내세우려는 게 아니었다. 날짐승이 사체를 훼손하기 전에 어서 사체를 거두어들이라는 배려의 메시지가 담겨 있었다. 지금까지 그들이 보여준 행태를 모아보니 한 가지 결론에 이르렀다. 이번 사건에 경찰을 끌어들이고 싶은 것이다. 경찰을 끌어들여서, 소통을 하거나 메시지를 전달하는 등 소기의 목적을 이루고 싶은 것이다. 그것 말고는 달리 설명할 길이 없었다.

"언론은 어떻게 된 거죠? 이 정도면 보통 기삿거리가 아닌데."

김 조교는 열심히 인터넷을 뒤지고 있었다. 그러나 장기국 살인사건은 코빼기도 비치지 않았다.

"인터넷에는 아무것도 나와 있지 않아요."

"굳이 먼저 소문낼 필요는 없잖아."

엊그제 곽 서장에게 전화가 왔다. 그는 이번 사건이 외부에 알려져서는 안 된다고 목소리를 높였다. 혹시 기자들이 낌새를 차리더라도 절대 내색하지 말라고 신신당부를 했다.

"이것 좀 봐."

수연은 수사본부에서 가지고 온 부검소견서를 김 조교에게 건네주었다. 장기국의 몸에서는 소량의 소듐 펜토탈이 검출되었다.

"소듐 펜토탈? 이건 사형을 집행할 때 사용하는 약물이잖아요."

1976년 미국에서 사형수에게 최초로 정맥주사 방법으로 사형이 집행됐는데, 이때 사용된 약물이 소듐 펜토탈이다. 그들은 왜 이런 약물을 장기국의 몸에 주입했을까? 두 가지 추측이 가능해 보였다. 하나는 장기국을 취조하는 도중 무언가 새로운 사실을 얻어내기 위해 이 약물을 사용했을 것이다. 소듐 펜토탈은 미량으로 사용할 때는 진실을 유도하는 약물로 사용하기도 한다. 즉 약물투입 대상자에게 분별력을 떨어뜨려 사실을 말하도록 하는 데 투약 목적이 있다. 다른 하나는 이 약물에는 '집행'의 의미가 강하게 풍겼다. 다시 말해 의도적인 살인이 아니라 정당하게 법을 집행한다는 뜻이다. 피를 보고 싶지 않은 이유도 한몫했을 것이다. 납치범들은 장기국을 아주 잔혹한 방법으로 살해할 줄 알았다. 지옥의 문, 카론…… 광기로 가득 찬 동영상은 그러고도 남아 보였다. 그러나 장기국의 몸에는 외상 흔적이 전혀 없었다.

'독특하지 않습니까? 사체를 이리 깨끗하게 처리한 거 말입니다.'

홍 검사의 말대로 정말 독특한 살해방법이었다. 그들의 행동은 충격적이고 파격적이지만, 끔찍하거나 잔인하지는 않았다. 문득 홍 검사의 서늘한 눈빛이 떠올랐다. 대화 도중에도 힐끔힐끔 쳐다보는 그의 눈빛이 몹시 거슬렸다. 그가 던지는 말투도 질문인지 테스트인지 애매모호하게 비틀렸다. 추측건대, 반듯하게 성장한 유형과는 거리가 먼 인물이었다. 그의 오만한 눈빛 속에는, 검찰이라는 신분상승의 자리를 꿰차기까지의 굴곡진 여정이 똬리를 틀고 있었다. 그의 과거를 조금만 파헤쳐봐도 말 못할 사연이 한 무더기로 흘러나올 것 같았다.

"이젠 어떻게 되는 거죠? 배종관의 무덤이 발견됐으니…… 다시 원점으로 돌아가는 건가요?"

미궁의 늪 속으로

"그래야겠지."

수연의 목소리에는 힘이 없었다. 홍 검사보다 한발 늦었다. 수연도 장기국의 사체가 발견된 곳을 눈여겨보고 있었다. 살인범들은 사체를 유기하거나 암매장하는 장소를 우연히 정하지 않는다. 이런 범행장소는 반드시 살인범과 밀접한 관계가 있기 마련이다. 낚시를 좋아하는 살인범은 그 전에 가보았던 바닷가나 저수지를 사체유기 장소로 택하고, 등산을 좋아하는 살인범은 익숙한 야산에 암매장한다. 범행과 동시에 사체 처리 장소가 머릿속에 박히는 것이다. 이번 경우처럼 사체를 대놓고 공개한 것도 마찬가지다.

홍 검사가 배종관의 무덤을 찾아낸 것은 대단한 일이었다. 그의 태도가 불손해 보여도 인정할 것은 인정해야 했다. 애초부터 범인들은 장기국의 사체를 유기할 장소를 점찍고 있었다. 배종관의 무덤이 그걸 말해주고 있었다.

"이 정도면 다 차려진 밥상 아니오?"

홍 검사의 얼굴에 득의에 찬 미소가 흘렀다. 감식반원이 전부 달려들어도 하지 못한 일을 그는 단번에 해치웠다. 보통 눈썰미가 아니었다. 두식 역시 사건현장에 갔을 때 그 무덤을 봤다. 그러나 발길이 거기까지 따라주지 못했다. 홍 검사가 그곳을 다녀간 후로 감식반은 초상집으로 변했다.

"공안부 출신 검찰과 시국사건 대학강사…… 이제부턴 여기에 수사 초점을 맞춰야겠소."

그걸 모를 두식이 아니었다. 논문집의 저자를 밝혀냈을 때부터 그들의 관계에 집중했다. 그래서 장기국이 공안부 검사 재직 때 맡은 사건을 낱낱이 파헤쳤다. 그러나 장기국이 조사한 인물 중에 배종관이라는 이름은 찾을 수 없었다.

"살다 살다 이처럼 친절한 흉악범은 첨 봤소. 놈들은 자신들의 정체를 드러내려고 저리 발광을 떠는데…… 뭐 좀 밝혀낸 거라도 있소?"

홍 검사가 심드렁한 표정을 지으며 두식 앞으로 다가왔다. 그의 손에는 배종관의 박사 논문집이 들려 있었다.

"배종관은 무슨 일로 수감된 겁니까?"

그는 두식의 얼굴을 빤히 노려보았다.

"배종관의 무덤은 누가 만든 거요?"

답이 없는 질문은 그칠 줄을 몰랐다. 등신을 만들기로 작정을 했는지 뭐 하나 답을 줄 게 없었다.

"검찰청 지하자료실에 가보시오. 거기에 실마리가 있을 거요."

"……."

"아직도 무슨 소린지 모르겠소? 장기국이 공안부 재직 때의 시국사건을 찾아보란 소리요."

말끝마다 찬바람이 쌩 불었다. 홍 검사는 한마디를 하더라도 상대방의 밸을 비비 꼬이게 하는 신통한 재주가 있었다. 두식은 수사본부를 나와 옥상으로 올라갔다. 속에서 신물이 넘어왔다. 점심 때 먹은 선지해장국은 마른 혓바닥 위에서 쩍쩍 갈라졌다. 겔포스 봉지를 뜯어 속 안으로 밀어넣었다. 홍 검사가 나타난 후부터 수사가 집중되지 않았다.

"너무 마음에 두지 마십시오."

강 형사가 다가와 담배를 권했다.

"원래 보통 성깔이 아니랍니다. 예전에 함께 근무했던 검찰수사관을 만났는데, 인간성이 아주 더럽다면서 단단히 주의를 주더군요."

간도 쓸개도 다 빼고 대하라는 말이었다. 곽 서장도 같은 말을 했다. 홍 검사 앞에서는 자존심 따위는 쓰레기통에 처박고 그저 묵묵히 수사에만 임하라고.

두식은 담배 연기를 깊숙이 빨아들였다. 따사로운 햇살이 머리 위로 쏟아져 내렸다. 복기가 필요한 시점이었다. 오래전에 사망한 인물에게서 단서를 찾는 것은 불가능한 일이라고 여겼다. 그러나 이젠 그런 생각을 고쳐먹었다. 범인들의 노림수는 분명했다. 배종관의 논문집은 단순한 미끼가 아니었다. 그의 영혼이 보낸 주문장이었다. 그 주문장을 푸는 것은 수사팀의 몫이었다.

6

예상은 크게 벗어나지 않았다.

4층 맨 오른쪽 방, 그곳이 수사팀의 베이스캠프였다. 배달원 녀석이 가져온 서류에는 강력 사건임을 암시하는 문서가 간간이 섞여 있었다. 휴대폰내역 조회서, 폐쇄회로판독 조회서, 신용카드 내역서…… 그러나 아직 확실하게 손에 잡히는 건 없었다. 이쯤이면 한번 단단히 작정하고 매달려볼 만했다.

배달원 녀석이 수사본부에 들어가는 것은 하루에 네 차례였다. 점심과 저녁, 음식을 배달할 때와 그릇을 가지고 나올 때 두 차례씩 그곳에 들렀다. 그러나 빈 그릇이 문밖에 있어서 안에 들어가지 못할 때도 더러 있었다. 녀석은 주로 저녁식사 시간 때의 빈틈을 노렸다. 저녁식사 때는 수사관들도 적었고, 점심때보다 수사본부 안이 산만했다. 수사관들이 자장면을 먹으려고 회의용 원탁에 몰려들 때가 녀석이 움직이기에 가장 좋았다. 어느 누구도 배달원 녀석을 주목하는 이는 없었다.

형진은 녀석에게 기름을 더 발랐다. 가져오는 문서마다 내용에 상관없이 돈을 얹어주었다. 녀석은 돈의 액수가 불어날수록 점점 대담해졌다. 처음엔 낱장의 종이 쪼가리만 가져오더니 너덧 장 묶여 있는 서류에도 손을 뻗쳤다. 이젠 따로 지시를 내릴 필요가 없었다. 녀석은 수사본부 안의 여러 쓰레기통 중에서 복사기 옆에 있는 쓰레기통을 집중적으로 노렸다. 그렇게 수사본부 안을 드나든 지 얼마 되지 않아 녀석은 손에 확 잡히는 물건을 가져왔다. 부검소견서였다.

피해자의 사망원인은 약물과다투입으로 절명한 것으로 판명되었음. 피해자의 신체 일부(왼쪽손목)에 압박흔이 있으며, 피해자의 위에서는 소듐 펜토탈(첨부자료1) 약물 성분이 검출되었음. 피해자의 외상 흔적은 없으며, 오래도록 영양분을 섭취하지 못한 것으로 판단됨.

살인사건이었다. 어느 정도 예상을 하고 있던 터라 크게 놀라지는 않았다. 그와 같은 강력사건 말고 수사관들을 떼거리로 불러들이는 사

건은 없었다. 녀석이 가져온 부검소견서는 세 장 중 한 장이었다. 여기
에는 사망원인만이 간략하게 나와 있을 뿐 피해자의 신원은 나오지 않
았다. 그래도 십만 원의 가치가 있는 자료였다.

　배달원 녀석의 은밀한 탐색은 멈출 줄을 몰랐다. 십만 원을 챙긴 후
부터 녀석의 행동은 더욱 대담해졌다. 서두르지 말라고 해도 녀석은 말
을 잘 듣지 않았다. 기왕에 나선 거, 하는 데까지 해보자고 건방을 떨었
다. 제대로 값만 쳐달라는 소리도 빠뜨리지 않았다. 혹시 수사관들이
다른 중국집을 이용하지 않을까, 그걸 더 걱정했다. 마침내 녀석은 제
대로 된 월척을 건져 올렸다. 일을 시작한 지 꼭 나흘 만이었다. 중간수
사보고서는 모두 아홉 장으로 되었는데, 녀석이 가져온 것은 단 두 장
뿐이었다. 보고서 용지가 흐릿한 걸 보니 복사가 잘못되어서 쓰레기통
에 버린 것 같았다. 그래도 두 장이면 충분했다. 여기에는 이번 사건의
윤곽이 잘 드러나 있었다.

　0. 범행과정이 조직적이고 주도면밀하게 이루어져 있으며, 다수의 인원이
　　가담한 것으로 사료됨(해커 수준의 컴퓨터 전문가 포함). 사건현장 주변의
　　CCTV에 노출되지 않는 점으로 미루어 주의경계에 매우 능한 편임.
　0. 용의자들은 피해자를 상당 기간 미행한 것으로 보이며, 납치 장소는 피
　　해자 변호사 사무실이 위치한 오피스텔 주변으로 판단됨. 장기국이 실
　　종되기 전에 박사학위 논문집이 익명으로 피해자의 사무실에 배달되었
　　음(논문집의 저자는 1986년에 사망한 대학강사로 판명되었음).
　0. 피해자는 약물과다투입에 의한 사망으로 신체 외부는 손상된 흔적이 없

음. 부검 결과 장기국의 몸에 투입한 약물은 소듐 펜토탈로 판명되었음. 소듐 펜토탈은 일반인이 취급할 수 없는 약물임. 이에 따라 전문의학 지식이 있는 자가 가담했을 것으로 판단됨.

0. 인체의 지문, 모발, 타액, 혈흔 등 증거가 될 만한 용의자의 신체적 특성은 발견되지 않았음.

0. 현재 피해자 주변을 집중적으로 조사하고 있음. 사회적인 파장을 우려해 비공개수사를 원칙으로 함.

0. 특이사항은 피해자가 실종되기 일주일 전부터 피해자의 메일에 카론이라는 아이디로 글과 동영상이 다수 올라왔음. 앞으로 구체적인 물적증거가 보강되어야 할 것으로 판단됨.

"어때요, 쓸 만한 거죠?"

쓸 만한 정도가 아니었다. 이쯤이면 사건의 윤곽이 거의 드러난 셈이었다. 형진은 오만 원권 지폐 세 장을 녀석의 손아귀에 꼭 쥐어주었다.

"수고했다."

"거봐요. 난 한다면 하는 놈이라니까요. 히힛."

배달원 녀석의 입이 쭉 찢어졌다. 독특한 사건이었다. 이메일, 동영상, 살해방법, 살해대상자 무엇 하나 유별나지 않은 게 없었다. 더 이상 망설일 이유가 없었다. 형진은 곧바로 곽 서장에게 전화를 걸었다.

점심을 대충 먹은 후 두식은 사우나에 들렀다. 온몸이 파김치처럼 축 늘어졌다. 어제 오후, 검찰청 지하자료실에서 1980년대 일어난 시국 사건 파일철을 가져왔다. 이 파일철은 사건개요, 수사과정 및 사건집행, 공판기록 등으로 구성되어 있었다. 이 자료 중에는 피의자의 신문 내용과 자술서도 첨부되어 있었다. 장기국은 수사지휘 책임자로서, 혹은 유력한 조력자로서 시국사건에 여기저기 고개를 내밀고 있었다.

장기국이 맡았던 시국사건을 검토하느라 밤을 꼬박 샜다. 그가 관여한 시국사건은 보통 분량이 아니었다. '민민투', '서울노동운동연합 사건' 등은 파일철에 등장하는 피의자만 해도 백여 명이 넘었다. 피의자들 중에는 정치인, 종교인, 학생, 교수, 노동자 등 다양한 계층이 등장했다. 어지럽고 험난한 시절이었다. 1980년대 중반, 교도소에는 시국사범이 넘쳐흘렀다는 말은 결코 과장된 소리가 아니었다.

사우나에서 두 시간 정도 눈을 붙였다. 잠에서 깨고 나니 부재중 전화가 세 통이 와 있었다. 모두 강 형사에게 온 전화였다.

"무슨 일이야?"

두식은 강 형사의 목소리를 확인하자마자 신경질적으로 물었다. 사우나에 간 걸 빤히 알고도 전화할 그가 아니었다.

"방금 전에……."

"방금 전에 뭐?"

"실종사건이 접수됐다고 합니다."

너무 서두른 나머지 팬티 입는 걸 빠뜨리고 바지부터 입었다. 신발을 넣어둔 열쇠를 찾지 못해 탈의실을 두 번이나 다녀왔다. 사우나를 나서는데 검은 물감을 뒤집어쓴 것처럼 머리가 뒤숭숭했다.

'하나로는 만족하지 못할 겁니다.'

경찰서로 달려오는 동안 오 교수의 가설이 자꾸 머리채를 끌어당겼다. 그녀의 가설이 들어맞는다면, 보통 큰일이 아니었다. 두식은 본관 4층 입구에 있는 자판기에서 커피를 뽑은 후 자리로 돌아왔다. 실종사건이 접수된 곳은 서초동의 한 지구대로, 접수 시간은 오전 11시였다. 장기국이 살해된 후 관할지구대에 미심쩍은 실종사건이 있으면 즉시 연락하라고 공문을 보냈다.

두식의 책상 앞에는 실종자의 간단한 신원정보가 적혀 있었다. 실종자의 이름은 백민찬, 나이는 60세, 직업은 시사평론가, 주소는 서초동 1599-2…… 실종자의 작업실은 장기국의 사무실에서 엎어지면 코 닿는 거리였다.

"시사평론가라…… 직업이 특이하군."

"주요 언론에 칼럼도 쓴다고 합니다."

한마디로 펜대 굴리며 먹고산다는 소리였다.

"가보시겠습니까?"

솔직히 썩 내키지가 않았다. 이는 장기국 사건과는 별개의 건으로, 그 어디에도 유사한 공통점은 없었다. 그런데도 오 교수의 가설 때문에 여간 신경 쓰이는 게 아니었다.

"작업실이 서초동이라고 했나?"

두식은 무거운 몸을 일으켰다. 백민찬의 작업실은 11층에 자리잡고 있었다. 작업실 안은 스무 살짜리 자취방을 보듯 난장판이었다. 깔끔하게 정돈된 장기국의 사무실과는 달리 이곳엔 제대로 정리된 게 없었다. 개수통에는 음식찌꺼기가 눌어붙은 그릇이 넘쳐났고, 침대 위에는 바지와 추리닝이 널브러져 있었다. 한쪽 구석에는 책들이 서로 어깨동무하며 뒤죽박죽 엉켜 있었다.

두식은 창문을 활짝 열었다. 저 멀리 장기국 사무실이 입주해 있는 오피스텔이 한눈에 들어왔다. 이곳은 장기국 사무실에서 두 블록 떨어져 있었다.

"언제였습니까? 아버님을 마지막으로 본 게."

강 형사가 물었다. 실종사건이 터지면 으레 반복되는 질문이었다.

"그저께 밤 9시쯤이었습니다."

이제 서른은 되었을까, 백민찬의 아들은 키가 크고 이목구비가 또렷한 호남형의 사내였다. 그는 강 형사의 형식적인 질문에 또박또박 대답했다. 요즘 들어 아버지는 책 출간 제의를 받고 집필에 전념하느라 정신이 없었다, 집필을 할 때는 집에 잘 들어오지 않았다, 주로 새벽녘에 글을 쓰는 편이다, 그저께 작업실에 왔을 때도 특별한 점은 눈에 띄지 않았다…….

두식은 그들이 대화를 나누는 동안 작업실 안을 둘러봤다. 특히 책장 안에 빼곡히 들어찬 책들을 유심히 살폈다. 아무리 뜯어봐도 『신곡』이나 논문집 따위의 책은 없었다. 한숨이 절로 흘러나왔다.

"아버님은 시사평론을 하다 보니 의견이 다른 사람에게 공격받는 일이 적지 않았습니다. 그래서 평소에도 적이 많은 편이었습니다."

백민찬의 아들은 '적'이라는 소리를 강조했다. 그가 말하는 익명의 독자들은 대개 두 가지 부류로 나눌 수 있다. 하나는 낮은 목소리로 격려하는 쪽이고, 다른 하나는 무차별적으로 질타하는 부류다. 전자는 늘 신중한 어조로 절제력을 보이는 반면, 후자는 다짜고짜 욕설부터 질퍽하게 풀어냈다.

"얼마 전 인터넷 신문에 칼럼을 쓴 후로는 외출하는 것도 몹시 꺼리셨습니다."

그는 아버지의 직업에서 실종의 실마리를 찾으려는지 유독 글 쓰는 일을 강조했다.

"아버님이 실종되기 전에 수상한 우편물을 받은 적이 있습니까?"

두식이 물었다.

"수상한 우편물이라뇨? 그게 뭡니까?"

"왔습니까, 안 왔습니까?"

"그건 모르겠습니다."

그걸 왜 여기까지 와서 묻는 것일까? 자라 보고 놀란 가슴 솥뚜껑 보고 놀란다더니, 꼭 그 꼴이었다. 어쩔 수 없는 일이었다. 요즘 신경이 너무 예민해진 탓이었다.

"혹시 아버님이 메일에 대해 말씀하신 적은 없었습니까?"

이번엔 강 형사가 두식의 질문을 거들었다.

"메일이라뇨?"

"이메일 말입니다."

백민찬의 아들은 다소 어리둥절한 표정을 지었다.

"아버님의 메일은 왜요?"

그는 왜 아버지의 메일을 보려 하냐고, 그게 아버지의 실종과 무슨 관련이 있냐고 꼬치꼬치 물었다.

미궁의 늪 속으로

"방금 전 아버님에게 적이 많다고 하지 않았습니까?"

"그렇습니다."

"그들 중에 누군가 아버님을 해코지하려고 메일에 글을 남겼을지도 몰라서 하는 말입니다."

그제야 백민찬의 아들은 무슨 말인지 알겠다는 듯 그의 메일주소를 알려주었다. 두식은 다시 한번 책장을 쓰윽 훑어본 후 그곳을 나왔다. 내키지 않은 발걸음이었는지 작업실을 나오면서도 영 기분이 좋지 않았다.

수사본부에 들어서자마자 컴퓨터 앞에 앉았다. 최근 백민찬에게 온 메일은 수십 통이 넘었다. 하나하나 메일을 열고 그 안의 내용을 확인했다. 지옥으로 안내하는 늙은 뱃사공 카론도, 옛 선인들의 한가로운 별천지도 없었다. 두 시간 가까이 메일을 뒤졌지만 수상한 글은 나타나지 않았다.

"공연한 걱정을 했나봅니다."

강 형사가 싱거운 얼굴로 소리 없이 웃었다. 이걸 다행이라고 해야 하는 건가. 두식은 갑자기 몸이 난쟁이 크기로 졸아든 것처럼 외롭고 허전했다.

7

곽 서장의 얼굴이 딱딱하게 굳어졌다. 못된 짓을 하다가 들킨 아이의 얼굴이 저럴까. 생각 없이 쿡 찔러본 주먹에 급소를 맞은 것처럼 숨도 잘 쉬지 못했다.

형진의 얼굴에 잔잔한 미소가 흘렀다. 부검소견서, 중간수사보고서
는 아예 입 밖으로 꺼내지도 않았다. "장기국 변호사 메일에 올라온 동
영상이 뭡니까?" 단 한마디에 서장의 얼굴은 파랗게 질렸다. 그의 얼
굴을 보니 이 정도면 충분해 보였다. 더 이상 찔러보는 것은 경찰 고위
간부에 대한 예의가 아니었다.

잠시 짧은 침묵이 흘렀다. 형진은 서장이 다음에 취할 행동을 머릿
속에 그려보았다. 딱딱하게 굳어 있는 얼굴을 푼 뒤, 다소 어눌한 목소
리로 식사나 하자고 제안할 것이다. 한두 번 경험한 일이 아니다.

"일식 좋아하시오?"

제대로 맞혔다. 입 밖으로 나오려는 웃음을 간신히 참았다.

"네."

"그럼 이따 저녁이나 함께 합시다."

서장은 청담동 쪽의 일식집이 어떠냐고 정중하게 물었다. 청담동 일
식집이든 북창동 중국집이든 상관없었다. 앞으로 벌어질 일은 보지 않
아도 눈에 선했다. 한 번만 봐달라고 통사정을 하든지, 적지 않은 돈으
로 입을 막으려고 할 것이다.

형진은 타고난 선수였다. 이권과 돈이 오가는 데 치고 구리지 않은 곳
이 없었다. 아무 데나 대충 쑤셔도 구린내가 풀풀 풍겼다. 먹고살 만한 인
간들의 등을 치니 양심의 가책도 받지 않았다. 냄새가 독할수록 봉투 안
의 액수도 커졌다. 수도일보에서 받는 월급으로는 생계를 꾸려나가기에
도 벅찼다. 그렇게 등을 쳐서 챙긴 돈으로 월세에서 전셋집으로 옮겼다.
집주인이 전셋값을 올려달라고 할 때는 연례행사처럼 사냥을 나갔다. 주

의 깊게 봐둔 곳의 정곡을 콕 찔렀다. 안 되는 일은 거의 없었다.

서장은 일식집에 먼저 나와 있었다. 방음이 잘되는 곳 같았다. 분위기도 아늑했고, 벽지도 마음에 들었다. 마치 남태평양 한가운데 앉아 있는 듯 사방 벽면이 푸른 빛깔로 출렁거렸다. 머리를 노랗게 염색한 사장은 카운터 앞에서 짧은 치마를 입은 종업원과 한가롭게 잡담을 나누고 있었다.

"요즘 장어가 아주 싱싱하다고 하오. 그래서 A코스를 미리 주문해놨소."

서장의 태도가 아주 마음에 들었다. 이번에도 일이 술술 풀릴 것 같았다. 일식집에 들어서기 전에 미니멈으로 오백만 원, 맥시멈으로 천만 원을 잡았다. 이번 사건의 경중을 따져보니 그 정도면 딱 알맞은 액수였다. 서장은 수도일보에 대해 이것저것 묻고 취미가 뭔지를 물었다. 형진은 의뢰인을 대하듯 성심껏 대답했다. 세트 요리가 나올 때까지도 서장은 어떻게 그 사건을 알았는지 묻지 않았다.

"수사관들의 애로사항을 알아주시오. 밤낮없이 고생하는 사람들이오."

"잘 알고 있습니다."

세트 메뉴가 나온 후 본격적인 협상에 들어갔다. 서장은 먼저 이번 사건을 비밀에 부치고 싶다면서 넌지시 속내를 드러냈다. 아울러 이런 엽기적인 사건이 외부에 알려진다면 사회가 혼란스러울 것이라고 시민들을 걱정했다. 동감의 표시로 두 번이나 고개를 끄떡였다. 그때 짧은 치마를 입은 종업원이 듣도 보도 못한 술을 가지고 왔다.

"원하는 걸 듣고 싶소."

서장은 형진의 잔에 술을 가득 채웠다. 그 말이 나오기를 애타게 기다렸다.

"요즘 형편이 말이 아닙니다. 대출금 이자를 내기에도 빠듯합니다."

굳이 말을 돌리지 않았다. 이같은 협상을 수십 차례 겪어보니 직설적으로 치고 들어가는 게 더 나았다. 그 말이 나오자마자 서장은 새끼와 엄지를 뺀 세 손가락을 들었다.

"삼백이면 되겠소?"

미니멈으로 오백을 잡았는데, 예상이 빗나갔다. 입막음의 대가로는 턱도 없는 액수였다. 솔직히 부르는 게 값이지만 적당한 선에서 끝내고 싶었다. 형진은 다섯 손가락을 활짝 펼쳤다.

"오백은 돼야……."

"좋소."

서장은 쾌히 승낙하고는 두 가지 조건을 달았다. 첫째, 어떤 경우에도 외부에 발설하지 말 것. 둘째, 이를 어겼을 경우 그에 대한 대가를 반드시 지불하겠다고 두 눈에 힘을 주었다. 경찰서장이라서 그런지 기백이 넘쳐났다. 제 밥통만 지키려고 설설 기는 일반 공무원과는 달랐다. 형진도 두 가지 조건을 내세웠다. 이 사건이 공개수사로 전환될 때 가장 먼저 수사자료를 제공할 것, 서장은 승낙했다. 이번 사건을 취재할 수 있도록 편의를 봐줄 것, 이 건의는 받아들이지 않았다. 잠시 소강상태가 이어졌다. 형진으로서는 놓칠 수 없는 사건이었다. 돈은 돈대로, 사건은 사건대로 다 챙기고 싶었다.

술잔이 두어 잔 오간 후 서로간의 합의점을 찾았다. 여기저기 쑤시지 않고 수사책임자만 만나는 조건이었다. 그쯤이면 나쁜 조건은 아니었다. 원래 협상이란 서로 한 발짝 물러나야 원만한 타협점을 찾는 법이었다. 서장은 현찰로 준비하겠다면서 내일 이 시간, 이곳에서 다시 만나자고 제안했다.

"나 먼저 갈 테니 천천히 나오시오."

서장의 얼굴은 일식집에 들어설 때보다는 다소 밝아 보였다. 형진은 마지막 세트 요리가 나올 때까지 자리를 지켰다. 오백만 원이면 무리한 요구는 아니었다. 서장 역시 이 돈을 복구하기 위해 유흥주점이나 룸살롱을 털 것이다. 마음만 먹으면 이깟 돈과는 비교도 되지 않았다.

현직 변호사에 전직 공안부 검사, 보통 물건이 아니었다. 서장이 어물쩍 돈으로 때우려는 데는 그만한 이유가 있었다. 장기국은 한때 검찰총장 감으로 거론되던 거물이었다. 최근 들어서는 정치권을 기웃거리며 다음 총선을 내다보고 있었다. 배달원 녀석이 가져온 중간수사보고서대로라면 수사팀은 지금까지 헛물만 켜고 있었다. 두 눈을 씻고 찾아봐도 수사팀이 밝혀낸 것은 별로 없었다. 그래서 더 의욕이 솟구쳤다. 잘만 하면 이번 사건이 인생역전의 터닝포인트가 되지 않을까. 그랬다. 이것이야말로 따라지 같은 인생을 통째로 바꿀 수 있는 절호의 기회였다. 별 볼 일 없는 기자 소리나 들으며 몇 푼 안 되는 월급으로 남은 인생을 보낼 수는 없었다.

대학에 입학할 무렵 형진에게도 장밋빛 꿈이 있었다. 신입생 때부터 기자가 되겠다는 각오로 대학 4년 내내 도서관에 틀어박혀 언론고시를 준비했다. 그러나 가는 신문사마다 번번이 낙방의 고배를 마셨다. 형진은 탈락의 이유가 실력이 아닌, 대학 간판에서 온 것이라고 여겼다. 면접관은 지방 국립대를 인정하지 않았다. 그들은 하나같이 국립대는 보지 않고 지방대만 봤다. 대학 4년 동안 한 우물을 판 게 물거품이 된다고 생각하니 미칠 것 같았다. 마땅한 대안이 없었다. 일단 입에 풀칠은 해야 했기에 기자라는 직함만 보고 이력서를 제출했다. 서울에 올라와 겨우 입사한 곳이 건설 관련 주간전문지였다. 기자라고 해야 달랑 세 명뿐이었다. 월급이 제때 나온 적이 한 번도 없었다. 주간전문지에서 4년을 보내고 수도일보에 경력직 기자로 입사했다. 말이 종합일간지지 통신사의 뉴스를 받아 땜질식으로 기사를 메웠다.

　어느 정도 사회 물을 먹고 보니 꿈이라는 게 거저 얻을 수 없는 거란 걸 깨달았다. 형진은 자신의 위치를 냉철하게 파악했다. 내세울 간판이 없다면 그와 맞먹는 것이라도 가지고 있어야 했다. 기자가 내세울 게 특종 말고 또 뭐가 있을까. 더 나이 먹기 전에 서울에 자리한 종합일간지에 들어가고 싶었다. 그래서 촌지 따위에 기대지 않고 신문사에서 주는 월급만으로 정상적인 생활을 하고 싶었다. 장기국 살인사건, 이것으로 인생 항로가 바뀔 수 있을까? 형진은 '있다'에 모든 것을 걸고 죽기 살기로 덤비기로 했다. 어차피 이래저래 따라지 인생을 살 것이라면 이쯤에서 한번 승부를 걸어볼 만하지 않는가.

　오백만 원을 챙긴 후, 장기국의 자료조사에 착수했다. 중간수사보고서는 장기국의 검사 시절에 수사 초점을 맞추고 있었다. 인터넷은 물론 국회도서관에 들러 오래 묵은 신문을 샅샅이 뒤졌다. 장기국은 검사 시절 공안통으로 명성을 날렸는데, 스폰서 기업가의 폭로로 옷을 벗은 후 변호사로 나섰다. 변호사로 개업한 지 1년 만에 전관예우의 특혜를 받아 엄청난 돈을 벌어들였다. 여기까지는 고위층 검찰 출신의 이력과 크게 다르지 않았다.

이번엔 변호사 사무실에서 근무했던 여직원을 만났다. 장기국의 최근 행적을 밝히기 위해서는 반드시 엮어야 할 인물이었다. 그녀는 장기국이 살해당한 후 사무실을 그만두었다. 살인사건의 충격 때문이 아니라 할 일이 없어서 퇴사한 것이다. 처음 그녀는 아무것도 모른다고 딱 잡아뗐다가 네 번째 통화를 하고 나서야 겨우 약속장소로 기어나왔다.

"경찰이 아무 말도 하지 말랬어요."

그러나 그녀의 표정은 경찰과의 약속을 지킬 것 같지가 않았다. 조금만 성의를 보이면 알고 있는 게 줄줄이 쏟아져 나올 것 같았다. 형진의 예상은 맞아떨어졌다. 요즘 잘나가는 화장품을 슬쩍 내밀자, 그녀는 묻지 않은 것도 술술 풀어냈다. 그녀 역시 이런 사실을 누군가에게 말하고 싶어 안달이 나 있었다.

"여자 문제가 틀림없어요. 장 변호사님이 요즘 들어 여자관계가 복잡했거든요. 그런데도 형사들은 멍청하게 검사 시절이 어쩌니 하면서 엉뚱한 데로 빠져들고 있지 뭐예요. 살다보면 누구나 사랑 때문에 골머리를 앓기 마련이잖아요. 안 그래요? 호호호."

형진이 보기에 여자 문제 같지는 않았다.

"변호사 사무실에 이상한 논문집이 배달되었다고 하던데⋯⋯ 그게 어떤 책인지 아십니까?"

수사팀이 작성한 중간수사보고서에는 이 논문집을 중요한 단서로 보고 있었다.

　"형사들도 그 책에 관심이 많았는데. 장 변호사님도 그 책이 온 후부터 좀 이상해 보였어요. 별일 아닌데도 신경질을 내고……."

　"그 책을 보낸 자가 누굽니까?"

　"몰라요."

　"카론이라는 아이디를 들어본 적이 있습니까?"

　"카론이요? 그게 뭐죠?"

　"변호사님의 메일에 글과 동영상을 올렸다고 하던데요."

　"동영상은 처음 듣는 소리예요. 변호사님의 메일에 무슨 글을 남겼다는 말은 있었지만……."

　"그 메일을 본 적이 있습니까?"

　"없어요."

　"장 변호사님의 사체는 어디서 발견된 겁니까?"

　중간수사보고서는 모두 아홉 장이었고, 배달원 녀석이 가져온 것은 두 장뿐이었다. 여기에는 살해과정이나 사체현장에 대해서는 적혀 있지 않았다.

　"파주의 한 야산이라고 했어요."

　"암매장을 한 건가요?"

　"그건 아니에요. 그러니까…… 범인들이 장 변호사님을 살해한 후 어딘가에 그냥 놓고 갔다고 한 것 같아요."

　"사체를 공개했다는 말입니까?"

"그래요."

"그럼 어떻게 살해된 거죠?"

여직원은 고개를 절레절레 흔들었다.

"그건 저도 잘 몰라요."

그쯤이면 됐다. 그녀는 생각보다 많은 것을 알고 있었다. 이번 살인 사건은 캐면 캘수록 흥미롭고 스릴이 넘쳤다. 온통 미스터리였다. 그래서 구미가 더 당겼다. 맨날 남의 기사만 베껴 쓰다가 제대로 큰 걸 물었다. 이제야 비로소 진짜 기자가 된 기분이었다. 배달원 녀석에게도 꾸준히 기름을 발랐다. 문서를 가지고 오지 않아도 이만 원씩 꼭 챙겨주었다. 하늘이 내려준 기회를 결코 놓칠 수는 없었다.

8

오랜만에 집에 들어왔다. 장기국이 살해된 후 집 근처에는 얼씬도 하지 못했다. 서장은 큰 인심을 쓰듯 이번 주에는 집에 들어가도 좋다고 허락했다. 그러나 아무도 서장의 호의를 달가워하지 않았다. 장기전으로 들어갈 것을 염두에 둔 포석이었다.

아내는 깊이 잠들어 있었다. 옷을 입은 채로, 가늘게 코까지 골았다. 얼굴에는 수심의 그늘이 잔뜩 끼어 있었다.

'대출원금과 이자, 다음 학기 아들 등록금, 아파트 관리비……'

잠든 아내의 얼굴에 고단한 삶의 무게가 덕지덕지 붙어 있었다. 3년 전 스무 평이 갓 넘은 아파트를 장만했을 때 아내는 세상의 모든 것을 얻은 듯이 기뻐했다. 이삿짐을 옮기던 날, 아내는 기어이 닭똥 같은 눈물을 흘렸다. 결혼한 지 17년 만에 얻은 집이었다. 그동안 전셋집만 다섯 번을 옮겨다녔다. 그러나 집을 장만한 기쁨도 오래가지 못했다. 은행 대출금 납부일자는 어김없이 찾아왔고, 아들 녀석의 대학 입학도 코앞으로 다가왔다. 쥐꼬리만 한 월급으로는 모든 게 빡빡했다. 결국 아내는 취업전선에 뛰어들었다. 파출부, 마트 계산대원, 홀서빙 등 돈 버는 일이라면 결사적으로 달려들었다. 젊어서 한 푼이라도 더 벌어야 한다는 것이 아내의 생각이었다. 두식은 그런 아내를 말리지 못했다.

장롱에서 이불을 꺼내 아내의 몸을 덮어주고는 아들의 방으로 들어갔다. 아들 녀석은 아직 집에 들어오지 않았다. 그러고 보니 녀석의 방에 들어온 것도 꽤 오래간만이었다. 언제 옮겼는지 책상이며, 책장의 위치도 바뀌었다. 창문 옆의 벽에는 가족사진을 넣은 액자도 걸려 있었다. 이런 가족사진을 언제 찍었는지 기억이 가물가물했다. 사진 속 청룡열차가 있는 걸 보니 3년 전 놀이동산에서 찍은 사진 같았다. 아내가 공짜 티켓이 생겼다며 하도 보채서 간 곳이었다. 사진 속 두식의 얼굴은 무뚝뚝했다. 아내도 표정이 없었다. 마치 둘이 싸우다가 잠시 휴전을 하고 찍은 사진 같았다. 가운데 있는 아들 녀석만이 환하게 웃고 있었다.

아들 녀석은 언제 보아도 대견스러웠다. 요즘 또래 청년들과는 달리 예의도 바르고 행동도 조신했다. 먹고사는 일에 쫓기느라 녀석에게 특별히 관심을 쏟지 못했다. 그런데도 별 탈 없이 쑥쑥 잘 자라준 게 그렇게 고마울 수가 없었다. 학원비도 제대로 대주지 못해 늘 미안했는데, 녀석은 보란듯이 원하는 대학에 합격했다. 올 겨울 고등학교 졸업식 때 녀석을 목말 태우고 운동장을 돈 것은 두고두고 기억에 남을 일이었다. 다 큰 녀석을 목말 태우는 것은 쉬운 일이 아니었다. 따지고 보면 목말을 태우는 것도 아버지에게 물려받았다. 아버지는 기쁜 일이 생기면 어린 두식을 목말 태워 마을을 빙빙 돌곤 했다. 술 취한 몸으로 목말을 태웠다가 논바닥에 나뒹군 적이 한두 번이 아니었다. 그러나 서울에 올라온 후로는 목말 태우는 일이 없었다. 그 대신 두꺼비 소주와 겔포스를 찾는 일은 더 많아졌다.

두식의 시선이 책상 위에 있는 달력에 머물렀다. 달력에는 오늘 날짜에 MT라는 붉은 글자가 적혀 있었다. MT라…… 멤버십 트레이닝의 약자라고 했던가. 녀석은 MT를 간 모양이다. MT 글자 밑에는 청평이라고 적혀 있었다. 경춘선 기차가, 그 안에서 울려퍼지던 기타 소리가 아련하게 들려왔다. 아주 오래전, 두식도 MT를 간 적이 있었다. 경춘선 기차를 타고 대성리에서 하루를 묵었다. 그게 처음이자 마지막 MT였다.

두 번째 휴가를 다녀온 후 두식은 대학 갈 결심을 굳혔다. 병장을 달고부터 본격적으로 대입 준비를 시작했다. 훈련 중에도 포켓용 영어 단어집을 놓지 않았다. 무엇보다 대학이란 안전한 울타리에 기대고 싶었다. 제대를 하고 석 달이 지나서야 대학에 가고 싶다고 넌지시 운을 뗐다. 아버지는 아무 말 없이 애꿎은 겔포스 봉지를 뜯었다. 사실 대학 갈 형편이 아니었다. 아버지는 여전히 붕어빵을 만들고 있었고, 어머니는 장난감을 조립하면서 푼돈을 벌고 있었다.

제대하자마자 딱 하루 쉬고 아파트 공사장에 나갔다. 등록금을 마련하기 위해 모래와 벽돌을 날랐다. 어느 정도 목돈이 쥐어졌고, 조금만 보태주면 대학등록금은 맞출 것 같았다. 그해 겨울 학력고사를 봤다. 시험 보는 날 어머니가 절에 가서 밤늦게까지 불공을 드렸다는 건 나중에 알았다. 그런 효험이 있었는지 성적도 제법 잘 나왔다. 공사장에서 번 돈과 어머니의 쌈짓돈을 합해 겨우 등록금을 맞췄다.

　그해 5월 MT를 갔다. 그때까지만 해도 같은 과 학생들과는 잘 어울리지 못했다. 서너 살 나이가 많은 게 걸림돌이 됐다. 그들도 두식의 호칭을 어떻게 불러야 할지 난감해하는 눈치였다. 강가에 모닥불을 피우고 술을 마셨다. 평소 두 배나 되는 술을 마셨는데도 취하지 않았다. 장기자랑 시간에는 아는 노래가 별로 없어서 군가를 불렀다. 그때부터 두식에게 '예비역'이라는 호칭이 따라붙었다. 두식의 나이가 과에서 가장 많다는 것도 그날 처음 알았다. 민박집으로 자리를 옮긴 후에도 술자리는 계속 이어졌다. 아침 일찍 일어나 밥도 하고 얼큰한 찌개도 끓였다. 뒤늦게 일어난 과 학생들은 두식에게 취사병 출신이냐면서 다정하게 말을 걸어왔다. 그날 MT 이후 그들은 두식을 '형'이라고 불렀다. 그 소리가 그렇게 듣기 좋을 수가 없었다. 두식은 인생을 조금 더 살았다는 이유로 그들의 이런저런 고민을 들어주는 상담사 역할까지 도맡았다. 행복한 날들이었다. 정겨운 얼굴들에 둘러싸여 캠퍼스 안을 걷는 것만으로도 즐거웠다. 그러나 그런 달콤한 날들도 오래가지 못했다. 새벽에 우유를 배달하고 밤늦게까지 생맥주를 서빙하면서 공부를 하는 것은 무리였다. 결국 한 학기만 다니고 대학을 접었다. 대학 갈 결심은 아주 신중하고 오래 걸렸지만, 대학 접을 결심은 단 이틀밖에 걸리지 않았다. 4년 동안 이런 고된 생활을 반복해야 한다는 것이 두식의 열망을 접게 만들었다. 아버지는 겔포스만 억세게 빨아대고 있을 뿐 여전히 말이 없었다. 대학을 접고 나서 공무원 시험 준비를 시작했다.

"뭐니 뭐니 해도 나라 녹을 먹는 게 제일 속 편한 게야. 나라가 망하지 않는 다음에야 뭔 걱정이 있겠냐."

아버지는 공무원 중에서도 경찰이 되기를 원했다. 단순히 먹고살기 위해서가 아니었다. 경찰 아들을 둬서 덕 좀 보자는 것도 아니었다. 아버지가 경찰이 되기를 원한 이유는 따로 있었다. 노점상을 할 때 아버지는 경찰에게 주기적으로 상납을 강요받았다. 대학입학금은 대지 못해도 상납금은 바쳐야 했다. 그래야 붕어빵을 만들 수 있었고, 입에 풀칠을 할 수 있었다. 언젠가 아버지는 술에 취해 들어와 두식을 붙들고 한참을 말한 적이 있었다.

"너라도 제대로 된 경찰이 됐으면 좋겠다. 억울하고 가난한 사람의 편을 들지는 못해도…… 그들 사정을 조금이라도 이해해주는 경찰 말이다."

그 말이 두식의 가슴을 조용히 흔들었다. 기왕에 경찰이 된다면 억울하고 가난한 사람의 편도 들어주고 싶었다. 첫 번째 시험은 보기 좋게 떨어졌다. 경찰 시험을 우습게 본 게 탈이었다. 아버지는 재도전을 원했다. 이젠 리어카를 끄는 데는 나오지 말라고 작게나마 힘을 실어주었다. 그러나 아버지는 두식이 경찰이 된 것을 보지 못하고 눈을 감았다. 아들이 그토록 되기를 바라던 경찰에게, 경찰의 곤봉에 맞아 죽었다.

두식은 아들 방에서 나와 거실 소파에 누웠다. 잠이 오지 않았다. 몸은 축 늘어지는데도 눈이 감기지 않았다.

'지금까지 한 게 뭐요?'

홍 검사의 말이 스르르 떠올랐다. 갑자기 목덜미가 뻑적지근하고 등골에 찬바람이 들었다. 냉장고 안에서 소주를 꺼내 유리글라스에 가득 채웠다. 글라스의 반을 털어넣자 목구멍이 활활 타올랐다. 술기운은 빠르게 머리끝까지 치고 올라왔다. 오늘만은 아무것도 생각하고 싶지 않았다. 단 하루만이라도 이번 사건에서 벗어나고 싶었다. 그러나 그놈들이 가만 내버려두지 않았다. 홍 검사의 말처럼 지금까지 네 놈이 한 게 뭐가 있냐고, 그나마 던져준 미끼도 제대로 물지 못하냐고 낄낄거렸다.

"최두식 반장님 아니십니까?"

점심을 먹고 본관 계단을 올라가는데 한 사내가 앞을 가로막았다. 두식은 걸음을 멈추고 사내의 얼굴을 쓰윽 훑어보았다.

"전 수도일보 송형진 기자라고 합니다."

사내는 지갑 속에서 명함을 꺼냈다.

'바로 이놈이로군.'

이틀 전 서장이 다급하게 두식을 불렀다. 서장은 쥐새끼 같은 기자 놈이 냄새를 맡았다고, 장기국 사건을 속속들이 알고 있다고 죽을상을 썼다. 겨우 그놈을 달래서 입을 막았지만 돼먹지 못한 놈이니 조심하라고 당부했다. 끝으로 서장은 '그놈이 자네를 찾아갈 테니 알아서 적당히 해'라고 말했다. '알아서 적당히'라니, 그게 뭘 말하는 소린지 헷갈렸다. 알아서 설설 기라는 소린가, 적당히 타일러서 서로 다치는 일이 없도록 하라는 소린가. 이도 저도 아니면 죽지 않을 만큼 손 좀 봐주라는 소린가.

"무슨 일이오?"

"고생이 많으십니다요. 서장님께 얘기 들으셨죠?"

그는 허리를 바짝 낮추었다.

"볼일 없으면 저리 비키시오."

두식은 그를 슬쩍 밀어젖히고는 빠르게 계단 위로 올라갔다.

"앞으로 잘 부탁합니다요. 히히."

모든 수사는 비밀이 원칙이다! 서장의 철통보안은 깨지고 말았다. 서장을 구워삶은 놈이라면 보통 진상이 아닐 것이다. 이미 적지 않은 돈을 그놈의 호주머니에 찔러 넣었을지도 모른다. 이런 놈은 아예 상대하지 않는 게 상책이다.

수사본부에 들어서자 상갓집에 온 것처럼 분위기가 착 가라앉았다. 자장면 그릇에 나무젓가락 닿는 소리만이 스르륵스르륵 들려왔다. 서장이 또 수사본부에 들러 수사관들을 달달 볶고 간 것일까.

홍 검사는 자리에 없었다. 검찰청에 다녀오자마자 소듐 펜토탈이 무슨 약물인지 알아봐야겠다면서 국과수로 달려갔다. 그는 책상머리에 앉아 지시를 내리기보다는 직접 현장을 뛰는 스타일이었다.

"반장님. 저기…….."

강 형사가 자장면을 먹다 말고 창가 쪽을 가리켰다. 백민찬의 아들이 어깨에 잔뜩 힘을 주며 두식 앞으로 다가왔다. 그는 책상 위에 신문지로 포장한 것을 올려놓고는 두식을 빤히 쳐다보았다.

"엊그제 작업실에 왔을 때 아버님에게 온 우편물이 있었는지 묻지 않았습니까?"

분명 그렇게 물었다. 아직 장기국의 악몽을 떨치지 못해서, 오 교수의 예상이 맞는지 궁금해서 그런 질문을 던졌다.

"그렇습니다."

"이게 그겁니다."

포장지를 뜯어내자 A4 용지 크기의 작은 캔버스가 모습을 드러냈다.

"어젯밤 아버님의 작업실 쓰레기통에서 발견한 겁니다. 이 그림의 택배 스티커에는 발신인이 없더군요."

발신인은 없어도 그림이 배달된 날짜는 적혀 있었다. 6월 22일, 그날은 공교롭게도 장기국이 실종된 날이었다. 책상 위에 납작 누워 있는 그림 안에는 예닐곱의 사람이 서로 어깨를 나란히 맞대고 있었다. 어디서 봤더라…… 두식은 고개를 갸웃거렸다. 그림이 낯설지가 않았다.

"반장님, 저 좀 잠깐……."

강 형사가 그의 눈치를 살피며 두식을 창가로 데리고 갔다.

"저 그림을 동영상에서 본 것 같습니다."

장기국의 동영상, '지옥의 문'이라고 불리던 나무문짝에 걸려 있던 그림 한 점…… 그랬다. 바로 거기에서 본 것 같았다.

"아는 그림입니까?"

그의 얼굴이 험하게 일그러졌다. 저희들끼리만 소곤거리는 게 매우 못마땅한 표정이었다.

"이 그림이 아버님의 실종과 관련 있는 겁니까?"

"아닙니다. 일단 그림은 두고 가십시오."

"그럴 수는 없습니다."

미궁의 늪 속으로

백민찬의 아들은 고분고분 물러서지 않았다. 대체 이 그림이 뭐냐고, 솔직히 말해달라고 아래턱을 내밀었다. 말하지 않으면 뾰족한 아래턱으로 얼굴을 찌를 태세였다.

"이 그림을 우리가 어떻게 압니까? 전문가를 통해 알아볼 테니 일단 돌아가십시오."

강 형사가 겨우 그를 달래 밖으로 데리고 나갔다. 두식은 동영상이 담긴 CD를 컴퓨터에 넣었다. 수사관들이 단무지를 오물오물 씹으며 모니터 화면 앞으로 모여들었다.

카메라의 시선이 나무문짝으로 다가설 때 화면을 정지시켰다. 문고리 아래 그림 한 점이 매미처럼 착 달라붙어 있었다. 잿빛 정비복, 하얀 간호사복, 푸른 작업복…… 옷의 색깔도, 그들이 환하게 웃고 있는 표정도 같았다. 백민찬의 아들이 두고 간 것과 똑같은 그림이었다. 수십 차례 본 동영상인데 왜 금방 떠오르지 않았던 것일까.

동영상 화면은 다시 막장 속으로 하염없이 빨려 들어갔다. 두식은 두 눈을 질끈 감았다. 아주 잠깐 동안, 그 막장 속에서 뭐가 하얗게 빛나는 것을 본 것 같았다. 놈들이 웃고 있는 이빨이었다.

9

불길한 예상은 이상하리만치 잘 맞아떨어졌다. 그날 백민찬의 작업실을 나서는데 누군가 발목을 붙드는 것 같았다. 좀 더 살펴보라고, 그냥 이대로 나가면 안 된다고 뒷덜미를 낚아챘다. 백민찬의 책장을 살핀 후에도, 온갖 스팸메일까지 이잡듯이 확인하고도 마음이 놓이지 않았다. 이제 와서 보니 허튼 육감이 아니었다. 육감은 기어이 현실이 되고 말았다. 오 교수의 가설도 점점 힘을 얻어가고 있었다.

"이게 백민찬의 블로그입니다."

강 형사는 모니터 화면에 백민찬의 블로그를 띄웠다. 블로그 왼쪽 상단에 유채꽃을 배경으로 찍은 사진이 나타났다. 백민찬의 가족사진이었다. 두식의 가족사진과 달리 백민찬의 가족은 모두 활짝 웃고 있었다.

수사팀은 백민찬의 블로그를 주목했다. 그의 직업 특성상 블로그는 또 하나의 작은 미디어였고, 쌍방을 연결하는 소통창구였다. 백민찬이 블로그에 각별한 애정을 쏟았다는 것도 그의 아들을 통해 얻은 정보였다.

"아버지의 '적'들은 종종 이 블로그를 통해 공격해왔습니다."

백민찬의 아들은 수사에 비협조적이었다. 수사관들이 뭔가 숨기고 있다고 여겼는지 노골적으로 불만을 표시했다. 사실 그에게 숨긴 게 많았다. 생각 같아서는 하나도 빠뜨리지 않고 죄다 까발리고 싶었다. 장기국에게 온 메일과 동영상 그리고 널따란 바위 위에 팬티만 겨우 걸친 채 누워 있는 사체까지. 그다음에는 당신 아버지도 곧 이 순서대로 저세상에 갈 것 같다고 귀에 대고 나직하게 말하고 싶었다. 시간이 지나면 왜 이런 사실을 숨기려고 했는지 그도 잘 알게 될 것이다. 아는 것만이 능사가 아니었다. 장기국의 가족도 그랬다.

어제저녁 장기국의 아내가 수사본부에 찾아왔다. 뜻밖의 방문이었다. 그녀는 장기국이 실종되었을 때도 얼굴 한 번 비춘 적이 없었다. 그런 그녀가 느닷없이 왜 이곳에 왔을까? 졸지에 과부가 된 울분을 참지 못하고 수사본부를 한바탕 뒤집어놓는 건 아닐까? 수사팀은 그녀의 서늘한 얼굴을 보고 바짝 긴장했다.

"남편의 유해를 납골당에 안치하고 오는 길이에요."

차분하고 냉정한 목소리였다. 그녀의 손에는 과일과 음료수 박스가 들려 있었다. 장기국의 아내는 박스 안의 음료수를 꺼내 일일이 수사관들에게 돌렸다. 수고하십니다, 고생이 많으십니다. 그녀의 뜻하지 않은 호의에 모두 당황했다. 음료수가 아니라 사약을 받는 기분이었다. 피해자 유족이 이런 선물을 가져온 것은 그녀가 처음이었다. 장기국의 아내는 침착하고 냉정했다. 고위 검찰 출신의 아내다웠다. 그녀는 수사본부를 나서면서 당부의 말을 잊지 않았다.

"당신들의 명예를 걸고 반드시 그놈들을 잡아주세요. 잡아서, 남편의 고통에 몇 십 배로 되갚아주세요."

두식은 가슴에 손을 얹고 다짐했다. 꼭 그렇게 하겠다고, 당신의 분노와 당부를 잊지 않겠다고. 백민찬의 아들에게도 그런 맹세를 할 날이 머지않아 보였다.

백민찬의 블로그를 방문한 사람들의 글을 탐색해갔다. 최근 그의 블로그를 방문한 아이디는 몇 되지 않았다. 그들 중에 '카론'이란 별칭은 없었다. 그래도 블로그에 올라와 있는 글을 하나하나 검토해갔다. 얼마 가지 않아 수상한 글이 그물망에 걸려들었다.

당신을 지상낙원으로 초대합니다. 이곳에는 차별도 없고 불평등도 없습니다. 오직 사람답게 사는 세상만이 있습니다. 별천지 무릉도원은 아니어도, 서로를 보듬고 아껴주는 따뜻한 사람 냄새가 있습니다. 낙원은 그리 먼 곳에 있지 않습니다. 바로 우리들 곁에 있습니다. 오늘, 복숭아꽃 만발한 곳에서 낙원의 정취를 느껴보지 않으시렵니까?

이 글이 블로그에 올라온 날짜는 지난 30일 새벽 4시, 백민찬이 실종되기 일주일 전이었다. 글을 올린 아이디는 '아누비스^{Anubis}'였다. 이것도 카론처럼 눈에 거슬렸다. 낙원이라는 단어도 예외는 아니었다. 아무 데도 없는 곳, 유토피아를 살짝 비튼 느낌이었다. 한번 호되게 당한 탓인지 그런 불순한 단어들이 관자놀이를 콕콕 찔렀다. 그로부터 사흘 후 아누비스의 글이 또 나타났다.

나를 지나는 사람은 슬픔의 도시로, 나를 지나는 사람은 영원한 비탄으로, 나를 지나는 사람은 망자에 이른다.
정의는 지고하신 주를 움직이시어, 신의 권능과 최고의 지知와 원초의 사랑으로 나를 만들었다.
나보다 앞서는 피조물이란 영원한 것뿐이며 나 영원히 서 있으리.
여기에 들어오는 자, 희망을 버려라.

"아, 이런 좆같은……."
강 형사의 입에서 가는 신음소리가 흘러나왔다. '지옥의 문'에 새겨진 글과 똑같았다. 그 하나만으로 놈들의 정체가 확연히 드러났다. 동일범이었다. 이번엔 메시지 전달 창구가 달랐다. 메일에서 블로그로 바꿔 탔

미궁의 늪 속으로

다. 백민찬이 실종되기 하루 전, 또 하나의 글이 화면 가득히 뿌려졌다.

고문의 본질은 고통이라기보다는 차라리 공포다. 처음부터 끝까지 잔혹한 폭력을 예상하며 몸을 떨어야 한다. 고문과 고문 사이에, 다음에는 어떻게 당할까 생각하는 것 자체가 더 큰 고통이다. 그렇다면 이와 같은 고문을 뿌리 뽑을 수 있는 방법은 없을까. 딱 하나 있다. 그것은 바로 고문을 하거나 고문을 지시하는 자에게 고문의 무시무시한 맛을 보여주는 것이다.

고문의 무시무시한 맛…… 두식은 머리칼이 쭈뼛 곤두섰지만 애써 냉정을 찾으려고 했다. 등 뒤로 후배 수사관들이 지켜보고 있었다. 수사책임자답게 평상심을 유지하려고 아랫배에 단단히 힘을 주었다. 그런데 그게 잘되지 않았다. 모니터를 응시하는 동안 거친 숨소리가 계속 입 밖으로 흘러나왔다.

"다음엔 동영상이 올라올 차롄가요?"

강 형사의 얼굴에 불안감이 꾸역꾸역 몰려들었다. 수사관들은 모니터 앞에서 조용히 물러나 각자의 자리로 돌아갔다. 한쪽 구석에서 주먹으로 책상을 내려치는 소리가 들려왔다. 두식은 인터넷에서 아누비스라는 단어를 검색했다. 아누비스는 이집트 신화에 나오는 사자死者의 신이다. 자칼의 머리를 한 아누비스는 죽은 자를 심판할 때 영혼의 길잡이 역할을 한다. 카론의 임무와 비슷했다.

여기가 끝이 아니다…… 사건의 큰 물줄기는 점점 오 교수의 예상대로 흘러가고 있었다.

목덜미가 뻑적지근했다. 고개를 돌릴 때마다 우두둑우두둑 관절 꺾이는 소리가 고막을 흔들었다. 분노와 불쾌감이 뒤섞여 머리를 활활 태웠다. 꼭지가 돌아버릴 때면 어김없이 나타나는 생체반응이었다. 준혁이 국과수의 약물분석과를 나오는데 부장검사에게 전화가 왔다.

"동일범이 맞나?"

부장검사는 대뜸 그렇게 물었다. 동일범이라니, 그 말이 무엇을 뜻하는지 알 수 없었다. 장기국 사건을 말하는 것 같은데 도통 감이 오지 않았다. 그게 무슨 뜻이냐고 정중하게 물었다. 자네 지금 뭐하는 건가? 대답 대신 서릿발 같은 고함소리가 싸대기를 갈겼다. 부장검사는 사흘 전에 실종된 인물이 장기국을 살해한 동일범이냐고 다시 물었다. 이 또한 무슨 소린지 알 수 없어서 꿀 먹은 벙어리가 됐다.

"백민찬의 아들이 수사본부에 직접 찾아왔다면서? 자네, 거기에 놀러 간 건가?"

어안이 벙벙했다. 전화를 끊고 부장검사의 말을 조합해보니 대충 윤곽이 잡혔다. 사흘 전에 백민찬이라는 인물이 실종됐고, 그의 아들이 수사본부에 찾아왔다. 그러니까 이번 실종사건과 장기국 사건이 동일범인지를 묻고 있는 것이다.

수사본부에 들어서자마자 빠르게 주위를 살폈다. 두세 명을 제외하고 수사관들은 제자리를 지키고 있었다. 드디어 푸닥거리할 기회가 찾아왔다. 개망신을 주는 데는 보는 사람이 많을수록 효과가 큰 법이다.

"반장님, 나 좀 봅시다!"

준혁은 큰 소리로 최 반장을 불렀다. 수사관들의 시선이 자연스럽게

미궁의 늪 속으로

소리 나는 쪽으로 쏠렸다. 최 반장이 느릿느릿한 걸음으로 다가왔다.

"누가 또 실종됐소?"

대답이 없었다.

"내 말 안 들립니까? 누가 또 실종됐는지 묻지 않소."

이번엔 목소리를 더 높였다.

"그렇습니다."

"실종자의 이름이 뭐요?"

"백민찬입니다."

"그의 아들이 여기에 왔었소?"

"그렇습니다."

"이번 실종사건이 장기국 사건과…… 동일범이오?"

"그런 것 같습니다."

"그런데 왜 내게 보고하지 않았소."

"……."

"다시 한 번 묻겠소. 왜 보고하지 않은 거요?"

부장검사와 통화할 때의 참담함이 또 다시 고개를 들었다. 영문도 모른 채 장님에 귀머거리, 벙어리가 되고 말았다.

"당신, 대한민국 검사가 만만하게 보이나?"

이번엔 반말로 들이댔다. 검사를 엿 먹인 대가가 어떤 결과를 초래하는지 똑똑히 보여주고 싶었다. 준혁은 구두코를 세우고 뒷굽을 바닥에 쓱쓱 문질렀다. 조인트를 까기 전의 예비 동작이었다. 받은 만큼 돌려주는 것은 그의 오래된 철칙이었다.

"아닙니다."

"근데 왜 보고하지 않았나?"

"다시는 이런 일이 없도록 하겠습니다."

"내가 우습게 보이나?"

최 반장의 안면근육이 꿈틀거렸다. 슬며시 움켜쥔 그의 손은 준혁의 손보다 곱절은 더 커 보였다.

"이쯤 해두시죠……."

후배 수사관 앞에서 쪽이 팔리니 이쯤에서 끝내라는 소리였다. 준혁은 잠시 마음이 흔들렸다. 평소 같으면 즉시 구두코에 날을 세워 이 하마 같은 인간의 정강이를 찍었을 것이다. 그런데 최 반장의 거대한 몸에서 뿜어 나오는 열기가 삼상치 않았다. 준혁은 날을 세운 구두코를 슬며시 거두어들였다. 대신 이 한마디만은 꼭 전해주고 싶었다.

"내가 제일 싫어하는 인간이 어떤 인간인지 아시오?"

준혁은 그게 뭔지 알아맞혀보라는 듯 고개를 주억거렸다.

"철밥통이오. 철. 밥. 통."

오늘은 이 정도면 됐다. 최 반장의 체면을 위해서가 아니었다. 너무 심하게 다루면 다른 수사관들이 흔들리는 법이다.

"확실히 합시다! 다음부턴."

10

판이 점점 커지고 있었다. 전혀 예상하지 못한 일이었다. 불과 며칠 사이에 또 다른 실종자가 생겼다. 이번 실종자의 면면도 예사롭지가 않았다. 전직 공안부 검사와 정치부 기자, 현직 변호사와 시사평론가……
피살자와 실종자의 이력이 엇비슷한 공간에서 움직이고 있었다. 그들이 왕성하게 활동한 시기도 유사했다.

무슨 생각을 저리 골똘히 하는 걸까. 준혁은 고개를 쑥 내밀고 최 반장의 자리를 힐끔 쳐다봤다. 최 반장은 한 손으로 턱을 괸 채 깊은 생각에 잠겨 있었다. 무슨 생각을 하고 있는지 짐작이 가고도 남았다. 나이도 한참 어린 검사에게 후배 수사관이 보는 앞에서 철밥통 소리나들었으니 억장이 무너졌을 것이다. 이쯤 해두시죠…… 묵직하게 깔려오는 그 한마디가 조인트 까이는 걸 막았다. 그 소리가 없었다면 구두코에 불똥이 튀었을 것이다. 준혁은 자판기에서 커피를 빼와 최 반장의 책상 앞에 내려놓았다.

"생각 좀 해봤습니까?"

최 반장은 다소 멋쩍은 표정을 지었다. 그 얼굴 속에 알량한 자존심과 분노가 뒤섞여 있었다.

"이제부턴 여기저기 쑤셔댈 게 아니라 확실한 것부터 짚고 넘어갑시다."

"……."

"놈들이 처음부터 장기국과 백민찬을 목표로 삼았다면, 이들의 관계에 연결고리가 있을 겁니다."

"연결고리라니요?"

"그놈들이 아무 이유 없이 생사람을 족칠 리가 있겠습니까?"

장기국과 백민찬, 이들의 관계에 수사 초점을 맞추자는 것이었다. 좀 더 살을 붙이면 피해자 간의 공통점을 찾아내 가해자에 접근하자는 소리였다. 서로 연배도 비슷하니 이들의 관계를 찾아내는 것은 그리 어려워 보이지 않았다.

"먼지 하나 없이 탈탈 털어보시오. 그럼 뭔가 건질 수 있을 거요."

준혁은 백민찬이 걸어온 길을 예의 주시했다. 그 역시 정치성향이 강한 인물로, 장기국과 유사한 패턴을 보였다. 백민찬은 오랜 기간 보수신문사의 정치부 기자로 활동하면서 늘 기자 이상의 역할을 했다. 신문사의 구미에 맞게 여론을 주도하고 선거 때는 사주가 지지하는 세력을 확실하게 밀었다. 언론의 위력은 살아 있는 권력 못지않았다. 그가 물을 먹인 정치인만 해도 열 손가락을 넘었다. 대부분 진보 진영의 정치인들이었다. 백민찬의 기사는 언제나 강자의 편에 섰다. 정치부장 시절, 그는 진보적인 색채가 강한 정치인에게 종종 치명상을 입혔는데, 법의 심판대에서 만족할 만한 성과를 거두지 못하면 파렴치범으로 몰아 대상자를 생매장시켰다. 확인되지 않은 루머를 이용해 도덕성을 건드리는 것도 그가 자주 써먹는 수법이었다. 장기국은 검찰권력을, 백민찬은 언론권력을 절대 무기로 삼았다. 이들의 화력은 막강했고, 조직은 견고했다.

장기국과 백민찬, 두 명 모두 롤모델로 삼기에 충분한 인물이었다. 이들은 조직 내에서 나름대로 살아가는 법을 잘 알고 있었다. 저돌적으로 일을 추진하는 것이나 윗선의 마음을 읽는 것도 탁월했다. 상사의 가려운 데를 긁어주는 것은 부하직원이 기본적으로 갖춰야 할 자세였다. 준혁은 무엇보다 이들의 권력지향적인 스타일이 마음에 들었다. 권력의 속성이란 원래 그런 것이다. 강한 자에게는 몸을 낮추고 약한 자에게는 알아서 기게 만들어야 한다.

준혁은 이들의 고향과 고등학교, 대학교 등을 하나하나 대조해나갔다. 나이는 장기국이 두 살 많으니 선후배에 초점을 맞췄다. 그들이 가입한 동호회, 취미나 여가활동 등도 빠뜨리지 않았다.

그들의 인연을 찾아내는 데는 그리 오랜 시간이 걸리지 않았다. 그렇게 저인망으로 훑어가자, 마침내 백민찬과 장기국의 관계가 민 형사의 그물망에 걸려들었다.

"백민찬은 1980년대 중반, 검찰청 출입기자였습니다. 당시 장기국은 공안부 검사였고요."

"서로 잘 아는 사이였나?"

"물론입니다. 이들이 처음 인연은 맺은 것은 1985년, 서울미문화원 점거농성사건 때부터였습니다."

이 사건은 1985년 5월 일흔세 명의 대학생이 서울미문화원을 기습적으로 점거하고 미국 정부를 규탄한 사건이었다. 이 사건으로 수무 명이 구속됐다. 피고인들은 재판 과정에서 재판 거부, 묵비권 행사 등 소위 '재판 투쟁'을 전개해 국내외 언론의 주목을 받았다. 1980년대 중반부터 시국사건이 봇물처럼 터져 나왔다. '삼민투 사건' '구로동맹 파업사건' '부천서 성고문사건'…… 그즈음 국가 기강을 담당한 공안부가 해결사로 나섰다. 군사정권의 뒤치다꺼리를 맡은 공안부 검사의 방은 불이 꺼질 줄 몰랐다. 당시 검찰청 출입 기자는 공안부를 '구속

제조공장'이라고 불렀다. 1986년 건국대 점거농성사건 때는 무려 1295명의 학생이 구속됐다.

"서로 호형호제하면서 잘 어울렸다고 합니다."

그건 뜻밖이었다. 공안부 검사는 예나 지금이나 언론과의 접촉을 꺼렸다. 게다가 당시에는 시국이 어수선한 상황이라 기자와 공안부 검사 간에는 날선 논쟁이 오가며 늘 긴장감이 감돌았다. 그러나 장기국과 백민찬은 달랐다. 그무렵 백민찬은 시국사건과 관련해 여러 특종을 터뜨렸다. 특종 기사에 소스를 제공한 것은 장기국이었다. 이렇듯 그들은 1989년 백민찬이 검찰청을 떠날 때까지 긴밀한 관계를 유지했다. 그쯤이면 장기국과 백민찬의 관계는 어느 정도 밝혀진 셈이었다. 다음은 백민찬의 아들이 가지고 온 그림의 출처를 밝힐 차례였다.

"동영상에 나온 그림은?"

"지금 화랑가를 집중적으로 살피고 있습니다. 곧 화가의 정체도 밝혀질 겁니다."

무엇보다 시급한 것은 화가의 소재지를 찾아내는 일이었다. 거기서부터 하나하나 퍼즐을 맞춰가야 놈들이 의도하는 속내를 잡아낼 수 있을 것이다.

난생 처음 겪는 치욕이었다. 오십이 넘은 나이에 철밥통 소리를 들었다. 뒤에서 후배 수사관들이 보고 있을 생각을 하니 뒷덜미가 뻣뻣하게 굳어졌다. 이틀이 지나도 그 치욕은 쉽게 가라앉지 않았다. 다분히 의도적이었다. 후배 수사관들 앞에서 개망신을 주려고 단단히 작정한 듯했다. 사실 제때 보고를 하지 않은 것은 두식의 실수였다. 보고할 겨를이 없었다. 홍 검사는 그날 내내 자리를 비웠다.

하루 종일 머리가 지끈거렸다. 아버지 같았으면 만병통치약으로 통하는 겔포스로 다독였을 것이다. 그러나 두식에게는 그게 잘 통하지 않았다. 머리가 아플 때 아버지를 흉내 내서 몇 차례 겔포스를 먹어봤으나 위장약 이상의 역할은 하지 못했다. 약국에 들러 두통약을 먹고 수사본부에 들어왔다. 그런데 수사본부 분위기가 확 달라져 있었다. 땅이 꺼져라 한숨만 쉬던 수사관들의 얼굴에 화색이 돌았다.

"화가를 찾았습니다!"

강 형사의 입가에 큼지막한 미소가 걸렸다. 그동안 수사팀은 백민찬의 작업실에 배달된 그림의 화가를 찾는 데 온 힘을 기울였다. 범인들이 그렇게 지시를 내렸다. 어서 이 그림의 화가를 찾으라고, 그래야 모든 게 풀릴 것이라고 압력을 넣었다. 그래서 배종관의 논문집이 그랬듯이 이번엔 그림에 초점을 맞췄다.

"그의 이름은 고석만입니다."

고석만은 1982년 미대를 졸업했으며, 이듬해 대한민국 '국전'의 서양화 부분에 입상했다. 대학 졸업 후에는 미술학원을 운영했고, 바로 그해 민중미술 계열로 전향해 여러 그림을 남겼다. 고석만의 화풍은 민중들의 삶과 애환을 직설적으로 표현한 그림이었다. 이런 그림 세계는 1980년대 태동한 미술 장르의 하나로, 민중미술 계열로 불렸다.

"이걸 보십시오."

강 형사가 색이 바랜 팸플릿을 내밀었다. 이 팸플릿의 겉장에는 '낙원전'이라고 적혀 있었다.

"백민찬의 작업실에 보낸 그림은 낙원전에 출품한 작품입니다."

1986년 민중미술계 젊은 화가들이 모여 '낙원전'이라는 이름으로 전시회를 열었다. 당시 민주화를 요구하는 거센 물결에 발맞추어 기획한 특별 전시회였다. 이 전시회는 보름간의 일정으로 서울 명동의 YWCA 강당에서 열렸다. 그러나 전시 일정을 채우지 못하고 공안 당국에 의해 사흘 만에 강제폐쇄됐다. 전시회에 내걸린 그림들이 시민들에게 불온한 의식을 심어줄 수 있다는 이유 때문이었다. 이 팸플릿에는 낙원전에 참가한 화가들의 이름이 적혀 있었는데, 그중에 고석만도 있었다.

'당신을 지상낙원으로 초대합니다. 이곳에는 차별도 없고 불평등도 없습니다……'

이 글은 낙원전 팸플릿 안에 있는 '초대의 글'의 일부였다. 아누비스가 백민찬 블로그에 올린 글과 똑같았다.

"고석만과 배종관의 관계도 밝혀졌습니다. 그들은 고등학교 동기동창이었습니다. 1986년 시국사건으로 함께 투옥됐고, 둘 다 교도소에서 목숨을 잃었습니다."

"사인은?"

"배종관은 교도소에서 목을 매달아 자살했습니다."

그건 오 교수에게 전해 들었다.

"고석만은 교도소에서 단식 도중 사망했습니다."

곡기를 끊어 죽음에 이르다니, 생소한 죽음이었다. 배종관은 그해 9월에, 고석만은 11월에 사망했다. 서로 이승을 떠나는 길만 조금 차이가 있을 뿐 비극적으로 삶을 마감한 것은 같았다.

"이들이 가담한 시국사건은 뭐야?"

"샛별회 사건입니다. 이 사건의 핵심인물이 배종관이고 수사지휘자가 장기국입니다."

그제야 머리 위로 폭포수가 쏟아지는 것처럼 정신이 번쩍 들었다. 샛별회 사건…… 어디에 꼭꼭 숨어 있다가 이제야 나타났을까. 장기국 주변을 이잡듯이 뒤져도, 시국사건 파일철을 밤새 뒤져도 그 사건을 찾지 못했다.

이제 다소 숨통이 트였다. 논문집의 저자와 낙원전의 화가, 공안부 검사와 검찰청 출입기자의 관계가 서서히 드러나고 있었다. 이들 관계에 중심축을 이루고 있는 것은 '샛별회 사건'이었다.

두식은 샛별회 사건 파일철을 열었다. 사건개요에는 샛별회 사건이 다음과 같이 적혀 있었다.

일명 '샛별회'는 배종관, 고석만, 손기출 등 3인이 주축이 되어 1984년에 결성된 반국가 단체임. 이들 세 명은 대학, 성당, 교회, 노동조합에 침투하여 사회주의 건설을 목적으로 국가안위와 자유주의 법질서를 유린하였음. 또한 1984년 5월에서 1986년 3월까지 학내에 침투해 반정부 학생들을 포섭하는 한편 이념 서클활동을 지원하고 사회주의 이념을 대대적으로 유포하였음. 이에 따라 사법부는 위 3인을 체포하여 1986년 4월 12일 전원 구속하였음.

"홍 검사는 어디에 있나?"

두식은 홍 검사 자리를 슬쩍 쳐다봤다.

11

여긴 또 어떻게 알고 찾아왔을까?

장인은 경찰서 정문이 훤히 보이는 카페 창가에 앉아 있었다. 여전히 무채색의 얼굴이었다. 그는 심각할 때와 기분 좋을 때의 표정이 비슷했다. 그의 얼굴을 가득 채우고 있는 주름살은 오늘날에 이르기까지 얼마나 고생했는지를 잘 알려주는 증표였다. 장인과 처음 상견례를 했을 때 떠오른 것이 '자수성가'였다.

'돈은 꽤 있겠구나.'

장인의 얼굴은 다른 졸부들의 얼굴과는 달랐다. 저런 얼굴은 갑자기 돈벼락을 맞거나 인생역전을 꿈꾸면서 얻어진 결과물이 아니었다. 여러 차례 고비를 겪으며 험난한 계단을 밟고 올라가 이루어낸 성취의 상징이었다. 처음엔 그런 장인의 얼굴이 마음에 쏙 들었다. 저런 스타일은 쉽게 무너지지 않았다. 난관을 많이 겪은 사람일수록 그것을 극복하는 법을 잘 알고 있었다. 그러나 지금은 아니었다. 장인은 몰락 직전이었다. 강물에 빠진 몸은 목만 달랑 물 밖으로 내민 채 힘겹게 숨을 고르고 있었다. 이제 남아 있는 것이라고는 아파트 한 채, 급매물로 내놓은 공장, 그리고 아내 명의로 된 조그만 상가건물이 전부였다. 3년 전에 비해 재산 규모가 1할이 채 되지 않았다. 이젠 빈털터리나 다름없었다.

"말씀하십시오."

준혁이 먼저 운을 떼었다. 차마 용건만 간단히, 라는 말은 하지 못했다.

"희진이가 친정에 온 지 벌써 두 달이네."

장인의 말을 바로 고쳐주고 싶었다. 친정에 온 지 두 달이 아니라 집을 나간 지 두 달이었다. 사실 집을 나간 기간은 중요하지 않았다. 두 달이 아니라 2년이 지났대도 달라질 건 없었다.

"얼굴이라도 한번 비쳐야 하는 거 아닌가?"

"제 발로 나간 사람입니다."

"그 아이가 왜 집을 나갔겠나?"

정말 아내는 왜 집을 나갔을까? 아내는 준혁 앞에서는 숨을 쉴 수 없다고 했다. 그러니까 숨을 쉬기 위해서, 살기 위해서 집을 나간 것이다. 그렇다면 집을 나갈 만한 충분한 이유가 됐다.

"다시 한번 잘 생각해보게."

수백 번을 생각해도 마찬가지였다. 아내가 집을 나간 것은 충동적인 행동이 아니었다. 오래전부터 별거를 염두에 두고 단단히 준비하고 있었다. 준혁은 그런 아내의 행동을 전혀 눈치채지 못했다. 아내는 무뚝뚝하고 고집이 센 편일 뿐 뜻한 바를 과감하게 행동으로 옮기는 여자가 아니었다.

아내를 처음 만난 것은 검찰에 입문한 지 2년째였다. 사업연수원을 마치고 사법공무원으로 첫발을 내딛은 곳이 경상도의 한 중소도시 검찰청이었다. 인연 한 자락 닿지 않는 지방 구석에도 중매쟁이들이 한몫 건지려고 분주히 발품을 팔았다. 시대가 바뀌어도 검사라는 직업은, 든든

한 배경을 얻고자 하는 졸부들에게는 여전히 매력적인 조건이었다. 준혁은 중매쟁이들의 접근을 막지 않았다. 오히려 뻔질나게 다가올 수 있도록 마음의 문을 활짝 열었다. 여자 집안이 검사를 눈여겨보듯 남자 쪽에서는 장인 될 사람의 배경을 봤다. 중매쟁이에게도 이 점을 분명히 했다. 사십 평 이상의 아파트와 고급차는 기본이었다. 현찰도 많으면 많을수록 좋다고 분명하게 의사를 전달했다. 환갑을 앞둔 중매쟁이는 준혁의 조건을 접수하고 그에 맞는 상대를 찾아 나섰다.

아내와 결혼하기 전 네 번의 선을 봤다. 성격이나 외모, 몸매 따위는 관심을 두지 않았다. 어차피 정상적인 결혼생활을 이어나갈 자신이 없었다. 네 여자 모두 조건이 맞지 않았다. 두 번은 먼저 퇴짜를 맞았다. 고아라는 것이 그 이유였다. 기분이 상했다. 두 번은 준혁이 퇴짜를 놓았다. 경제적인 여력이 든든하지 않다는 게 이유였다. 아내는 다섯 번째 선으로 만난 여자였다. 고지식하고 무뚝뚝해 보였지만, 크게 상관하지 않았다. 무엇보다 서로간의 조건이 정확히 일치했다. 장인은 준혁이 고아라는 점을 문제삼지 않았다. 오히려 부모 없는 고아임에도 불구하고 입신출세한 점을 높이 평가했다. 준혁 역시 장인이 살아온 내력과 재력을 보고 후한 점수를 주었다. 그래서 지금의 아내와 결혼을 했다. 서로의 부족한 부분을 채워주는 것, 그것만큼 이상적인 결합은 없었다. 그러나 이런 결합은 한쪽이 기울어지면 이상적인 관계를 유지하기가 어려웠다.

아내와 사이가 벌어진 것은 3년 전부터였다. 그 전에도 사이가 좋은 것은 아니었다. 장인의 사업이 기울면서 그 불똥이 부부관계로 튀었다. 아내의 태도가 불손하게 보인 것도 그때부터였다. 말끝마다 토를 달고 지적사항을 말해줘도 고쳐지지 않았다. 장인을 닮은 저 무표정한 얼굴에는 늘 불만이 가득했다. 비위가 뒤틀려도 폭력은 자제했다. 그 대신 얼음장보다 차가운 눈빛과 침묵으로 아내의 일탈을 제압했다. 그런 차가운 눈빛이, 그 어떤 매질이나 폭력보다 더 효과적이었다. 어머니도 그랬다. 준혁은 회초리보다 어머니의 차가운 눈빛이 더 무섭다는 것을 일찍부터 깨우쳤다.

"당신은 바늘로 찔러도 피 한 방울 안 나올 것 같아요."

준혁은 그렇게 말하는 아내의 얼굴에서 종종 어머니의 얼굴을 봤다. 마른 작대기처럼 감정이라고는 전혀 없는 얼굴, 그러고 보니 서로 닮은 데가 적지 않았다.

"당신 어머니는 어떤 분이죠?"

결혼한 지 얼마 되지 않아 아내가 물었다. 그때는 서로의 요구조건이 딱 맞아떨어진 터라 사이가 그리 나쁜 편은 아니었다. 마땅한 말이 떠오르지 않았다. 문득 초등학교 때 작문 시간에 썼던 글이 떠올랐다.

"밥을 굶기지 않는 사람."

아내는 피식 웃었다. 준혁은 진심으로 한 말인데 아내는 농담으로 받아들였다. 정말 어머니는 그런 사람이었다. 살아생전 밥을 해준 것 밖에는 기억이 나지 않았다. 그때는 끼니를 굶지 않는 게 얼마나 큰 행복인지 몰랐다. 어머니가 죽고 나서야 그걸 깨달았다. 밥은 아무나 해주는 게 아니었다.

"이러면 안 되네. 우리가 자네에게 얼마나 많은 힘을 써주었나."

장인은 어린아이처럼 징징거렸다. 서울로 올라오기까지 아내와 장인이 힘을 보태준 것은 맞았다. 그러나 준혁 역시 처가댁에 할 만큼 했다. 처남이 입대할 때 편한 보직을 정해주었고, 장인의 사업에 지장이 없도록 뒤를 받쳐주었다. 장인은 베푼 것만 기억하고 은혜 받은 것은 기억하지 못했다.

　"그만 돌아가십시오. 저 바쁜 몸입니다."

　준혁은 자리에서 일어났다. 탁자 앞에 있는 커피는 입에 대지도 않았다.

　"한 가지만 물어보겠네."

　"말씀하십시오."

　"희진이가 돌아오지 않으면 어떻게 할 텐가?"

　"……."

　"예원이를 마음에 두고 있는 건가?"

　둘이 갈라서면 딸아이를 어떻게 하겠냐는 소리였다. 처음부터 깨끗하게 양보하려고 했다. 딸아이와 단둘이 살아가는 것은 상상조차 해본 적이 없었다.

　"아닙니다. 원하는 대로 하십시오."

　준혁은 분명하게 말했다. 아이를 가진 것은 그의 뜻이 아니었다. 결혼 전 아이를 갖지 않겠다고 일방적으로 통보했다. 아이를 키울 자신이 없었다. 온전한 가정도 꾸릴 자신이 없었다. 홍 씨 집안 사람들이 그렇게 만들었다. 애초에 자식에게 정을 주지 않을 거라면 갖지 않는 게 최선이었다. 그러나 아내는 그의 통보를 헌신짝처럼 휴지통에 쑤셔박았다. 임신

7개월이 지나서야 그 사실을 알았다. 낙태를 권하기에는 너무 늦었다.

"딴소리 하면 안 되네."

"그럼 먼저 일어나겠습니다."

준혁은 물컵을 비우는 장인을 뒤로 하고 카페를 나왔다. 장인은 아내와의 화해를 모색하기 위해 온 게 아니었다. 아내가 친정으로 줄행랑을 쳤을 때부터 이미 물 건너갔다. 하나밖에 없는 외손녀, 딸아이의 처리 때문에 찾아온 것이었다. 그런 거라면 진작 결정을 내리고 있었다. 애물단지 같은 딸아이가 오히려 아내와의 결별에 큰 힘이 될 것 같았다.

수사본부에 들어서자 강 형사가 준혁 앞으로 성큼 다가왔다. 뭔가 실마리를 찾은 것일까, 걸음걸이가 씩씩하고 경쾌했다.

"장기국과 배종관의 관계를 찾았습니다."

듣던 중 반가운 소리였다. 철밥통 소리의 효과는 금방 나타났다. 장인을 만나고 온 사이 여러 낭보가 그를 기다리고 있었다.

"이들은 샛별회라는 시국사건의 주모자와 수사검사였습니다."

준혁은 강 형사가 내민 샛별회 사건 파일철을 펼쳤다.

12

한동안 뜸했다.

중간수사보고서 이후 눈에 띌 만한 물건이 나오지 않았다. 배달원 녀석은 꾸준하게 서류를 가져왔지만, 내세울 만한 게 없었다.

"쓰레기통이 싹싹 비워져 있어요."

녀석은 수사본부 분위기도 예전과 달라졌다고 투덜거렸다. 철통보안! 곽 서장의 특별지시가 있었을 것이다. 그래도 녀석은 한번 목돈 맛을 봤는지 결사적으로 달려들었다. 이젠 대범하게도 수사관들의 책상까지 넘보고 있었다. 여러 차례 주의를 줘도 들은 척도 하지 않았다.

"싸나이가 칼을 뽑았으면 무라도 베어야죠."

형진은 그런 녀석이 너무도 고마웠다. 지금까지 만난 취재원 중에서 배달원 녀석만큼 물불 안 가리고 뛰어든 인물이 없었다. 일만 잘 되면 공로패라도 주고 싶은 심정이었다.

열과 성을 다하면 하늘도 감동하는 법, 마침내 녀석은 큰 물건을 가져왔다. 중간수사보고서를 가져온 지 나흘 만이었다. 여기에는 실종자의 간단한 프로필이 적혀 있었다.

'성명 백민찬, 나이 60세, 직업 시사평론가, 실종일자 7월 7일, 실종장소 서초동 아르빌 오피스텔 앞.'

장기국이 살해된 지 얼마 되지도 않았는데, 두 번째 실종자가 나왔다. 실종자의 주소지도 장기국의 사무실과 가까운 거리였다. 이 두 사건이 서로 관련이 있는지는 판단할 수 없었다. 그러나 같은 수사팀에서 다루고 있는 것으로 봐서 동일범의 소행일 가능성이 컸다.

형진은 인터넷에서 백민찬을 검색했다. 정치부 기자 출신, 시사평론가와 칼럼리스트로 활동 중…… 얼마 전에는 TV토론 프로그램에 출연한 적도 있었다.

의문을 확인하는 가장 빠른 길은 당사자를 직접 만나는 것이다. 당사자가 실종되었으니 가족을 만나 사정을 털어놓게 살살 구슬리면 된다. 마침 백민찬에게는 다 큰 아들이 하나 있었다.

"할 말이 뭡니까?"

백민찬의 아들은 아주 신경질적이었다. 그를 불러내는 데도 적지 않은 시간이 걸렸다. 형진이 전화로 기자임을 밝히자, 그는 한사코 만나기를 거부했다. 예상치 못한 일은 아니었다. 경찰이 이번 사건은 비공개수사이므로 절대 입 밖에 내지 말라고 당부했을 것이다. 특히 기자들을 조심하라고, 자칫 외부에 알려지면 아버님이 위험할지도 모른다고 주의를 주었을 것이다. 그러나 당부나 주의만으로는 부족했다.

하루에도 세 차례 이상 전화를 걸었다. 실종자 가족의 입장이 되어 비위를 살살 맞췄다. 사흘째가 돼서야 반응이 나타났다. 백민찬 아들이 먼저 약속장소와 시간을 정했다.

"당신을 돕고 싶습니다. 진심입니다."

형진은 그의 얼굴에 바짝 얼굴을 들이댔다.

"댁이 뭘 어떻게 돕겠다는 겁니까?"

"경찰을 너무 믿어서는 안 됩니다."

그를 만나기 전에 준비한 말을 늘어놨다. 경찰은 정보를 독차지하고 있을 뿐 절대 공유하려고 하지 않는다, 실종자를 보호하기 위해서라고 말만 뻔지르르하게 늘어놓지 실상은 그렇지 않다, 나중에 일이 틀어지면 나 몰라라 손을 터는 게 그들의 습성이라고 말했다. 형진은 경찰을 공격하는 데 많은 시간을 할애했다. 그를 같은 편으로 만들기 위해서는 적당한 적이 필요했다.

"나도 경찰이 맘에 들지 않습니다."

그 역시 입단속만 강요하는 경찰의 무성의한 태도를 불쾌하게 여기고 있었다.

"이번 실종사건이 처음은 아닙니다."

백민찬의 아들은 더 말해보라는 듯 뾰족한 아래턱을 내밀었다.

"장기국이라는 이름을 들어봤습니까?"

"모르겠습니다. 경찰도 그런 사람을 아냐고 물어봤는데⋯⋯."

"장기국은 현직 변호사입니다. 오래전 공안부 검사로 이름을 날렸죠."

"그럼, 그 사람도 실종된 겁니까?"

"그렇습니다."

굳이 장기국이 살해됐다는 말은 하지 않았다. 피해자가 서로 동일선상에 있어야 더 공감을 얻고 대화의 주제가 한데 모이는 법이었다.

"아버님의 실종은 장기국 사건과도 관련이 있는 것 같습니다."

형진은 그가 잘 알아들을 수 있도록 두 사건을 조리 있게 재구성했다. 이번 사건에는 어떤 불순한 특정 세력이 개입하고 있는 것 같다, 경찰이 비공개수사를 하는 것도 그들과의 갈등 때문이다, 정보를 공유해야 나중에 일이 잘못되어도 문제제기를 할 수 있다, 기자인 자신이 그 역할을 맡으려고 하니 당신의 협조가 필요하다⋯⋯ 온갖 달짝지근한 말로 그의 혼을 쏙 빼놓았다.

"아버님도 기자 출신 아닙니까?"

그의 마음을 움직일 비장의 카드를 꺼냈다.

"저는 기자의 양심을 걸고 약속하겠습니다. 댁의 아버님께 누를 끼치는 일은 절대 없을 겁니다. 절 믿으십시오."

미궁의 늪 속으로

"경찰은 아버님의 블로그와 한 그림에 특별한 관심을 보였습니다."

그제야 그의 얼굴에 경계심이 풀렸다.

"그림이라뇨?"

"아버님이 실종될 당시 이상한 그림이 작업실에 배달되었습니다."

"그 그림을 가지고 있습니까?"

그는 휴대폰에서 카메라 기능을 찾아 그림을 보여주었다. 만일에 대비해 휴대폰으로 찍어둔 것이다.

"경찰이 왜 이 그림에 집착하고 있는지 영문을 모르겠습니다."

백민찬의 실종은 이 그림에서부터 시작되고 있었다. 장기국이 실종됐을 때는 논문집이 단서가 됐다. 형진은 이 그림을 휴대폰에 저장했다.

"댁은 아버님이 실종된 것을 어떻게 알았습니까?"

그가 물었다.

"권력기관이 애써 숨기려고 하는 것, 그걸 파헤치는 게 기자들이 할 일입니다."

"아버지와는 별 인연도 없으면서 왜 이런 일에 나서는 거죠?"

"그건 두 가지입니다. 하나는 권력기관을 감시하는 언론인으로서의 사명감입니다. 그동안 경찰의 입맛대로 은폐하거나 조작한 사건이 얼마나 많았습니까? 외부에 새나가는 게 두려워 이 사건을 은폐하려고 한다면 이 또한 국민을 기만하는 행위가 아니고 무엇이겠습니까? 권력기관의 이와 같은 행위를 바로 잡아야 합니다. 다른 하나는 같은 언론인으로서 마땅히 해야 할 의무라고 생각했기 때문입니다. 알고도 모른 체하는 것은 기자의 직무유기입니다."

평소 취재원을 꼬드길 때 자주 써먹던 말이었다. 백민찬의 아들은 일리가 있는 소리라는 듯 고개를 끄떡였다. 이제 어느 정도 가닥이 잡혔다. 백민찬과 장기국은 동일사건이었다.

13

꼬인 매듭은 하나씩 풀려나갔다. 수사관들의 얼굴에도 오랜만에 활기가 넘쳐났다. 샛별회 사건 파일철은 가뭄의 단비와도 같았다. 이 사건 파일철은 70여 쪽의 분량이었는데, 다른 굵직한 시국사건에 비해 분량이 다소 적은 편이었다. 이 사건으로 수사를 받은 인물도 많지 않았다. 파일철에는 사건개요부터 공판기록, 피의자들의 자술서 등이 첨부되어 있었다. 그러나 이 기록만으로는 샛별회 사건의 전말을 밝힐 수가 없었다. 이 파일철은 공안기관이 작성한 것으로, 쌍방합의가 안 된 그들만의 기록이었다. 이 사건을 객관적이고 중립적으로 볼 수 있는 냉정한 시선이 필요했다.

이쯤에서 교통정리에 들어갔다. 두식은 이번 사건의 흐름을 인물별로 정리했다. 장기국과 백민찬…… 하나는 비극적인 최후를 맞이했고, 하나는 비극적인 최후를 코앞에 두고 있었다. 배종관과 고석만…… 하나는 교도소 내에서 목을 매달아 사망했고, 하나는 단식 중에 사망했다. 샛별회 사건으로 구속된 인물은 배종관과 고석만 그리고 손기출이었다. 손기출은 1991년 5년의 형기를 마치고 만기출소했다.

"이제 가닥이 좀 잡힙니까?"

홍 검사가 입가에 주름을 달고 다가왔다.

"손기출을 잡아들이면 게임 끝난 것 아니요?"

그랬다. 이번 사건이 발생한 후 처음으로 용의자다운 인물이 나타났다. 샛별회 사건에서 손기출만이 유일하게 형량을 모두 채우고 세상 밖으로 나왔다. 두식은 보강수사에 착수했다. 손기출을 만나기 전에, 샛별회 사건의 전말을 알려줄 인물이 필요했다. 그래서 1986년 봄, 이 사건에 깊숙이 개입한 담당수사관을 찾아 나섰다. 샛별회 사건의 담당수사관은 이십여 명에 가까웠다. 이중에서 직접 신문에 참여했거나 핵심적인 역할을 맡은 수사관은 여섯 명이었다. 이들 중에 일선에 있는 수사관은 없었다. 두 명은 이미 고인이 되었고, 세 명은 면담을 완강히 거부했다. 그들은 샛별회 사건을 입에 올리는 것조차 꺼렸다. 나머지 한 명이 그나마 나은 편이었다. 그는 긍정도 부정도 아닌, 어정쩡한 말로 수사팀의 애간장을 태웠다. 세 번의 전화 끝에 겨우 그가 일하는 곳의 아파트를 알아냈다. 그의 이름은 서종두로, 4년 전 경찰 옷을 벗고 아파트 경비원으로 일하고 있었다.

서종두가 일하는 아파트에 찾아갔을 때 마침 그는 교대근무를 끝내고 옷을 갈아입으려던 참이었다. 잠깐 시간을 내달라는 두식의 말에 그는 들은 척도 하지 않고 아파트 정문 앞의 해장국집으로 들어갔다.

"난 할 말 없소이다. 이제 와서 그 사건을 들춘들 뭔 소용이 있겠소."

그를 찾아온 목적은 지난 사건을 들추려는 게 아니었다. 지금 벌어지고 있는 사건을 해결하기 위해서였다. 그러나 그의 두툼한 입술은 쉽게 열릴 것 같지가 않았다.

"선배님의 협조가 필요합니다."

두식은 '선배'라는 말에 기를 불어넣었다. 비록 초면이기는 하나 같은 조직에서 나라의 녹을 먹었으니 그를 예우하는 것은 당연한 일이었다. 선지해장국이 나올 때까지 이번 사건을 간단하게 브리핑했다. 그러고는 끝으로 샛별회 사건의 담당검사가 살해되었다고 말했다.

"장기국? 그가 살해되었다는 거요?"

서종두의 반응은 즉각 나타났다.

"그렇습니다."

해장국집 안에 손님은 하나도 없었다. 벽걸이 TV에서는 아침 뉴스가 흘러나오고 있었다. 오늘 새벽 대통령의 친형이 전격 구속됐다. 대통령의 상왕으로까지 불리며 막강한 권력을 휘두르던 그가 저축은행 비리혐의로 쇠고랑을 찼다. 대검찰청 앞은 취재진으로 아수라장이었다. 그의 얼굴을 카메라에 담기 위해 플래시가 번쩍번쩍 터졌다. 지금 심정을 묻는 기자들의 질문에 대통령의 친형은 말없이 차에 올라탔다. 서종두는 한동안 TV를 물끄러미 바라보더니 대통령의 친형을 태운 차가 사라지자 긴 한숨과 함께 입을 열었다.

"처음부터 말이 많은 사건이었소…… 일선 수사관들도 무리한 수사라는 것을 잘 알고 있었소. 그런데도 장기국은 끝까지 밀어붙였던 거요."

서종두가 배종관을 처음 본 것은 1986년 봄, 남영동 대공분실에서였다. 그는 샛별회 사건의 초안이 만들어질 무렵에서야 뒤늦게 투입됐다. 당시 그가 본 배종관은 사람의 몰골이 아니었다. 하도 험하게 다루어서 몸이 만신창이였다.

"배종관 곁에는 반달곰이라 불리는 고문기술자가 있었소. 아주 끔찍한 인간이었소."

고문기술자는 허우대가 컸고, 커다란 가방을 항상 몸에 지니고 있었다. 가방 속에는 고문에 쓰이는 갖가지 도구들이 빼곡히 들어 있었다. 그의 넓적한 손에서 은빛 도구들이 꿈틀댈 때마다 취조실이 요동쳤다. 고문기술자가 원하는 것은 단 두 가지였다. 샛별회 사건의 실체를 인정하라는 것, 그리고 이 조직에 가담한 인물을 있는 대로 다 불라는 것이었다. 그때까지만 해도 공안기관이 가지고 있는 증거자료는 아주 빈약했다. 배종관의 대학 후배에게 온 편지 한 통, 그리고 박사학위 논문집이 전부였다. 배종관은 운동권에 몸을 담은 적도, 시위에 가담한 적도 없는 평범한 대학강사였다.

그런 배종관이 어떻게 남영동 분실에 끌려오게 되었을까? 이 애꿎은 불씨는 그가 강의하는 동양철학 과목을 수강하는 한 학생으로부터 시작되었다. 이 학생은 학생운동권의 핵심인물로 수배를 받고 있었는데, 공교롭게도 그는 배종관의 같은 과 후배였다.

"당시 배종관을 주목하는 사람은 거의 없었소. 그를 연행한 수사관도 참고인 조사를 끝내고 곧 석방할 예정이었소."

그런데 뜻밖의 물건이 나타나 엉뚱한 데서 불씨가 키워졌다. 배종관의 집에서 수배 학생이 그에게 보낸 편지가 발견된 것이다. 편지 내용은 현 시국을 비판하는 하찮은 넋두리에 지나지 않았으나, 담당수사관들이 보는 관점은 달랐다. 이 편지 한 통이 화근이 되어 사태는 예기치 않은 방향으로 흘러갔다. 공안기관은 배종관의 박사학위 논문인 「조선

시대 유토피아 연구 고찰」을 문제 삼았다. 동양의 이상향을 그린 논문이 사회주의 국가를 건설하려는 불온 선전물로 둔갑했다.

이때부터 공안기관의 시나리오가 서서히 고개를 들기 시작했다. 그들은 불씨를 불기둥으로 만드는 특별한 기술을 가지고 있었다. 이 시나리오가 완성되기 위해서는 몇 가지 절차가 더 필요했다. 그들은 새로운 증거물을 만들고 또 다른 핵심인물을 끌어들이기 위해 머리를 쥐어짜냈다. 곧이어 자유민주주의를 부정하고 국가를 전복시키려는 반정부 집단이 만들어졌다. 그들은 이 집단의 우두머리로 배종관을 앉혔다. 우두머리를 보좌하는 2인자에는 고등학교 동창인 고석만을 끌어들였다. 고석만은 당시 민중미술계를 주도하는 젊은 화가였는데, 공안기관에게는 더할 나위 없는 먹잇감이었다. 고석만의 집을 수색하다가 이번엔 배종관의 친필편지가 발견됐다. 공안기관은 쾌재를 불렀다.

그토록 바라던 봄이 찾아왔건만, 현실의 들판은 아직도 한겨울이야. 한때 젊음의 증표였던 낭만도 꽁꽁 얼어붙어 숨조차 쉬지 못할 것 같아.

낭만이라는 게 몽상가들만의 점유물일까? 오늘 문득 그런 생각을 해봤어. 과연 우리가 꿈꾸는 세계는 무엇일까, 무엇 때문에 아직도 몽상에서 깨어 나오지 못하고 허우적대고 있는 것일까. 아마도 이런 몽상은 오래전부터, 인류가 문자에 눈을 떴을 때부터 시작됐을 거야.

몽상의 발단은 저 그리스 문명에서부터 시작된 게 아닐까 싶어. 플라톤은 『국가론』를 통해 훌륭한 철학자가 지배하는 새 세상의 비전을 꿈꿨지. 16세기 영국인 토머스 모어도 마찬가지야. 모어는 소수가 엄청난 재산을 소유하는 한, 도둑은 절대 사라지지 않을 것이라고 주장했어. 그러면서 사유재산이 없는 세계를 상상했지. 누구나 똑같이 일하고, 필요한 물건은 공동창고에서 필요한 만큼 가져다 써. 그러면 도둑질도 사기도 살인도 일어나지 않는다고 믿었지. 토머스 모어는 그야말로 몽상의 대가로 불릴 만했지. 그렇게 해서 태어난 게 바로 『유토피아』야. 하루에 총 여섯 시간을 일해. 오전에 세 시간, 점심 먹고 두 시간을 쉬고 오후에 세 시간을 일해. 나머지 시간은 자유로운 여가 활동 시간이야. 병원은 늘 열려 있고 탁아소는 완벽해. 빈손으로도 어디든 여행할 수 있어. 모든 게 평등하게 분배돼서 부자와 거지가 없고, 결국 가난이라는 개념 자체가 존재하지 않아. 보석이나 화려한 장식물은 되레 수치스러운 상징으로 여길 정도야. 이쯤이면 몽상의 극치가 아닐까?

사실 인류는 늘 현실 너머의 몽상, 새로운 세상을 꿈꿔왔어. 에덴동산 같은 지상낙원, 천년왕국 밀레니엄, 도교의 무릉도원, 불교의 극락정토, 신세계, 파라다이스, 율도국, 스위프트의 『걸리버 여행기』에서 소로우의 『월든』의 모험까지. 모어는 우리가 끊임없이 욕망해온 사회상을 '유토피아'라는 멋진 단어로 통합했지. 그러나 어떻게 하면 그런 사회를 만들 수 있는지에 대해서는 얘기하지 못했어. 사실 우리의 관심사는 '무엇'이라기보다 '어떻게'잖아?

공산주의는 모어의 이같은 낙관주의에서 영감을 얻었어. 프랑스 사회주의자들은 이를 직접 실천에 옮기기도 했지. '코뮌'이라는 공동체 건설은 실패로 끝났지만, 훗날 마르크스와 엥겔스에게도 큰 영감을 주었어. 레닌이나 마오쩌둥, 카스트로는 목숨을 걸고 인류 최초의 유토피아를 향한 집단 모험극에 도전했지. 그런데 과연 이들의 모험은 실패로 끝난 걸까?

그렇다고 몽상의 계보가 완전히 끝난 것은 아니야. 20세기 후반에도 여전히 몽상 속에서 사는 인간들이 많으니 말이야. 한반도라고 예외일 수 없지.
과연 우리가 꿈꾸는 세계는 무엇일까? 나는 지금 이 순간에도 내게 질문을
던지고 있어. 진정으로 내가 꿈꾸는 세상은 무엇이냐고, '유토피아'는 이 지
구상에 존재할 수 없는 세상이냐고.

이 편지 한 통으로 공안기관의 시나리오는 더욱 탄력을 받았다. 편
지 속에 있는 '몽상'이 사회주의 이념으로, 꿈꾸는 몽상가는 사회주의
기수로 해석됐다. 공안기관은 고석만 이외에 또 다른 인물을 찾으려고
눈에 불을 켜고 달려들었다. 얼마 가지 않아 손기출을 끼워 넣어 샛별회
사건의 핵심인물이 만들어졌다. 손기출은 공안기관에서 주시하고 있던
국어교사였다.

배종관이 연행된 후 샛별회 사건이 태동하는 데는 한 달이 채 걸리지
않았다. 공안기관은 애초 검거하려고 하던 수배 학생들을 '샛별회'의
하부조직 세력으로 깎아내렸다. 배종관은 졸지에 학생운동권 세력의 배
후조종자이며, '샛별회'라는 유령 단체의 수장이 됐다. 그에게 가해진
무시무시한 고문은 자백과 진술이라는 성과로 나타났다. 당시 이 사건
을 진두지휘한 인물이 바로 공안부 검사인 장기국이었다. 장기국은 샛
별회 사건의 큰 그림을 그리는 데 유감없는 실력을 발휘했다.

"배종관은 구속수감됐을 때부터 심각한 고문후유증을 앓고 있었소.
결국 그 고통을 견디지 못하고 교도소에서 목을 매달아 자살한 것이오.
고석만은 이에 대한 항의 표시로 단식을 하다가 목숨을 잃었고…… 그
들 세 명 중에 유일하게 형기를 마치고 나온 인물이 손기출이오."

미궁의 늪 속으로

거기까지는 두식도 잘 알고 있었다. 이제부터는 샛별회 사건의 핵심
인물로서가 아니라 이번 살인사건의 용의자로서 손기출을 다룰 차례
였다. 두식은 손기출이 어떤 인물인지를 물었다.

"국어교사였소. 그 역시 오래전부터 공안기관에 주목을 받았던 인물
이오. 장기국이 이들을 함께 엮은 것은 모두 고등학교 동기동창이었기
때문이었소."

노회한 전직수사관은 생각보다 많은 것을 알고 있었다. 한번 말문이
트이자 샛별회 사건이 만들어지기까지의 과정이 쉼 없이 흘러나왔다.
한 가지 특이한 것은 그가 이들 세 명에 대해 매우 동정적이라는 점이
었다. 그들을 옹호하는 게 지나쳐 대변인이라도 된 듯한 착각이 들 정
도였다. 그런 의문은 금방 풀렸다. 샛별회 사건의 핵심인물들은 서종두
의 고등학교 후배였던 것이다. 그들과 서종두의 인연은 그 후로도 계
속 이어졌다.

"손기출이 형기를 마친 후 나를 찾아온 적이 있었소."

그의 입에서 뜻밖의 소리가 튀어나왔다.

"당시 손기출은 나를 특별하게 생각했던 모양이오. 고등학교 선배에
다가 같은 고향 출신이었으니 말이오. 솔직히 이런저런 얘기를 나누다가
그와 정이 들었던 것도 사실이오. 나중에 알고 보니 그의 아버지가 우리
가게의 단골손님이었지 뭐요. 허허, 인연이라는 게 참으로 무서운 거요."

손기출이 서종두를 찾아온 것은 형기를 마친 1991년 여름이었다.

"이제 자유의 몸이 되었으니 두 친구를 위해 뭔가를 해야겠다고 했소."

"그게 뭡니까?"

두식이 조심스럽게 물었다.

"두 친구의 무덤을 이장하는 일이었소. 당시 배종관과 고석만은 무연고지 무덤에 묻혀 있었소. 손기출은 이들의 무덤을 이장하는 걸 도와달라고 내게 부탁을 했소."

서종두는 그들의 무덤을 이장하는 데 기꺼이 앞장섰다. 시국사건의 핵심인물로서가 아니라 고등학교 후배로서의 인연 때문이었다.

"두 친구의 무덤을 이장했다면…… 배종관의 무덤은 파주 야산에 있지 않습니까?"

"그렇소. 그런데 댁이 그걸 어떻게 알고 있소?"

"장기국의 사체가 발견된 곳이 배종관의 무덤 근처입니다."

서종두의 입이 쩍 벌어졌다. 놀라기는 두식도 마찬가지였다. 잠시 짧은 침묵이 흘렀다. 그는 갈증이 나는지 생수병을 통째로 벌컥벌컥 들이마셨다. 두식은 널따란 바위 위에 반듯하게 놓여 있던 장기국의 사체를 떠올렸다. 장기국의 얼굴은 지상낙원에서 한가로이 낮잠을 즐기는 촌로의 모습이었다.

"무덤을 이장한 후 손기출을 본 적은 없습니까?"

"음. 그 후에도 여러 차례 만난 적이 있소…… 마지막으로 본 게 아마 1996년 같소. 그 뒤로는 소식이 끊겼소."

두식은 손기출의 연락처를 알고 있는지를 물었다.

"1997년 이후에는 연락이 닿지 않았는데…… 지금도 거기에 있는지 모르겠소……"

"그곳이 어딥니까?"

"대부도요. 손기출은 만기출소 후 교직에 복직되지 않자 그 섬에서 과수원을 운영하였소. 그래서 명절 때면 잊지 않고 과일을 보내오기도 했다오."

또 한 가지 짚고 넘어가야 할 것은 살인범과 백민찬의 관계였다. 범인이 장기국을 타깃으로 삼은 것은 어느 정도 이해가 갔다. 그러나 백민찬에게까지 칼날을 들이댄 것은 납득이 가지 않았다. 백민찬이 장기국과 호형호제하면서 찰떡같이 궁합이 맞았더라도 범인들의 타깃이 될 수 있는지는 의문이었다. 샛별회 사건 파일철에도 백민찬이라는 이름은 없었다.

"백민찬이라고 들어보셨습니까? 샛별회 사건 당시 장기국과는 남다른 관계로 알려져 있는데요."

"백민찬? 기자 놈 말이오?"

"그렇습니다."

갑자기 그의 눈에 붉은 실핏줄이 몰려들었다.

"그놈이 더 악질이오. 장기국을 꼬드겨 샛별회 사건을 만들어낸 것도, 고석만과 손기출을 끌어들인 것도 바로 그놈이오. 따지고 보면 장기국도 그놈에게 놀아난 거나 마찬가지요. 천하의 몹쓸 놈!"

그는 흥분을 감추지 못하고 몸을 부르르 떨었다. 샛별회 사건의 시나리오를 완성시킨 장본인이 바로 백민찬이었다. 백민찬은 검찰청과 남영동 분실을 드나들면서 여러 시국사건에 사사건건 끼어들었다. 그는 일개 정치부 기자가 아니었다. 그의 아버지는 자유당 정권 시절 특무대장을 역임했으며, 작은아버지는 보안사에서 잔뼈가 굵었다. 빨갱이를 잡아들이는 데 특별한 유전자를 가지고 태어난 인물이었다. 무엇보다 그의 잔꾀가, 시국사건을 조작하는 탁월한 기술이 수사지휘자들의 마음을 움직였다.

"이제 됐소?"

서종두가 자리에서 일어나자, 두식은 재빨리 카운터로 가서 해장국 값을 지불했다.

"혹시 손기출을 마음에 두고 있는 거요?"

그가 식당 문 앞에 있는 자판기 커피를 뽑으며 물었다.

"내가 보기엔 그럴 사람은 아닌 것 같소."

"일단 한번 만나야 할 것 같습니다. 배종관의 무덤을 손기출 말고 또 아는 사람이 있습니까?"

"그건 모르겠소."

해장국집의 문턱을 넘어서는데 휴대폰이 요란하게 울렸다. 휴대폰을 귀에 들이대자 강 형사의 숨넘어가는 소리가 고막을 때렸다.

"도, 동영상이…… 또 올라왔습니다."

죽음을
기억하라

1

동영상은 어둠에 푹 잠겨 있었다.

곧이어 어둠이 걷히고 한 줄기 빛이 화면 안을 가득 채웠다. 빛줄기
는 여기저기 유유히 떠다니다가 한 사내 앞에 살포시 내려앉았다. 백민
찬이었다. 그의 얼굴은 하얗게 질려 있었다. 카메라는 무릎 꿇고 앉아
있는 그의 몸을 구석구석 더듬었다. 얼굴, 목, 허리, 허벅지…… 서너

겹 주름이 잡히는 뱃살 앞에서는 제법 오래 머물렀다. 숨을 쉴 때마다 뱃가죽이 험하게 출렁거렸다.

카메라는 서너 발치 뒤로 물러나 백민찬 앞에 놓인 물체에 앵글을 맞추었다. 양팔저울이었다. 가운데 추를 중심으로 양옆에 접시가 놓여 있었다. 한쪽 접시에는 붉은 고깃덩이가, 다른 접시 위에는 하얀 깃털이 놓여 있었다. 저울은 어느 곳으로도 기울어지지 않고 아슬아슬하게 평행을 유지했다. 이윽고 백민찬은 자리에서 일어나 양팔저울 앞으로 다가갔다. 그는 저울 앞에 무릎을 꿇고 고개를 푹 숙였다. 카메라는 백민찬의 무표정한 얼굴과 양팔저울을 번갈아 비추더니 이내 어둠 속으로 사라졌다.

백민찬의 블로그에 올라온 동영상은 그게 전부였다. 분량은 짧았지만, 여운은 길었다.

"알아보겠습니까?"

홍 검사가 고개를 치켜들었다. 그의 뒤로 수사관들이 삼삼오오 모여들었다. 최 반장은 뒷짐을 진 채 창밖을 바라보고 있었다.

"이번엔 '심장 무게달기' 의식을 패러디한 겁니다."

수연은 담담한 어조로 말했다. 동영상이 무엇을 말하려고 하는지 단박에 알아차렸다. 아누비스라는 아이디를 차용했을 때부터 감을 잡았다. 『신곡』의 전령이 카론이라면, 이 의식의 전령은 아누비스였다.

'심장 무게달기' 의식은 이집트 신화를 묘사한 '사자의 서' 125장에 잘 나타나 있다. 죽은 자의 영혼을 심판할 때 오시리스의 법정에서 세 재판관에 의해 의식이 치러진다. 호루스와 아누비스, 토트가 재판

166 | 167

을 맡은 신이다. 아누비스는 영혼의 길잡이로, 죽은 자의 심장을 저울의 한쪽 접시에 올려놓는다. 진실의 여신 마트는 머리 장식에서 깃털 하나를 뽑아 반대쪽 접시에 올려놓고 함께 무게를 잰다. 심장을 얹힌 접시가 죄의 무게 때문에 한쪽으로 기울어지면 암미트가 심장을 먹어치운다. 암미트는 머리는 악어, 위쪽 몸통은 사자, 그리고 아래쪽 몸통은 하마 모습을 한 암컷 괴물이다. 심장을 잃어버린 자는 사후에 영원히 생명을 얻지 못하고 그 자리에서 소멸한다. 이 동영상 역시 영혼의 마지막 길을 배웅하는 의식이다. 이를테면 『신곡』의 분위기를 약간 비틀었다고나 할까.

"접시 위에 있는 붉은 고깃덩이는 뭡니까? 저게 죽은 자의 심장을 대체하는 겁니까?"

"사람의 심장을 구하기가 쉽지 않은 모양입니다."

"그렇다면 돼지 염통이라도 올려놔야 하는 것 아닌가."

홍 검사는 동영상이 마음에 들지 않는지 공연히 딴죽을 걸었다.

"아무 생각 없이 이런 동영상을 만들진 않았을 테고…… 특별한 이유가 있지 않겠습니까?"

수연은 가방에서 서류를 꺼냈다. 그런 질문이 나올 줄 알고 수사본부에 오기 전에 미리 챙겼다.

"백민찬의 칼럼입니다."

인터넷에서 이 글을 찾는 데는 10분도 채 걸리지 않았다. '백민찬'과 '심장 무게달기 의식'을 검색창에 치자 다음과 같은 글이 와르르 쏟아져 나왔다.

죽음을 기억하라

이집트 신화에서 죽음의 의식 가운데 절정을 이루는 것이 바로 '심장 무게 달기' 의식이다. 이 의식은 무덤이나 관, 파피루스 등에서 자주 묘사되고 있다. 저울 위에 심장과 깃털을 달아 어느 한쪽으로 기울어지면 죄가 있는 것으로 판명된다. 죄를 지은 자는 괴물인 암미트에게 먹힌다. 이 의식에서 자칼의 머리를 한 아누비스는 죽은 자들을 재판장에 인도하는 역할을 한다.

2009년 11월, 한 일간지에 실린 칼럼이었다. 그뿐 아니었다. 2002년 11월, 2003년 5월에도 그와 유사한 글이 올라왔다. 인터넷에는 '심장 무게달기' 의식을 묘사한 글이 무려 일곱 개나 됐다. 2005년 8월에 쓴 글에는 백민찬이 왜 이런 의식을 글쓰기의 주요 소재로 삼고 있는지 친절한 설명도 덧붙였다.

내가 '심장 무게달기' 의식을 자주 언급하는 이유는 간단하다. 국가의 존폐를 위협하는 세력에게 솜방망이 처벌로는 곤란하다는 것이다. 그들이 다시는 이 땅에 발을 붙이지 못하도록 엄벌로 다스려야 한다. 고대 이집트 사람들은 지위고하를 막론하고 죄에 대한 대가를 혹독하게 치렀다. 그들은 암미트에게 심장 먹히는 것을 가장 가혹하고 무서운 형벌로 여겼다. 다시는 내세에 부활할 수 없기 때문이다.

"그 나물에 그 밥이로군."

홍 검사는 수연이 가져온 글을 다 보지도 않고 등을 휙 돌렸다. 이번에도 범인들은 일정한 수순을 밟았다. 실종자의 거주지에 그들만이 알 수 있는 상징물을 보내 자신들의 존재를 알렸다. 다음에는 실종자의 메일이나 블로그에 글을 올렸다. 실종자를 납치한 후에는 그의 모습을 담은 동영상을 보냈다. 동영상에 담겨 있는 무대는 실종자들과도 깊은 관련이 있는 것으로 꾸몄다. 앞으로 어떤 수순이 이어질지는 짐작이 가고도 남았다.

"최 반장은 어디에 있나?"

홍 검사가 수사본부 안을 휘휘 둘러보았다. 방금 전까지 창밖을 보고 있던 최 반장이 보이지 않았다.

"주차장에서 대기하고 있습니다."

민 형사가 품 안에 권총을 집어넣으며 말했다.

"곧 대부도로 갈 예정입니다."

"대부도는 왜?"

"손기출이 있는 곳입니다."

2

조수석에 앉은 두식은 뒤를 힐끔 돌아봤다. 두 대의 차량이 적당한 간격을 유지하며 따라오고 있었다. 만약의 사태에 대비해 여섯 명의 수사관을 차출했다. 지금까지 범인들의 행적으로 보아 한두 명의 소행은 아닐 것이다.

"오 교수가 하는 소리 들었습니까?"

운전대를 잡은 강 형사가 물었다.

"이번엔…… 이집트 신화를 모방했다는군요."

두식의 얼굴이 파지처럼 구겨졌다. 그런 허무맹랑한 신화 따위에 신경 쓸 겨를이 없었다. 모든 열쇠는 손기출이 쥐고 있었다. 그는 1991년 만기출소한 후 무연고지에 묻혀 있던 배종관의 무덤을 이장했다. 서종두로부터 그 소리를 들었을 때 두식의 가슴은 쿵쾅쿵쾅 뛰고 있었다. 금방이라도 심장이 살갗을 찢고 몸 밖으로 튀어나올 것 같았다. 배종관의 무덤 위치를 알고 있는 인물, 샛별회 사건의 희생자…… 당시 손기출의 심정을 헤아리는 것은 어렵지 않았다. 두 명의 동창을 잃은 슬픔, 5년 동안의 억울한 옥살이…… 보복이나 응징 말고는 달리 떠오르는 게 없었다. 그쯤이면 살해동기나 명분으로 삼기에 충분했다.

"암만 생각해도 이해가 가지 않습니다."

"뭐가?"

"손기출이 말입니다. 그동안 뭘 하고 있다가 이제야 나선 걸까요? 출소한 지 20년이 넘었는데."

"20년이든 100년이든 그게 무슨 상관이야."

군이 시기를 따질 필요는 없다. 살인사건에는 시효가 있지만, 복수에는 시효가 없다. 강력사건을 다루면서 수십 차례 겪은 일이다.

강남대로를 벗어나려는 순간 차가 멈췄다. 빵빵, 앞뒤에서 경적소리가 계속 울어댔다. 신호등이 세 차례나 바뀌었는데도 차는 꼼짝하지 않았다.

"무슨 일이야?"

두식은 차 유리문을 내렸다. 차량 너머 고함소리가 들려왔다.

"시위가 있는 모양입니다."

도로변은 노점상 트럭이 장악하고 있었다. 트럭 뒤로는 노점상 리어카가 길게 늘어서 있었다. 트럭과 리어카 옆구리마다 '생존투쟁' '단결투쟁' 따위의 선동적인 문구가 적혀 있었다.

"별 게 다 속썩이네."

강 형사는 운전석 등받이를 뒤로 젖혔다. 도로는 좀처럼 뚫릴 기미가 없었다. 중앙선을 넘어 반대 차선으로 유턴하는 차량도 늘어났다. 열린 차 유리문으로 꽹과리 소리가 들려왔다. 그 뒤를 이어 징과 북, 확성기 소리도 합세했다. 사람의 심금을 울리는 데는 꽹과리 소리만 한 게 없었다. 두식은 두 눈을 지그시 감았다.

그날 시위에도 꽹과리 소리가 선두에 섰다. 1986년 5월이었다. 아시안게임을 앞두고 서울의 노점상들은 노도처럼 들고 일어났다. 유일한 생계수단, 밥그릇의 터전이 위협받고 있기 때문이었다. 아시안게임이 다가올수록 단속의 수위는 더욱 높아졌다. 국가에서 큰 잔치를 하는데 노점상 같은 흉물을 외국 방문객에게 보여줄 수 없다는 게 단속 이유였다. 날마다 수십여 개의 노점상 리어카가 끌려가고 부서졌다.

"이 잡것들이 나라 잔치를 벌이면서 왜 엄한 인간들을 잡아 족치는 거여. 못된 놈들."

그무렵 아버지는 독이 오를 대로 올라 있었다. 벌써 세 번이나 리어카를 압수당했고, 벌과금도 내지 못해 두 번이나 경고장을 받았다. 아버지뿐만이 아니었다. 단속반원의 무차별한 공격에 노점상인들은 맥없이 당하기만 했다. 더 이상 밀릴 수 없었다. 노점상인들은 똘똘 뭉치기 시작했다. '죽든 살든 한번 해보자.' '죽기 아니면 까무러치기다.' 그들은 흩어지면 죽고 뭉치면 살 것이라고 굳게 믿었다. 어디서부터, 누구로부터 시작됐는 지 알 수 없으나 결전을 치를 날이 입에서 입으로 전해졌다.

'광화문으로 집결하자!'

그날 아버지는 새벽 일찍 일어났다. 원래 새벽잠이 많던 아버지였다. 전날 밤에는 내일의 출정을 위해 술도 마시지 않고 잠자리에 들었다. 자리에서 일어나자마자 아버지는 가장 먼저 옷장 속에 묻어두었던 꽹과리를 꺼냈다. 아버지에게 꽹과리는 신명의 상징이었다. 그러나 서울에 올라온 후 한 번도 꽹과리를 두드려본 적이 없었다.

"어디 가시우?"

어머니가 세 차례나 물어도 대답이 없었다. 아버지는 묵묵히 꽹과리를 닦기만 했다. 눈이 부실 정도로 닦고 또 닦았다. 전쟁터에 나가기 전에 총을 닦는 전사의 모습이 저럴까. 꽹과리를 닦은 후에는 못 쓰는 천을 꺼내 가위로 반듯하게 오렸다. 그걸 오려서 붉은 매직으로 천 조각에 다음과 같은 글을 적어 넣었다. '생존투쟁' '생존권사수'. 아버지는 수십여 개의 머리띠를 정성을 다해 만들었다. 그중 하나를 집어 들고 거울 앞에 섰다. 나, 어떠냐? 거울 속의 아버지가 눈빛으로 물었다. 머리띠를 두른 아버지의 모습은 그다지 어울려 보이지 않았다. 아버지는 전사처럼 비장한 표정을 지었으나 두식의 눈에는 나들이를 앞둔 소풍객처럼 보였다.

"너도 가자. 하나라도 더 머릿수를 채워야 하니까."

다 먹고살자고 하는 일이라 아버지를 막을 수가 없었다. 아버지는 리어카 손잡이를 잡았고, 두식은 뒤를 밀었다. 리어카 안은 텅 비어 있었다. 앙꼬를 담은 양재기도, 붕어빵 모양의 철판도 없었다. 어머니는 근심스런 표정을 지으며 큰길까지 배웅 나왔다.

"너무 나서지는 마시우."

리어카는 금호동에서 약수동을 거쳐 동대문으로 접어들었다. 동대문까지 오는 동안 리어카의 숫자도 점점 불어났다. 그들은 리어카를 보고 서로에게 눈인사를 나누며 짙은 연대의식을 확인했다. 이 리어카에 가족의 생계가 달려 있었다. 그래서 리어카를 놓을 수도 빼앗길 수도 없었다. 노점상들에게 생계의 터전을 사수하는 것만큼 절박한 것은 없었다.

노점상의 행렬은 종각에서 멈췄다. 전경버스가 그들의 행진을 더 이상 용납하지 않았다. 종로 일대에는 이미 수백 대의 리어카가 집결해 있었다. 철거민과 도시빈민도 노점상들을 지원 나왔으며, 대학생들과 시민들도 합세했다. 이 정도면 어느 누가 덤벼도 밀릴 것 같지가 않았다. 구청 단속반의 갈고리로는 어림도 없었다.

종로통은 그새 노점상들의 해방구로 변했다. 여기저기서 구호소리가 터져 나왔다. 다 함께 살자고, 그러니 밥그릇을 빼앗지 말라는 소리였다. 해방구 안에서 징과 북, 꽹과리 소리도 들려왔다. 아버지는 리어카 안에서 꽹과리를 꺼냈다.

"넌 여기 남아 있거라."

리어카는 두식에게 맡기고 꽹과리를 치는 무리 속으로 들어갔다. 아버지는 꽹과리를 치면서 덩실덩실 춤을 추었다. 얼굴에는 큼지막한 미소가 걸려 있었다. 오랜만에 보는 아버지의 미소였다. 얼마나 저 꽹과리를 치고 싶었을까. 그때 종각에서 버스로 바리케이드를 치고 있던 전경들이 꿈틀거리기 시작했다. 꽹과리 소리는 멈추었지만, 구호 소리는 더욱 커졌다. 노점상들은 곧 축제 무드를 전투태세로 바꾸었다. 전경들이 다가오지 못하도록 리어카로 바리케이드를 쳤다. 경찰차 한 대가 그들 앞으로 다가와 해산하라고 떠들었다. 경찰차 뒤에는 최루탄을 장착한 전경들이 각도를 재고 있었다. 두식은 리어카 위에 올라가 시위대 안에 있는 아버지를 찾았다. 아버지는 시위대 맨 앞에서 아침에 만든 머리띠를 사람들에게 나눠 주고 있었다. 아버지의 얼굴은 비장해 보였다. 더 이상 나들이를 나온 소풍객이 아니었다. 이제 비로소 전사가 된 것 같았다.

"파바방!"

최루탄 터지는 소리가 허공을 갈랐다. 종로통은 금세 아수라장으로 변했다.

"반장님, 반장님."

강 형사가 두식의 어깨를 흔들었다. 두식은 부스스 눈을 떴다. 전경버스도, 최루탄 가스도 보이지 않았다. 차창 밖에는 여전히 꽹과리 소리가 들려왔다.

"이거 영 뚫릴 기미가 없는데, 차 돌릴까요?"

강 형사가 운전석의 차 유리문을 열고 주위를 살폈다.

"알아서 해."

차는 중앙선을 넘어 반대 차선으로 그대로 내달렸다.

저 멀리 시화방조제가 드러났다. 방조제 양쪽으로 검푸른 바다가 끝없이 펼쳐졌다. 차 유리문을 내리자, 바다 비린내를 머금은 바람이 쏜살처럼 달려들었다. 방조제 아래 바위에는 낚시꾼들이 듬성듬성 보였다. 그러고 보니 오래전 이곳에 낚시를 하러 온 적이 있었다. 그때는 차량이 이렇게 많지 않았다. 인도 옆에 붙어 있는 차선에는 외지에서 온 차량들이 길게 늘어서 있었다.

차는 방아머리를 지나 대부도로 들어서면서 속력을 줄였다. 도로변 옆으로 크고 작은 입간판이 획획 바람처럼 사라졌다. 그 안에는 울긋불긋한 옷차림의 나들이객들이 술판을 벌이고 있었다. 대부도로 들어선 지 20여 분 후, 차는 야트막한 능선 위에 멈추었다. 차에서 내리자 뭉게구름을 떠받치고 있는 과수원이 한눈에 들어왔다. 서종두가 일러준 민들레 과수원이었다. 높고 푸른 하늘, 싱그러운 초록 물결, 한낮의 원두막…… 배종관의 논문집에 나와 있는 이상향이 한 폭의 동양화처럼 펼쳐졌다. 두 대의 차량에 나눠 타고 온 수사관들이 두식 곁으로 모여들었다. 우선 과수원에서 외부로 빠져나가는 길을 살폈다.

"산속으로 들어가는 길이 하나, 도로변으로 나오는 길이 둘입니다."

그 길목에 수사관들을 잠복시켰다. 반드시 생포하라고 다시 한번 주의를 주었다. 두식은 도피로를 차단한 후 강 형사와 함께 과수원 정문 쪽으로 내려갔다.

"계십니까?"

잠시 후 헛기침 소리와 함께 머리에 수건을 두른 중년 여인이 나타났다.

"여기가 손기출 씨 댁 맞습니까?"

두식은 과수원 안을 빠르게 훔쳐봤다. 중년 여인이 나온 건물에 한 사내가 창가에 비스듬히 서서 문 쪽을 바라보고 있었다.

"그런 사람 없는데요."

중년 여인이 무뚝뚝한 표정을 지으며 말했다. 그럴 리가 없다. 서울을 떠나기 전에 서종두에게 전화를 걸어 과수원의 위치를 두 차례나 확인했다.

"누가 왔소?"

그때 창가에서 서성이던 중년 사내가 두식 앞으로 다가왔다. 그는 신발을 구겨 신고 있었다. 범죄자들은 낯선 방문객 앞에서는 결코 신발을 구겨 신지 않는다. 두식은 그에게도 중년 여인과 같은 질문을 던졌다.

"지금 손기출이라고 했소?"

중년 사내가 두식과 강 형사를 번갈아 쳐다보았다.

"허허, 그 사람 죽은 지가 언젠데……."

"손기출 씨가 누구예요?"

중년 여인이 사내 쪽으로 고개를 돌렸다.

"과수원 전 주인 말이야."

"그때가 언젭니까?"

강 형사가 물었다.

"우리가 과수원을 인수한 게 1998년이니까…… 1997년쯤 됐을 거요."

"사인은 뭡니까? 사고사입니까?"

이번엔 두식이 물었다. 사망원인은 중요한 게 아니었다. 그런데도 그런 질문이 튀어나왔다.

"그건 나도 잘 모르겠소. 듣자 하니 스스로 목숨을 끊었다는 소리가 있던데……."

"손기출 씨 가족은 어디에 있습니까?"

손기출에게는 아내와 딸이 하나 있었다.

"과수원을 팔자마자 여길 떠난 것 같은데…… 마을 사람들에게 물어보시오. 우린 그 뒤로 와서 잘 모르오."

목구멍에 가래가 끓어올랐다. 두식은 가래덩이를 그대로 꿀꺽 삼키고 뒤로 돌아섰다. '저 사람들 형사 같지 않아요?' 등 뒤로 중년 여인의 나지막한 소리가 들려왔다.

3

수사본부 안은 침울하게 고여 있었다. 경찰서 밖은 가마솥더위로 연일 수은주의 고점을 찍고 있는데, 이곳은 대설을 앞둔 한겨울이었다. 수사본부에 들어선 후 말을 걸어오는 이가 한 명도 없었다. 수사관들은 데스마스크처럼 표정이 없었다. 일이 꼬이거나 잘 풀리지 않을 때 표정이 저랬다. 수연은 물컵을 내려놓고 창가 쪽으로 눈길을 주었다.

최 반장은 창가에 비스듬히 서 있었다. 아무도 그 주변에 얼씬거리지 않았다. 그의 몸은 너무 뜨거워서 옷깃만 스쳐도 불에 대일 것 같았다. 긴히 할 말이 있어서 찾아왔지만, 좀처럼 그에게 다가갈 용기가 나지 않았다.

"교수님, 잠깐 나오시겠습니까?"

강 형사가 홍 검사의 눈치를 살피면서 수연을 불렀다. 홍 검사는 두 다리를 책상 위에 올려놓고 깊은 생각에 잠겨 있었다. 그의 얼굴에 아쉬움이 진하게 묻어나왔다. 손기출의 사망 소식은 수사본부 안을 침묵의 바다로 바꿔놓았다.

"반장님을 이해하십시오. 지금 제정신이 아닙니다."

수연은 고개를 끄떡였다. 청송에 갔을 때 그녀 역시 같은 기분이었다. 배종관의 사망 소식을 전해 듣고 얼마나 허탈하고 당혹스러웠는가.

"1995년부터 손기출에게 이상증세가 나타났다고 하더군요."

강 형사는 과수원 이웃에게 전해들은 얘기를 들려주었다. 손기출이 과수원으로 돌아온 것은 만기출소한 1991년 여름이었다. 당시 과수원은 손기출의 아버지와 그의 아내가 운영하고 있었는데, 아버지는 그해 가을 세상을 떠났다. 손기출은 샛별회 사건으로 교직에 복직하지 못하고 과수원 일을 거들었다. 처음엔 과수원 생활에 잘 적응하는 편이었다. 그러나 시간이 점점 흐르면서 그에게 이상증세가 나타나기 시작했다. 밤마다 잠을 이루지 못하고 뒤척였으며 잠을 부르기 위해 독한 술을 마셨다. 술에 취하면 홀로 큰 소리로 울었고, 아침에는 지난밤의 절규를 기억하지 못했다. 1996년 봄이 되면서부터 상태가 더 악화됐다. 땅거미가 지고 나면 마을 주위를 유령처럼 떠돌아다녔다. 말을 제대로 하지 못했고 사람을 알아보지도 못했다. 그해 겨울, 그는 정신병원에 입원했다. 그 후 긴 요양생활을 끝내고 1997년 여름에 다시 과수원으로 돌아왔다. 그로부터 한 달 후 손기출은 과수원 뒷산에서 목을 매달았다.

"하나같이 제명에 살지 못하고 스스로 목숨을 끊었으니……."

강 형사는 가는 한숨을 내뱉었다. 그의 말마따나 샛별회 사건의 피의자들은 기구하게 생을 마쳤다. 수연은 자판기에서 커피를 뽑아들고 다시 수사본부 안으로 들어갔다. 최 반장 주위는 난로 옆에 있는 것처럼 여전히 후끈거렸다. 그렇다고 언제까지 그의 몸이 식기만을 기다릴 수는 없었다.

"대부도에 간 얘기 들었습니다."

수연은 그에게 커피를 내밀었다. 그제야 최 반장은 굳은 얼굴을 풀고 커피를 받았다.

"한두 번 겪는 일도 아닙니다. 애초에 그런 요행을 바랐던 게 우스웠지요."

그건 요행이 아니었다. 누구나 여기까지 왔다면 손기출에게 기대를 거는 것은 당연한 일이었다.

"혹시 고석만의 무덤이 있는 곳을 알고 계십니까?"

수연은 최 반장을 찾아온 목적을 조심스럽게 꺼냈다.

"갑자기 그건 왜 물으십니까?"

"범인들의 행태는 지금까지 일정한 패턴을 보이고 있습니다. 그들은 실종자의 창구를 통해 글과 동영상을 보내왔습니다. 동영상을 보낸 후에는 실종자가 살해되었습니다…… 장기국의 사체가 버려진 곳은 배종관의 무덤 주변입니다."

이젠 범인들보다 두세 수 앞을 내다봐야 한다. 그들이 묻은 지뢰를 피해가기보다는 그들이 오는 길목에 지뢰를 묻고 기다려야 한다. 최 반장은 골똘히 생각에 잠겼다. 수연은 그의 생각이 어디쯤에 머물러 있는지 머릿속으로 그려봤다. 장기국의 사체가 발견된 곳, 그의 사체를 내려다보고 있는 배종관의 무덤, 앞으로 백민찬의 사체가 발견될 곳, 그의 사체를 유기할 만한 곳……

"그럼 교수님은 이번에도……."

최 반장은 이제 감을 잡은 듯했다.

"지금까지의 정황으로 봐서 백민찬은 살아 돌아오기가 어렵습니다."

"무슨 말씀인지 알겠습니다."

최 반장은 주머니에서 메모지를 꺼냈다. 그러고는 어디론가 급히 전화를 걸었다.

"선배님, 저 최 반장입니다. 고석만의 무덤을 이장한 곳이 어디입니까?"

'여기 유토피아를 꿈꾸며 잠들다.'

고석만의 비석에 새겨진 묘비명은 배종관의 것과 똑같았다. 수연은 고석만의 무덤 앞에 두 발을 가지런히 모았다. 다른 길로 빠지지 않고 제대로 찾아왔다. 서종두는 용인에 있는 고석만의 무덤 위치를 정확히 기억하고 있었다. 그는 만기출소한 손기출과 함께 고석만의 무덤을 이장했다. 20여 년이 흘렀지만 고석만의 무덤을 찾는 데는 별 어려움이 없었다. 지금도 무덤에 오르는 길에 오리 농장이 있었고, 오리 농장 옆으로 고물상이 있었다.

"여길 다녀갔어. 이놈들이 이곳에도 다녀갔단 말이야."

홍 검사는 콧구멍을 벌름거리며 무덤 앞을 어슬렁거렸다. 이 무덤 앞에도 사람의 미지근한 손길이 느껴졌다. 깔끔하게 벌초된 무덤, 무덤 앞에 놓인 제수품도 같았다. 꽃다발이 시든 걸 보니 무덤을 찾은 지 보름에서 한 달 정도 되어 보였다.

"어디쯤이 좋을까?"

홍 검사의 매서운 두 눈이 무덤 주위를 쓰윽 훑어왔다. 백민찬의 사체를 처리할 만한 곳을 찾고 있는 것이다. 백민찬의 가족이 알기라도 한다면 날벼락이 떨어질 일이었다. 아직 백민찬이 죽지도 않았는데, 그의 사체가 버려질 장소부터 찾고 있다니. 어쩔 수 없는 일이었다. 백민찬을 살릴 수 없다면, 범인들을 잡아서 단단히 살풀이라도 해주는 수밖에 없었다.

"여기가 적당할 것 같군."

홍 검사가 지적한 곳은 두 군데였다. 개울가 앞의 돌멩이가 쌓여 있는 곳과 개울가 건너편에 못자리를 만들려고 평평하게 다져놓은 땅이었다. 두 곳 모두 고석만의 무덤이 아주 잘 보였다. 이윽고 홍 검사는 수사관들에게 무덤으로 들어오는 진입로를 살펴보라고 지시했다. 오리농장을 거쳐 숲속으로 오는 길, 마을을 지나 무덤으로 오는 길목에 네 명의 수사관을 잠복시켰다. 나머지 네 명은 무덤 주위에 적당한 곳을 골라 잠복시켰고, 타고 온 차량은 마을에서 한참 떨어진 곳에 주차시켰다. 그것으로 모든 잠복 준비는 끝났다. 수연은 최 반장과 함께 무덤 아래 개울가에, 홍 검사와 강 형사는 개울가 건너편에 자리를 잡았다.

매서운 칼바람이 등짝을 후려치고 달아났다. 허리 높이만큼 자란 잡초들이 바람결 따라 옆으로 쓰러졌다. 낮은 구릉을 베개 삼아 질펀하게 늘어져 있던 땅거미는 자취를 감추었다. 무덤 주위를 배회하던 혼기도 슬그머니 어둠 속으로 묻혀 들어갔다.

"놈들이 정말 나타날까요?"

최 반장이 어깨를 움츠리며 물었다. 수연은 대답하지 않았다. 솔직히 이곳을 권하고 싶지 않았다. 범인들이 장기국의 사체를 배종관의 무덤 주위에 놓았다고 해서 백민찬도 같은 수법으로 유기할지는 의문이었다. 이들의 범행 패턴으로 봐서 전혀 엉뚱한 추측은 아니었다.

"너무 신경 쓰지 마십시오. 해보는 데까진 뭐든 해봐야죠. 저희는 원래 야전 체질입니다."

최 반장이 수연의 마음을 읽기라도 한 듯 급소를 쿡 찔렀다. 갑자기 후회가 물밀듯이 밀려왔다. 가뜩이나 대부도에서 헛걸음한 이들의 가슴에 또 다시 불을 지르는 게 아닌지 지레 걱정되었다.

"교수님은 어떻게 이 길로 들어섰습니까?"

수사관들과 함께 일할 때마다 종종 듣는 질문이었다. 수연도 이 방면으로 들어설 줄은 몰랐다.

"한 편의 영화가 저를 운명처럼 끌어들였죠."

대학 졸업을 앞두고 미스터리 범죄사건을 다룬 프랑스 영화를 봤다. 영화에 등장하는 범죄심리분석관이 수연의 마음을 사로잡았다. 그녀는 냉철하고 이성적이었으며, 따뜻한 인간미를 지녔다. 무엇보다 살인범의 심리를 콕 짚어내는 신통력이 시선을 끌어들였다. 그 당시는 심리분석관은 물론 범죄심리학이라는 학문조차 생소할 때였다.

"이 자리에 오기까지 운이 좋았어요……."

사실 운이라기보다는 체계적인 학습의 결과였다. 추론이나 가설을 끌어내는 것도 추측이나 상상이 아니라 철저한 학습으로 이뤄졌다.

"결혼은 왜 하지 않았습니까?"

잠복이 무료한 탓일까. 갑자기 그답지 않게 말수가 많아졌다. 최 반장이 이런 사적인 질문은 처음이었다.

"모르겠어요. 안 한 건지, 재주가 없어서 못한 건지."

"남자는 관심이 없나봅니다."

"지금 이대로가 좋아요. 때로는 혼자가 더 편할 때도 있잖아요."

그건 아니었다. 혼자라는 것, 불편한 게 너무도 많았다. 황 선배를 잃은 후 수연은 줄곧 혼자였다. 아침도 혼자 먹고 저녁도 혼자 먹었다. 20년이 다 되었으니 외로움에 익숙해질 만도 한데 그렇지 않았다. 늦은 밤에 귀가해서 아파트 거실에 들어설 때면, 침묵의 사막에 홀로 남겨진 기분이었다. 혼자 살아야겠다고 결심한 적은 없었다. 한때는 오붓한 가정을 꾸리고 싶었다. 사랑하는 사람과 하나에서 둘이 되고 또 셋이 되는 과정을 만들어가고 싶었다. 결혼 후 5년 안에 집을 장만하고 주말이면 아이 손을 잡고 근교로 나들이를 가는, 그런 행복한 가정을 꿈꾸었다. 그러나 그 남자를 잃은 후 모든 꿈이 한순간에 사라졌다.

대학을 졸업한 지 얼마 되지 않아 황 선배와 동거를 했다. 황 선배는 키가 훤칠하고 목소리가 낙숫물처럼 맑은 남자였다. 심리학과 신입생 환영회 때 처음 황 선배를 만났다. 그는 군에서 제대한 지 얼마 되지 않은 복학생으로, 과 학회장을 맡고 있었다. 이제 대학에 갓 입학한 수연의 눈에 그가 쏙 들어왔다. 황 선배는 비바람을 막아줄 것 같은 듬직한 어깨와 뜨거운 가슴을 지니고 있었다. 무엇보다 그의 뜨거운 가슴이, 쇳덩이도 녹일 것 같은 열정이 스무 살 처녀의 마음을 뒤흔들었다. 시국집회 때면 어김없이 그가 나타났다. 황 선배는 가열찬 목소리로, 때로는 뜨거운 가슴으로 집회에 참석한 학생들의 가슴에 불을 지폈다. 신입생 때 처음 그를 만나 졸업할 무렵까지 4년간의 연애 기간을 거쳤다. 여섯 살의 나이 차이는 아무런 걸림돌이 되지 않았다. 처음부터 그를 만난 것은 운명이라고 생각했다.

"함께 살자."

그해 겨울, 황 선배가 낮은 목소리로 말했다. 수연은 그의 제안에 조금도 망설이지 않았다. 미아리 산동네에 작은 월세방을 얻었다. 당시 서로가 결혼을 할 수 있는 형편이 아니었다. 그래서 동거를 선택했다. 가난하지만 행복한 시절이었다. 그와 함께 시장을 보고 요리를 만들고 밥을 먹었다. 어릴 적 소꿉장난을 하는 기분이었다. 그와 오순도순 마주앉아 먹는 밥은 언제나 꿀맛이었다. 밤이면 그의 뜨거운 몸이 수연의 깊은 곳으로 들어왔다. 맹렬하고 저돌적이었다. 수연은 그의 왕성한 젊음을 온몸으로 받아들였다.

그러나 황 선배와의 동거생활은 오래가지 못했다. 그에게 수배령이 떨어진 것은 동거를 시작한 지 백 일이 조금 넘어서였다. 늘 마음의 각오를 하고 있던 터라 담담하게 받아들였다. 학생운동을 하던 선배들이 심심찮게 구속되던 시절이었다. 그것을 잘 알면서도 그를 선택했고, 단 한 번도 후회하지 않았다.

황 선배가 종적을 감춘 후 아침도 저녁도 혼자 먹었다. 수배중인 그를 생각하면 밥이 잘 넘어가지 않았다. 어디서 밥 한 술은 제대로 뜨고 다니는지, 잠자리는 불편하지 않은지 내내 그가 걱정되었다. 그땐 따뜻한 온돌에서 자는 게 그렇게 미안할 수가 없었다. 밤이 되면 용광로 같은 그의 몸이 그리웠다. 살 속 깊이 파고드는 그의 거친 숨소리가 그리웠다. 지금은 홀로 밤을 지새우지만, 언젠가는 그의 뜨거운 숨결을 느낄 날도 머지않을 것으로 믿었다. 그와 함께할 수만 있다면, 1년이 아니라 10년도 견딜 자신이 있었다.

아주 가끔 경찰의 수배망을 뚫고 황 선배가 찾아왔다. 똑, 똑, 똑. 이른 새벽, 문을 두드리는 소리가 짧고 굵게 세 번 울렸다. 그 소리는 마치 천상의 울림 같았다. 그의 몸은 여전히 뜨거웠다. 너무도 뜨거워서 주위의 모든 것을 깡그리 태울 것만 같았다. 바람과 이슬 냄새를 살 속에 깊이 새기고 그는 안개처럼 또 슬그머니 사라졌다. 그가 떠나는 뒷모습을 보지 않으려고 일부러 잠든 척 눈을 뜨지 않았다. 아침밥이라도 먹여 보내고 싶은 마음이 간절했지만, 그의 안전을 위해 꾹 참았다. 그렇게 황 선배가 사라지고 나면 며칠간은 아무 일도 손에 잡히지 않았다.

그해 5월 황 선배가 수연 앞에 나타났다. 그는 더 이상 뜨거운 가슴을 가진 남자가 아니었다. 그의 몸은 차갑게 식어 있었다. 싸늘한 주검이 되어 돌아온 것이다. 황 선배가 발견된 곳은 전라도 광주 인근의 한 저수지였다. 경찰은 단순 익사라고 했는데 정확한 사인은 밝혀지지 않았다. 마지막으로 그의 얼굴을 보려고 광주로 내려갔다. 장례식장에서 황 선배의 어머니를 처음 봤다. 수연은 학교 후배라고 자신을 소개했

죽음을 기억하라

다. 황 선배의 어머니는 수연의 손을 꼭 잡았다. 따뜻한 손이었다. 장례식장에서 음식을 나르며 일손을 거들었다. 황 선배의 잘생긴 얼굴이 내내 자신을 지켜보고 있었다. 고생이 많다…… 그의 영정사진과 마주치지 않으려고 애써 눈길을 피했다. 그러다가 얼핏 눈이 마주치면 화장실로 달려가 눈물을 쏟아냈다. 다음날 아침 수연은 황 선배의 시신을 실은 버스에 함께 올라탔다. 그의 어머니는 황 선배의 육신이 편히 쉴 수 있도록 조그만 무덤을 만들었다. 수연은 황 선배를 입관한 후에도 한동안 무덤을 떠나지 않았다. 함부로 눈물을 보일 수도 없었다. 울음을 참느라 가슴이 미어졌다. 무덤 앞에서 망연자실 앉아 있는 수연을 그의 어머니가 조용히 일으켜 세웠다.

"인자 됐어. 그 아이도 다 듣고 봤을 거셔."

그 후 1년에 두세 번 황 선배의 어머니를 찾아갔다. 그의 생일과 그가 주검으로 발견된 날, 그리고 설날과 추석 중에 한 날을 택했다. 황 선배가 살아서는 한 번도 본 적 없는 그의 어머니를 그가 죽고 나서야 찾아갔다. 그와 오래도록 함께 지냈던 여자로서, 그를 진심으로 사랑했던 연인으로서의 도리였다. 그의 어머니는 수연을 늘 따뜻하게 맞아주었다. 명절 때는 그의 어머니와 함께 황 선배의 무덤을 찾았다. 그녀는 무덤 앞에서 황 선배의 어린 시절의 얘기를 해주었다. 아주 똑똑한 아이였다고, 불의를 보면 참지 못하는 아이였다고 말했다. 그의 어머니는 수연 앞에서는 결코 눈물을 보이지 않았다. 그렇게 5년이라는 세월이 흘러갔다.

"앞으로 그만 내려오드라고. 산 사람은 산 사람대로 살아야지, 죽은 원혼을 만나러 온들 뭔 소용이 있겄어."

버스터미널까지 배웅을 나온 그의 어머니가 말했다.

"자네도 더 나이 차기 전에 좋은 남자 만나야 하지 않겠남. 그 아이도 잘 알고 있을 거셔. 하늘나라에 있다고 혀서 워째 여기 사정을 모르겠나."

수연은 그녀의 말을 따르기로 했다. 산 사람은 산 사람대로 살아가기 위해서가 아니었다. 그의 원혼을 잊으려고 한 것은 더욱 아니었다. 그의 어머니에게 더 이상 부담을 주고 싶지 않았다. 하나밖에 없는 자식을 잃은 슬픔에, 자신의 고통은 비할 바가 아니었다. 그 후로는 그의 어머니를 찾지 않았다.

서른을 넘기자 여기저기서 남자를 만나보라고 등짝을 떠밀었다. 다섯 차례 선을 봤고, 세 번 소개팅에 나갔다. 그러나 어느 누구와도 인연이 닿지 않았다. 그들은 대부분 착하고 성실했지만, 가슴이 뜨겁지가 않았다. 서른다섯이 넘은 후에는 모든 걸 포기했다.

어둠은 빠르게 내려앉았다. 사방에 불빛이라고는 하나도 보이지 않았다. 시간이 지나면서 땅바닥의 냉기가 스멀스멀 기어 올라왔다. 한여름이어도 밤바람은 차가웠다. 최 반장은 주머니에서 약봉지를 꺼내 이빨로 뜯었다. 약봉지가 눈에 익었다.

"위가 안 좋은 모양입니다."

"네. 항상 뱃속에 지렁이들을 달고 삽니다."

"병원에는 가보셨어요?"

"이깟 걸로 무슨 병원엘 갑니까. 하하. 위염은 아버지에게 물려받았죠. 제가 경찰이 된 것도 다 아버지 덕분입니다. 아버지 죽음과 맞바꾸었으니까요."

죽음을 기억하라

최 반장은 그렇게 말하면서 비시시 웃어 보였다. 아버지의 죽음과 경찰을 맞바꾸었다고? 수연은 그게 무슨 소린지 물어보려다가 그만두었다. 다시 긴 침묵이 이어졌다. 어둠에 익숙해진 탓인지 주위의 나무들도 서서히 눈에 익어갔다. 아직 아무런 움직임도 감지되지 않았다. 개울가를 훑고 내려오는 실바람만이 나뭇가지를 가늘게 흔들고 있을 뿐이다.

"이번 사건에는…… 범인들 말고 또 다른 배후세력이 있는 것 같습니다."

수연도 같은 생각이었다. 그가 말하는 배후세력이란, 1986년 당시 샛별회 사건을 잘 알고 있는 사람들을 의미했다. 그래서 수사팀도 샛별회 사건의 핵심인물에서 수사망을 확대하고 있었다.

수연은 개울가 건너편으로 고개를 쑥 내밀었다. 그쪽에는 홍 검사와 강 형사가 나무에 기댄 채 나란히 앉아 있었다.

4

땅거미가 사라진 자리에 어둠이 빠르게 치고 들어왔다. 준혁의 눈길이 고석만의 무덤이 있는 능선 쪽으로 향했다. 이곳은 미처 생각하지 못했다. 오 교수는 범죄심리학자답게 두세 수 앞을 내다봤다. 대부분 범죄의 패턴은 일정한 수순을 거치기 마련이다. 확률은 그다지 높아 보이지 않으나, 한번쯤 작정하고 기다려볼 만했다. 이젠 놈들이 오는 길목을 차단해서 놈들의 목을 따야 한다.

"손기출이 말입니다…… 자살하기 직전에 잠시나마 제정신을 찾았다고 하더군요."

강 형사의 얼굴에는 아직도 아쉬움이 진하게 남아 있었다. 그건 준혁도 마찬가지였다. 최 반장 일행이 대부도에 갔을 때만 해도 잔뜩 기대에 부풀어 있었다. 손기출을 잡아들이면 낮밤을 안 가리고 족칠 생각이었다. 그의 머리통을 까뒤집고 그 안에 뭐가 들어차 있는지 자근자근 씹어볼 작정이었다. 그런데 손기출마저 저세상으로 갔다니, 기가 막힌 일이었다.

"평소 쓰던 물건들을 잘 정돈하고…… 자살하기 전날에는 두 친구의 무덤을 찾았다고 합니다."

무엇이 손기출을 이곳으로 불러들였을까? 저세상으로 가기 전에 두 친구에게 긴히 전할 말이라도 있었던 걸까? 나도 곧 자네들을 따라갈 테니 어디 쓸 만한 자리가 있는지 알아봐달라고 당부라도 하려고 했단 말인가. 객쩍고 싱거운 인간이었다. 어머니도 그랬다. 자살하기 전날 어머니는 아버지의 무덤을 찾았다. 예쁜 옷을 입고 얼굴에 곱게 분칠을 하고 와서는 아버지 무덤 앞에서 눈이 퉁퉁 붓도록 울었다.

"손기출은 무덤을 만들지 않았더군요. 화장을 했다고 합니다."

어머니도 무덤을 만들지 않았다. 내 무덤은 만들지 마라…… 어머니의 자살은 어느 정도 예견된 일이었다. 아버지의 무덤을 내려올 때부터 어머니에게 불길한 징후가 나타났다. 평소 어머니는 어린 준혁을 살갑게 대한 적이 없었다. 하루 종일 집에 함께 있어도 말도 잘 하지 않는 편이었다.

죽음을 기억하라

"뭐 먹고 싶니?"

그날은 달랐다. 어머니는 아버지의 무덤에서 내려오자 고급 음식점으로 준혁을 데리고 갔다. 메뉴판을 볼 것도 없이 가장 비싼 음식을 시켰다. 그때 한우 꽃등심을 처음 먹었다. 삼겹살이나 껍데기와는 비교가 되지 않았다. 육질이 입에서 살살 녹는 게 환상적인 맛이었다. 어머니와의 외식은 그때가 처음이자 마지막이었다. 음식점에서 나온 뒤에는 시내에 단 하나밖에 없는 백화점으로 갔다.

"뭐 갖고 싶니?"

이번엔 옷을 사주었다. 앞뒤로 입을 수 있는 카키색 점퍼와 '조다쉬' 청바지였다. 어머니는 점퍼와 청바지를 사면서 조금도 깎으려고 하지 않았다. 고등어 한 마리를 살 때도 악착같이 깎던 어머니였다. 어디서 돈벼락을 맞기라도 한 것일까. 갑자기 불길한 생각이 엄습해왔다.

그날 밤 준혁은 잠을 이루지 못했다. 어머니가 어디론가 멀리 도망칠 것 같았다. 그렇게 야반도주를 해도 이상한 일이 아니었다. 어머니는 벌써 두 번이나 집을 나간 적이 있었다. 첫 번째는 사흘 만에 스스로 돌아왔고, 두 번째는 작은아버지에게 잡혀 끌려왔다. 그때 작은아버지는 어머니의 귀에 대고 작고 낮은 목소리로 말했다. 서방을 잡아먹더니 이젠 새끼까지 팽개치고 도망가냐고.

새벽녘에 오줌이 마려워서 잠에서 깨어났다. 안방 문을 열어보니 어머니는 반듯이 누워 있었다. 잠든 어머니의 얼굴에는 눈물 자국이 덕지덕지 묻어 있었다. 다음날 아침 어머니는 평소 준혁이 좋아하는 반찬만을 골라 요리를 만들었다. 대파를 벗기고 양파를 까고 마늘을 다졌다. 새우를 튀기고, 소시지를 볶고, 잡채를 무쳤다. 그중에도 갈치조림을 만드는 데 가장 신경을 썼다. 지느러미를 떼고 내장을 깨끗이 씻어 네 등분으로 토막을 냈다. 대파, 마늘, 생강을 가늘게 썰어 고춧가루와 간장으로 버무린 양념장을 만들었다. 곧이어 밥상 위에 준혁이 좋아하는 반찬이 올라왔다. 잡채, 새우튀김, 소시지볶음, 갈치조림······ 그러나 마음이 편치 않아 목구멍으로 잘 넘어가지 않았다. 돌을 씹고 모래를 삼키는 기분이었다. 어머니는 준혁이 밥을 먹는 동안 거울 앞에서 곱게 화장을 했다. 거울로 보이는 어머니의 얼굴은 표정이 없었다. 붉은 립스틱을 칠하고 얼굴에 분을 발랐는데도 마찬가지였다. 화장을 한 후에는 아버지가 연애할 때 사주었다는 꽃무늬 정장을 입었다. 준혁은 어머니에게 어디 가냐고 물었다.

"멀리 안 가."

어머니는 그렇게 말한 후 큰길 슈퍼에서 우유를 사오라고 심부름을 시켰다. 손에 쥐어준 돈을 보고 깜짝 놀랐다. 우유 하나가 아니라 한 박스를 사고도 남을 돈이었다. 슈퍼에 가면서 오만 가지 잡생각이 머릿속을 휘어감았다. 우유를 사가지고 집에 들어오자 어머니는 보이지 않았다. 슈퍼에 간 사이 외출을 한 것이다. 준혁은 집 주위를 서성거리다가 어쩐지 낌새가 이상해서 뒷산으로 올라갔다. 그런데 어디선가 익숙한 냄새가 코를 찔렀다. 어머니의 화장품 냄새였다. 준혁은 바람결에 실려 온 냄새를 따라 산속으로 들어갔다. 어머니는 거기에 있었다. 밧줄에 목을 매고 허공에 매달려 있었다. 밧줄에 묶여 있는 나뭇가지는 잔뜩 휘어져 있었으나 부러지지는 않았다.

죽음을 기억하라

산에서 내려와 무작정 앞만 보고 뛰었다. 그 모습이 너무 놀랍고 무서웠다. 눈물이 뺨을 타고 턱 밑으로 뚝뚝 떨어졌다. 다시 그곳에 가볼까? 아직 어머니는 살아 있을지도 몰라. 만약 어머니가 죽었으면 앞으로 어떻게 되는 거지? 걸음을 멈추고 보니 학교 운동장이었다. 땅거미가 내려설 때까지 운동장에 홀로 남았다. 어둠이 내려서자 더 이상 무서워서 그곳에 있을 수가 없었다. 천천히 집을 향해 걸어갔다. 집에는 불이 환하게 켜져 있었다. 문득 어머니가 살아 돌아왔을지도 모른다는 생각이 들었다. 누군가 산에서 어머니를 발견하고 목숨을 구했을지도 모른다. 그러나 집에서 준혁을 기다리고 있는 사람은 큰고모였다. 큰고모는 멍하니 벽만 보고 있다가 준혁을 보더니 갑자기 에이구 소리를 지르기 시작했다. 눈물 없이 질러대는 그 소리가 청승맞게 들려왔다. 큰고모는 어머니가 돌아가셨다고, 큰길에 나갔다가 교통사고를 당했다고 말했다. 어머니는 목을 매달아 죽었는데, 교통사고라니. 원래 큰고모는 거짓말을 입에 달고 사는 여자였다.

내 무덤은 만들지 마라…… 지나고 보니 그게 어머니의 유언이 되고 말았다. 유언은 지켜졌다. 어머니는 화장을 했다. 작은아버지, 큰고모, 작은고모…… 외가댁은 부를 사람이 없어서 아무도 오지 않았다. 어머니의 몸은 불화로에서 두 시간 가까이 타올랐다. 아무도 울지 않았다. 준혁도 울지 않았다. 그런 준혁을 보고 작은아버지가 옆구리를 쿡 찔렀다.

'독한 놈.'

어머니의 유해는 마을 저수지에 뿌려졌다. 원래는 아버지의 무덤 옆에 뿌려주려고 했다. 큰고모와 작은고모는 아무리 '서방 잡아먹은 마누라'라고 해도 마지막 가는 길이니 아버지와 함께 해주자고 했다. 작은아버지는 그 제안을 단칼에 잘랐다. 작은아버지의 반대가 너무도 완강하고 사나워서 모두 따를 수밖에 없었다. 그 후로 홍 씨 집안사람들은 준혁의 처리 문제를 놓고 장고에 들어갔다. 누가 저 애물단지를 키울 것인가? 어머니의 장례를 빠르고 간소하게 치른 것과는 달리 이 문제는 꽤 오랜 시간을 끌었다. 무려 일주일이나 걸렸다. 그들 사이에 여러 차례 고성이 오고 간 끝에 준혁의 갈 길이 정해졌다. 각자 2년씩 맡아 기르기로.

그 후로 악몽 같은 날들이 이어졌다. 애물단지에게 주어진 일은 가혹했다. 작은아버지 식당에서 밤낮없이 일만 했다. 학교에 있는 시간을 빼고는 식당을 벗어난 적이 거의 없었다. 그릇을 닦고 또 닦았다. 주문을 받고 음식을 나르고 식당을 청소했다. 새벽 일찍 일어나 야채시장을 누비기도 했다. 그 어린 나이에 할 수 있는 일은 뭐든 다 했다. 월급도 용돈도 없었다. 먹여주고 재워주는 것에 감사하라…… 그 한마디뿐이었다. 그 말에 한 번도 토를 달지 않았다. 그무렵 우연하게 『톰 아저씨의 오두막 집』이라는 책을 읽었다. 흑인 노예들의 삶은 비참했다. 준혁의 삶도 그리 다르지 않았다. 발목에 족쇄를 채우지는 않았지만 어디든 함부로 갈 수 없었다. 채찍으로 때리지는 않았지만 손찌검을 자주했다. 흑인 노예들은 목화씨를 땄고, 준혁은 식당 일을 거들었다. 그나마 그 책이 큰 위안거리가 됐다. 그래도 흑인 노예들의 삶보다는 낫지 않은가.

죽음을 기억하라

2년 후, 큰고모의 슈퍼에서도 같은 생활이 반복됐다. 큰고모는 작은 아버지보다 더 혹독했다. 말을 듣지 않으면 밥을 주지 않았다. 그래도 작은아버지는 밥을 굶기는 일은 없었다. 매일같이 어머니를 원망했다. 어머니가 자살하지만 않았어도 이런 비참한 인생을 살지 않았다. 이집 저집 개나 소처럼 끌려가지도 않았다. 작은아버지, 큰고모, 작은고모 집으로 옮겨다닐 때마다 한 가지 의문도 꼭 따라다녔다. 왜 이리 모질게 대하는 것일까? 그래도 명색이 홍 씨 집안의 장손이었다. 아버지가 죽었다고 해서 장손이 바뀌는 것은 아니었다. 길바닥에서 데려온 씨 다른 자식도 그렇게 달달 볶지는 않는다. 철천지원수의 자식이라고 해도 그렇게 박대하지는 않는다. 분명 자신이 모르는 뭔가가 있다! 준혁은 그 원인을 찾아 나섰다. 아버지나 어머니, 둘 중 하나가 분명했다. 어머니일 확률이 훨씬 높아 보였다. 그래도 아버지는 한때 홍 씨 집안을 일으켜 세울 수재였으니까.

까악까악, 머리맡에서 까마귀 울음소리가 들려왔다. 준혁은 부스스 눈을 뜨고 자리에서 일어났다. 그새 날이 밝아오고 있었다. 한기가 등줄기를 타고 머리끝까지 치고 올라왔다. 먼 산 위로 시뻘건 불덩어리가 고개를 빠끔 내밀었다.

강 형사는 풀섶에 쭈그리고 앉아 담배를 피우고 있었다. 밤을 꼬박 샜는지 그의 눈은 붉게 물들어 있었다. 그때 무전기에서 귀에 익은 목소리가 들려왔다. 마을 입구에 잠복하고 있는 민 형사였다.

"본부에서 연락이 왔습니다. 방금 전 백민찬의 블로그에 사진이 올라왔다고 합니다."

순간 장기국의 사체현장을 알려주던 이정표 사진이 불쑥 떠올랐다. 파주에서 축현리, 그리고 행복 펜션 가는 길까지.

"이번에도 사진 속에 이정표가 있다고 합니다."

"그게 어디야?"

"포천이랍니다."

사흘 내내 정신없이 돌아다녔다. 검찰청, 화랑가, 신문사, 대학가…… 단서가 될 만한 곳이면 어디든 쑤시고 다녔다. 다행히 발품을 판 효과는 있었다. 백민찬은 장기국이 공안부 검사 재직 때 검찰청 출입 기자였다. 백민찬 아들이 보여준 그림은 고석만이라는 민중화가의 그림이었다. 그는 1986년 교도소 내에서 사망했다. 공안부 검사, 검찰청 출입기자, 시국사건으로 구속된 민중화가…… 이것이 사흘 동안 얻어낸 결과물이었다. 그러나 이들 세 명이 어떻게 엮인 것인지는 밝히지 못했다. 팩트가 부족했다. 그것으로 소설은 쓸 수 있어도 기사는 쓸 수 없었다.

형진은 나흘 만에 다시 경찰서로 돌아왔다. 경찰서에 들어서자마자 배달원 녀석에게 전화를 걸었다. 그동안 녀석이 뭔가 건졌는지 내심 기대를 걸었다.

"지금 어디예요?"

배달원 녀석은 대뜸 그렇게 되물었다.

"주차장 근천데."

"꼼짝 말고 거기에 있어요. 제가 그리로 갈게요."

잠시 후 녀석은 철가방을 들고 주차장에 나타났다.

"그동안 어디에 있었어요?"

"왜? 무슨 일이라도 있었냐?"

"어제 한바탕 난리가 났었다니까요."

어제 오후 2시쯤이었다. 빈 그릇을 가져가려고 4층 계단을 올라가는데 갑자기 수사관들이 우르르 내려왔다. 그들은 주차장으로 가더니 서너 명씩 짝을 지어 차에 올랐다. 그러고는 바람처럼 휑하니 사라졌다. 4층 안에는 단 두 명의 수사관만이 자리를 지키고 있었다.

"형사들이 어디로 갔다는 거냐?"

"그걸 내가 어떻게 알아요. 하여튼 뭔가 큰일이 터진 게 분명해요. 그렇지 않고서야 저리 떼거리로 몰려나갈 리가 없잖아요."

일리가 있는 소리였다. 수사관들이 떼를 지어 다니는 것은 흔치 않은 경우다. 그들은 어떤 확신이 서지 않고서는 무리지어 다니지 않는다.

"지금 4층은 어때? 형사들은 돌아왔어?"

"그래요. 그런데 분위기가 완전 꽝이더라고요. 암만 해도 어제 떼거리로 나간 일이 안 풀린 것 같아요."

그때였다. 갑자기 주차장 주변이 어수선했다. 본관에서 나온 수사관들이 차를 타려고 부산을 떨었다. 얼핏 보아도 열 명은 되어 보였다.

"또 터졌나봐요!"

이번엔 놓칠 수 없다. 형진은 차를 주차시킨 곳으로 다가갔다. 그런데 이게 어떻게 된 일인가. 그의 차 앞에 가로주차한 소형차가 있는데, 사이드브레이크가 잠겨 있는 게 아닌가. 차 앞 유리에 있는 휴대폰 전화번호를 찾아 버튼을 눌렀다. 신호음은 계속 울리는데 전화를 받지 않았다. 수사관들을 태운 차는 하나둘씩 정문 쪽으로 빠져나가고 있었다. 그때 배달원 녀석의 오토바이가 눈에 잡혔다.

"오토바이 좀 빌리자!"

형진은 차에서 카메라가방을 꺼냈다.

"시간 없어."

호주머니에서 십만 원을 꺼내 녀석의 호주머니에 찔러넣었다.

"아, 알았어요. 조심해서 타야 해요."

형진은 카메라 가방을 어깨에 짊어지고 오토바이 시동을 걸었다. 수사관들을 태운 차는 동부간선도로를 지나 의정부 쪽으로 향하고 있었다. 모두 네 대였다. 그들의 차가 자동차 전용도로로 진입해도 상관하지 않았다. 지금으로서는 고속도로로 가도 그대로 따라붙을 생각이었다. 서울을 빠져나온 후로는 차량의 속도가 더 빨라졌다.

이윽고 43번 국도를 따라 올라가던 차량은 포천시청을 지나 신북면 쪽으로 접어들었다. 형진은 그들과 적당한 간격을 두고 좌측 도로변으로 들어섰다. 여기저기 골프장을 알리는 이정표가 보였다. 이차선 도로를 따라 10여 분 따라가자 차량은 다시 한번 우측으로 꺾여 들어갔다. 이제부턴 비포장도로였다. 오토바이 속력을 줄이고 그들 차량과의 간격을 벌렸다. 비포장도로에 들어서고 한참 지나 맨 앞의 차가 멈추었다. 뒤를 따르던 나머지 차에서 수사관들이 하나둘씩 내리더니 맨 앞 차량 쪽으로 모여들었다. 대체 거기서 무슨 일이 생긴 걸까? 멀찌감치 오토바이를 세우고 재빨리 그들이 보이는 산속으로 기어 올라갔다. 수사관들은 하나같이 엉거주춤 선 채로 그들 앞에 있는 커다란 나무를 쳐다보고 있었다. 형진은 두 눈을 가늘게 모으고 수사관들의 시선을 따라잡았다. 나뭇가지에 뭔가 펄럭거리는 게 보였다. 재킷과 바지, 그리고 하얀 난방셔츠가 나뭇가지에 걸려 있었다. 저게 누구의 옷이란 말인가. 형진은 가방에서 카메라를 꺼내 연신 셔터를 눌렀다.

5

포천으로 가는 길은 어둡고 침울했다. 두식은 열린 창틈으로 담배 연기를 몰아냈다. 오 교수의 시선은 줄곧 창밖을 향했고, 강 형사는 묵묵히 운전에만 몰두했다. 차 안은 무겁게 가라앉았다. 이따금씩 가는 한숨과 탄식이 습관처럼 새어나올 뿐이었다. 백민찬의 블로그에 올라온 사진은 네 장이었다. 포천을 알리는 이정표를 시작으로 거리가 점점 좁혀 들어갔다. 범인들의 지시대로 대로에서 국도로, 또 이차선 도로로 접어들었다.

비포장도로에 들어선 지 얼마 되지 않아 맨 앞 차가 멈췄다. 이번에도 나뭇가지에 옷이 걸려 있었다. 백민찬의 옷이었다. 왼쪽 나뭇가지에는 바지, 그 옆에 얇은 재킷, 그리고 맨 오른쪽에는 속옷이 펄럭거렸다. 나뭇가지에 걸려 있는 옷의 배열이 장기국의 옷과 똑같았다.

이제 만성이 된 탓일까. 두식은 백민찬의 옷가지를 마주하고도 별다른 느낌이 오지 않았다. 그저 올 것이 왔다는 생각뿐이었다. 그러고 보니 이번에는 나뭇가지에 양말이 하나 더 추가됐다.

"오오…… 저게……."

홍 검사는 아직 이런 광경에 익숙하지 않은 듯 고개를 내저었다. 민형사가 나무에 올라가 백민찬의 옷가지를 거두어들였다. 옷가지를 바라보는 홍 검사의 두 눈에 퍼런 불똥이 튀었다. 백민찬의 옷을 수습한 후 다시 차에 올랐다. 차는 능선을 넘어서면서 속력을 줄였다. 곧이어 개간하다 만 밭 한가운데 자그만 움막이 나타났다. 그들이 블로그에 네 번째 올린 사진과 같았다. 차에서 내린 수사관들은 움막 주변으로 빠르게 흩어졌다.

바람 한 점 없었다. 병풍처럼 둘러싸인 산속은 고요한 정적이 흘렀다. 아무리 이곳에서 소리를 지르고 발광해도 외부에 노출되지 않을 것 같았다.

"저쪽입니다."

강 형사가 움막 옆의 개울가를 가리켰다. 두식은 잡초더미를 가로질러 개울가로 다가갔다. 그 뒤를 오 교수가 잰걸음으로 따라왔다.

백민찬은 개울가 앞에 있는 나무에 매달려 있었다. 팬티만 달랑 걸친 알몸이었다. 양말이 벗겨진 그의 발끝은 땅에서 불과 10센티미터도 되지 않았다. 목을 두르고 있는 끈은 팽팽히 늘어나 있었고, 그의 발밑에는 구두 한 켤레가 가지런히 놓여 있었다.

백민찬의 사체는 장기국과는 완전 딴판이었다. 혀를 쑤욱 내민 얼굴은 핏기가 하나도 없었다. 오래도록 굶겼는지 아랫배도 푹 꺼져 있었다. 홍 검사는 백민찬의 사체에서 뒤로 물러나 그 주변을 천천히 훑어갔다. 양털구름 아래 낮은 능선이 보이고 왼쪽 끄트머리에는 울창한 숲이 보였다. 이윽고 그는 뭔가를 발견했는지 능선을 따라 빠르게 기어 올라갔다. 두식은 백민찬의 사체를 수습하다 말고 홍 검사의 뒤를 따라갔다.

두식의 발길이 멈춘 곳은 산기슭에 외롭게 누워 있는 무덤 앞이었다. 무덤 옆으로 개울물이 졸졸 흘렀다. 그 뒤로는 나무들이 빼곡히 들어찼다. 홍 검사는 허리를 낮추고 무덤 주변을 세세하게 살폈다. 이 무덤에도 명태포와 소주 반 병 그리고 꽃다발이 놓여 있었다. 홍 검사의 시선이 무덤 옆에 있는 비석에 꽂혔다. 이 비석에는 '金蓮嬉之墓'라고 적혀 있었다. 김연희리…… 그 이름이 낯설지 않았다. 어디선가 본 것도 같은데, 기억이 가물가물했다. 뒤늦게 무덤 앞으로 다가온 강 형사는 비석에 새겨진 이름을 보더니 고개를 푹 꺾었다.

"아는 이름인가?"

홍 검사가 물었다. 강 형사는 대답하지 않았다.

"아는 이름이냐고 묻잖아!"

그의 목소리가 날카롭게 울렸다.

"고석만의 아내입니다……."

이제야 기억이 났다. 고석만의 인적사항에서 그 이름을 보았다. 고석만의 아내인 김연희는 1994년 사망했다.

"돌아버리겠군."

홍 검사는 분을 참지 못하고 무덤 옆에 있는 나무를 발로 걷어찼다. 두식은 무덤 앞으로 다가가 백민찬의 사체를 수습하는 수사관들을 내려다봤다. 이곳에서도 사체현장이 아주 잘 보였다. 너무도 잘 보여서 눈이 아릴 정도였다.

차에서 내리자 아찔한 현기증과 함께 오른쪽 다리가 휘청거렸다.

"괜찮으십니까?"

강 형사가 재빨리 다가와 두식의 어깨를 부축했다. 두식은 자존심이 상한 듯 강 형사의 손을 슬그머니 밀어냈다. 겨우 이깟 일로 비틀거리다니, 무릎관절에 힘을 주고 이를 앙다물었다. 그러나 몸뚱이와 양 다리가 따로 놀았다. 예닐곱 개에 불과한 본관 계단을 오르는데도 숨이 가빠왔다. 눈끝에는 퍼런 불똥이 번쩍거렸다. 포천에서 오는 내내 등줄기에 식은땀이 흘렀다. 눈앞이 침침하고 귓가에는 이상한 환청이 들려왔다. 낄낄낄, 네 놈이 날 잡겠다고. 깔깔깔…… 머릿속에는 온갖 잡귀들이 멍석을 깔아놓고 굿판을 벌이고 있었다. 굿판 위로 팬티만 달랑 걸친 그의 알몸이 길게 누워 있었다. 손발이 동아줄에 묶여 꼼짝할 수가 없었다. 늙은 뱃사공 카론이 칼춤을 추며 굿판 주위를 빙빙 맴돌았다. 꽹과리 소리, 징 소리, 깔깔거리는 소리, 고함소리…… 사지가 서서히 해체되고 있었다. 팔과 다리, 얼굴이 사라지고 몸뚱이만 덩그러니 홀로 남았다. 두식의 얼굴은 백짓장처럼 하얗게 변해갔다. 정신을 차리려고 관자놀이를 힘껏 눌러도 소용이 없었다.

"어이쿠!"

복도에 들어서자마자 두식은 밑동 잘린 고목처럼 그대로 고꾸라졌다.

"반장님, 반장님!"

강 형사의 목소리가 아득하게 들려왔다. 눈앞에 형광등 불빛이 좌우로 흔들렸다. 낄낄낄, 네 놈이 날 잡겠다고? 그 소리가 또 고막을 찢었다. 두 눈이 스르르 감겼다. 굿판 아래로 시뻘건 피가 뚝뚝 흘러내렸다.

죽음을 기억하라

이번엔 자칼 머리를 한 아누비스가 붉은 피를 사방에 뿌려대며 길길이 날뛰고 다녔다. 남아 있는 몸뚱이마저 공중으로 붕붕 떠다니고 있었다. 그 뒤로는 캄캄한 암흑이었다.

병실에 꼼짝없이 갇히고 말았다. 손길이 닿는 구석구석마다 두식의 몸은 뜨겁게 달아올랐다. 이마에는 송골송골한 땀이 맺혔고, 연신 가쁜 숨을 토해냈다. 해열제 주사도 한껏 달아오른 몸을 식히지 못했다. 우울한 밤이었다. 그 밤 내내 두식은 엄청난 양의 수분을 몸 밖으로 쏟아냈다. 저녁 무렵 잠깐 화장실에 다녀왔을 뿐 하루 종일 병실 침대를 벗어나지 못했다. 불과 반나절 사이에 지옥을 서너 번 드나든 것 같았다. 이튿날이 되어서야 열이 조금 내려갔다.

기가 막힌 일이었다. 수사 도중에 병원신세라니, 환자복을 걸치고도 믿어지지가 않았다. 무엇보다 홍 검사 보기에 민망했다. 그 앞에서 이런 꼴을 보이는 게 죽는 것보다 더 싫었다. 그렇다고 기분 내키는 대로 병실을 박차고 나설 몸도 아니었다.

오후 늦게 홍 검사가 병원에 다녀갔다. 그가 병실에 머무른 것은 1분도 채 되지 않았다. 꼭 할 말만 하고 가겠다는 듯 자리에 앉지도 않았다. 그는 팔짱을 낀 채 두식 앞으로 다가와서는 딱 한마디만 내뱉고 병실을 나갔다.

"여기서 지금 뭐하고 있는 거요?"

두식은 그 말을 듣고도 섭섭하지가 않았다. 정말 여기서 무슨 염병을 떨고 있는 걸까? 살다 살다 이런 험한 꼴은 처음이었다. 홍 검사가 다녀간 지 얼마 되지 않아 아내에게 전화가 왔다. 아내는 대뜸 무슨 일

없는 거죠? 하고 물었다. 아주 급한 일이 아니고서는 아내에게 전화가
오는 경우는 없었다. 두식은 쓸데없이 걸려오는 전화를 싫어했고, 아
내는 그런 두식의 마음을 잘 읽었다. 갑자기 웬 전화냐고 되물었다.

"어젯밤 꿈자리가 뒤숭숭해서요."

잡귀들의 굿판이 아내에게까지 전염됐단 말인가. 하여튼 여자의 육
감은 놀라웠다. 할 수만 있다면 그런 아내의 육감을 사고 싶었다.

"오늘이 무슨 날인지 아세요?"

아내는 그렇게 스쳐지나가듯 묻고는 전화를 끊었다. 병실 침대에 누
워 오늘이 무슨 날인지 기억을 더듬었다. 두식에게 중요한 날은 몇 되
지 않았다. 어머니의 기일은 지나갔고, 아버지의 기일은 며칠 더 남았
다. 아들 녀석이나 아내의 생일은 겨울이었다. 가만히 더듬어보니 오
늘은 결혼기념일이었다. 5년 전쯤인가, 단둘이 삼겹살에 소주 한잔 한
후로는 결혼기념일을 챙긴 적이 없었다. 아내도 결혼기념일 따위는 마
음에 두지 않았다. 그런데 갑자기 웬 결혼기념일 타령인가.

아내와 처음 만난 것은 경찰에 입문한 이듬해였다. 야간순찰 중에 그
녀가 홀로 사는 집 근처까지 바래다주면서 첫 인연을 맺었다. 첫눈에
그녀가 끌렸다. 지난해 아버지가 경찰의 곤봉에 맞아 목숨을 잃었다.
뻥 뚫린 가슴에 날마다 황소바람이 들어왔다. 시도 때도 없이 칼바람까
지 몰고와서는 등짝을 매섭게 후려쳤다. 그런 바람을 막아준 게 아내의
따뜻한 손길이었다. 연애 기간은 짧았다. 두식에게는 아내가 될 사람보
다 어머니의 며느리가 될 사람이 더 절실했다. 아버지가 돌아가시고 어
머니는 하루가 다르게 늙어갔다.

"난 일찍부터 고아로 자랐어요. 당신 어머니를 내친 어머니처럼 모실 자신이 있어요."

그녀가 먼저 포로포즈를 했다. 두식은 망설이지 않고 키스로 화답했다. 친어머니처럼 모신다는 말이 그 어떤 달콤한 말보다 가슴에 와 닿았다. 그러나 어머니는 그녀와의 결혼을 반대했다. 부모가 없다는 것이 이유였다. 어머니를 설득하는 기간이 연애하는 기간보다 더 길었다. 결혼을 하고 아내는 다짐대로 어머니를 극진히 모셨다. 모든 음식이 어머니의 입맛에 간이 맞춰졌다. 여러 차례 퇴짜를 맞아도 아내는 인상 한 번 쓰지 않았다. 어머니가 주무시기 전에 먼저 잠드는 법이 없었다. 어머니가 외출할 때면 반드시 큰길까지 배웅을 나갔다. 좀처럼 마음을 열지 않던 어머니도 손자가 태어난 후부터는 조금씩 마음의 벽을 허물었다. 어머니가 마음을 열자, 아내는 며느리에서 딸이 됐다. 3년 전 어머니가 돌아가시고 가장 슬퍼 운 사람이 아내였다. 두식보다 더 슬피 울었다. 낯선 조문객들은 아내를 두식의 여동생으로, 어머니의 친딸로 알고 돌아갔다.

"네 놈이 마누라 하나는 잘 얻었다. 세상에 그만한 복이 또 어디에 있다더냐. 내가 없더라도 잘해줘야 한다."

어머니는 그 말을 유언처럼 남기고 눈을 감았다. 두식은 오랜만에 아내에게 문자메시지를 보냈다.

'파이팅.'

그깟 사체 따위에 저리 나자빠지다니. 산전수전 다 겪은 베테랑의 명성은 똥물에 처박아 두었단 말인가. 병실에 있는 동안 구두코가 후들거려서 참을 수가 없었다. 조인트 한 방 날리면 하마 같은 몸이 벌떡 일어날 것 같았다. 최 반장을 찾아간 것은 그를 위로하기 위해서가 아니었다. 이쯤 해두시죠…… 그 거만한 말투에 대못을 박고 싶었다.

수사본부에 들어오자마자 준혁은 수사일지를 펼쳤다. 대체 놈들이 노리고 있는 게 무엇일까? 집채만 한 의문 덩어리가 머릿속으로 데굴데굴 굴러왔다. 놈들이 장기국과 백민찬을 제거하려고 했다면, 쥐도 새도 모르게 처치할 수도 있는 일이다. 그런데 놈들은 그렇게 하지 않았다. 사체를 공개하고 사체현장을 알려주었으며, 그것도 모자라 의도적으로 경찰을 끌어들였다. 놈들은 처음부터 이번 사건을 숨길 의도가 없었다. 찔끔찔끔 단서를 흘려가면서 수사팀을 끌어들였다. 대체 무슨 꿍꿍이로 경찰 주변을 맴도는 것일까?

"부검소견서입니다."

강 형사가 국과수에서 작성한 부검소견서를 내밀었다. 이번에도 사체에서 소듐 펜토탈이 검출됐다. 장기국과는 달리 치사량에 이르는 수준이었다. 백민찬을 납치한 후에는 의도적으로 굶겼을 것이라는 의견도 있었다.

"이번엔 사체에 손을 좀 댔더군요."

부검 직전에 찍은 사진에는 백민찬의 목덜미에 알파벳 글자가 새겨져 있었다.

'memento mori.'

검고 가는 실선이 목덜미에 미싱 자국처럼 박혔다. 아주 정교한 솜씨였다.

"이게 뭔가?"

"메멘토 모리라고, 라틴어로 죽음을 기억하라는 뜻이랍니다. 부검의는 범인들 중에 의료전문가가 있을 거라고 합니다."

부검소견서에는 사체에 박혀 있는 실은 블랙 실크로, 피부봉합이나 장관봉합 등에 널리 사용되는 실이라고 적혀 있었다. 의료전문가가 아니면 다루기 힘든 기술이었다.

memento mori…… 대체 누구의 죽음을 기억하라는 소린가. 그게 살해된 인물인지 샛별회 사건의 핵심인물인지 헷갈렸다. 놈들의 메시지는 위험수위를 넘어섰다. 사체에 글을 박아넣을 정도라면 보통 원한 관계가 아니었다.

'꽤나 할 말이 많은 게로군…….'

어젯밤 부장검사에게 전화가 왔다. 처음 장기국 사건을 맡길 때도 같은 소리를 했다. 부장검사는 이번 사건이 사회에 미칠 파장을 우려했다. 가뜩이나 사회가 어수선하지 않나…… 무슨 소린지 금방 알아들었다. 두 건의 피의자는 사회지도층 인사였다. 게다가 살해방법도 독특했다. 부장검사는 이번 사건이 언론에 새나가지 않도록 각별한 주의를 주었다. 진범이 잡히기 전까지 절대로 이 사건을 공개해서는 안 된다고 못을 박았다. 끝으로 부장검사는 '샛별회 사건'의 또 다른 피해자가 없는지 살펴보라고 주문했다.

고석만의 아내, 김연희의 무덤…… 거기까지 짚어내는 것은 무리였다. 오 교수가 두세 수 앞을 내다봤다면 놈들은 네다섯 수를 내다보고 있었다. 고석만과 김연희, 이틀 사이에 얼굴 한 번 본 적이 없는 부부의 무덤을 들락거렸다. 두고두고 생각해도 기막힌 일이었다.

수사팀에게 넘겨받은 자료에는 고석만 아내에 대해서도 간략히 적혀 있었다. 그녀가 사망한 것은 1994년 7월이었다. 뺑소니 교통사고였다. 그날 그녀의 몸에서는 다량의 수면제가 나왔다. 그무렵 김연희는 심한 우울증에 걸려 있었는데, 약을 복용하지 않으면 단 하루도 버티지 못할 정도로 몸이 쇠약했다. 뺑소니 차량은 끝내 잡히지 않았다.

수사팀이 밝혀낸 그녀의 삶도 여간 팍팍한 게 아니었다. 고석만은 샛별회 사건으로 투옥되기 전에도 형편이 넉넉지 않았다. 민중화가라는 직업은 가계를 꾸려나가는 데 큰 도움이 되지 못했다. 그의 수입원이라고 해야 한 주간지에 삽화를 그려 벌어들이는 돈이 전부였다. 남편이 가장 구실을 하지 못하면 아내라도 나서는 수밖에 없었다. 당시 그녀는 신촌 대학가에 조그만 의류가게를 갖고 있었다. 고석만이 교도소 안에서 사망하자, 그녀는 가게를 처분하고 친정인 전주로 내려갔다. 5년 가까이 전주에 머물다가 손기출이 만기출소하던 1991년 다시 서울로 올라왔다. 그녀는 손기출과 함께 남편의 죽음을 알리기 위해 시민단체, 인권단체 등을 사방팔방 뛰어다녔다. 그러나 세상은 그녀의 뜻대로 돌아가지 않았다. 어디에도 남편의 죽음에 관심을 갖는 곳은 없었다. 정권이 바뀌어도 마찬가지였다. 남편의 죽음은 그렇게 사람들의 기억 속에서 사라졌고, 그녀는 뺑소니 차량에 치여 남편의 뒤를 따라갔다.

"김연희는 샛별회 사건의 진실을 밝히기 위해 탄원서를 안 낸 곳이 없다고 합니다."

강 형사가 준혁 앞에 김연희의 보충자료를 내밀었다.

"청와대 앞에서 홀로 시위를 하다가 구류를 산 적도 있습니다. 사망하기 직전까지 고석만의 명예회복을 위해……."

"잠깐!"

준혁은 강 형사의 말을 잘랐다.

"방금 명예회복이라고 했나?"

"……."

"이놈들에게 무슨 회복할 명예가 있다는 건가?"

준혁의 입꼬리에 비웃음이 매달렸다.

"감방에서 목매달아 죽고, 굶어 죽어서 이놈들에게 동정심이라도 생겼나?"

"그건 아닙니다……."

"내 말 똑바로 들어. 이 새끼들은 반국가단체를 결성한 범죄자들이야. 대한민국 체제를 부정한 놈들이라고. 그런 새끼들에게 무슨 명예고 지랄이야!"

샛별회 사건 핵심인물들은 중대한 범죄자였다. 사건 공판 기록에도 나와 있듯이 그들의 범죄행위는 명백했다. 설령 수사 도중에 피치 못할 인권 침해가 있었다고 해도 범죄의 본질은 변함이 없었다. 과잉수사는 어쩔 수 없는 선택이었다. 수사라는 게 원칙대로만 따를 수는 없었다.

수사관들은 관례에 따랐고, 그런 관례는 수사의 맥을 잡아주었다. 그렇게 해서 얼마나 많은 불순분자들을 검거했는가.

몇 해 전 과거사 진상규명위원회다 뭐다 해서 지난 역사의 아픔을 들춰낸 적이 있었다. 군사정권 시절, 시국사건 수사 도중에 불법 감금과 고문 등이 동원된 것은 분명 잘못된 일이었다. 그러나 이는 극히 일부에 지나지 않았다. 당시 공안기관은 자유민주주의 체제를 수호하기 위해 혼신의 힘을 기울였다. 그들은 분단국가의 최전선에 선 첨병이었다. 그들의 보이지 않는 헌신과 희생이 있었기에 그나마 여기까지 오지 않았는가. 결코 그들의 헌신이 몇몇 조작 사건으로 인해 폄하되어서는 안 될 일이었다. 그건 평생을 자유민주주의를 지키려고 한 사람들에 대한 모독이었다. 준혁은 수사관들의 썩어빠진 정신상태부터 바로 잡아야겠다고 생각했다.

살다보니 이런 횡재도 생기는구나. 하루 종일 형진의 입가에 미소가 떠나질 않았다. 그야말로 운수대통이었다. 무엇보다 타이밍이 절묘했다. 경찰서에 도착한 시각, 배달원 녀석을 만난 시각, 수사관들이 본관에서 나온 시각이 동시다발로 이어졌다. 배달원 녀석의 오토바이도 제 역할을 톡톡히 했다.

사진은 생각보다 잘 나왔다. 정신없이 셔터를 누르면서도 피사체를 정확하게 조준했다. 현상을 해보니 50장이 조금 더 됐다. 목을 매단 사체만 해도 20장이 넘었다. 어느 것 하나 버릴 수 없는 진귀한 사진들이었다. 그중에서 최고의 작품을 꼽으라면, 나무에 걸려 있던 옷가지를 찍은 사진을 선택할 것이다. 희미한 영혼의 그림자가 옷자락 속에서 빠져나가는 모습이 사진 속에 오롯이 담겼다. 제아무리 연출력이 뛰어나다고 해도 그런 장면은 카메라에 담을 수 없다.

나무에 목을 매단 사체를 확인한 후부터는 무아지경에 빠져들었다. 과감하면서 신중하라고, 저돌적이면서 주위를 잘 살피라고 계속 주문을 외웠다. 한 마리 날랜 삵이 되어 조심스럽게 현장으로 접근했다. 낮은 포복자세로 논바닥을 건너고 잡초더미에 몸을 숨겼다. 팔꿈치가 까져 피가 뚝뚝 떨어지는 것도 나중에야 알았다.

예상대로 옷가지의 임자는 백민찬이었다. 형진은 행복한 고민에 빠져들었다. 이 사진을 거래의 대상으로 삼아야 할지 특종을 터뜨릴 때 사용해야 할지 아직 결정을 내리지 못했다. 문득 곽 서장의 얼굴이 떠올랐다. 이 사진을 내밀면 그의 얼굴이 화석처럼 그대로 굳어버릴 것이다. 원래의 표정으로 돌아오려면 적어도 사흘 이상은 걸리지 않을까. 그런 상상만으로도 웃음이 절로 나왔다. 입막음의 조건으로 얼마나 부를지도 궁금했다.

대체 누가 이런 엽기적인 살인을 저질렀단 말인가? 또 다시 거대한 의문이 해일처럼 덮쳐왔다. 살인범을 추측할 수는 없어도 주변 정황은 어느 정도 짚어낼 자신이 있었다. 우선 살인범과 경찰 사이에 은밀한 교류가 있었다는 점이다. 경찰은 백민찬의 사체유기 장소를 알지 못했다. 그들은 범인으로부터 모종의 연락을 받은 게 분명했다. 그래서 수사관들은 떼거리로 백민찬의 사체가 있는 포천으로 이동했다. 익명의 제보전화? 그건 아닐 것이다. 누군가 제보를 했다면 관할구역인 포천경찰서가 움직였을 것이다. 사체를 발견한 목격자가 따로 있는 것도 아니었다. 사체 발견 현장에는 수사관 이외에 아무도 없었다. 포천경찰서에서 파견 나온 경찰관도 없었다.

두 가지 추측이 가능했다. 살인범이 담당수사팀에게 사체현장을 알려주었거나 살인범들 사이에 공조 체제가 무너진 것이다. 그래서 이번 사건의 공범 중의 누군가 신의를 저버리고 경찰에 밀고했는지도 모른다. 그것 말고는 달리 해석할 길이 없다. 그동안 많은 사건사고를 취재했지만, 이번처럼 희한한 사건은 처음이었다. 피살자의 신원에서부터 범인들이 남긴 흔적까지, 무엇 하나 놓칠 수가 없었다. 일반 살인사건과는 격이 달랐다.

형진은 오랜 고민 끝에 결정을 내렸다. 당분간 서장에게는 알리지 않기로 했다. 갑자기 서장의 마음이 바뀌거나 거래조건이 탐탁지 않으면 공개수사로 전환하고 모든 수사자료를 언론에 공개할 수도 있다. 지금으로서는 돈의 액수를 따질 것도, 먼저 사진을 들이대고 흥정할 필요도 없다. 보강 취재를 한 후 협상에 나서도 늦지 않는다. 물론 나중에 크게 터뜨릴 것에 대비해 뒤춤에 감춰두는 것도 좋은 방법이다. 그러나 이번 사건에서 자신도 뭔가 단단히 쥐고 있다는 것만은 슬쩍 알리고 싶었다. 곽 서장보다는 최 반장을 만나는 게 여러 모로 나아 보였다. 이쯤에서 확실하게 눈도장을 찍어두어야 나중에 도움을 받을 수 있지 않을까. 경찰서 안에서 최 반장과 단둘이 시간을 갖는 것은 쉽지 않았다. 그러나 병원이라면 달랐다. 설마 병문안을 온 사람을 내쫓기야 할까.

노크를 하고 병실 문을 열었다. 형진이 들어서자 최 반장의 두 눈이 황소눈처럼 커졌다. 환자복을 입은 그의 모습이 낯설고 어색해 보였다. 형진은 음료수 박스를 냉장고에 집어넣고는 침대 옆에 있는 간이 의자에 앉았다.

"병실을 제대로 찾은 거 맞소?"

최 반장이 물었다. 형진은 가볍게 고개를 끄떡였다. 오늘은 최 반장과 적당히 안면을 트고 이런저런 대화를 나누고 싶었다. 지난번 본관 계단에서 만났을 때는 인사가 너무 짧았다.

"제대로 찾아온 게 맞느냐고 묻지 않소?"

최 반장의 목소리에 날이 섰다.

"그렇습니다. 인사차 들렀습니다."

"당신이 왜 내게 인사가 필요한 거요?"

당연히 인사가 필요했다. 이번 사건은 지긋지긋한 수도일보로부터 벗어날 수 있는 유일한 탈출구였다. 형진은 자신을 지원해줄 인물이 필요했고, 그런 인물로는 최 반장이 적격이었다. 그러니 도움을 줄 사람에게 인사를 하는 것은 당연한 일이 아닌가.

"너무 화내지 마십시오. 원치 않으시면 돌아가겠습니다."

"그럼 당장 돌아가시오."

말이 끝나기 무섭게 그는 휙 돌아앉았다. 병문안을 온 사람을 이렇게 박대하다니. 성질 같아서는 백민찬의 목을 매단 사체 사진을 들이대고 싶지만, 훗날을 생각해서 꾹 참았다.

"반장님."

형진은 부드러운 목소리로 그를 불렀다.

"몸 잘 챙기십시오. 뭐니뭐니해도 건강이 최곱니다."

"……."

"언제 시간 나면 저랑 낚시 한번 가시죠? 반장님께서 낚시광이라는 소문이 자자하던데요."

여전히 반응이 없었다.

"제가 잘 알고 있는 저수지가 있습니다. 민물낚시로는 그만이죠. 하하."

"일 없소."

대화가 이어질 기미가 없었다. 공연히 말을 더 섞었다가는 욕지거리가 튀어나올 것 같았다. 그러나 여기까지 발길을 잡은 이상 적당히 냄새는 풍기고 가야 했다. 그에게는 고약한 냄새겠지만, 형진에게는 그보다 더 향기로운 냄새는 없었다.

"얼마 전에 포천에 다녀왔다면서요?"

그제야 그의 거대한 몸이 꿈틀거렸다.

"포천에도 물좋은 낚시터가 있는데…… 하하. 어쨌든 몸조리 잘하십시오."

형진은 병실을 나오면서 한쪽 눈을 찡끗거렸다.

7

새벽바람이 제법 쌀쌀했다. 잠이 오지 않아 뒤척이다가 병실 밖으로 나왔다. 침대에만 죽치고 누워 있으려니 좀이 쑤셔왔다. 쉬어도 쉬는 것 같지가 않았다. 병문안을 오는 사람들도 반갑지가 않았다. 밤늦게 병실을 찾은 서장의 얼굴에는 수심의 그늘이 잔뜩 끼어 있었다. 그는 여전히 이번 사건이 외부로 새어나갈까봐 안절부절못했다. 서장은 이미 때를 놓쳤다고, 공개수사로 전환하기에는 너무 늦었다고 징징거렸다. 하긴 공개수사로 전환한다고 바뀔 것은 없었다. 때를 놓친 게 아니라 적당한 때가 오지 않았을 뿐이었다.

'얼마 전에 포천에 다녀왔다면서요?'

송 기자라고 했던가. 포천이라는 소리가 거침없이 나온 걸로 봐서 백민찬 사건도 제법 알고 있는 눈치였다. 다른 수사관을 구워삶기라도 했단 말인가? 하여튼 기분 나쁜 놈이다. 병실까지 찾아온 걸 보면 뭔가 긴히 할 말이 있어 보였다. 두식은 아예 말도 꺼내지 못하게 싹을 잘랐다.

두식은 병원 주위를 어슬렁거렸다. 열이 가라앉기는 했으나 아직 정상 체온은 아니었다. 사방은 칠흑 같은 어둠으로 둘러싸여 있었다. 정문 입구의 빈 택시 안에는 기사가 꾸벅꾸벅 졸고 있었다. 그때였다. 정문 입구에서 요란한 사이렌 소리가 들리더니 구급차가 응급실 앞에 멈췄다. 곧이어 구급차 문이 열리고 피투성이의 중년 사내가 들것에 실려 나왔다. 사내의 옆구리에서 붉은 피가 무릎 아래까지 흘러내렸다. 전문가의 솜씨가 틀림없다. 두식은 사내의 상처를 보고 단박에 알아봤다. 아마추어의 칼은 저렇게 깊이 들어가지 않는다. 전문가는 손목에 단단히 힘을 주고 손잡이를 살짝 비튼다. 그래야 칼끝이 몸속 깊숙이 들어간다. 저 정도의 상처라면 여간해서 회복하기가 힘들다. 아무래도 몸속의 장기를 건드린 것 같았다.

곧이어 또 한 대의 차가 헤드라이트를 앞세우고 응급실 앞에 멈추었다. 이번엔 택시였다. 택시 안에서 젊은 여인과 대여섯 살 정도 되어 보이는 꼬마아이가 내렸다. 젊은 여인의 얼굴은 하얗게 질려 있었다. 그녀는 응급실 앞에서 꼬마아이의 손을 꼭 잡고 작은 소리로 말했다.

"울지 않겠다고 약속해."

방금 전 응급실에 들어간 피투성이 사내의 아내일까. 꼬마아이는 새끼손가락을 걸고 고개를 끄떡거렸다.

"알았어. 엄마도 울면 안 돼."

아이의 당돌한 표정은 되레 젊은 여인을 다독거렸다. 응급실로 들어서는 젊은 여인의 발길은 휘청거렸는데, 꼬마아이는 꼿꼿했다. 젊은 여인보다 더 침착하고 비장해 보였다.

병원 앞은 다시 평온을 되찾았다. 응급실 밖으로 젊은 여인의 흐느끼는 소리가 들려왔다. 그 소리가 병실 안으로 들어가려던 두식의 발목을 붙들었다. 아이의 울음소리는 들려오지 않았다. 순간 방금 전에 본 꼬마아이의 비장한 얼굴이 눈앞을 스쳐지나갔다. 그와 함께 무언가 둔탁한 것이 뒤통수를 강하려 후려쳤다. 뒷골이 뻑적지근하면서 양 어깨에 찌르르한 전류가 흘렀다. 특별한 육감이 전해져올 때 생기는 생체 변화였다.

피투성이 사내, 겁에 질려 있는 젊은 여인, 비장한 표정의 꼬마아이……두식은 자신도 모르게 두 주먹을 슬며시 움켜쥐었다. 배종관, 고석만, 손기출…… 그리고 그들의 가족, 아내와 어린 자녀들…… 1986년…… 눈앞에 하얀 불꽃이 번쩍거렸다. 주먹을 쥔 손에는 땀이 차올랐다. 메

죽음을 기억하라

멘토 모리…… 백민찬의 목덜미에 새겨진 알파벳 글자가 불쑥 떠올랐다. 죽음을 기억해야 할 사람이 있다면, 그들은 바로 샛별회 사건의 가족이 아닌가!

오오, 왜 진작 그 생각을 하지 못했을까. 샛별회 사건이 발생한 지 26년이 지났다. 지금 그들의 자녀는 더 이상 꼬마아이가 아니었다.

"간호사! 간호사!"

두식은 휴게실에서 야참을 먹고 있는 간호사를 불렀다.

대충 옷가지만 정리하고 병원을 나왔다. 퇴원수속이고 뭐고 간에 절차를 밟을 겨를이 없었다. 육감은 너무도 강렬해서 주체하지 못할 정도였다.

"여긴 어쩐 일이오?"

수사본부 안으로 들어서자 홍 검사가 비꼬는 투로 물었다. 꼬박 날밤을 샜는지 얼굴이 누렇게 떠 있었다.

"며칠 푹 쉬다가 오시지 뭣하러 왔소?"

두식은 홍 검사를 거들떠보지도 그 앞을 지나쳤다. 그와 한가롭게 노닥거릴 시간이 없었다. 자리에 앉자마자 샛별회 사건 핵심인물들의 인적사항을 살폈다. 배종관, 고석만, 손기출…… 그들 이름 아래로 수많은 인물들이 주렁주렁 매달려 있었다. 한 번쯤 수사팀에서 거쳐간 이들이었다. 지인, 친척, 동료, 선후배, 조금이라도 인연이 닿는 인물이라면 빠지지 않고 수사선상에 올려놓았다. 그러나 저 밑바닥까지 훑어 내려가도 샛별회 사건과 엮을 인물은 나타나지 않았다.

1986년 이들이 투옥되었을 때의 나이는 서른하나였다. 모두 결혼을 했고 자녀를 하나씩 두고 있었다. 배종관의 아들인 배윤수는 여섯 살, 고석만의 아들인 고준규는 네 살, 손기출의 딸인 손지영은 두 살이었다. 모두 두 살 터울이었다. 이들은 이제 30대 안팎의 어엿한 성인이었다.

배윤수는 현재 미혼으로 지난해까지 출판사에 근무하고 있는 것으로 나타났다. 고준규는 영화제작사를 나와 지금은 프리랜서로 활동하고 있는 독립영화 감독이었다. 손지영의 직업은 나와 있지 않았다. 두 식은 배종관의 주변인물을 담당하고 있는 조 형사를 불렀다.

"출판사엔 가봤나?"

"물론이죠. 그런데 배윤수는 이미 출판사를 그만둔 뒤였습니다. 1년이 좀 넘었다고 하더군요. 출판사 동료에 따르면 소설을 쓰려고 퇴사했다고 합니다."

"소설?"

"네. 배윤수는 3년 전에 등단한 소설가입니다."

"현 거주지는?"

"아직 거기까지는 확인하지 못했습니다. 재작년까지는 봉천동에서 자취를 하고 있었는데 출판사를 그만둔 후에는 양평에 있는 목장으로 내려갔다고 합니다."

출판사 퇴사, 거주지 불명…… 아직 배윤수를 직접 만난 수사관은 없었다. 그의 신병도 확보하지 못했다. 이번엔 고석만 주변인물을 담당하고 있는 수사관을 불렀다.

"고준규의 최근 행적도 확실하게 밝혀진 게 없습니다."

죽음을 기억하라

독립영화 감독인 고준규는 지난해까지 룸메이트와 신림동 자취방에 거주하고 있었다. 고준규의 룸메이트는 독립영화 촬영감독인 김범수였다.

"이 친구는 만나봤나?"

"네. 지난주 지방 촬영지에서 김범수를 만났습니다. 고준규는 지난해 9월 집을 나간 후 아직도 소식이 없다고 합니다."

배윤수, 고준규, 손지영…… 그들은 지난해부터 약속이나 한 듯 행적이 묘연했다. 그건 곧 그들의 알리바이가 확실하지 않다는 것을 의미했다. 그때였다. 컴퓨터 모니터 앞에 모여든 수사관들이 뭐라 떠들어대는 소리가 들려왔다.

"무슨 일이야?"

두식이 신경질적으로 물었다.

"백민찬의 블로그에 글이 올라왔습니다."

8

고문의 발명은 인류가 만들어낸 가장 위험한 발명이다. 고문은 진실을 밝히기보다는 오히려 인간의 한계가 어디까지인지 인내를 시험하는 것으로 여겨진다. 그래서 고문을 견딜 수 없는 사람은 진실을 감추게 되고, 고문을 견딜 수 있는 사람도 진실을 밝히지 못한다.

이는 몽테뉴의 『수상록』에 실려 있는 글의 일부이다. 이 글을 해석하는 것은 어렵지 않았다. 샛별회 사건이 어떻게 조작되었는지를 함축적으로 보여주는 글이었다.

서서히 본색을 드러내는 걸까? 수연은 그들이 보내온 글을 예사롭게 보지 않았다. 지난번에 올린 글과는 달리 하고 싶은 말을 거침없이 쏟아냈다. 백민찬의 사체에도, 그의 블로그에 올린 글에도 분노와 광기가 철철 넘쳐흘렀다. 메멘토 모리, 백민찬의 목덜미에 박혀 있는 알파벳이 그걸 말해주고 있었다. 사체를 훼손하는 것은 광기가 극도에 이르렀을 때 나타나는 현상이다. 대체 무엇이 이들을 광기의 소용돌이로 몰아넣은 걸까.

"반장님은 어떻게 됐어요?"

김 조교가 물었다. 어제 병실에 찾아갔을 때 최 반장의 얼굴은 침몰 직전의 폐선 같았다. 양 볼은 푹 팼고, 두툼한 입술에는 하얀 서리가 내려앉았다. 불과 이틀 사이에 10년은 더 늙어 보였다. 몸을 움직일 때마다 뿌드득, 관절 꺾이는 소리가 들렸다. 목구멍에는 연신 가래가 끓어올랐다. 범인들이 최 반장의 몸에 악성바이러스를 침투시킨 주범이었다. 그들을 요절내지 않는 한, 최 반장의 열병은 쉽게 치유될 것 같지가 않았다.

최 반장은 수연을 보고도 그리 달가워하는 눈치가 아니었다. 뭣하러 예까지 왔냐는 듯 시큰둥한 얼굴이었다. 정말 왜 그의 병실을 찾아갔을까. 전화로 간단히 안부만 물어도 될 걸 굳이 병실까지 찾아가 얼굴을 내밀 필요가 있었을까. 긴히 할 말이 있어서 간 것도 아니었다. 그래도 조금이나마 위로가 되었으면 해서 간 것인데, 되레 그의 신경을 건드릴까봐 마음을 더 졸였다. 병문안을 간 게 아니라 교도소에 면회 간 기분이었다. 최 반장은 환자복이 거추장스러운지 자꾸 소매를 어루만졌다. 달리 할 말이 없어서 가족이 오지 않았냐고 묻자, 그는 고개를 절레절레 흔들었다.

"이 꼴을…… 어떻게 보여줍니까?"

이틀 전 김연희의 무덤에서 내려와 서울로 갈 때까지 최 반장은 한마디도 하지 않았다. 으드득으드득, 이를 가는 소리가 뒷좌석에까지 울렸다. 그의 얼굴은 사람의 얼굴이 아니었다. 수치심과 모욕감, 그리고 자괴감이 복잡하게 얽혀 있는 들짐승의 얼굴이었다. 하이에나에게 놀아난 수사자의 얼굴이 저럴까. 곧게 뻗은 갈기에는 날이 곤두서 있었다.

"오늘 아침에 퇴원했어. 이걸 봐."

수연은 수사팀에서 온 팩스를 김 조교에게 건네주었다. 팩스에는 샛별회 사건 2세들의 인적사항이 기록되어 있었다. 배윤수, 고준규, 손지영…… 소설가, 독립영화 감독, 손지영의 직업은 파악되지 않았다. 수사팀은 뒤늦게 궤도를 수정하고 샛별회 사건 2세에게 초점을 맞췄다.

"자녀가 있었나요?"

"그래. 구속되었을 당시 모두 기혼자였지."

팩스가 도착한 지 한참 지나 최 반장에게 전화가 왔다. 그는 이들 2세들의 거주지가 아직 파악되지 않았다고, 이들이 무슨 짓이든 할 나이라고 열을 올렸다. 최 반장의 목소리는 카랑카랑했다. 어제만 해도 병실에 쭈그려 앉아 잔기침을 토해내던 목소리가 아니었다. 최 반장은 그들 세 명 중에 소설가인 배윤수에게 유독 관심을 보였다.

"여기 독립영화 감독도 있네요……."

고준규의 이력을 훑어오던 김 조교의 눈이 휘둥그레졌다.

"이 친구는 저에게 맡기세요. 제가 독립영화 쪽은 좀 알고 있거든요."

"좋아."

수연은 김 조교에게 두 가지를 요구했다. 우선 고준규가 만든 독립영화를 보고 싶었다. 그가 연출한 작품은 전부 구해오라고 주문했다. 다른 하나는 고준규의 현재 주거지를 파악하는 것이었다. 수사팀에서 보내온 고준규의 인적사항에는 그의 신병은 물론 거주지도 분명하지 않았다. 이들 2세들 중에 거주지가 확인된 인물은 단 한 명도 없었다. 그들을 직접 만난 적도 없었고, 그들의 연락처도 알지 못했다.

"이 정도의 약력이면 알아낼 수 있어요. 그러고 보니 저랑 동갑이네요."

김 조교는 오랜만에 자신의 역할을 찾은 듯 의욕이 넘쳐 보였다.

"지금쯤 범인들은 뭘 하고 있을까요?"

"둘 중 하나겠지. 축배를 들고 있거나 다음 상대를 물색하고 있거나."

지금 범인들의 만족도는 한껏 높아져 있다. 연쇄살인범의 가장 큰 특징은 사람을 죽이면서 얻는 정서적인 만족감이다. 그런 만족감은 살인의 빈도수가 많아질수록 쾌감도가 높아지며, 다음 살인에 대한 막연한 흥분과 기대를 갖게 만든다. 다음에는 좀 더 잘하고 싶은 욕구, 어떻게 하면 더욱 완벽하게 사람을 죽일 수 있을까라는 생각에 골몰하게 되는 것이다.

'여기가 끝이 아니다……'

축배를 들기에는 때 이른 감이 없지 않았다. 아직 그들에게는 해야 할 일이 남아 있는 것 같았다. 김연희의 무덤 주위에서 그걸 강하게 느꼈다. 억울하게 남편을 잃고 한 많은 인생을 살다 간 여인의 저주가 그곳에 있었다. 백민찬의 사체를 받아들고 조금이나마 위로가 되었을까. 수연의 눈에 그런 저주를 풀기에는 두 명으로는 턱없이 부족해 보였다.

죽음을 기억하라…… 샛별회 사건에 가담한 인물은 한둘이 아니었다.

9

시내 대형서점은 한산했다. 서점을 찾은 것은 오랜만이었다. 4년 전 경찰 진급시험에 대비해 예상 문제집을 사려고 서점에 들른 후 처음이었다. 소설 코너에는 국내외 소설책들이 산더미처럼 쌓여 있었다.

두식은 소설 코너 앞에 마련된 컴퓨터 검색창에 배윤수라는 이름을 쳤다. 그의 소설책은 단 한 권만이 검색되었다. 책의 제목은 『꿈꾸는 유토피아』로, 그가 등단한 지 3년 만에 내놓은 첫 소설집이었다. 이 책은 국내소설 코너의 서가 귀퉁이에 꽂혀 있었다. 책의 날개에는 배윤수의 약력이 간단히 소개되어 있었다. 첫 장을 펼치자, 가장 먼저 '작가의 말'이 나왔다.

나에게 아버지에 대한 기억은 거의 없다. 내가 어렸을 때 아버지는 불귀의 객이 되고 말았다. 아버지가 어떻게 돌아가셨는지, 무엇 때문에 스스로 목숨을 끊었는지 알지 못했다. 아버지의 정확한 사인에 대해 말해주는 사람이 없었기 때문이다. 어머니는 언제나 침묵했고, 나는 더 이상 아버지의 죽음에 대해 묻지 않았다. 그렇게 오랜 세월이 흘러갔다. 중학교 3학년이 되던 그해 봄, 어머니는 처음으로 아버지의 사인에 대해, 아버지가 꿈꾸던 세상에 대해 말해주었다. 아버지가 돌아가신 지 꼭 10년 만이었다. 나는 그제야 비로소 아버지가 무엇을 꿈꾸었는지 알게 되었다.

아버지는 유토피아를 꿈꾸었다. 모두가 평등하고 사람답게 사는 세상을 꿈꾸었다. 그러나 결국 아버지는 그 꿈을 이루지 못하고 눈을 감았다. 나는 아버지의 꿈을 소설로나마 옮기고 싶었다. 내가 돌아가신 아버지를 위해 할 수 있는 유일한 일이었다.

'작가의 말'에는 아버지에 대한 그리움이 절절하게 묻어나왔다. 그들의 사연을 모르고서는 감을 잡을 수 없는 글이었다. 배윤수는 이 글에서 아버지가 교도소에서 스스로 목숨을 끊은 것을 밝히지 않았다.

'작가의 말' 다음에는 소설의 차례 부분이 나왔다. 『꿈꾸는 유토피아』는 모두 아홉 편의 단편소설로 이루어졌는데, 첫 번째 소설 제목부터 눈길을 확 끌었다.

「신 허생전」…… 등줄기에 찌르르한 전류가 흘렀다. 허생전을 여기서 다시 마주하다니. 까맣게 잊고 있었던 배종관의 논문집이 망령처럼 되살아났다. 아울러 장기국의 단골 카페 여주인의 말도 떠올랐다. 그녀는 장기국이 실종되기 전에 『허생전』에 대해 말했다고 증언했다. 두식은 잠시 야릇한 기분에 사로잡혔다. 육중하고 왕성한 육감, 무언가 큰 것이 걸려들 것 조짐이 목덜미를 감아올렸다. 손가락에 침을 묻히고 「신 허생전」의 첫 장을 넘겼다.

　오늘도 허생은 출근을 했다.

　아내가 식탁 위에 올려놓은 만 원짜리 지폐를 집어들고 스물두 평 임대아파트를 나섰다. 화창한 날씨였다. 하늘엔 뭉게구름이 두둥실 떠 있었다.

　지하철 2호선은 언제나 만원이다. 땀 냄새, 화장품 냄새, 술 냄새…… 도시의 온갖 비릿한 냄새가 등골을 파고든다. 머리가 어지러웠다. 언제쯤이면 이런 냄새에 익숙해질까. 매일 아침이면 반복적으로 마주치는데도 익숙해지지가 않았다.

　다음은 을지로입구, 을지로입구역입니다. 내리실 곳은…… 언제 들어도 무미건조한 재생의 목소리, 그러나 이 소리에는 사람을 원격조종하는 강력한 힘이 있다. 그 소리에 따라 사람들은 문 쪽으로 꾸역꾸역 다가간다. 암탉처럼 꾸벅꾸벅 졸던 넥타이 사내도, 연분홍의 깡총한 치마를 입은 아가씨도 고분고분 문 앞으로 다가선다. 그들은 그 소리에 잘 길들여져 있다.

　저들의 꿈은 무엇일까? 허생은 문득 그런 생각이 들었다. 욕실이 두 개 달린 마흔두 평 아파트를 장만하는 것, 자녀가 명문대학에 입학하는 것, 아니면 복권이 당첨되어 벼락부자가 되는 것…… 풍족함을 누리고 싶은 것은 인간의 오랜 꿈이다. 어느 누구도 죽기 전까지 그런 꿈을 놓지 않는다.

　지하철 안에 있는 사람들의 표정은 대개 엇비슷하다. 세상 살아가는 방식이 조금은 회의적이지만 결코 운명으로 받아들이지 않는다. 그러면서 누군가 혜성처럼 나타나 그런 회의에 경종을 울리기를 원한다. 이런 따분하고 무료한 일상에서 벗어날 수 있다면 간간이 정당한 폭력도 필요하다고 여긴다. 그들 중에 아직도 혁명을 꿈꾸는 이가 있을까. 자유에는 왜 피의 냄새가 섞여 있어야 하는지를 진지하게 생각해본 이가 있을까.

허생에게도 꿈이 있었다. 모두 평등하게, 사람답게 살 수 있는 세상을 꿈꾸었다. 결코 몽상가의 헛된 꿈은 아니었다. 오래전에도 그런 꿈을 꾸는 사람이 여럿 있었다. 이 부조리한 사회에, 부당한 국가권력에 맞서 새로운 세상을 만들려고 했다. 그러나 대부분 실패로 끝나고 말았다. 그래서인지 이제는 그런 꿈을 꾸는 사람조차 흔하지 않다. 사람들은 한 발짝도 움직이려고 하지 않았다. 자유를 간절히 원하면서도 자유가 짓밟히는 데는 침묵했다. 부당한 공권력이 난장을 부려도, 부패한 공직자가 뇌물을 받아 처먹어도, 파렴치한 권력자가 나라를 뒤흔들어도 꿈쩍하지 않았다.

이게 어찌된 일인가. 대체 사람들은 무엇을 꿈꾸고 있는 것인가. 혹시 꿈만 꾸다가 지쳐서 잠이 든 게 아닐까. 그렇다면 몽둥이로 두들겨 패서라도 깨워야 하지 않을까.

지루하고 무료한 내용이었다. 「신 허생전」의 초반부는 허생이라는 인물의 단조로운 일상과 꿈을 그리고 있었다. 두식은 초반부를 읽는 동안 두 번 기지개를 켰고, 세 번 하품을 했다. 따분함과 졸음을 동시에 밀어낸 것은 중반부에 들어서면서부터였다.

허생의 꿈이, 꿈을 꿀 수 있는 자유마저 빼앗긴 것은 그날 오후였다.

"허생 씨죠?"

죽음을 기억하라

강의를 마치고 나오자 복도에는 허우대 큰 두 사내가 그를 기다리고 있었다. 허생은 직감적으로 그들이 형사라는 것을 알아차렸다. 날카롭게 찢어진 눈매가 허생의 속내를 꿰뚫고 있었다.

"저희와 함께 가주셔야겠습니다."

정중하지만 강압적이었다. 차마 거부할 수가 없었다. 조금이라도 반항의 기색을 보이면 두 팔을 꺾어 분지를 기세였다. 그들은 인문대 건물 앞에 세워둔 검은 차에 그를 밀어 넣었다. 허생은 승용차 뒷좌석에 짐짝처럼 처박혀졌다. 차창 밖엔 비가 내리고 있었다. 늦은 봄비였다.

"눈 감아, 새끼야!"

한 사내가 점퍼를 벗어 허생의 머리를 감쌌다. 유리창을 때리는 빗물 소리가 아득하게 들려왔다. 점퍼로 가려진 어둠 속에서 허생은 생각했다. 내게 무슨 잘못이 있는 것일까? 이들은 어디로 끌고 가는 것일까? 도무지 이유를 알 수 없었다. 그래서 더 갑갑하고 불길했다.

"내려, 새끼야!"

그새 비는 그쳐 있었다. 차에서 내린 허생은 점퍼를 뒤집어쓴 채 계단을 밟고 올라갔다. 두 다리에 힘이 쭉 빠졌다. 허리띠를 잡은 사내의 손에 살기가 느껴졌다. 방 안에 들어서자 사내가 점퍼를 걷어치웠다. 천장에 매달린 전구 불빛 아래 작은 방이 드러났다. 방 한가운데 책상이 놓여 있고, 그 앞에 두 개의 의자가 있었다. 그 뒤편으로 조그만 욕조가 보였다.

"시작해."

방 입구 앞에서 팔짱을 낀 대머리 사내가 말했다. 그 소리와 함께 두 명의 사내가 다가와 허생의 옷을 벗겼다. 그들은 허생의 눈을 넓은 밴드로 가리고는 몸을 담요로 둘둘 말았다. 발목, 무릎, 허벅지, 배, 가슴 등 다섯 군데를 완전히 묶었다. 머리는 움직일 수 있도록 묶지 않았다. 관자놀이가 핑 돌고 온몸이 꽉 조여들었다. 노란 수건이 얼굴에 둘려졌다. 두 사내의 우악스러운 손길이 머리 양쪽을 힘껏 눌러 고정시켰다. 샤워기에서 물이 쏟아져 나왔다. 한 사내가 샤워꼭지를 잡고서 사정없이 물을 뿌려댔다. 또 다른 사내는 주전자에 물을 담아 쏟아부었다. 코와 입으로 사정없이 물이 들어왔다. 속이 점점 메스꺼워지다가 완전히 뒤집혔다. 콧속에서는 노린내가 진동했다. 허생은 몸을 뒤척이고 버둥거렸다. 죽을힘을 다해 몸부림쳤다. 머릿속은 전류가 흐르는 듯 찌릿찌릿했다.

얼마나 시간이 흘렀을까. 이제 발버둥칠 기력조차 남아 있지 않았다. 허생은 이대로 죽을지도 모른다는 생각이 들었다. 숨막히는 답답함, 질식해버릴 것 같은 공포, 그리고 아득한 절망감, 끝이 없는 천 길 낭떠러지로 곤두박질치는 느낌이었다.

"따라와. 새꺄!"

다음날 허생은 옆방으로 옮겨졌다. 사방 벽면은 온통 빨간색으로 칠해져 있었다. '붉은 방'이었다. 반나절을 꼬박 그 안에 갇혔다. 시간이 지나자 빨간색깔의 벽지가 화살처럼 눈을 찔렀다. 그 뒤로 목과 가슴을, 허벅지와 겨드랑이를, 나중에는 온몸 구석구석을 찔렀다. 두 눈을 꼭 감고 있어도 빨간 빛깔은 눈두덩을 계속 찔러댔다. 손끝 하나 건드리지 않았는데도 온몸이 따끔거리고 정신이 혼미해졌다. 붉은 방에 들어온 지 이틀 후 곰처럼 체격이 큰 사내가 들어왔다. 그는 손에 검은 장갑을 끼고 있었다.

"여기 들어오는 자, 희망을 버려라! 하하하."

죽음을 기억하라

곰 같은 사내가 큰 소리로 웃었다.

두식은 책장을 화들짝 덮었다. 가슴이 벌렁거리고 숨이 가빠왔다. 여기 들어오는 자, 희망을 버려라…… 깨알 같은 활자가 눈두덩을 콕콕 쪼아댔다. 『신곡』에 등장하는 문구, 카론이 보내온 글이 이 소설 속에 있었다.

오오, 이건 보통 소설이 아니었다. 그의 아버지, 배종관이 당하는 모습이 소설 안에서 그대로 재현되고 있었다. 그것은 그런대로 봐줄 만했으나, 『신곡』에 등장하는 문구는 그냥 지나칠 수가 없었다. 그뿐 아니었다. 고문의 발명은 인류가 만들어낸 가장 위험한 발명이다…… 얼마 전 백민찬의 블로그에 올라온 글이 소설 속에서 되살아났다.

두식은 한 차례 숨을 고르고 다시 책장을 펼쳤다. 그 뒤로 허생이 받는 고통이 세밀하게 그려졌다. 그 글이 너무도 생생해서 소설을 읽는 게 아니라 고문을 직접 당하는 것 같았다. 곰 같은 사내의 손길이 지나칠 때마다 등골이 서늘해지고 머리칼이 쭈뼛쭈뼛 섰다.

허생과 곰 같은 사내의 싸움은 끝이 없었다. 아니, 싸움이란 표현은 옳지 않았다. 일방적으로 당하는 것은 허생이었고, 허생의 신체에서 예민한 부위만을 골라 정확히 가격하는 것은 곰 같은 사내였다.

허생도 지쳤고, 곰 같은 사내도 지쳤다.

욕조에서 나온 허생의 턱 밑으로 물이 뚝뚝 떨어졌다. 사내의 이마에는 땀이 뻘뻘 흐르고 있었다. 그들의 얼굴은 모두 젖어 있었지만, 물과 땀이라는 게 달랐다.

"시벌놈! 지금은 네 놈이 당하고 있지만, 세상이 변하거든 내가 이 고문대 위에 서줄 테니 그때 복수하라."

사내가 방에서 나가고 허생은 다시 혼자가 됐다. 서서히 몸이 해체되는 느낌이었다. 다시 돌아올 수 없는 영원의 세계로 추락하는 것 같았다. 허생은 탁자 위에 얼굴을 파묻었다. 어느덧 분노의 감정도 되풀이되는 고통 속에 묻혀버렸다. 저 가슴 밑바닥에 남아 있는 일말의 양심도 사라진 지 오래였다. 남아 있는 것이라고는 말라비틀어진 육신껍데기뿐이었다. 곰 같은 사내가 원하는 것을 다 들어주고 싶었다. 그런데 그게 없었다. 모든 것을 다 털어놓고 싶은데, 털어놓을 게 하나도 없었다. 그것이 더 억울했다. 정말 하나라도 있으면, 이리 억울하지는 않을 것이었다.

눈앞이 침침했다. 눈을 뜬 것인지 감은 것인지 구분이 가지 않았다. 허생은 아내를 떠올렸다. 유치원에 다니는 아들도 눈앞에 어른거렸다. 문득 살아야겠다는 생각이 들었다. 지금 허생의 꿈은 모두 평등하게, 사람답게 사는 세상이 아니었다. 지난 세기 몽상가들이 꿈꾸었던 세계는 더욱 아니었다. 살아야겠다는 것, 그것밖에 없었다. 어떻게든 살아서 이곳을 나가고 싶었다. 오직 그것 하나에 모든 것을 걸고 싶었다. 살아야 한다…… 지금처럼 삶에 강한 애착을 보였던 적이 아직 허생에게는 없었다.

"고객님……."
그때 등 뒤에서 유니폼을 입은 서점 직원이 다가왔다.
"영업을 마칠 시간입니다."

죽음을 기억하라

주위를 둘러보자 서점 안은 철지난 휴양지처럼 썰렁했다. 두식 옆에서 바닥에 질펀하게 엉덩이를 깔고 앉아 소설책을 읽고 있던 청년도 사라졌다.

"이 소설책, 있는 대로 다 주쇼."

수사본부로 돌아오자마자 다시 소설책을 펼쳐들었다. 허생의 꿈, 대학강사, 연행에 이은 감금과 고문…… 그의 아버지를 다시 환생이라도 시키고 싶었던 것일까. 배윤수는 자신의 아버지를 허생으로 둔갑시켜 그의 좌절된 꿈을 그렸다. 소설을 읽는 동안 내내 배종관의 체취가 물씬 느껴졌다. 아니, 이 소설은 단지 그의 아버지를 묘사하는 것에 그치지 않았다.

'여기 들어오는 자, 희망을 버려라!'

곰 같은 사내의 그 한마디가 이 소설의 압권이었다. 보고 또 봐도 등골이 서늘해졌다. 이쯤이면 범인이 누구인지 다 까발려진 것이나 다름없었다.

"지금 뭘 하고 있는 거요?"

그때 홍 검사가 두식 앞으로 고개를 쑥 내밀었다. 소설에 집중하고 있던 터라 그가 옆에 와 있는 것도 몰랐다. 그는 책 겉장을 보더니 피식 웃었다. 홍 검사의 입가에 비웃음이 지워지고 그곳에 서슬 퍼런 독기가 채워졌다.

"소설책 읽고 있소? 병실에서 읽다 만 책이오?"

"……."

"신선놀음이 따로 없군. 당신 지금……."

두식은 더 험한 욕지거리가 나오기 전에 그의 말을 잘랐다.

"배종관의 아들이 쓴 소설입니다."

『꿈꾸는 유토피아』는 서점에 두 권밖에 없었다. 나머지 한 권을 그의 얼굴에 들이밀었다. 목차 부분을 훑어오던 홍 검사의 눈길이 낯익은 단어에 꽂혔다.

"신 허생전?"

『꿈꾸는 유토피아』에 실린 소설은 대부분 배윤수의 자전적 성격을 띤 소설들이었다. 오랜만에 독서 삼매경에 빠져들었지만, 즐거움이라고는 전혀 느낄 수 없었다. 이 소설집에는 「신 허생전」 말고 또 다른 소설이 눈길을 끌었다. 소설 제목은 「단식」이었다. 이 소설이 누구를 모델로 했는지 금방 알아차렸다. 고석만이었다. 그가 단식을 시작하고 사망하기까지의 날짜가 상세히 기록되어 있었다. 「신 허생전」이 배종관의 기록이라면, 「단식」은 고석만의 기록이었다. 그의 소설은 허구와 현실이 뒤죽박죽 섞여 있었다. 무엇이 허구이고 무엇이 현실인지 구분되지 않았다.

"배윤수가 다니던 출판사가 어디라고 했나?"

다섯 번째 소설을 읽고 난 후 민 형사에게 다가갔다. 더 이상 소설을 읽을 기분이 아니었다.

"마포 서교동입니다."

자정이 넘어서고 있었다. 두식은 날이 밝기를 기다렸다. 배윤수가 다니던 출판사의 이름은 '다락'이었다.

10

최 반장의 퇴원은 뜻밖이었다. 몸 상태로 봐서 사나흘은 더 입원하리라 여겼지만, 병문안을 간 지 하루 만에 원위치로 돌아왔다. 후배 수사관들은 똥줄이 타고 있는데 저 혼자 침실에 누워 있기에는 수사 책임자로서 자존심이 허락하지 않았을 것이다.

형진은 점점 조바심이 일었다. 포천에서 사건현장을 포착했을 때의 희열도 잠시였다. 더 이상 백민찬의 사체를 이어줄 후속타가 나오지 않았다. 이맘때쯤이면 그림의 윤곽이 그려져야 하는데 이틀이 지나도 백지상태였다. 거기에 아무 그림이나 채워넣을 수는 없었다. 정오 무렵, 형진은 본관 앞에 죽치고 있다가 철가방을 들고 가는 배달원 녀석을 붙잡았다. 녀석에게 수사본부 안의 분위기가 어떤지를 물었다.

"그냥 그래요."

녀석은 요즘 들어 별 소득이 없자, 그게 자신의 책임이라도 되는 듯 풀이 죽어 있었다.

"최 반장은 뭘 하고 있냐?"

형진은 최 반장에게 각별한 신경을 썼다. 그가 병원에서 돌아온 후부터 수사팀의 움직임이 예사롭지 않았다.

"늘 그렇죠 뭐."

"지금 들어가거든 최 반장의 자리를 잘 살펴봐라. 최 반장이 누군지 알지? 하마처럼 체격이 큰 아저씨 말이야."

"저도 알아요."

"메모지나 서류를 가져올 수 없으면 거기 뭐가 적혀 있는지 대충 눈으로라도 훑어봐."

그렇게 말하고 녀석의 호주머니에 오만 원을 찔러 넣었다. 더 이상 쓰레기통은 제구실을 하지 못했다. 쓰레기통의 숫자도 절반으로 줄었고 그 안에는 영수증 따위의 자질구레한 것뿐이었다. 잠시 후 녀석이 콧구멍을 후비면서 다가왔다.

"책을 보고 있던데요."

"책? 무슨 책인데?"

"소설책 같던데…… 아주 열심히 보고 있었어요."

지금이 어느 땐데 소설책을 보고 있다는 건가. 곽 서장이 알면 날벼락이 떨어질 일이었다.

"빈 그릇을 가져올 때 그게 무슨 소설책인지 알아봐라."

아무리 할 일이 없다고 해도 대놓고 소설책을 읽을 리가 없다. 그 안에 뭔가 꿍꿍이가 있지 않을까. 수사관들은 한 사건에 몰입하면 그 주변에 관한 것을 철저히 조사하는 습성이 있다. 발레리나의 수사를 맡으면 발레에 대해서 조금이라도 알아야 하는 것과 같은 이치다. 그건 기자들도 마찬가지였다.

배달원 녀석이 알아온 책은 『꿈꾸는 유토피아』라는 소설집이었다. 녀석은 대충 제목만 본 탓인지 작가의 이름은 알지 못했다. 인터넷에서 이 소설책을 검색하자 배윤수라는 이름이 나왔다. 등단한 지 3년밖에 안 되는 신출내기 작가였고, 이 책은 그의 첫 소설집이었다. 강남의 한 서점에서 이 소설책을 구입했다. 책장을 넘기자 '작가의 말'에서부터 예사롭지 않은 글발이 느껴졌다.

형진은 꼬박 반나절 동안 이 책을 탐독했다. 주차장 차 안에서, 경찰서 근처의 찜질방에서, 밥을 먹으면서도 이 책에서 눈을 떼지 않았다. 책장을 덮을 무렵, 비로소 최 반장이 왜 이 책을 곁에 두고 있었는지 짐작이 갔다. 이 소설집에서 가장 눈에 띈 것은 「단식」이라는 소설이었다. 민중화가인 고석만의 사인이 '단식'이라고 하지 않았는가. 소설의 주인공도 화가였다. 이 소설에는 그의 옥중단식 과정이 생생하게 담겨 있었다.

K는 눈을 떴다.

언제나 그랬듯이 칠흑 같은 어둠이 그를 맞이했다. 어둠이 익숙해질 때까지 잠시 기다렸다. K는 자리에서 일어나 가부좌를 틀고 앉았다. 두 평도 채 되지 않는 독방은 그만의 공간이었다. 두 손을 무릎에 올려놓고 눈을 감았다. 숨을 길게 들이마시고는 따뜻한 햇살을 불렀다. 이윽고 한줄기 강렬한 햇살이 눈주름 속으로 파고들었다. 어둠의 긴 터널이 걷히고 새로운 세상이 열렸다.

또 하루가 시작되었다. 오늘로 단식 9일째다. 아직 의식은 멀쩡했다. 무릎관절이 시큰거렸으나 견딜 만했다. 아침 일찍 교도소장이 젊은 의사를 데리고 왔다. 의사는 혈압을 재고 별 말 없이 독방을 나갔다. 교도소장은 이제 회유할 말도 없는지 입술 차는 소리만 내뱉었다.

'좀 작작하시게나. 나도 처자식이 있는 몸일세.'

몽롱한 의식을 비집고 낯익은 얼굴이 슬며시 가슴께로 파고들었다. 아직 하늘길이 열리지 않은 것일까? 아니면 영혼의 안식처를 찾지 못한 것일까? B의 영혼이 독방 안에서 빙빙 맴돌고 있었다. 여전히 증오와 분노가 절반씩 나누어진 모습이었다. 무표정한 얼굴에는 분노의 가시가, 비쩍 마른 몸에는 증오의 가시가 겹겹이 에워싸고 있었다. B는 K의 오랜 친구였다. 가슴에 품고 있는 꿈과 가고자 하는 길이 같았다. 그랬기에 누구보다 대화가 잘 통했다. 그런 B가 먼저 이 세상을 떠났다. 스스로 목숨을 끊는 순간 B는 얼마나 외로웠을까. 그 모습을 떠올리면 지금도 가슴이 먹먹했다. 저세상에 가서라도 그의 꿈이 이뤄지면 얼마나 좋을까.

문득 붓을 처음 잡던 날이 떠올랐다. 하얀 도화지에 푸른 하늘을 그렸다. 푸른 하늘에 뭉게구름을 그려 넣었다. 뭉게구름 옆에 새를 그리고 낮달을 그렸다. 도화지 속은 그가 원하던 세상이 꿈결처럼 펼쳐져 있었다. 그때 화가가 되기로 결심했다.

그림을 그리면서 새로운 세상을 꿈꾸었다. 어릴 적 도화지 속에 그려넣었던 그런 세상을 갈망했다. 그림은 마술과도 같았다. 현실에서 이루어질 수 없는 세상이 그림으로는 가능했다. 붓을 쥐고 그림을 그릴 때가 가장 행복했다. 지금의 아내에게 프러포즈를 할 때도 그림을 통해 사랑의 마음을 전했다. 아내의 얼굴과 자신의 얼굴을 그렸고, 그 사이에 갓난아이의 얼굴을 그려넣었다. 아내는 함박웃음을 지으며 그의 포로포즈를 받아들였다. 그때 아내가 한 말이 잊히지 않았다. 행복이란 주위의 꽃으로 꽃다발을 만드는 것이라고 했던가.

그렇게 가족이라는 울타리가 생겨났다. 아름다운 시절이었다. 무엇보다 꿈이 있었기에 행복했다.

오늘이 며칠째인가. 22일? 23일? 날짜를 종잡을 수가 없다.

죽음을 기억하라

K는 나무바닥에 그려진 문양을 내려다보았다. 正자 문양이 네 개에 작대기 두 개가 더 그려져 있었다.

감각은 무뎌질 대로 무뎌졌다. 마른침도 잘 넘어가지 않았다. 언제까지 이 고행이 이어질지 알 수 없었다. 돌이켜보면 어쩔 수 없는 선택이었다. 그나마 이 안에서 무엇이라도 할 수 있다는 게 다행이라면 다행이었다. 비록 그 선택이 마지막 몸부림으로 끝나더라도 후회하지 않기로 했다.

날이 갈수록 몸의 중심을 잡지 못했다. 똑바로 서는 것도 힘에 벅찼다. 곡기가 끊어지니 잠도 잘 오지 않았다. 뱃살은 푹 꺼져버렸다. 갑자기 헛웃음이 나왔다. 아내는 살을 빼라고 잔소리가 많았다. 살찐 화가는 품격이 없어 보인다는 소리를 자주 했다. 뱃살만 빠진 게 아니었다. 가장 먼저 허벅지 살이 빠졌다. 그 후로 허리와 배, 나중에는 볼살이 쭈그러드는 것도 느낄 수 있었다.

오늘도 아내와 아들이 꿈에 나타났다. 아내의 얼굴은 너무도 또렷해서 실물을 보는 것처럼 생생했다. 아빠…… 아들의 목소리가 희미하게 들려왔다. 고사리 같은 손이 가늘게 흔들렸다. 그에게 아들은 희망이었다. 희망이 무엇인지 일깨워준 유일한 생명체였다. 한때 그에게도 오붓한 저녁식사 시간이 있었다. 세 식구가 오순도순 식탁에 둘러앉아 맛난 음식을 먹으며 웃음꽃을 피운 때가 있었다. 작은 화단 안에서 고사리 같은 손, 굵고 투박한 손, 작고 날씬한 손이 한데 뒤엉키며 가정이라는 울타리를 아름답게 꾸미던 때가 있었다.

오늘따라 유난히 아내가 보고 싶었다. 푹 꺼진 뱃속으로 아련한 기억이 스며들어왔다. 아내는 주위에 널려 있는 이름 없는 꽃으로 꽃다발을 만들 줄 아는 여자였다. 그 꽃다발을 힘들고 지친 어깨에 걸어주던 여자였다.

오늘, 또 하루가 간다. 내일이면 23일째다. 과연 얼마나 버틸 수 있을까.

이 소설은 K라는 인물이 독방에서 단식하는 모습을 그리고 있었다. 대부분 홀로 지난날을 회상하며 주절거리는 내용이었다. 대화라고 해야 교도관이 K를 회유할 때뿐이었다. 이 소설의 마무리는, K의 의식이 서서히 사라지는 것으로 끝이 났다. 솔직히 밋밋하고 싱거운 소설이었다. 소설 특유의 감칠맛이 없었다. 그러나 한 꺼풀 벗겨내면 그 안에는 국가의 폭력성이 발톱을 세우고 그의 명줄을 노렸다. 「단식」 이외에 「신 허생전」이라는 소설도 눈에 밟혔다. 이 소설에서는 고문 과정이 적나라하게 드러났다. 두 소설 모두 부도덕한 공권력을 밑바탕에 깔고 있었다.

배윤수는 누구일까? 만약 이 소설의 모델이 고석만이라면, 그와는 어떤 관계일까? 작가의 상상력으로 지어낸 인물 같지는 않았다. 소설에 관해 문외한이지만 그쯤은 알고 있었다. 형진은 인터넷을 샅샅이 뒤져가며 배윤수에 관한 정보를 찾아냈다. 그러나 인터넷에는 배윤수에 관한 기사가 별로 없었다. 기껏해야 신간소개에 잠깐 나왔는데, 그것도 몇 줄에 불과한 짧은 분량이었다. 이번엔 소설집을 간행한 출판사에 전화를 걸었다. 배윤수의 연락처를 묻자 출판사 직원은 그가 다녔던 다락 출판사의 전화번호를 일러주었다.

마포에 있는 다락 출판사는 직원이 네댓 명밖에 되지 않는 작은 출판사였다. 형진은 배윤수와 가깝게 지낸 편집부 직원을 만났다.

"출판사를 그만두고 통 연락이 없었습니다. 휴대폰 번호를 바꾸었는지 통화도 되지 않더군요."

배윤수는 이미 출판사를 그만둔 뒤였다.

"언제 그만둔 건가요?"

"작년 봄이었습니다."

"퇴사한 후 어디로 갔는지 아십니까?"

"소설을 쓰려고 목장에 간다는 소리를 들었는데."

"그곳이 어디죠?"

"자세한 건 모르겠고…… 양평에 있는 젖소 목장이라고 했습니다. 목장 근처에 저수지가 있다고 하던데……."

출판사 직원은 형진을 빤히 쳐다보더니 배윤수와는 어떤 사이인지를 물었다.

"학교 선배입니다. 우연히 서점에서 배윤수의 소설집을 보고 연락처를 알고 싶어 찾아온 겁니다."

"그 친구에게 무슨 일이 생긴 거 아닙니까?"

편집부 직원이 고개를 갸웃거리며 물었다.

"일주일 전쯤에도 형사들이 찾아와 그 친구에 대해 물었습니다."

"뭘 묻던가요?"

"최근에 본 적이 있느냐, 사는 곳이 어디냐 등등…… 그뿐 아니에요. 어제도 한 형사가 찾아왔었는데, 이번엔 아주 자세하게 묻더군요. 마치 그 친구를 범죄자 대하듯이 꼬치꼬치 캐물었습니다."

형진은 어제 찾아온 형사의 인상착의를 물었다.

"체격이 엄청 컸습니다. 눈썹이 아주 짙었고요."

최 반장이 틀림없다. 그 역시 소설 속에서 어떤 낌새를 차리고 다락 출판사에 다녀간 것이다.

그나마 하나라도 들러볼 곳이 있어서 다행이었다. 양평의 젖소 목장을 알아내는 데도 적잖은 시간이 걸렸다. 출판사 직원은 묻는 말에 속 시원히 대답은 않고 말끝마다 토를 달았다. 두식은 다락 출판사에서 나와 곧바로 양평으로 향했다. 차 안에서 마지막으로 남겨놓은 「코뿔소」라는 소설을 읽었다.

날이 밝아왔다.

오늘도 서초동의 아침은 부산했다. 종종걸음으로 일터로 향하는 사람들, 이들 중 절반은 법으로 먹고사는 사람들이다. 법을 집행하고 법대로 판결을 내리고 법을 잘 모르는 의뢰인을 변호한다. 그들에게 법은 곧 밥이다. 국가의 강제력을 수반하는 사회규범이 유일한 생계수단인 것이다.

서초동 일터로 향하는 인파 속에 그가 있다. 차도를 꽉 메운 수많은 차량 속에 그의 차가 있다. 그리고 그와 그의 차를 늘 주의 깊게 응시하는 B가 있다. B의 매서운 눈길 속에 그가 벗어나는 경우는 거의 없다. 그렇다고 B가 스토커인 것은 아니다. B에게는 분명한 목적이 있다. 그게 스토커와 다른 점이다.

오늘, 그는 아직 모습을 드러내지 않았다. 언제나 그렇듯이 그의 출근시간은 일정하지가 않다. 아침 9시에서 정오 무렵까지가 그의 출근시간이다. 전날 밤 과음이라도 하는 날이면 오후 늦게 출근하기도 한다.

그의 직업은 변호사다. 의뢰인으로부터 받는 수임료가 그의 밥줄이다. 이 돈으로 그의 가족은 안락한 생활을 영위한다. 아들의 학비와 장가 밑천을 대주고 아내가 폼나게 쇼핑할 수 있도록 지원해준다. 한때 그는 공안부 검사로 맹활약한 적이 있었다. 살아 있는 권력을 등에 업고 무고한 사람을 잡아넣었다. 그것이 불법이든 가혹행위든 개의치 않았다. 아무리 그 앞에서 두 손을 싹싹 빌고 애걸복걸해도 소용이 없었다. 그가 쥐고 있는 칼자루에는 관용이 없었다. 그가 신봉하는 법마저도 그의 칼자루 앞에서 철저히 농락당했다. 법을 집행하던 시절이 그에게는 꿈같은 날들이었겠지만, 그로 인해 피눈물을 흘린 사람에게는 통한의 세월이었다. B의 아버지도 그들 중 한 사람이었다.

B는 한 달 가까이 그의 사무실이 있는 오피스텔 주변을 지켰다. 밤낮 가리지 않고 그 주위를 어슬렁거렸다. B가 그곳을 벗어나는 경우는 거의 없었다. 그가 외출할 때면 B도 그를 따라 움직였다. 그가 차를 타면 B도 차를 탔고, 그가 걸으면 B도 걸었다. B는 하루도 빠짐없이 같은 일을 반복했다. 그를 관찰하고 그의 뒤를 미행하고 그 결과를 기록으로 남겼다. 이 기록은 훗날 그를 심판대에 세우는 데 훌륭한 자료가 될 것을 의심하지 않았다.

밤 9시, B는 편의점 옆길에 차를 주차시켰다. 이곳에서는 그의 변호사 사무실이 잘 보였다. 오피스텔 정문도 한눈에 쏙 들어와 잠복 위치로는 최고의 명당이다.

902호는 불이 환하게 켜져 있다. 지금쯤 그는 사무실 안에서 퇴근 준비를 하고 있을 것이다. 화장실에서 손을 닦고 넥타이를 고쳐 매고 책상을 정리할 것이다. 그의 모습을 직접 볼 수는 없지만, 가슴으로는 느낄 수 있다. 한 달 동안 그의 꽁무니를 졸졸 쫓다 보니 그쯤은 어림잡을 수 있다. 사무실 여직원은 6시에 칼같이 퇴근했다. 사무장은 8시가 조금 넘어 오피스텔 정문에 모습을 나타냈다.

퇴근 후 그의 일정은 대략 세 가지로 나뉜다. 첫째는 골프연습장이다. 그가 평소보다 일찍 퇴근하는 날이다. 그의 사무실에서 1킬로미터 정도 떨어진 곳에 골프연습장이 있다. 그는 한 시간 가까이 골프를 친다. 골프가 끝난 후 근처 헬스클럽에서 한 시간 동안 땀을 뺀다. 둘째는 서초동의 한 일식집이다. 일식집에 가는 날에는 반드시 약속이 잡혀 있다. 그가 만나는 사람은 주로 정치권에 발을 들인 법조계의 후배들이다. 일식집에서 1차가 끝나면 간혹 2차를 가는 경우가 있는데, 청담동의 룸살롱이다. 셋째는 단골카페다. 단골카페는 그의 사무실에서 5분도 채 되지 않는 곳에 있다. 차를 두고 퇴근할 때는 대부분 단골카페로 가는 날이다.

9시 15분, 드디어 그가 나타났다. 오늘은 차를 두고 가려는지 정문 입구에 모습을 드러냈다. 그렇다면 그가 갈 곳은 뻔히 정해져 있다. 그의 단골카페, '파이프'이다. 오늘, B는 그 카페에 들어가보기로 했다. 한 달 가까이 그를 따라다니면서도 아직 들어가본 적이 없다.

'파이프'는 인테리어가 독특한 카페. 밖에서 볼 때와는 완전히 딴 세상이다. 자그만 수도파이프에서 커다란 송유관까지 다양한 파이프들이 카페 벽면을 가득 채우고 있다. B가 카페에 들어갔을 때 그는 스탠드바에 앉아 양주를 마시고 있었다. 발렌타인 21년산이다. 아직 이른 시간인지 카페 안에 손님은 별로 없다. 그 앞에는 카페 주인인 듯 40대 초반의 여자가 말동무를 하고 있다. 서로 보통 사이가 아닌 듯 낄낄거리며 웃고 있다.

B는 스탠드바 뒤편의 가죽소파에 앉았다. 맥주를 두 병 주문했다. 이번 잠행을 시작한 후 단 한 번도 술을 마시지 않았다. 병뚜껑을 타고 천천히 맥주를 식도 안으로 밀어 넣었다. 오랜만에 마신 탓인지 알싸한 기운이 온몸으로 퍼져갔다.

죽음을 기억하라

그가 카페를 나선 것은 새벽 1시 반이었다.

그때였다. 차가 갑자기 차선을 변경하더니 갓길에 미끄러지듯이 멈추었다. 빵빵, 갓길 옆으로 요란한 경적소리와 함께 트럭 한 대가 쏜살같이 지나쳤다.

"왜 그래?"

두식이 운전석에 앉은 강 형사를 쳐다봤다. 강 형사는 운전대에서 손을 놓고는 두식이 읽고 있는 책을 노려보았다. 어젯밤 강 형사는 밤을 꼬박 새며 배윤수의 소설집을 읽었다. 운전 도중에 그의 소설이 신경을 건드린 모양이었다.

"이거, 소설 맞습니까?"

두식 역시 소설로 인정하고 싶지 않았다. 장기국의 변호사 사무실은 902호였다. 그의 단골 카페 이름도 '파이프'였다. 그러나 그의 글은 소설로 포장되어 세상에 나왔다.

"암만 해도 큰일 낼 놈 같습니다."

"큰일은 이미 벌어졌어."

힘깨나 쓰는 두 명을 저세상으로 보냈으니 보통 큰일이 아니었다.

"이놈 잡아들이면 손 터는 거죠?"

그건 장담할 수 없었다. 지금까지 두식의 예상대로 흘러간 적은 거의 없었다. 한두 번 경험한 게 아니었다. 손기출의 과수원에 갈 때도, 고석만 아내의 무덤에 갈 때도 그랬다.

"어서 출발해."

두식은 다시 책을 펼쳐들었다.

　시계는 밤 9시 50분을 가리키고 있었다.

　B는 일식집 '신주쿠' 건너편 모퉁이에서 길게 숨을 골랐다. 이곳에 온 게 8시쯤이니 두 시간 가까이 됐다. 이제 곧 그가 나올 시간이다. 그는 이곳에서 두 시간을 넘긴 적이 없다. 짧게는 한 시간, 길게 잡아도 두 시간이면 충분했다.

　'신주쿠'에 온 것이 오늘로서 일곱 번째였다. 그의 차는 일식집 주차장 안쪽에 있었다. 그가 대리운전을 부르는 것은 일정치 않았다. 일식집 안에서 부를 때도 있고, 일식집 밖으로 나오면서 부를 때도 있다. 지난 한 달 동안 그는 세 번은 일식집 안에서, 네 번은 일식집을 나오면서 대리운전을 불렀다. B는 어깨 깃을 세워 올렸다. 막상 D-day를 정하고 나니 공연히 가슴이 벅차올랐다. 오늘만은 그가 일식집 밖에서 대리운전을 불러주기를 간절히 바랐다.

　술을 마시는 날, 그에게는 일정한 패턴이 있다. 대리운전을 부른 후 일식집 앞에서 기사를 기다리며 담배를 피웠다. 바로 그 시간이 B가 비집고 들어갈 틈이었다. 그동안 만반의 준비를 했다. 그가 일식집 밖에서 대리운전을 부를 때, 기사가 오는 시간을 측정했다. 두 번은 6분이 걸렸고, 두 번은 8분이 걸렸다. 담배 한 대 피우기에 딱 적절한 시간이었다.

　B는 다시 시계를 보았다. 운명의 시간은 서서히 다가오고 있었다. 그가 외롭게 서 있어야 할 무대도 마련되었다. 그 무대 위에서, 얼마나 떨리는 목소리로, 구구절절한 변명을 늘어놓는지 두 귀로 똑똑히 듣고 싶었다. 삶과 죽음의 경계선에서 그의 육신이 얼마나 허망하게 침몰하는지 두 눈으로 똑똑히 보고 싶었다. 그 모습을 떠올리기만 해도 온몸이 자지러들었다. 그를 정식으로 초대

죽음을 기억하라

하기 위해 간단히 소품도 마련했다. 그의 키보다 조금 큰 문짝과 촛불이었다. 이런 소품 역시 그가 제공한 것이나 마찬가지였다. B의 예상대로라면 그는 이 촛불 사이를 위태롭게 걸어갈 것이다. 그리고 나무문짝 속으로 기어 들어가 운명의 순간을 맞이할 것이다. 그가 휘둘렀던 칼자루처럼 관용은 없다.

드디어 그가 일식집 문턱에 모습을 드러냈다. 그와 동행한 사람은 검찰 출신의 정치인이었다. 둘은 일식집 앞에서 한참을 떠들었다. 이윽고 검찰 출신의 정치인이 그와 악수를 나눈 후 큰길가로 가서 택시를 잡았다. 택시가 시야에서 사라지자 그는 옆구리에서 휴대폰을 빼들었다. B는 두 주먹을 슬그머니 움켜쥐었다. 대리운전 기사를 부르는 그의 목소리가 아련하게 들려왔다. 그 소리와 함께 B는 시간을 쟀다. 1분, 2분…… 5분이 지나서 그 앞으로 다가갔다.

"대리운전 부르셨습니까?"

B는 허리를 굽히고 정중하게 물었다.

"오늘은 빨리 오는군."

그는 담배꽁초를 버리고 B에게 차열쇠를 건네주었다. B는 그의 차에 올라 시동을 걸었다. 백미러에 비춘 그의 얼굴은 붉게 달아올라 있었다. 술을 제법 한 얼굴이었다.

"어디로 모실까요?"

"양재동."

B는 부드럽게 핸들을 돌렸다. 차는 일식집을 벗어나 대로변으로 접어들었다. 시간이 촉박했다. 지금쯤 대리운전 기사가 일식집 앞에 도착했을 것이다. 대리운전 기사가 그에게 전화를 걸기 전에 모든 걸 끝내야 한다.

"오늘 좋은 일이 있었나 봅니다."

다정한 말투로 그의 마음을 가라앉혔다.

"좋은 일은 무슨."

B는 품 안에서 드링크를 꺼냈다.

"이것 좀 드십시오. 숙취에 좋습니다."

"으응? 서비스가 좋군 그래. 하하."

그는 드링크를 단숨에 비웠다.

이걸 어떻게 해석해야 할까?

「신 허생전」이나 「단식」보다 이 소설이 더 충격적이었다. 「신 허생전」과 「단식」은 그들의 아버지에 대한 처절한 기록이었다. 그러나 「코뿔소」는 달랐다. 소설이라는 형식을 빌린 현장기록이었다. 소설 속 '그'의 직업, 자주 가는 일식집 이름, 사무실 호수, 카페 이름…… 모든 게 정확히 일치했다.

"다 왔습니다."

강 형사는 목장 앞에 차를 세웠다. 배윤수의 출판사 직원이 알려준 목장을 찾는 것은 어렵지 않았다. 양평경찰서의 도움을 받았다. 저수지와 젖소 목장, 두 가지면 충분했다. 양평에 젖소 목장은 여럿 있었으나 저수지를 끼고 있는 목장은 한 곳밖에 없었다.

배윤수가 출판사를 그만두고 찾아간 곳은 꽃동네 목장이었다. 젖소가 대부분이었고, 한쪽에는 아담하게 꾸민 사슴 목장도 보였다. 목장 주인은 배윤수의 사진을 내밀자 이내 그를 알아보았다. 그러나 배윤수는 이미 목장을 떠난 후였다.

죽음을 기억하라

"참하고 성실한 사람이었소."

"목장을 그만둔 게 언젭니까?"

"지난해 가을이었소."

두식은 목장 주인과의 대화에서 새로운 사실을 알았다. 꽃동네 목장에 배윤수를 찾아오는 사람이 여럿 있었다는 것이다. 이번엔 목장 주인에게 고준규와 손지영의 사진을 보여주었다.

"맞소. 바로 이 사람들이오. 주로 토요일 저녁에 와서 하루 종일 배씨 방에 머무르다 다음날 오전에 가곤 했소."

"이들이 방에서 뭘 하던가요?"

"난들 그걸 어찌 알겠소. 화투를 치는지 술을 마시는지……."

"배윤수가 이 목장은 어떻게 알고 왔습니까?"

"주 씨 소개로 왔지."

"주 씨요?"

"주 씨와 배 씨는 서로 친구 사이요. 주 씨는 아직 목장에 있소이다."

두식은 목장 주인의 양해를 얻고 배윤수가 묵었던 방으로 갔다. 목장 입구에 있는 아담한 별채였다. 아직 새로운 목장지기가 오지 않았는지 그의 방은 비어 있었다. 두식은 텅 빈 방 안을 한참 동안이나 둘러보았다. 배윤수, 고준규, 손지영…… 그들은 이 방 안에서 무엇을 했을까? 여기서 희대의 살인게임을 모의한 건 아닐까? 아버지의 논문집과 그림을 보내고, 동영상을 어떻게 찍을 것인지 얼굴을 맞대고 의논한 것은 아닐까?

"누구십니까?"

그때 구릿빛 얼굴의 젊은이가 두식 앞으로 다가왔다. 강 형사는 신분증을 제시하고 배윤수를 아냐고 물었다.

"윤수와는 고등학교 동창입니다."

"성함이……."

"주민호입니다."

"목장 주인 말로는 댁이 배윤수 씨를 목장으로 데려왔다고 하던데요."

"그렇습니다. 윤수는 오래전부터 소설 쓸 만한 곳을 찾고 있었습니다. 그래서 제가 목장에서 일하면서 소설을 쓰는 게 어떠냐고 권유했습니다. 여긴 오후 4시면 목장 일이 끝납니다."

"배윤수 씨가 이곳에서 소설을 썼습니까?"

주민호는 고개를 끄떡였다.

"그 소설이 어떤 내용인지 알고 있습니까?"

"그건 잘 모르겠습니다. 윤수는 자신의 소설에 대해서는 말을 잘 하지 않는 편입니다."

두식은 그들이 대화를 나누는 동안 주민호의 방을 기웃거렸다. 살림살이는 단출한 편이었다. 비키니 옷장과 책장, 책상과 의자, 소형냉장고가 눈에 들어왔다. 그런 단출한 살림살이와는 달리 책상 옆에는 두 대의 컴퓨터가 놓여 있었다. 책상 위의 모니터는 세 대나 되었다. 그뿐이 아니었다. 비키니 옷장 옆의 앉은뱅이책상 위에는 노트북이 있었는데, 화면에는 한글문서가 띄워져 있었다.

"배윤수 씨가 목장을 왜 그만두었습니까?"

"잠깐만요. 거기서 뭐하는 겁니까?"

주민호는 방을 들여다보고 있는 두식을 어깨로 슬쩍 밀쳐냈다. 왜 남의 방을 그렇게 꼼꼼히 살피느냐는 항의의 표시였다. 그는 방에 들어가 노트북을 끄고 USB를 빼낸 후 다시 강 형사 앞에 섰다.

"방금 뭐라고 하셨죠?"

"배윤수 씨가 목장을 왜 그만두었는지 물었습니다."

"글쎄요…… 어느 날 갑자기 장례식에 다녀오더니 목장을 그만두어야 할 것 같다고 하더군요. 아주 급한 일인 것 같았습니다."

"장례식이요?"

"그렇습니다."

"목장을 떠나면서 어디 간다는 말은 없었습니까?"

"워낙 경황이 없던 터라 별 다른 말은 없었습니다."

"그 친구의 연락처를 알고 있습니까? 휴대폰 번호라든가……."

"목장을 그만둔 후로 연락이 없기에 전화를 해봤더니 내내 불통이더군요."

두식은 주민호에게 『꿈꾸는 유토피아』를 보여주었다.

"윤수의 소설집이로군요."

"여기 실린 소설에 대해 아는 게 있습니까?"

"그게 무슨 소린지……."

두식은 정말 무엇을 물으려고 했는지 자신조차 헷갈렸다. 소설 속에 등장하는 주인공을 어떻게 설명할 수 있을까.

"배윤수 씨의 아버지를 아십니까?"

주민호는 고개를 절레절레 흔들었다.

"윤수는 가족에 대해 단 한 번도 말한 적이 없습니다. 고등학교 때부터 아픈 상처가 있는 것 같아서 저 역시 한두 번 묻고는 그만두었죠. 그런데 윤수가 쓴 소설에 무슨 문제라도 생긴 겁니까?"

"아닙니다."

두식은 목장 주인에게 보여주었던 고준규와 손지영의 사진을 다시 꺼냈다.

"이들을 아십니까?"

"네. 잘 압니다. 이 두 친구는 서로 피만 섞이지 않았지 친형제남매와 다름없다고 했습니다."

"이들이 가끔 주말에 찾아왔다고 했는데…… 배윤수 씨 방에서 무엇을 하던가요?"

"술을 마시면서 이런저런 이야기를 나누었죠."

"그들의 자리에 합석한 적이 있습니까?"

"물론이죠."

"그럼, 그들이 나눈 대화 중에 특별한 이야기를 들은 적은 없습니까?"

"특별한 이야기라뇨?"

"이를테면 소설 얘기나…… 한사람을 주의 깊게 관찰하고 있다거나……."

"그런 얘기는 없었습니다."

그 후로 그와는 더 이상 대화가 이어지지 않았다. 주민호가 알고 있는 배윤수는 그저 소설을 쓰기 위해 목장에 온 고등학교 동창일 뿐이었다. 목장에서 함께 지낸 친구라면 뭔가 나올 법도 한데 별 소득이 없었다.

"혹시 목장 일 말고 달리 하는 일이 있습니까?"

죽음을 기억하라

이번엔 화제를 그에게로 돌렸다. 그의 방에 있는 컴퓨터가 자꾸 신경을 건드렸다.

"저 말입니까?"

"그렇습니다."

"그건 왜 물으시죠?"

"방 안에 컴퓨터가 두 대나 있던데……."

"프로게이머가 제 장래목표입니다. 언제까지 목장 일만 할 수는 없지 않습니까."

그의 얼굴이 살짝 일그러졌다. 별 시답지않은 질문을 한다는 표정이었다.

"그 친구가 목장을 떠날 때 남긴 짐은 없습니까?"

두식은 그와 헤어지기 전에 마지막으로 남겨둔 질문을 던졌다.

"없습니다. 목장에 들어올 때부터 노트북 하나가 전부였습니다."

12

"놀라지 마십시오. 교수님."

김 조교가 가져온 고준규의 독립영화 CD는 모두 세 편이었다. 그중 하나는 해외독립영화제에 출품할 정도로 완성도가 높은 작품이었다.

"이게 진국입니다."

김 조교는 갓 구워온 세 번째 CD를 컴퓨터 본체에 넣었다. 제목은 〈그들만의 세상〉이었고, 40여 분 되는 단편영화였다.

이 영화의 배경은 대여섯 평 남짓한 밀실과 한 아파트의 거실이다. 영화의 주인공은 40대 초반의 허우대가 큰 고문기술자다. 아침식사를 한 후 그는 자신의 일터인 밀실로 출근을 한다. 그의 검은색 가방 안에는 고문에 쓰이는 갖가지 도구가 담겨 있다. 아침 10시부터 밤 8시까지가 그가 왕성하게 활동하는 시간이다. 일이 잘 풀리지 않을 때는 종종 새벽 늦게까지 이어지기도 한다.

이 밀실은 그가 통치하는 작은 왕국이다. 밀실 안에 들어서면 그는 감정이 없는 쇠막대기가 된다. 때로는 무에서 유를 창조하는 마법사로 변신한다. 그는 어느 누구도 차별하지 않는다. 지위가 높든 학력이 낮든 언제나 동등하게 대우한다. 간혹 새로운 고문 기술을 선보이며 그 강도가 어느 정도인지 인체실험을 하기도 한다. 그런 실험정신과 특유의 창의력이 현재의 그를 만들었다. 제아무리 만만한 상대로 보여도 혼신의 힘을 기울인다. 국가는 그런 그의 노동에 대한 대가로 일정의 급여를 제공한다. 하루 일과를 마치면 그는 여느 회사원처럼 퇴근을 한다. 한 아내의 성실한 남편으로, 두 딸을 둔 자상한 아빠로 돌아온다. 퇴근길에는 평소 딸아이가 갖고 싶어 하는 인형을 고르고 아파트 앞의 슈퍼에 들러 아이스크림을 산다. 그의 아내는 하루 종일 고생을 한 그를 위해 맛난 저녁상을 차린다. 그는 저녁식사를 하고 딸아이 방에 들어가 동화책을 읽어준다. 잠자리에 들기 전에는 아내를 꼭 껴안고 다정한 목소리로 속삭인다. 다음 주말에는 딸아이를 데리고 여행이나 가자고. 아내는 행복에 겨운 미소로 응답한다. 다음날 아침 그는 또 다시 밀실로 출근을 한다.

죽음을 기억하라

"어떻습니까?"

김 조교의 얼굴에 득의에 찬 미소가 흘렀다. 아주 까칠하고 섬뜩한 영화였다. 고문기술자 역할을 맡은 배우의 연기는 매우 뛰어났다. 인간 내면에 감추어진 이중성을 완벽하게 소화해냈다. 한 집안을 책임지고 있는 모범적인 가장과 잔인하고 기계적인 고문기술자의 연기를 동시에 재현했다. 그의 전직이 의심스러웠다. 그가 한 번도 상업 극영화에 출연한 적이 없는 무명배우라는 게 더욱 놀라웠다.

무시무시한 고문의 맛, 고문의 발명…… 이 영화에는 아누비스라는 아이디로 온 글이 고스란히 담겨 있었다. 영화는 고문기술자에게 초점이 잡혀 있지만, 고문을 당하는 자의 고통도 뼛속 깊숙이 느낄 수 있었다. 먹잇감을 다루는 그의 몸짓은 '인류가 만들어낸 가장 위험한 발명'이 얼마나 잔혹한 것인지 그대로 보여주었다. 무엇보다 이 영화의 압권은 고문기술자의 대화 내용이었다. 고문기술자는 피투성이의 얼굴에 깃털을 들이대고 다음과 같이 읊조렸다.

"이게 뭔 줄 아나? 깃털이지. 이 깃털로 말이야, 자네 심장을 꺼내서 저울에 달면 어떤 게 더 무거울 것 같나? 하하하."

귀에 쏙쏙 꽂히는 대사였다. 결코 그냥 넘어가서는 안 될 영화였다. 수연은 40분 내내 구정물을 마신 것처럼 속이 메스꺼웠다.

한동안 무거운 침묵이 흘렀다.

〈그들만의 세상〉은 끝났다. 엔딩 크레딧 자막 속 고준규의 이름은 어둠 속으로 사라졌다. 모니터 앞에 모여든 수사관들도 하나둘씩 자리를 떠났다. 그들이 떠난 자리에는 긴 한숨과 탄식만이 남았다.

영화가 끝난 후에도 두식은 모니터에서 눈을 떼지 못했다. 홍 검사 역시 가는 실눈으로 모니터를 뚫어지게 바라보았다. 한 편의 영화를 이처럼 주의 깊게 바라본 적이 없었다. 누군가 영화 감상평을 묻는다 면 이렇게 답할 것이다. 주인공인 고문기술자의 전력을 캐고 싶다고. 연기가 아니라 실제상황 같았다. 고문에 열중하는 그의 눈빛에는 내내 살기가 감돌았다. 너무 섬뜩해서 되레 영화에 집중이 되지 않았다.

"영화 잘 봤습니다."

홍 검사가 모니터에서 시선을 거두어들이고는 오 교수 앞으로 다가 갔다. 〈그들만의 세상〉이 흐르는 동안 오 교수는 원탁에 앉아 『꿈꾸는 유토피아』를 읽고 있었다.

"참 가지가지 하는군…… 소감이 어떻습니까?"

홍 검사가 영화 감상평을 물었다. 두식은 마땅한 말이 떠오르지 않았 다. 고문기술자의 전력을 캐보고 싶다는 말을 하고 싶었으나, 차마 입 밖으로 내보내지는 못했다. 문득 그들이 보내온 글 중에 한 구절이 떠올 랐다. 고문을 뿌리 뽑을 수 있는 방법이, 고문을 가하는 자에게 고문의 무시무시한 맛을 보여주는 것이라고 했던가. 모멸감을 치유하는 방법 은, 모멸감을 안긴 인간에게 두세 배의 모멸감으로 되갚아주는 것이다.

"우리도 저울을 준비해야겠습니다."

두식이 말했다. 홍 검사가 그게 무슨 뜻이냐는 듯 고개를 까딱거렸다.

"놈들의 배를 가르고 심장을 꺼내 저울에 달아야지요…… 당한 만큼 갚아주어야 하지 않겠습니까."

죽음을 기억하라

장기국의 아내도 그와 비슷한 말로 수사팀을 자극했다. 남편이 받은 고통을 몇 십 배 이상 갚아달라고.

"어디 그걸로 성이 차겠습니까? 능지처참을 하던가, 거열형으로 놈들의 몸을 쫙쫙 갈라놔야죠."

홍 검사가 두식을 쳐다보며 맞장구를 쳤다. 그들에게 당한 수모를 떠올리면 그것으로도 부족할 것 같았다. 이번 사건의 결론은 간단했다. 26년 전 아버지의 억울한 죽음을 목도한 2세들이 이제야 응징에 나선 것이다. 배윤수의 소설책과 고준규가 만든 영화 속에 모든 게 다 있었다. 증거물이 한 무더기로 쏟아져 나와 정신을 못 차릴 정도였다. 배종관의 논문집이나 고석만의 그림, 카론이나 아누비스, 『신곡』이나 '심장 무게달기' 의식은 요란한 장식품에 지나지 않았다. 그동안 수사팀에게 안겼던 수많은 의문들도 그들의 출현으로 말끔하게 해소되었다.

"여길 보니…… 배윤수나 고준규가 사라진 시기가 엇비슷하군요."

그때 오 교수가 그들의 이력사항에서 잠적 시기를 콕 짚어냈다. 배윤수가 『꿈꾸는 유토피아』를 세상에 내놓은 것은 2010년 12월이었고, 양평의 젖소 목장을 나온 것은 2011년 9월이었다. 고준규가 〈그들만의 세상〉을 발표한 것은 2010년 11월, 신림동 자취방에서 사라진 것은 2011년 9월이었다. 거의 같은 시기에 이들은 감쪽같이 증발했다. 주변 인물을 모두 뒤져도 그들을 본 사람은 없었다. 2011년 10월 이후 이들이 외부에 노출된 적은 한 번도 없었다.

"이들이 잠적한 시기는 손지영의 어머니, 즉 손기출의 아내가 사망한 날짜와도 일치합니다."

강 형사가 새로 입수한 수사 내용을 공개했다.

"그때가 2011년 9월입니다. 당시 손기출의 아내는 말기암 환자였습니다."

바로 이날을 기다리고 있던 게 아닐까. 손지영 어머니의 사망과 함께 이들은 약속이나 한 듯 동시에 잠적했다. 이들 세 명 중에 손지영의 행적은 아직 파악되지 않았다.

"다른 인물의 안전도 염두에 두어야 할 것 같습니다……."

오 교수가 두식 곁으로 다가와 조심스럽게 말했다. 제3의 피해자가 나오지 않도록 문단속을 철저히 하라는 소리였다.

"그건 염려하지 않아도 됩니다."

당장 범인들을 잡아들일 수 없다면, 또 다른 희생자가 나오는 것은 막아야 했다. 장기국과 백민찬 이외에 일곱 명이 도마 위에 올랐다. 샛별회 사건의 판결을 내린 재판관, 샛별회 핵심인물을 취조한 고문수사관, 자살과 단식을 방조한 교도소장, 장기국과 함께 수사를 지휘한 검찰 등이었다.

백민찬이 살해된 후 이들에게 외출을 자제하라고 특별 공문을 보냈다. 부득이 외출을 할 때는 경찰의 보호를 받으라고 당부했다. 그리고 주변에 수상한 인물이 눈에 띄면 즉시 신고하라는 말도 덧붙였다. 만약의 사태에 대비해 이들의 자택 주위에도 철통같은 경비를 세웠다.

"그런데 범인들은 왜 굳이 이런 소설이나 영화를 남겼을까요? 나중에 중요한 증거가 될 수도 있는데."

강 형사가 토를 달며 나섰다. 그는 의문이 다 풀린 게 아니라고, 아직도 풀어야 할 게 남아 있다고 두 눈을 부라렸다.

　"어이, 딴죽 걸지 마. 이젠 목표물이 정해졌으니 앞만 보고 뛰는 거야. 쭈욱 앞만 보고. 알았나?"

　두식은 홍 검사의 말에 동감을 표시했다. 더 이상 이러쿵저러쿵 따지는 것은 시간 낭비였다. 굳이 1986년 샛별회 사건으로 거슬러 올라갈 필요도 없었다. 소설책과 독립영화, 지금 드러난 것만으로도 충분했다. 이제 놈들을 잡아서 손모가지를 비틀고 쇠고랑을 채우면 된다. 그래서 놈들의 심장을 끄집어내 저울에 달거나 지옥의 불덩이로 보내면 되는 것이다.

　"먼저 일어나겠습니다. 저도 이 소설을 꼼꼼히 봐야겠어요."

　오 교수가 사라지고 두식은 다시 〈그들만의 세상〉을 틀었다. 그러고는 빠르게 화면을 돌려 고문기술자가 깃털을 만지작거리는 장면을 찾았다. '자네 심장을 꺼내서 저울에 달면 어떤 게 더 무거울 것 같나?' 낮고 느려터진 쉿소리가 심장을 뒤흔들었다. 아무리 봐도 그는 배우가 아니었다. 사나흘을 굶은 맹수였다.

유토피아는 _____
없다 _____

1

   메멘토 모리, 죽음을 기억하라…… 이제 그들이 보내온 메시지를 확
실하게 접수했다. 아버지의 처참한 죽음을 기억하라는 소리였다. 다른
메시지들은 들러리에 불과했다.
   수사팀은 전열을 가다듬었다. 샛별회 사건 2세들이 수면 위로 떠오
른 후 모든 수사력이 그들의 신병을 확보하는 데 투입됐다. 친척, 친구,

선후배, 어느 누구도 예외를 두지 않았다. 이미 양평의 젖소 목장을 떠날 때부터 수사팀의 절반에 이르는 인력이 그들의 뒤를 캐고 다녔다. 시간이 지나면서 그들과 관련된 정보가 속속 올라왔다. 두식은 이들 세 명이 자라온 성장과정을 차분히 더듬었다.

배윤수는 어렸을 때 아주 똑똑한 아이였다. 초등학교 내내 반장을 놓친 적이 없었다. 여섯 살 때 아버지를 잃고도 밝고 건강하게 성장했다. 첫 번째 시련이 닥친 것은 고등학교 1학년 때였다. 그해 가을 어머니가 시름시름 앓다가 세상을 떠났다. 졸지에 고아가 된 그는 이모가 있는 대구로 내려갔다. 그무렵 유일한 위안거리는 소설이었다. 소설가에 뜻을 둔 것도 이때부터였다. 고등학교 3학년 때는 서울 소재 대학에서 주최하는 백일장에서 두 차례나 장원을 차지했다. 이같은 화려한 경력을 앞세워 한 대학의 문예특기생으로 입학했다. 대학 2학년 때 이모가 미국으로 이민을 떠나자 그는 다시 혼자가 됐다. 대학 시절은 순탄하지 않았다. 밤낮 가리지 않고 아르바이트를 하면서 학비를 벌었다. 그런 어려운 환경 속에서도 소설 쓰는 일을 게을리 하지 않았다. 이때만 해도 그의 소설에서 아버지에 관한 글은 거의 보이지 않았다. 아버지의 죽음이 소설에 등장한 것은 대학을 졸업하면서부터였는데, 등단작 역시 아버지를 소재로 한 소설이었다. 대학 졸업 후 다락 출판사에 입사했으며, 편집부에서 4년간 근무했다. 출판사에서 퇴사한 후 양평의 젖소 목장에 새 둥지를 틀었다.

"배윤수는 대인관계가 원활한 편이 아니었습니다. 대학 동기생에 따르면 늘 혼자 다녔다고 하더군요. 목장에 가기 직전까지 살았던 봉천동의 자취방 주인도 그를 얌전하고 숫기 없는 청년으로 기억하고 있었습니다."

고준규는 배윤수보다 열악한 환경에서 성장했다. 네 살 때 아버지를 잃고 열두 살 때 어머니를 잃었다. 어머니의 사인은 뺑소니 교통사고였다. 광화문에서 남편의 억울한 죽음을 호소하기 위해 1인 시위를 하던 그날 밤, 집으로 돌아오는 길에 트럭에 치였다. 그의 친척들은 홀로된 아이를 맡는 데 무척이나 인색했다. 친가와 외가가 그를 번갈아 맡아 키웠는데, 고등학교를 그만두기 전까지 그는 무려 다섯 차례나 전학을 갔다. 중학교 1학년 때 정학을 당했고, 3학년 때는 가출을 한 적도 있었다. 고등학교 2학년 때 자퇴를 한 후 둘째이모 집을 나와 이곳저곳을 떠돌아다녔다. 3년간 그렇게 홀로 떠돌다가 검정고시를 준비했다. 이 무렵 고준규는 영화에 푹 빠져 있었다. 대학 진학을 결심한 것도 영화 때문이었다. 그는 두 차례 낙방 끝에 영화학과에 진학했다. 대학에 입학한 후로는 영화 동아리 활동을 하면서 연출 수업을 받았다. 대학을 졸업하고 한 영화제작사에 입사했으나, 상업영화에 흥미를 느끼지 못하고 1년도 되지 않아 퇴사했다. 그 후 뜻이 맞는 동료들과 함께 사회 비판적인 독립영화를 만들었다.

그가 만든 영화의 주인공은 하나같이 캐릭터가 독특했다. 〈그들만의 세상〉의 고문기술자 외에도 재개발 지역의 철거를 맡은 철거용역원, 사주가 노조를 파괴하기 위해 고용한 구사대 등 대부분이 공격적인 성향의 인물이었다.

손지영의 삶은 이들에 비해 순탄한 편이었다. 그녀 곁에는 늘 어머니가 있었다. 어머니는 그녀를 애지중지 키웠다. 1991년 손기출이 만기출소한 후에는 대부도에 있는 과수원에서 가족이 함께 모여 살았다. 그녀에게는 이때가 가장 행복한 시기였다. 그러나 아버지가 자살로 생을 마감한 후부터 그녀의 삶도 조금씩 변해갔다. 그녀가 어머니와 함께 대부도를 떠난 것은 아버지가 죽은 이듬해였다. 그녀는 어머니와 함께 안산으로 이사를 했고, 그곳에서 고등학교를 마친 후 대학에 진학했다. 대학을 졸업한 후에는 신림동에서 보습학원 강사로 일했다. 그녀는 2009년 보습학원 강사를 그만둔 후부터 행적이 묘연해졌다. 그녀가 다니던 보습학원의 동료 강사들은 손지영에 대해 잘 알지 못했다. 단지 그녀의 집이 사당동 근처라는 것만 알고 있을 뿐이었다. 손지영의 어머니는 2011년 9월 암으로 세상을 떠났다.

그들의 짧은 이력엔 아버지의 죽음이 지워지지 않는 문신처럼 따라다녔다. 아버지의 불행한 죽음은 그들의 삶을 어둡게 덧칠했다. 두식도 그랬다. 오십 줄이 넘은 나이에도 그날의 앙금은 사라지지 않았다. 아무리 빡빡 밀고 닦아도 마찬가지였다. 그날 종로통을 벗어나지 않고 아버지의 곁을 지켰다면 어땠을까? 시위대 속에 들어가 아버지와 함께 있었다면, 그처럼 아버지를 허망하게 잃지는 않았을 것이다. 그날 아버지 곁을 지키지 못한 게 두고두고 한으로 남았다.

또 다시 꽹과리 소리가 귓불을 흔들었다. 환청이 아니었다. 개죽음을 당한 아버지의 영혼이 두식의 육신에 내려앉아 처절하게 내뱉는 절규였다. 두식은 두 눈을 감았다.

"덤빌 테면 덤벼봐!"

아버지는 시위대 맨 앞에 서서 한 손에 각목을 쥐고 전경들을 노려봤다. 시위대는 전경들의 최루탄에 맞서 돌과 각목을 들었다. 한동안 전경들과 시위대 사이에 팽팽한 대치가 이어졌다. 서로가 여기서 밀리면 끝장이라고 여겼다. 전경과 시위대는 자신들의 영역을 고수하면서 서로의 공간을 침탈하지 않는 묵언의 합의를 보고 있었다. 그러나 머리에 파이버를 쓴 백골단이 투입되면서 양상이 달라졌다. 백골단은 전경들과는 격이 달랐다. 날렵하고 사납고 포악했다. 시위대가 휘두르는 각목에도 결코 밀리지 않았다. 이들은 3인 1조로 팀을 맞춰 시위대의 핵심인물을 정확히 공격했다.

종로 거리는 자욱한 최루탄 가스로 뒤덮였다. 여기저기서 쿨럭이는 소리가 들려왔다. 종로 뒷골목으로 흩어졌던 시위대는 다시 대로변으로 꾸역꾸역 모여들었다. 그들은 빠르게 대열을 갖추었다. 인도 변에는 노점상 아주머니들이 벽돌을 깨서 시위대에 실어 날랐다. 아버지는 여전히 시위대 맨 앞에서 구호를 따라 외치고 있었다. '우리는 살고 싶다. 생존권을 보장하라!' 아버지의 눈에서는 쉼 없이 눈물이 흘러내렸다. 눈 밑에 바른 치약도 소용없었다.

"파바방."

최루탄 터지는 소리와 함께 종로통은 아수라장으로 변했다. 시위대가 흩어지는 틈을 타고 백골단이 치고 들어왔다. 백골단이 휘두르는 곤봉이 허공을 갈랐다. 사방이 온통 비명 소리로 가득했다. 두식은 최루탄 가스를 피해 골목으로 몸을 숨겼다. 눈을 뜰 수가 없었다. 입에서 신물이 넘어오고 온몸이 따끔거렸다. 속이 메스껍고 계속 헛구역질이

났다. 골목 담벼락에 쭈그리고 앉아 한참 동안 머리를 처박고 눈물을 삼켰다. 그때 문득 아버지가 떠올랐다. 갑자기 불길한 생각이 머리통을 후려쳤다. 백골단의 곤봉은 살상용 무기에 가까웠다. 애 어른 가릴 것 없이 마구잡이로 휘둘렀다. 두식은 다시 종로 거리로 휘적휘적 걸어 나왔다. 저 멀리, 최루탄 가스가 사라진 자리에 아버지의 모습이 흐릿하게 보였다. 아버지는 백골단의 공격에도 물러서지 않았다. 너 죽고 나 죽자, 그렇게 이를 앙다물고 각목으로 맞섰다. 아버지의 거친 저항에 백골단도 주춤거렸다. 어색하고 멋쩍은 대치가 잠깐 동안 이어졌다. 그때 백골단 한 명이 아버지 뒤로 슬금슬금 가더니 곤봉으로 목덜미를 내리쳤다. 단 한 방에, 불의의 일격을 맞은 아버지의 몸이 휘청거렸다. 두 다리가 꺾이면서 맥없이 나자빠졌다. 아버지의 머리는 인도변에 튀어나온 돌계단에 그대로 부딪쳤다.

"아, 아버지."

두식은 자욱한 연기를 뚫고 아버지를 향해 뛰어갔다. 아버지의 몸은 인도와 차도에 반쯤 걸친 채 누워 있었다. 돌계단에 부딪친 아버지의 머리에는 피가 흐르지 않았는데, 그게 더 불길했다. 아무리 흔들어도 아버지는 깨어나지 않았다.

"병원으로, 병원으로!"

누군가 등 뒤에서 큰 소리로 외쳤다. 두식은 아버지를 등에 업었다.

"여기 태우게."

한 노점상인이 재빨리 차도에 있는 리어카를 가져왔다. 두식은 아버지를 리어카에 태우고 아수라장이 된 도로를 달렸다. 눈물이 뺨을 타

고 흘러내렸다. 리어카 바퀴에 깨진 돌과 최루탄 파편이 밟혔다. 응급
실에 도착해서도 아버지는 깨어나지 못했다. 두려움이 엄습해왔다. 길
고 긴 밤이 이어졌다. 밤늦게 병원에 도착한 어머니는 아버지 곁을 지
켰다. '이제 그만 자고 어서 일어나구려……' 어머니는 아버지의 귀에
대고 조용히 속삭였다. 그러나 다음날에도 아버지는 일어나지 못했다.
영원히 깨어나지 않았다. 1986년 5월이었다.

"반장님."

"……."

"반장님."

"으응?"

고개를 들자 강 형사가 우두커니 두식을 내려다보고 있었다. 잠시 아
버지를 생각하느라 정신줄을 놓고 말았다.

"그들이 종적을 감추기 전에 살았던 주거지에는 한 가지 공통점이
있습니다."

강 형사가 낱장의 종이를 두식 앞에 내밀었다.

"배윤수가 양평 목장에 가기 전에 살던 곳은 봉천동입니다. 고준규
는 신림동 자취방에, 손지영은 사당동에 기거하고 있었습니다."

봉천동, 신림동, 사당동…… 이 세 곳은 서로 인접해 있는 구역이었다.

"그리고 평소 이들과 아주 가깝게 지낸 인물이 있습니다."

"그게 누구야?"

"비오 신부입니다."

2

베란다 창밖이 뿌옇게 밝아왔다.

준혁은 침대에서 일어나자마자 습관처럼 방 안을 둘러봤다. 뭐 또 빠진 게 없을까. 어디에도 아내의 흔적은 없었다. 아내의 물건이 눈에 띌 때마다 빠르게 처분했다. 옷은 아파트 의류 수거함에, 나머지 잡동사니는 쓰레기통에 쑤셔박았다. 아내의 베개, 아내의 향수, 아내의 속옷, 아내의 손길이 묻어 있는 것이라면 그 무엇도 빠뜨리지 않았다.

'몹쓸 년!'

머리가 텅 빈 골통인 줄 알았는데 제법 용의주도했다. 옷장 안의 패물은 몽땅 가지고 튀었다. 돈이 될 만한 것은 눈을 씻고 찾아봐도 보이지 않았다. 책상 서랍에 묻어둔 비상금마저 털어갔다.

준혁은 냉장고에서 우유를 꺼내 먹다 남은 샌드위치 옆에 올려놓았다. 샌드위치를 전자레인지에 넣고는 수납장을 뒤졌다. 인스턴트 국이라도 끓이려다가 금방 포기했다. 밥이 없었다. 마트에서 사온 즉석밥도 그새 동이 났다. 그렇게 홀로 아침을 챙긴 지 두 달이 넘었다. 홀로 됐다고 해서 아내가 챙겨주는 아침밥이 그리운 건 아니었다. 그에게 혼자 사는 것은 아주 익숙한 일이었다. 열여덟 살, 작은고모 집을 나온 후로 항상 혼자였다. 변두리 옥탑방에서 자취할 때도, 절간에서 고시 공부를 할 때도, 검사가 되어 임대아파트를 얻었을 때도 혼자였다. 그의 식탁이나 밥상 앞에는 아무도 없었다. 그러던 어느 날 식탁 위에 숟가락 하나가 더 놓이고 밥을 함께 먹을 수 있는 사람이 생겼다. 그제야 결혼한 것을 실감했다. 그러나 아내와 식탁에 마주앉아도 늘 혼자라는 느낌을 지울 수가 없었다. 식탁 앞에서 서로 오고가는 말이 없었다. 기껏 내뱉은 말이 지시나 요구사항 같은 것들이었다. 혼자 밥을 먹을 때와 그리 다르지 않았다. 아내는 밥을 함께 먹는 사람이 아니라 그가 먹은 밥그릇을 치우는 사람이었다. 오히려 아내와 단둘이 있을 때 더 번거롭고 귀찮았다. 딸아이라고 예외는 아니었다. 그 아이는 원래 이 세상에 나와서는 안 될 운명이었다. 아내가 딸아이를 가졌을 때부터 이제 부부 관계는 끝이라고 여겼다.

'죽일 년.'

애초부터 단란한 가정 따위는 꿈도 꾸지 않았다. 준혁이 원한 것은 아내라는 썩어빠진 동반자가 아니라 장인이 지니고 있는 듬직한 재력이었다.

우유와 샌드위치로 간단히 아침을 해결하고 거실 소파에 앉았다. 탁자 위에는 수사팀이 정리한 문서가 어지럽게 널려 있었다. 샛별회 2세들의 성장과정을 적은 문서였다. 놈들의 아버지가 사망한 시점에서부터 2011년 9월, 종적을 감추기까지의 이력이 적혀 있었다.

'괴물 같은 놈들!'

가소로운 복수극이었다. 살다 살다 이런 흉악한 놈들은 처음이었다. 26년 전의 일을 이제 끄집어내서 어쩌겠다는 건가. 아무리 복수에는 시효가 없다고 해도 마구 들이대는 건 곤란한 일이었다. 개나 소나 다 들고일어나면 나라꼴이 어떻게 되겠는가. 게다가 놈들의 아버지는 자유민주주의 체제를 부정한 인간들이었다. 준혁은 걸핏하면 '민주'니

'인권'이니 하면서 목소리를 높이는 종자들을 가장 증오했다. 친척집에서 애물단지로 몇 년 썩어보면 그런 입바른 소리는 나오지 않는다. 지금까지 이 나이가 되도록 살아보니 '자유'와 '빵'만큼 절실한 게 없었다.

'이놈은 날 많이 닮았어.'

세 명 중에 유독 고준규의 이력이 눈에 밟혔다. 성장과정이 자신과 너무도 비슷했다. 가출과 전학, 친척집에서의 더부살이…… 이놈도 가출을 결심하면서 친척집에 불을 지르려고 했을까? 독립선언을 한 후 자신을 괴롭히던 친척들의 가슴에 칼을 꽂으려고 했을까? 놈의 족적을 살펴보니 그러고도 남을 인간이었다.

열네 살이던 그해 겨울, 준혁은 가출 계획을 세웠다. 어딜 가든 큰고모 집보다는 나을 것이라고 여겼다. 끼니만 거르지 않고 새벽이슬 피해 잘 곳만 해결된다면 무엇이든 다 할 수 있으리라고 생각했다.

가출 준비는 치밀하고 철저했다. D-day도 나름대로 정했다. 돌아오는 토요일, 큰고모가 여고동창회에 나가는 날이었다. 옷은 가장 두터운 외투를 골랐고, 속옷도 두 벌 더 챙겼다. 무엇보다 가장 중요한 것은 돈이었다. 일주일 전부터 슈퍼 금고의 다이얼 번호도 외워두었다. 큰고모는 다이얼 번호를 돌릴 때마다 늘 주위를 살피곤 했다. 그래서 딴청을 피우는 척하면서 하루에 하나씩 머리에 입력시켰다. 마침 D-day가 왔다. 큰고모가 나가는 걸 보자마자 슈퍼 금고부터 털었다. 바닥이 드러날 때까지 싹싹 긁어모았다. 옷과 가방, 돈, 그리고 슈퍼 안의 비상식량도 적당히 챙겼다. 슈퍼를 나서기 전에 한참을 망설였다. 불을 지를 것인가, 아니면 그대로 내뺄 것인가. 생각 같아서는 모든 것을 깡그리 태우

고 싶었다. 그동안 홍 씨 친척들에게 당한 모욕을 불길 속으로 다 날려
보내고 싶었다. 그러나 차마 불을 지르지 못했다. 솔직히 두려웠다. 불
을 질렀다가는 얼마 가지 못해 이웃들에게 붙잡힐 것 같았다.

  슈퍼를 나서는 데 눈이 내렸다. 첫눈이었다. 두 눈 가득히 은빛 세상
이 펼쳐졌다. 그때의 하얀 세상은 이제 암흑으로부터 영원히 해방될 것
을 예고하는 상징 같았다. 걷잡을 수 없이 가슴이 뛰고 두근거리는 심장
속으로 눈발이 몰아쳐왔다. 한 걸음 내딛을 때마다 첫눈이 뽀드득뽀드
득, 비명을 질렀다. 준혁은 걸음을 멈추었다. 어디선가 어머니의 목소리
가 들려왔다. 첫눈만은 피해 가라고, 이대로 떠나면 안 된다고 등덜미를
잡았다. 준혁은 어머니의 손을 매정하게 뿌리치고 빠르게 걸음을 놀렸
다. 산중턱에 올라서서 뒤돌아보았을 때, 그가 걸어온 하얀 발자국의
행렬이 뜨거운 눈물 속에서 투명하게 빛나고 있었다. 이제 다시는 돌
아오지 않는다고, 아랫입술을 깨물며 뜨거운 눈물을 삼켰다.

  그러나 세상은 그리 호락호락하지 않았다. 마땅히 갈 곳이 없었다. 집
을 나서기만 하면 어디든 마음 편히 자리 깔고 누울 줄 알았는데 그렇지
가 않았다. 역 근처의 만화방에서 이틀을 보냈다. 다음날은 어머니와 함
께 살았던 집으로 갔다. 3년 만에 다시 찾은 그곳은 그새 다른 세상으로
변해 있었다. 집은 온데간데없었고, 그 자리에 철골구조물이 들어섰다.
자주 가던 놀이터도 감쪽같이 사라졌다. 어디로 가야 할지 막막했다. 이
땅은 열네 살 아이가 홀로 살아가기에 너무도 인색한 곳이었다. 슈퍼를
나온 지 한 달이 되어갔다. 굶지도 않고 뜨신 방에서 잤지만 마음이 편
하지가 않았다. 돈이 떨어지자 더 이상 갈 곳이 없었다. 폐가로 변한 농

가에서 이틀을 보냈다. 큰고모 집에서 가져온 옷을 다 껴입고 자도 춥기는 마찬가지였다. 추위는 어느 정도 견딜 수 있었으나 배가 고픈 것은 참을 수 없었다. 역 앞에서 빈 깡통을 주워와 사흘 동안 동냥질을 했다. 하루종일 죽치고 있어도 한 끼 겨우 먹을 돈밖에 걷어지지 않았다. 마지막으로 찾아간 곳이 파출소였다. 손발은 꽁꽁 얼어 있었다. 난로에 몸을 녹이는데 눈물이 줄줄 흘렀다.

밤늦게 큰고모가 파출소에 찾아왔다. 그녀는 준혁을 보고 비시시 웃어 보였다. 그 웃음이 너무 무서워서 오줌을 찔끔 흘렸다. 그날 준혁을 집으로 데려오면서 큰고모는 그의 귀에 대고 이렇게 말했다.

"못된 건 꼭 지 애미 빼다박았네."

가출 이후 큰고모의 박대는 더 심해졌다. 욕으로는 감당이 되지 않는지 시도 때도 없이 부뚜막 같은 손이 얼굴에 날아들었다. 어머니를 또 원망했다. 모든 게 어머니 탓이었다. 살아서는 홍 씨 친척들에게 온갖 수모를 당하더니 죽어서는 그 수모를 자식에게 고스란히 대물림해 주었다.

고준규, 이놈도 친척들에게 몸을 의지하는 대가로 값싼 노동력을 제공했을까? 학교에서 돌아와 말상대가 없어서 거울에 대고 유령처럼 홀로 중얼거렸을까? 그 당시 삶의 의욕도 목표도 희망도 없었다. 살긴 살아야겠는데, 무엇 때문에 사는지를 몰랐다. 그렇게 사춘기가 흘러갔다. 다른 또래 아이들처럼 이성문제로 고민해본 적도 없었다. 먹고 입고 자는 것 말고는 모든 게 사치였다.

오늘도 아파트 주차장에는 깍두기가 나와 있었다. 지극한 정성이었다. 놈들은 그걸 의리라고 말하는데, 그 안에는 확고한 명령체계가 자리 잡고 있었다. 조폭들의 상명하복 질서는 검찰과 크게 다르지 않았다. 날이 더워서인지 놈은 모자도 마스크도 쓰지 않았다. 손에 들고 있는 피켓 문구도 바뀌었다.

'깨끗이 살겠습니다.'

더럽게 살아도 좋으니 칼부림은 하지 말라고 한마디 해주고 싶었다. 하여튼 피를 봐야 직성이 풀리는 종자들이었다. 준혁은 깍두기의 희멀건 미소로 배웅을 받으며 아파트를 나섰다. 차는 곧장 신림동으로 향했다.

고준규가 지난해 9월까지 살았던 곳은 신림동 주택가에 있는 2층 빌라였다. 고준규의 룸메이트는 〈그들만의 세상〉을 만든 촬영감독으로, 이름은 김범수였다. 신림동 빌라를 찾아갔을 때 김범수는 지방 촬영을 끝내고 집에 머물고 있었다.

"경찰입니까?"

고준규의 소재지를 묻자 김범수는 대뜸 그렇게 되물었다. 그는 열흘 전쯤 지방 촬영지에도 형사가 왔었다고, 그때 고준규의 근황을 자세하게 말해주었다고 토를 달았다. 아직도 볼 일이 남았냐는 듯 불만이 가득 담긴 얼굴이었다.

"비슷하게 보면 되오."

준혁은 퉁명스럽게 내뱉으며 안으로 들어갔다. 고준규의 집은 둘이 쓰기에는 넉넉한 공간이었다. 가운데는 거실과 주방이, 양쪽으로 방이 있었다.

"〈그들만의 세상〉이라는 영화를 함께 만들었다는 소리를 들었소."

고준규에 대해 묻는 것은 시간 낭비였다. 이미 수사팀이 세세한 부분까지 물었을 것이다. 오늘은 그에게 영화에 관한 얘기를 듣고 싶었다.

"그렇습니다."

"살벌한 영화더군. 배우의 연기가 아주 인상적이오."

"뭘 알고 싶은 겁니까?"

이놈 봐라, 준혁의 입꼬리가 가늘게 찢어졌다. 말투가 영 마음에 들지 않았다.

"이 영화는 처음부터 고준규가 기획한 거요?"

그의 콧잔등이 씰룩거렸다. 고준규에게 '씨'자를 붙이지 않는 데에 대한 항의의 표시였다. 그런 괴물 같은 놈에게까지 존칭을 붙이라는 소린가. 존칭은커녕 쌍욕이 나오려는 걸 가까스로 참았다.

"고준규가 기획한 거냐고 묻지 않소."

"그렇습니다."

"잘 좀 설명해보시오. 나 같은 문외한도 알아들을 수 있게."

"준규는 이 영화를 통해 인간의 이중성을 디테일하게 묘사하고 싶어 했습니다. 그래서 배우들이 고생을 많이 했습니다. 하여튼 조금이라도 빈틈을 허락하지 않는 친구입니다. 그게 준규 영화의 강점이죠."

"주인공이 신문하는 도중에 깃털과 심장에 관한 대사가 있던데…… 혹시 기억하시오?"

"물론이죠."

"그 대사는 누가 만든 거요?"

"처음엔 시나리오에 그런 대사는 없었습니다. 그런데 준규가 영화를 찍으면서 그 대사를 집어넣었습니다. 반드시 들어가야 된다고 말이죠."

"그 대사의 뜻을 알고 있소?"

"그것까지는 잘 모르겠고…… 준규 주변에 이런 말을 자주 쓰는 사람이 있다는 소리를 들었습니다."

이런 말을 자주 쓰는 사람? 귀가 솔깃한 소리였다.

"그 사람이 누구요?"

"왜 그러시죠? 그 대사가 무슨 문제라도 되는 겁니까?"

"묻는 말에 대답이나 하시오."

"모르겠습니다."

준혁은 거실 왼쪽에 있는 방으로 들어갔다.

"여기가 고준규의 방이오?"

김범수는 대답은 않고 고개만 끄덕였다.

"그 친구를 마지막으로 본 게 언제요?"

"9월 21일이었습니다. 그날은 독립영화 축제가 끝나는 날이라 똑똑히 기억하고 있습니다. 그날 장례식에 간다고 한 후 소식이 끊겼습니다."

사전에 무슨 약속이라도 한 것일까? 놈들이 잠적하기 직전에는 어김없이 장례식이 흘러나왔다. 최 반장이 양평의 목장에 갔을 때도 배윤수는 장례식에 다녀온 후 목장에서 자취를 감췄다고 했다. 준혁은 그에게 두 장의 사진을 내밀었다. 사진 속의 인물은 배윤수와 손지영이었다.

"이 친구들을 본 적이 있소?"

"낯이 익은 얼굴인데…… 이 친구는 출판사에 다닌다고 하지 않았나
요? 소설가라고 했던가?……"

"여자는?"

"친한 후배라고 했던 것 같습니다."

이미 잠적할 것을 염두에 두었는지 고준규의 방은 깔끔했다. 한쪽 벽면
을 꽉 채운 책장 속에는 낯익은 책이 눈에 들어왔다. 토머스 모어의『유토
피아』, 박지원의『열하일기』, 『이집트 신화』, 몽테뉴의『수상록』, 『허균평
전』…… 가만히 더듬어보니 이번 사건과도 묘하게 얽혀 있는 책들이었
다. 책장 맨 아래칸에는『해부학실습』, 『면역생리학』, 『외과학총론』 등
의학서적도 눈에 띄었다.

"당신 전공이 뭐요?"

"그건 왜 물으시죠?"

"말대꾸 좀 그만하고 묻는 말에 대답이나 하라니까."

이번엔 반말로 들이댔다.

"영화학을 전공했습니다."

"저 의학서적은 뭐요? 일반인이 볼 만한 책은 아닌 것 같은데."

"제 선배의 전공 서적입니다."

"당신 선배의 책이 왜 여기 있소?"

"준규가 집을 나간 뒤로 제 선배가 이 방을 쓰고 있습니다."

책장 옆으로 어른 몸통 크기의 액자가 눈에 들어왔다. 덥수룩한 구
레나룻에 머리카락 한 올 없는 대머리, 〈달마도〉였다. 〈달마도〉 위에는
깍두기 놈이 들고 있던 도화지 크기에 이상한 그림이 붙어 있었다. 얼

핏 보아 짐승의 머리에 튀어나온 뿔을 그린 것 같았다. 길쭉한 삼각뿔 모양으로 대칭을 이루는 꼭짓점은 날카롭게 휘어져 있었다. 기다란 나팔고동 같기도 하고 황소의 뿔이나 상아를 그린 것 같기도 했다.

"저건 뭘 그린 거요?"

"코뿔소의 뿔입니다."

코뿔소의 뿔? 이 그림은 〈달마도〉와 어울려 묘한 분위기를 자아내고 있었다. 문득 배윤수의 소설 「코뿔소」가 떠올랐다. 그 소설을 읽는 동안 내내 등골이 서늘했다. 이건 소설이 아니었다. 장기국의 일상이 소설 속에 죄다 드러나 있었다. 장기국을 탐색하고 납치하는 과정이 생생하게 그려져 있었다. 그때 문 입구 쪽에서 인기척이 들리더니 김범수 또래의 사내가 거실로 들어섰다. 사내는 준혁을 힐끔 쳐다보고는 말없이 건너편 방으로 들어갔다. 사내의 금테 안경이 유난히 반짝거렸다.

"방금 말한 제 선배입니다. 마땅히 갈 곳도 없어서 당분간 준규 방을 쓰고 있습니다."

고준규의 방을 나오자, 주방 싱크대 앞에 기다란 거울이 눈에 들어왔다. 거울은 싱크대에 비스듬히 놓여 있었는데, 집에서 쓰기에는 너무 낡아 보였다.

"저건 또 뭐요?"

"거울 아닙니까?"

"그걸 묻는 게 아니라 이 고물딱지 같은 거울이 왜 여기에 있는지를 묻는 거요. 댁이 가져온 거요?"

"영화 소품으로 쓸 거울입니다."

유토피아는 없다

"소품?"

"네. 다음 영화를 촬영할 때 필요한 소품이죠."

이곳에서는 특별히 건질 만한 게 없었다. 준혁은 고준규 방 안을 다시 한번 쓰윽 훑어봤다.

"뭐 하나 물어봐도 되겠습니까?"

"말해보시오."

"준규에게 무슨 일이 생긴 겁니까?"

준혁은 어디서부터, 어떻게 말을 해야 할지 막막했다. 아마 김범수를 납득시키려면 삼박사일이 걸려도 모자랄 것 같았다.

"솔직한 얘기를 듣고 싶습니다."

"지방 촬영지에 찾아온 형사는 뭐라고 했소?"

"……."

"별일 아니니 신경 끄시오."

"오전에도 여길 찾아온 사람이 있었습니다."

"이곳에 누가 또 왔었다는 거요?"

"그렇습니다. 범죄심리학자라고 하더군요."

"여자요?"

"그렇습니다."

그새 오 교수가 다녀간 모양이다. 준혁은 입술을 씰쭉 내밀었다. 보고 체계가 엉망이었다. 게다가 범죄심리학자가 탐문 수사를 하는 것은 월권 행위였다. 오 교수도 한번 따끔하게 손을 봐야 할 듯싶었다.

"준규는 진실한 친구입니다. 결코 남을 해코지할 친구가 아닙니다."

그의 말은 결코 틀리지 않았다. 고준규는 남을 해코지하는 친구가 아니었다. 아예 저세상으로 보내는 괴물이었다.

"부탁할 게 하나 있습니다."

그가 현관문을 열면서 말했다.

"말해보쇼."

"다음에 올 때는 수색영장을 가져오기 바랍니다."

오늘은 마지못해 문을 열어줬다는 소리였다. 준혁은 현관문을 나서면서 이놈의 주둥이를 한 방 날리고 싶은 걸 가까스로 참았다. 이놈 역시 수상한 점이 한둘이 아니었다. 〈그들만의 세상〉의 한 장면처럼 취조실에 앉혀놓고 매섭게 다그치면, 쓸 만한 정보들이 줄줄이 쏟아져 나올 것 같았다.

준혁은 계단을 내려가다 말고 뭔가 생각이 난 듯 뒤를 힐끔 돌아다보았다. 김범수의 선배라는 자가 커튼이 반쯤 드리운 베란다 창가에서 준혁을 내려다보고 있었다. 금테 안경 속에 있는 그의 눈이 기분 나쁘게 웃고 있었다.

3

드디어 결정을 내렸다.

형진은 전화를 걸어 곽 서장과의 면담을 정식으로 요청했다. 양평 목장에서 돌아온 후 기자의 한계를 절감했다. 아무 권한도 없는 민간인이 이번 사건을 파헤치는 것은 무리였다. 목장에서 올라와 이틀 내내 발품을 팔았지만, 배윤수라는 인물에 대해서는 더 이상 밝혀내지 못했다.

서장과의 면담을 앞두고 두 가지를 염두에 두었다. 협상 액수는 미니멈으로 천만 원을 잡았다. 일단 현찰을 챙기고 볼 일이었다. 큰 것 한방을 노리다가 죽도 밥도 안 되는 경우가 허다했다. 또 하나는 이번 사건이 어떻게 흘러가고 있는지, 배윤수의 정체가 무엇인지, 장기국과 백민찬이 왜 살해된 것인지 반드시 짚고 넘어갈 생각이었다. 최 반장은 출판사뿐만 아니라 양평의 목장도 다녀갔으니 배윤수의 정체를 잘 알고 있을 것이다. 서장만 잘 구슬리면 최 반장의 입도 술술 열릴 것이다.

"언제든지 오시오. 기다리고 있겠소."

서장은 형진의 면담 요청을 흔쾌히 받아들였다. 조금은 쭈뼛거리거나 더듬거릴 줄 알았는데 되레 쌍수 들어 환영하는 눈치였다. 어쩐지 썩 느낌이 좋지 않았다.

"이게 뭐요?"

서장은 탁자 위에 놓인 사진을 물끄러미 내려다보았다. 백민찬이 나무에 목을 매단 사진이었다. 20여 장의 사진 중에서 가장 참혹한 것으로 두 장을 골랐다. 그런데 서장은 사진을 보고도 동요하는 기색이 아니었다. 그의 얼굴이 딱딱하게 굳은 것은 아주 잠깐 동안이었다.

"자네 지금 뭐 하는 개수작이야? 이걸로 날 협박하겠다는 거야?"

대뜸 반말이었다. 서장은 굳은 얼굴을 풀고는 형진을 매섭게 다그쳤다.

"경찰서장이라는 자리가 자네 눈에는 호구로밖에 안 보이나?"

"갑자기 왜 그러십니까?"

"이 개같은 사진을 내게 보여주는 이유가 뭐야? 오백으로는 턱도 없으니 웃돈을 얹어달라는 거 아냐?"

서장의 눈매가 사납게 찢어졌다. 자칫하다가는 본전은커녕 된서리를 맞을지도 모를 형국이었다. 형진은 일단 한 발짝 물러서기로 했다.

"아하, 뭔가 오해가 있나본데요. 지금 사건이 어떻게 흘러가고 있는지 궁금해서 찾아온 겁니다. 지난 면담 때 이번 사건을 취재하도록 허락하지 않았습니까?"

"그럼, 이 사진은 뭐야?"

"아, 이건 어느 익명의 제보자에게서 얻은 겁니다. 하하. 사진 속의 인물에 대해서도 이것저것 여쭤볼 게 있고 해서……."

"자네, 날 우습게 보다가는 한 방에 골로 가는 수가 있어. 경찰서장 자리가 고스톱에서 거저 딴 게 아니란 소리야."

"그럼요, 여부가 있겠습니까."

그제야 서장의 눈빛이 다소 누그러졌다.

"잠깐 기다려보게."

서장은 자리에서 일어나 어디론가 전화를 걸었다. 타이밍을 잘못 잡았나, 후회가 막심했다. 이럴 줄 알았으면 좀 더 참고 기다리는 건데, 비장의 카드마저 다 꺼냈으니 아주 망한 꼴이었다. 서장이 이처럼 드세게 나오리라고는 전혀 예상하지 못했다. 면담을 요청했을 때부터 서장은 기를 꺾으려고 작정한 듯했다. 이럴 때는 한 발짝 물러나는 게 좋다. 공연히 맞불을 놓았다가는 득이 될 게 하나도 없다. 잠시 후 최 반장이 서장실에 들어섰다. 서장은 최 반장의 귀에 대고 뭐라 소곤거리더니 형진 앞으로 다가왔다.

"자네가 저 친구 편의 좀 봐드리게. 흠흠."

서장은 그렇게 한마디를 툭 내던지고 서장실을 나갔다.

"일단 조용한 데로 갑시다."

최 반장이 형진을 데리고 간 곳은 경찰서 후문 쪽의 한 커피숍이었다. 그는 자리에 앉자마자 넓적한 얼굴을 들이댔다.

"어디 툭 까봅시다. 선수끼리 말 돌리지 말고."

말은 그렇게 했으나, 그의 얼굴은 툭 까놓고 대할 표정이 아니었다.

"알고 싶은 게 뭐요?"

"……."

"서장에게 할 말이 있어 간 거 아니오?"

"그렇습니다."

"내게 말해보시오."

형진은 최 반장의 고압적인 말투가 마음에 들지 않았다. 마치 취조당하는 기분이었다. 그렇다고 어물쩍 넘어가고 싶지는 않았다. 기왕 예까지 온 것, 세게 밀어붙이기로 마음먹었다.

"얼마 전에 양평에 간 일이 있습니까?"

"……."

"꽃동네 목장 말입니다."

"그렇소."

"배윤수를 만났습니까?"

최 반장의 두 눈이 휘둥그레졌다.

"못 만났소. 이번엔 내가 하나 물어봅시다. 그 친군 어떻게 알았소?"

형진은 가방에서 『꿈꾸는 유토피아』를 꺼냈다.

"이 소설책이 이번 사건과도 관련이 있습니까? 여기에 화가를 모델로 한 소설이 있던데요."

"오호, 대단한 양반이로군. 수사관을 해도 되겠소."

"백민찬과 그 화가는 어떤 관계입니까?"

형진은 서장에게 보여준 백민찬의 사체 사진을 최 반장 앞에 내밀었다.

"이 사진은 어디서 났소?"

"그건 말씀 드릴 수 없습니다."

"소문대로 냄새를 맡는 데는 귀신이로군."

"저도 툭 깠으니 이젠 반장님이 깔 차롑니다."

"깔 때 까더라도 거쳐야 할 게 있소."

"그게 뭡니까?"

"혹시 샛별회 사건이라고 들어봤소?"

최 반장이 사진을 한쪽으로 치우면서 물었다. 형진은 고개를 가로저었다.

"모든 건 그 사건으로부터 시작됐소. 자, 이제부터 내가 하는 말 잘 들으시오."

최 반장은 이번 사건의 핵심을 간단명료하게 설명했다. 1986년 발생한 샛별회 사건, 그 사건에 가담한 핵심인물, 그리고 장기국과 백민찬의 죽음, 그들의 죽음 뒤에 샛별회 사건 핵심인물의 2세들이 관여하고 있다고 말했다. 형진은 한 번도 끼어들지 않고 그의 말을 끝까지 들었다. 모든 게 두 귀에 쏙쏙 들어왔다.

유토피아는 없다

"그럼, 배윤수가 샛별회 핵심인물의 아들이라는 겁니까?"

최 반장은 고개를 끄덕였다.

"그 친구 이름이 배종관이오. 장기국은 당시 이 사건을 지휘한 공안부 검사였소."

"이걸 저에게 다 털어놓는 이유가 뭡니까?"

"툭 까자고 하지 않았소. 선수끼리."

최 반장은 물컵을 마신 후 잠시 뜸을 들였다.

"우린 당신의 도움이 필요하오. 기왕 예까지 왔는데 뭘 더 숨기겠소……
나도 당신에게 보여줄 사진이 있소."

최 반장은 백민찬을 부검하기 직전에 찍은 사진을 내밀었다. 사진 속에는 백민찬의 목덜미에 이상한 글자가 새겨져 있었다.

'memento mori.'

"이게 뭘 뜻하는지 알겠소?"

"메멘토 모리…… 죽음을 기억하라는 뜻 아닙니까?"

"잘 알고 있군. 그럼 이게 뭘 의미하는 거겠소?"

"그들 아버지의 죽음을……."

죽음을 기억하라…… 섬뜩하고 기괴한 사진이었다. 사체의 피부를 꿰뚫은 알파벳 글자에는 간절한 염원이 새겨져 있었다.

"이 알파벳은 어떻게 새긴 겁니까? 수술용 바늘로 꿰맨 것 같은데."

"부검의는 용의자 중에 의료전문가가 있을 거라고 했소."

최 반장은 뒷주머니에서 메모지를 꺼냈다.

"이건 놈들의 인적사항이오."

여기에는 샛별회 핵심인물 2세들의 인적사항이 간단히 적혀 있었다.

"앞으로는 수사관들의 뒤를 쫓지 말고 이놈들의 뒤를 캐시오. 그걸 캐내면 당신도 팔자를 고칠 수 있을 거요. 어떻소, 할 수 있겠소?"

"……."

"단, 한 가지 조건이 있소. 이 사건의 진범이 잡힐 때까지 비밀을 지켜주어야 하오. 그 이유는 당신도 잘 알 거요."

최 반장은 어서 결정을 내리라는 듯 고개를 주억거렸다.

"생각할 시간이 필요하오?"

"아, 알았습니다."

"그럼, 잘해보시오."

최 반장은 두 손을 탁탁 털고서는 자리에서 일어났다.

"서장의 전직이 뭔지 아시오?"

"……."

"권투선수 출신이오."

함부로 주둥아리를 놀렸다가는 가만두지 않겠다는 소리였다. 전혀 예상치 못한 일이었다. 협상을 하러 왔다가 신문을 당한 기분이었다. 일단 최 반장의 제안을 받아들이는 수밖에 없었다. 그를 믿어서가 아니라 달리 방법이 없기 때문이었다.

4

백민찬의 사체 사진은 어떻게 구한 것일까?

송 기자가 내민 사진은 감식반이 찍은 사진이 아니었다. 하여튼 귀신 같은 인간이다. 포천에서 양평까지 줄줄이 꿰차고 있었다. 송 기자는 이번 사건에 사활을 건 듯싶었다. 저리 용을 쓰며 달려드는데 마냥 피할 이유도 없었다. 서장도 이 기회에 송 기자를 '우리편'으로 만드는 게 어떠냐면서 등짝을 떠밀었다.

차는 봉천동 사거리를 지나 주택가 쪽으로 들어섰다. 길모퉁이 옆 전신주에 '봉천5동 성당'을 가리키는 팻말이 보였다.

"성당에 다녔다는 건 뜻밖인데요."

강 형사가 차의 속력을 줄이며 말했다. 그동안 수사팀은 샛별회 사건 2세들이 살고 있던 거주지를 중심으로 정밀 탐사를 벌였다. 그들과 관련된 것이라면 물불 안 가리고 뭐든 뒤지고 다녔다. 마침내 봉천 5동 성당이 수사망에 포착됐다.

처음 이 성당과 인연을 맺은 인물은 배윤수였다. 그가 중학교 3학년 때 성당에 들어섰고, 얼마 지나지 않아 고준규와 손지영도 나란히 성당 문턱을 넘어섰다. 성당 청년부 명단에도 이들의 이름이 적혀 있었다. 봉천동 성당은 그들이 종적을 감추기 직전, 마지막으로 모습을 드러낸 곳이었다. 손지영의 어머니, 장희숙의 장례를 마친 후 그들이 성당 미사에 참석한 것도 확인했다. 두식은 곧바로 본관 2층으로 올라가 청년부 회장을 만났다.

"그렇습니다. 지난해 9월부터 성당에 나오지 않았습니다."

"성당 말고 다른 외부 활동은 없었습니까?"

"석 달에 한 번꼴로 교도소에 가곤 했습니다."

"교도소요?"

"네. 청년부에는 특별 자원봉사활동 프로그램이 있는데, 그들은 교도소 자원봉사를 지원했습니다. 교도소 안에서 중병에 걸린 사람이나 지체장애자들을 돌보는 일을 맡았죠."

"그게 언제부터입니까?"

"아마 칠팔 년은 된 것 같습니다."

두식은 손지영의 소재지를 알고 있냐고 물었다. 배윤수나 고준규의 행적은 어느 정도 확인이 됐지만 손지영은 아직도 오리무중이었다. 홍 검사는 손지영의 소재지에 특별한 관심을 갖고 있었다.

"여기 청년부 명단에도 사당동이라고만 적혀 있는데요."

청년부 회장은 그들이 사라진 후의 행적도, 그들이 있을 만한 곳도 알지 못했다.

"비오 신부님과는 어떤 관계입니까?"

두식이 성당을 찾아온 이유는 두 가지였다. 하나는 손지영의 소재지를 찾는 것이었고, 다른 하나는 그들과 비오 신부와의 관계였다. 성당에 오기 전에 비오 신부에 관해 면밀히 조사했다. 비오 신부는 그들 세 명을 성당으로 이끈 인물로, 샛별회 사건과도 인연이 깊었다.

"아버님 같은 분이죠."

사제실에서 한참을 기다린 후 비오 신부를 만났다. 그의 흰 머리칼은 눈이 부실 정도로 매혹적이었다. 비오 신부는 성직자 특유의 온유함이 묻어 나왔는데, 하나를 주면 열을 내줄 것처럼 푸근해 보였다. 그러나 신분을 밝히고 여기 찾아온 목적을 꺼내자, 그의 얼굴에 싸늘한 냉기가 흘렀다.

"그 아이들을 찾는데 왜 날 찾아온 게요?"

다분히 신경질적인 목소리였다. 두식은 '그 아이들'이라는 호칭을 놓치지 않았다. 그 호칭 하나만으로도 그들과 비오 신부와의 관계가 짐작이 갔다. 보통관계가 아니고서는 나이 서른 안팎의 사람을 아이라고 부르지 않는다.

"신부님과는 보통 사이가 아니라고 들었습니다."

"그건 맞소. 내 자식과 다름없는 아이들이오."

"그 친구들이 성당을 안 나온 지가 꽤 되었더군요. 갑자기 사라진 것도 그렇고…… 혹시 짐작 가는 데라도 있습니까?"

"그 아이들이 성당을 나오든 안 나오든 그게 당신들과 무슨 상관이요?"

까칠한 신부였다. 말끝마다 뾰족한 가시가 따라붙었다.

"신부님과는 어떻게 인연을 맺었습니까?"

"그걸 알려고 예까지 온 게요?"

"아닙니다. 말씀하시기 싫으시면 안 하셔도 됩니다."

"으음."

그의 입에서 짧은 한숨이 새어나왔다.

"그 아이, 윤수가 성당에 처음 온 것은 1996년이었소."

아침부터 장대비가 쏟아지는 날이었다. 한 아이가 성당 앞뜰에 있는 성모마리아 동상 앞으로 다가섰다. 그 아이는 우산도 없이 마리아 동상 앞에 한참 동안 서 있었다. 아이의 몸은 비에 흠뻑 젖어 있었다. 창가에서 그 모습을 지켜보고 있던 비오 신부는 우산을 받쳐들고 그 아이에게 다가갔다. 이제 열대여섯은 되었을까. 눈물과 빗물이 한데 뒤섞여 있는 아이의 얼굴에는 원인 모를 분노가 깔려 있었다. 비오 신부는 우산을 씌워주고 아이에게 손을 내밀었다. 아이의 손은 얼음장처럼 차가웠다. 사제실로 아이를 데리고 와서 얼굴을 닦아준 후 무슨 일이 있느냐고 물었다. 그 아이는 나직한 목소리로 말했다. 오늘이 아버지의 기일이었다고, 엊그제서야 아버지의 사인을 알았다고, 시국사범으로 실형을 받고 교도소에서 스스로 목숨을 끊었다고.

그 후 아이는 주일마다 성당을 찾아왔다. 비오 신부는 언제나 아이를 따뜻하게 맞아주었다. 무엇보다 아이의 얼굴에 문신처럼 붙어 있는 증오의 자국을 지워주고 싶었다. 그러던 어느 날 아이는 그보다 어려 보이는 두 아이와 함께 성당을 찾았다. 한 아이는 사내아이였고, 다른 아이는 여자아이였다. 그 아이들과의 인연은 그렇게 시작되었다. 세 아이의 아버지는 시국사건에 연루된 고등학교 동창이었다.

"이제 됐소?"

비오 신부가 고개를 치켜들었다.

"그 친구들의 아버지가 샛별회 사건으로 투옥된 것도 알고 계십니까?"

두식은 굳이 말을 돌리지 않았다. 비오 신부는 오래전부터 샛별회 사건의 진실을 밝히기 위해 발 벗고 나선 인물이었다.

"물론이오. 헌데 그 아이들에게 무슨 일이 있는 거요?"

유토피아는 없다

그걸 이제야 묻다니, 김이 빠지는 소리였다. 사실 그들의 얘기가 처음 나왔을 때 물었어야 할 질문이었다. 두식은 송 기자에게 말한 것처럼 최근에 벌어진 일에 대해 간략하게 설명했다. 비오 신부는 두 인간이 참혹하게 살해되었는데도 전혀 놀라는 눈치가 아니었다.

"죽은 사람의 이름이 뭐요?"

"장기국과 백민찬입니다."

"백민찬? 허허, 오랜만에 듣는 이름이로군."

"백민찬을 아십니까?"

이번엔 강 형사가 물었다.

"샛별회 사건은 그 인간이 고안해낸 것 아니오."

비오 신부는 눈살을 찌푸렸다.

"5년 전쯤에 한 인권단체에서 국가를 상대로 샛별회 사건의 재심을 청구하려고 했소. 그런데 백민찬이 조직적으로 방해하는 바람에 뜻을 이루지 못했소. 그 인간은 이 사건이 여론화되는 걸 막으려고 언론사에 로비하는 등 수단과 방법을 가리지 않았소. 한마디로 아주 돼먹지 못한 인간이오. 비록 저세상에 갔다고는 하나 지은 죄가 크니 그곳에서도 편히 지내지 못할 것이오. 먼저 간 넋들이 그를 가만 내버려두겠소?"

비오 신부의 말은 거침이 없었다.

"그 친구들이 갈 만한 곳을 아십니까?"

"……."

"혹시 그들에게 연락이 오면……."

"어떻게 하라는 거요? 당신에게 고자질을 하라는 거요?"

"……."

"그런 건 아예 기대하지도 마시오. 오늘 댁들을 만난 것은 없던 일로 하겠소."

비오 신부는 두식이 사제실을 나설 때까지 내내 공격적이었다. 샛별회 사건을 조작한 인물들을 싸잡아 성토했으며, 세 아이가 겪은 아픔을 어루만지고 다독거렸다. 서종두가 그들 아버지의 대변자라면 비오 신부는 그들의 대변자 같았다. 두식은 비오 신부와 그들의 관계를 주목했다. 이번 사건을 맡은 후로 비오 신부처럼 구린 냄새가 나는 인물은 없었다. 이번 사건에 개입하지는 않았어도 조력자 역할은 하지 않았을까? 두식은 비오 신부에게 미행을 붙였다.

5

차는 서초동의 한 편의점 골목으로 접어들었다.

"이쯤 아닐까요?"

김 조교는 차창 밖으로 고개를 내밀었다. 차 옆으로 24시간 편의점이, 편의점 건너편에는 장기국의 사무실이 입주한 오피스텔 건물이 우뚝 솟아 있었다. 수연은 차에서 내려 주위를 두리번거렸다. 이곳에 온 것은 「코뿔소」의 배경과 실제 무대가 얼마나 같은지 두 눈으로 확인하기 위해서였다.

"바로 이 편의점 옆에 주차시킨 후 차 안에서 장기국의 동태를 살핀 거예요. 소설 속의 묘사와 똑같아요."

그랬다. 오피스텔 주변 풍경은 소설 속의 묘사와 일치하고 있었다. 편의점 옆의 골목에 차 한 대를 주차할 공간이나 오피스텔 주변을 에워싸고 있는 CCTV의 위치도 똑같았다. 편의점 옆의 골목은 CCTV의 사각지대였다. 소설 속의 묘사대로, 잠복 위치로는 최고의 명당이었다. 이곳에서는 오피스텔 정문은 물론 주차장 입구도 잘 보였다. 장기국의 단골 카페와 일식집도 이곳에서 그리 멀지 않은 곳이었다. 수연은 마치 소설 속의 주인공이 된 기분이었다. 오피스텔 안으로 들어가지 않아도 그 안의 구조가 생생하게 느껴졌다.

"저는 지금도 이해가 가지 않아요…… 배윤수는 왜 이런 소설을 남겼을까요?"

강 형사와 똑같은 질문이었다. 정말 그는 왜 이처럼 위험한 소설을 남긴 것일까? 군이 소설이란 형식을 빌려 자신들의 행동을 이처럼 세밀하게 묘사할 필요가 있었을까? 수연은 그들의 머릿속으로 하염없이 빠져들어갔다. 범죄심리학자는 수사가 진행되는 동안 모든 것을 범죄자의 시각으로 볼 수 있어야 한다. 즉 범죄자와 한통속이 되어 모든 상황을 생각하고 판단하고 추정해야 한다. 마지막으로 합당한 가설을 도출해 범죄자의 심리를 정리한다. 수사관은 지문, DNA 표본, 섬유조직 등에서 수사의 실마리를 찾아내지만, 심리분석가들은 검증에 필요한 가능성이나 가설을 내세운다. 그러나 아무리 그들과 한통속이 되어 머리를 싸매도 왜 이런 소설을 남겼는지 가설조차 세울 수가 없었다.

"여기 차 세우면 안 돼요."

그때 편의점에서 나온 아르바이트생이 수연 앞으로 다가왔다.

"방금 전에도 주차단속원이 딱지 떼러 왔었어요."

"학생, 잠깐만!"

수연은 편의점으로 들어가려는 그를 붙들었다.

"혹시 오래전 이곳에 주차한 차가 있지 않았어?"

"네?"

"날이 저물면 여기에 주차할 수 있지?"

아르바이트생은 고개를 끄떡였다.

"그러니까 두세 달 전쯤에 밤마다 이곳에 주차한 차가 있었는지를 묻는 거야."

"맞아요. 있었어요."

"차종이 뭐였어?"

"그건 모르겠어요."

"차 색깔은?"

"쥐색 같았어요."

"차 주인의 얼굴을 보면 알 수 있겠어? 이곳에 오래 있었으면 편의점에도 들렀을 것 같은데."

"경찰이세요?"

"아니야."

"얼마 전에도 형사가 와서 여기 주차된 차가 있었느냐고 물었어요."

수사팀이 이미 이곳에도 다녀간 모양이었다. 하긴 아무리 소설이라고 해도 그냥 지나칠 수사관들이 아니었다. 수연은 다시 차에 올라탔다. 이제 와서 그들의 자취를 확인한들 무슨 소용이 있을까. 차 뒷좌석에는 『꿈

유토피아는 없다

꾸는 유토피아』가 나뒹굴고 있었다. 이 책이 간행된 것은 2010년 12월이었다. 한 편의 단편소설이 끝날 때마다 작품 발표시기와 발표한 문예지가 적혀 있었다. 「신 허생전」은 2009년 8월, 「단식」은 2010년 2월, 그리고 가장 늦게 발표한 「코뿔소」는 2010년 8월이었다. 아홉 편의 소설 중에 「코뿔소」의 발표 시기가 가장 늦었다. 그렇다면 배윤수는 이미 2년 전부터 장기국의 뒤를 미행하고 탐색했다는 것인가. 「코뿔소」는 2년 전과 비교해도 크게 다르지 않았다.

배윤수의 소설이 문제였다. 최 반장이 이번 사건의 유력한 용의자로 샛별회 사건의 2세들을 지목한 것도 그의 소설을 통해서였다. 이 소설집에도 드러났듯이 그는 가슴속에 지닌 울분을 소설로 표현하고 있었다. 그들 아버지가 당한 고통과 죽음, 그리고 그날의 진실…… 사실과 허구가 뒤섞여 위험한 소설을 만들어냈다. 그의 소설은 입과 눈이었고, 그의 생각을 바깥세상으로 전달하려는 유일한 창구였다.

'「코뿔소」 이후 발표한 소설은 없을까?'

문득 그런 질문이 옆구리를 쿡 찔렀다. 배윤수는 출판사를 퇴사하고 양평 목장에 소설을 쓰러 간다고 했다. 그때가 2011년 봄이니 1년이 훨씬 넘었다. 1년이면 단편소설 몇 편을 충분히 쓰고도 남을 시간이었다. 아직 배윤수가 『꿈꾸는 유토피아』 이후로 발표한 소설이 있는지는 검색해보지 못했다. 단행본 소설집이 아닌, 문예지에 발표한 소설이 있지는 않을까.

휴대폰을 꺼내 검색 기능을 찾았다. 배윤수라는 이름을 치자, 동명이인들이 길게 나왔다. 휴대폰의 검색 기능으로는 어림도 없었다. 수연은 휴대폰을 집어넣고 차에서 내렸다. 횡단보도 건너편에 PC방 입간판이 눈에 들어왔다.

"어디 가시는 거예요?"

김 조교도 차에서 내리며 물었다.

"PC방."

"거긴 왜요?"

"배윤수의 소설이 또 있는지 검색해봐야겠어."

연구실에 갈 것도 없이 당장 PC방에 가서 확인하고 싶었다. 수연은 빠르게 횡단보도를 건넜다.

"소설집은 한 권밖에 없다고 했잖아요."

"그 책이 간행된 게 2010년 12월이야. 그 후로 또 다른 소설을 발표했을지도 모르잖아. 문예지에 말이야."

배윤수가 이번 사건을 소설로 남기려고 한 데는 그만한 이유가 있을 것이다. 뭔가 음흉한 복선을 깔고 있는 게 아닐까. 이들의 범행수법은 용의주도한 것만으로는 설명이 되지 않았다. 치밀한 시나리오에 의해 차례차례 진행되고 있는 느낌이었다.

"그의 소설 속에 이번 사건의 해답이 있을지도 몰라!"

수연은 PC방에 들어서자마자 인터넷 검색창에 배윤수와 소설가라는 이름을 넣었다. 그러나 어디에도 그가 소설을 발표했다는 글은 없었다. 이번엔 검색창에 '문예지'라고 치자 듣도 보도 못한 잡지책들이 줄줄이 쏟아져 나왔다. 『소설광장』, 『문학의 강』 등 계간지 월간지 할 것 없이 인터넷에서 모두 끌어냈다. 사이트에 들어가 최근에 발행한 문예지의 목차를 유심히 살폈다. 이 문예지에는 소설은 게재되지 않았고, 소설가의 이름과 제목은 실려 있었다. 문예지 사이트를 하나하나 검색해가면서 최근에 발표한 소설 목차를 더듬었다. 드디어 낯익은 이름이 걸려들었다.

'배윤수 단편소설 「코뿔소를 위하여」.'

『문학상상』이라는 월간지의 수록 작품에 그의 이름이 있었다. 「코뿔소를 위하여」는 이 잡지에 실린 네 편의 단편소설 가운데 하나였다.

"오호!"

목덜미에 뜨거운 입김이 쏟아졌다. 등 뒤에는 김 조교가 구부정하게 서서 모니터 화면을 응시하고 있었다.

"이러고 있을 때가 아니죠. 어서 그 책을 구해야겠어요."

김 조교는 그렇게 말하고는 PC방을 빠져나갔다. 이 소설이 발표된 것은 지난 4월호로, 발행일자를 확인해보니 넉 달도 채 되지 않았다.

6

입안이 칼칼하고 속이 쓰려왔다. 며칠 동안 잠잠한 것 같더니 낮부터 또 다시 지렁이 놈들이 위벽을 긁어댔다.

성당 주변에 짙은 어둠이 깔렸다. 차 안에서 잠복한 지 두 시간이 지났다. 아직 비오 신부는 나타나지 않았다. 두식은 조수석 등받이를 뒤로 밀고 두 다리를 길게 뻗었다.

비오 신부에게 미행을 붙인 지 나흘 만에 그의 수상한 동태가 미행조에 걸려들었다. 그는 밤 9시 무렵이면 암쾡이처럼 몰래 성당을 빠져나왔다. 그러고는 차를 타고 사흘 내내 같은 시각, 같은 장소로 이동했다. 오늘은 그가 가는 곳을 직접 두 눈으로 확인할 생각이었다. 미행조는 비오 신부가 밤마다 들르는 건물 앞에서 대기하고 있었다.

"저기 나옵니다."

강 형사의 몸이 꿈틀거렸다. 성당 입구에 흰 머리칼을 휘날리는 노신사가 모습을 드러냈다. 비오 신부는 붉은 소형차에 올라탄 후 곧바로 주차장을 빠져나갔다. 강 형사는 적당한 거리를 두고 그의 뒤를 밟았다. 붉은 소형차는 성당 앞의 이차선 도로를 빠져나와 대로변으로 들어섰다. 도로에 차량이 꽤 많은 편이었다. 비오 신부의 차는 봉천동 언덕을 지나 주택가 쪽으로 들어서면서 서서히 속력을 줄였다. 이윽고 차가 멈춘 곳은 보습학원 건물 앞이었다. 학원 건물 맞은편에 미행조의 차량이 보였다. 강 형사는 골목 모퉁이에 차를 세웠다.

차에서 내린 비오 신부는 학원 옆의 4층 건물 안으로 들어섰다. 이 건물에서 유일하게 불이 꺼진 곳은 맨 꼭대기인 4층이었다. 2층은 생맥주집, 3층은 당구장이었다. 잠시 후 비오 신부가 들어갔는지 4층도 환하게 밝아졌다. 창밖으로 희미한 그림자가 어른거렸다. 대체 저 건물 안에서 무엇을 하는 것일까? 미행을 붙인 나흘 동안 그는 단 하루도 거르지 않고 이곳을 드나들었다.

반시간 정도 지나자 4층에 불이 꺼지고 건물 입구에 비오 신부가 나타났다. 그의 차는 다시 큰길 쪽으로 빠져나갔다. 곧이어 학원 건물 건너편에 대기하고 있던 미행조가 다가왔다.

"어떻게 할까요? 비오 신부를 계속 미행할까요?"

"됐어."

비오 신부의 행로는 나흘 동안 변함이 없었다. 그는 다시 성당으로 향할 것이다. 굳이 빤히 알고 있는 길을 따라갈 필요는 없었다. 두식은 미행조와 함께 4층으로 올라갔다.

4층 문은 굳게 잠겨 있었다. 복도 창문은 천장과 맞닿아 있어서 손을 뻗어도 닿지가 않았다. 미행조로 따라온 수사관이 자신의 등을 밟고 올라가라는 듯 바닥에 무릎을 꿇고 등을 구부렸다. 강 형사가 그의 등을 밟고 올라가 창문 문고리를 잡았다. 마침 창문은 잠겨 있지 않았다. 창문을 통해 안으로 들어간 강 형사가 문을 따고 두식을 불러들였다. 입구 벽에 있는 스위치를 올리자 강한 불빛과 함께 수십여 개에 이르는 머리통이 쏜살처럼 달려들었다.

"이, 이게 뭡니까?"

강 형사가 자지러지듯 소리쳤다.

"오오."

얼굴만 크게 확대한 흑백사진이 한쪽 벽면을 가득 채웠다. 어림잡아 사십여 개는 될까. 수많은 사진이 한 뼘 정도의 간격을 두고 4열 횡대로 길게 늘어섰다. 이게 대체 무슨 사진이며, 사진 속의 인물들은 누구란 말인가. 얼핏 보아 영정사진 같았다. 두식은 사진이 걸려 있는 벽 앞으로 터벅터벅 다가갔다. 마치 불의의 사고로 떼죽음을 당한 사람들의 영결식장에 온 기분이었다.

"거기서 뭣들 하는 게요!"

그때 날카로운 목소리가 등짝을 후려쳤다. 문 앞에는 비오 신부가 장승처럼 서 있었다.

"당신네들의 그 못된 버릇은 여전하구만."

두식의 몸은 그 자리에 꽁꽁 얼어붙었다.

"내 말 뜻을 모르겠소?"

알면서도 대답하지 않았다.

"남의 뒤를 똥개마냥 졸졸 따라다니는 건 예나 지금이나 변함이 없다는 소리요."

두식은 입을 꾹 다물었다. 현장을 들켜버렸으니 입이 열 개라도 할 말이 없었다. 그에게 미행조를 붙이지 않은 게 뒤늦게 후회되었다.

"저 사진 속의 인물은 누굽니까?"

그렇다고 마냥 수세에 몰릴 필요는 없었다. 두식은 낯짝에 철판을 깔고 그 앞에 들이댔다.

"그걸 묻기 전에 궁색한 변명이라도 늘어놓는 게 사람의 도리가 아니오?"

"죄송합니다. 진심으로 사과드립니다."

"내 진작부터 알아봤소. 당신네들은 일단 쑤시고 보는 게 일인 모양이오. 그러다가 무고한 사람을 여럿 잡지 않았소?"

"이번 사건은 어느 누구도 예외가 없습니다. 그 점을 양해해주십시오."

"뭘 양해해달라는 거요? 뒤꽁무니를 따라다닌 것을 말하는 거요, 아니면 남의 건물에 무단으로 침입한 걸 말하는 거요?"

"……."

유토피아는 없다

"어찌됐든 무슨 일로 내 뒤를 졸졸 따라다녔는지 그 이유나 한번 들어봅시다. 이번 사건에 내가 용의자로 지목된 거요?"

두식은 마른침을 꿀꺽 삼켰다.

"허허. 내가 맞춘 모양이로군. 내 말 잘 들으시오. 앞으로 이런 무례한 짓을 다시 저질렀다가는 당신들 밥줄이 끊어질 줄 아시오."

"다시 한 번 사과드리겠습니다."

"으음."

그제야 비오 신부의 서슬 퍼런 얼굴이 다소 누그러졌다.

"여기는 어떤 곳입니까?"

"이들이 어떤 사람들인지 한번 둘러보시오. 당신네들이 잡아들였으니 아는 사람이 꽤 있을 거요."

두식은 벽 쪽으로 다가가 사진 속의 얼굴을 주의 깊게 살폈다. 사십여 개에 이르는 사진 아래에는 각자의 이름이 적혀 있었다. 인혁당 사건의 서도원 김용원 이수병, 남민전 사건의 이재문 신향식, 통혁당 사건의 김종태 이문규…… 사진 속의 인물들은 시국사건으로 유명을 달리한 사람들이었다. 그렇다면 이곳은 시국사건 희생자들의 영령을 추모하는 공간이란 말인가.

비오 신부의 눈길은 줄곧 한곳을 응시하고 있었는데, 마치 어서 그곳을 살펴보라는 주문 같았다. 두식은 그의 눈길을 따라 창가 쪽으로 천천히 발길을 옮겼다. 영정사진과 마주한 순간 낯익은 얼굴이 두 눈속으로 파고들었다. 배종관, 고석만, 손기출…… 거기에는 샛별회 사건 핵심인물들의 사진이 나란히 걸려 있었다. 낯설고 어색했다. 이런 데서 그들을 다시 만날 줄은 몰랐다.

"앞으로는 이 근처에 얼씬도 하지 마시오. 다시 한 번 발을 들여놓았다가는 저들의 영혼이 가만두지 않을 것이오."

두식은 비오 신부에게 가볍게 고개를 숙인 후 그곳을 나왔다. 계단을 내려가는 수사관들의 뒷모습은 패잔병처럼 힘이 없었다.

"보셨습니까?"

건물 입구로 나오자 강 형사가 바짝 다가섰다.

"원탁 옆에 있는 방 말입니다."

두식은 고개를 끄떡였다. 강 형사의 말대로 원탁 옆에 작은 방이 딸려 있었다. 비오 신부가 조금만 늦게 들어왔어도 그 방을 열어보려고 했다. 비오 신부는 그 방이 신경 쓰이는지 좀처럼 그 앞을 떠나려고 하지 않았다. 기회가 닿으면 한번 쑤셔볼 만한 곳이었다.

"어떻게 할 겁니까?"

"조금 더 기다려보자고. 오늘만 날이 아니잖아."

그때 호주머니에서 문자 벨소리가 들려왔다.

'오늘 아버님 기일이에요.'

아내의 문자였다.

두식은 조용히 수사본부를 나왔다. 강 형사에게는 볼 일이 있다고, 한두 시간 후에 올 것이라고 귀띔해주었다. 홍 검사에게는 굳이 알리지 않았다. 아무리 바쁘고 피치 못할 일이 있어도 아버지의 제삿날을 지나친 적은 없었다. 어떻게 해서든지 핑계를 대고 변명을 만들고 이유를 달았다. 잠복근무를 설 때도 몰래 빠져나와 제사를 치렀다. 비오 신부에게 집중한 나머지 하마터면 아버지의 제사를 깜빡 지나칠 뻔했다.

제사상은 언제 봐도 빈틈이 없었다. 아내는 제수품만은 최상품으로 골랐다. 조기가 금값이니 뭐니 떠들어대도 흔들리지 않았다. 결혼한 이듬해였던가. 아버지 제사상을 차리면서 아내가 한 말이 떠올랐다. 다른 건 몰라도 제사상은 신경 쓰지 말라고, 얼굴도 제삿날도 모르는 자신의 부모도 이 제사상에 함께 올리는 것이라고 했다.

향을 피우고 빈 잔을 들었다. 아들 녀석이 곁에서 잔에 술을 가득 채웠다. 두식은 아버지의 영정사진 앞에 잔을 내려놓았다. 아버지의 영정사진은 그날 이후 나이를 먹지 않았다. 언제나 같은 얼굴, 같은 표정이었다.

"아버님의 죽음을 헛되이 할 수는 없지 않은가?"

그날 아버지의 죽음은 그것으로 끝난 게 아니었다. 사람들은 아버지의 최후를 개죽음으로 끝내려고 하지 않았다. 밤새 종로 거리를 누비던 노점상인들이 하나둘씩 장례식장에 모여들었다. 아버지의 죽음은 남의 일이 아니었다. 그들은 아버지의 죽음을 헛되이 해서는 안 된다고 한마디씩 거들었다. 옳은 소리였다. 사실 그 말은, 두식이 그들에게 먼저 하고 싶은 말이었다. 자식 된 도리로 아버지를 이처럼 허망하게 보낼 수는 없었다.

아버지의 사망 소식은 돌림병처럼 빠르게 퍼져갔다. 노점상인들뿐만 아니라 시민단체, 대학생들의 조문도 이어졌다. 그날의 시위는 그쳤지만, 분노의 함성은 수그러들지 않았다. 아버지의 죽음은 그들에게 뜨거운 전의를 불러일으켰다. 병원 앞은 또 다른 시위 장소로 변했다. 시위

현장에서는 들을 수 없는 새로운 구호도 두 개나 더 생겼다. '살인경찰 물러가라.' '최종걸을 살려내라.'

장례식장 주변은 시위현장보다 더 살벌했다. 조만간 경찰이 아버지의 시신을 탈취해 갈 것이라는 소문이 나돌았다. 노점상인들은 그런 선례가 있었다면서 귀찰대를 조직하고 장례식장 앞을 지켰다. 그들은 아버지가 죽기 전까지 손에 꼭 쥐고 있던 각목을 들었고, 이마에는 아버지가 새벽 일찍 일어나 만든 머리띠를 둘렀다. 그들의 모습을 보고 두식은 문득 이런 생각이 들었다. 저세상에 가신 아버지도 그리 외롭지 않을 거라고.

노점상인들은 아버지의 장례를 시민장으로 치를 것을 제안했다. 아버지가 목숨을 잃은 시위현장에서 노제를 지내자는 의견도 나왔다. 그들은 어떻게든 아버지의 죽음을 널리 알리고 싶어 했다. 그것이 아버지의 한을 풀어드리는 길이라고도 덧붙였다. 두식은 마땅한 답변을 주지 못했다. 어머니는 아버지를 조용히 보내드리고 싶다면서 그들의 제안에 반대하는 뜻을 분명히 했다. 원래 시끄러운 것을 싫어하는 어머니였다. 어머니는 아버지의 빈소에 낯선 사람들이 드나드는 것도 달가워하지 않았다.

이틀째 되는 날, 뜻밖의 인물이 두식을 찾아왔다. 종로경찰서 정보과 소속의 형사였다. 노점상인으로 가장해 들어온 그는 잠시만 시간을 내달라고 정중히 부탁했다.

"병원 앞 찻집에 서장님이 와 계십니다. 지금 유가족을 뵙고 싶어 합니다."

형사는 아무에게도 알리지 말고 혼자 오라고 신신당부를 했다. 납작 엎드린 말투에 진정성이 느껴졌다. 찻집에는 두 명의 사내가 두식을 기다리고 있었다. 50대 중반의 중년 사내는 말끔한 정장차림이었다. 예를 갖추려는 듯 검은 양복에 검은 넥타이를 맸다. 그가 내민 명함에는 종로 경찰서장 직함이 찍혔다. 또 한 명은 30대 후반의 사내로, 푸른색 점퍼를 걸쳤다. 경찰서장보다 나이가 훨씬 적어 보이는데도 그 앞에서 거만하게 다리를 꼬고 있었다. 경찰서장은 두식이 자리에 앉자마자 나긋한 목소리로 설득 작업에 들어갔다. 아버지의 시신이 시위대에 이용되어서는 안 된다, 그건 고인에 대한 예의가 아니다, 장례비용은 물론 적지 않은 위로금도 지급될 것이라고 말했다. 그가 원하는 것은 단 하나, 유족들만의 조용한 장례였다. 두식이 별 반응을 보이지 않자 한 가지를 더 추가했다.

"경찰 시험을 준비하고 있다는 소리를 들었습니다."

경찰서장은 몸을 더욱 낮추었다.

"저희 요구대로 해주신다면 당신을 경찰 특채로 채용하고 싶습니다."

전혀 예상하지 못한 제안이었다. 두식은 대답하지 않았다. 아버지의 시신을 앞에 두고 그런 문제를 떠올릴 처지가 아니었다. 노점상인들은 장례식장 앞에서 각목을 쥐고 있었다.

"누이 좋고 매부 좋고, 서로 좋은 게 좋은 거 아니우?"

잠자코 있던 점퍼 차림의 사내가 끼어들었다. 그는 찻집에 들어설 때부터 내내 거드름을 피웠다. 경찰서장이 심각하게 말할 때도 하품을 하고 손톱을 만지작거렸다. 뭘 하는 작자인지 그의 정체가 궁금했다.

"저 안엔 빨갱이 새끼들이 우글거리고 있소. 시키는 대로 하는 게 좋을 거요."

시키는 대로 하지 않으면 너도 애비 꼴이 될 거라는 소리로 들렸다. 두식은 기분이 몹시 상했다. 경찰서장은 난처한 표정을 숨기지 않았다.

"인생이란 게 뭔지 아쇼?"

점퍼 차림의 사내가 물었다.

"우박 치면 우박 맞고, 벼락 치면 벼락 맞는 거요."

"……."

"오늘 밤까지 시간 줄 테니 잘 생각해서 결정하시오."

점퍼 차림의 사내는 자리를 박차고 일어났다. 경찰서장은 그가 찻집을 나가자, 두식에게 세 번이나 죄송하다고 머리를 숙였다. 다시 장례식장으로 들어오면서 이들의 진정한 뜻이 무엇인지 헷갈렸다. 하나는 두 손을 싹싹 빌었고, 다른 하나는 반 협박조로 윽박질렀다.

그날 밤 두식은 어머니에게 경찰서장을 만난 사실을 털어놓았다. 서장이 자신을 경찰로 특채하고 싶다는 제안도 밝혔다. 솔직히 서장의 제안을 듣고도 아무런 느낌이 없었다. 그래서 무조건 어머니의 의사에 따를 작정이었다. 어머니는 망설이지 않았다.

"이게 다 아버지의 뜻이다. 아버지가 죽어서도 널 챙기는 게야. 아버지의 뜻을 따르거라."

어머니는 그렇게 말하면서 당신의 생각은 한마디도 비추지 않았다. 아버지가 죽어서도 자식의 앞가림을 해주는 것이라고만 되풀이했다.

아버지의 장례는 조용히 치러졌다. 노점상인들은 유족의 뜻을 존중했다. 두식은 경찰서장의 회유에 넘어간 게 아니라고, 아버지의 뜻을 따른 것이라고 생각했다. 그렇게 죽은 아버지가 살아 있는 두식을 경찰로

만들었다. 과연 그것이 아버지가 간절히 원했던 것인지는 지금도 답을
내릴 수가 없었다.

두식은 퇴주잔을 비우고 자리에서 일어났다.

7

왜 아직도 소식이 없는 것일까?

형진은 경찰서 정문 앞에서 담배만 억세게 빨아댔다. 배달원 녀석을
기다리다가 목이 빠질 지경이었다. 혹시 수사관들의 뒤를 밟다가 붙잡
힌 것은 아닐까. 무리한 심부름을 시킨 게 아닌지 가슴이 타들어갔다.

최 반장은 능구렁이 같은 인간이었다. 샛별회 사건 2세들의 명단을
받았을 때만 해도 담담하게 받아들였다. 오죽 답답했으면 자신에게까
지 손을 내밀까, 그의 심정을 위로하고 싶은 생각마저 들었다. 그런데
가만히 더듬어보니 그게 아니었다. 이번 사건을 포기할 수도, 그렇다
고 기사를 쓸 수도 없게 만들었다. 겉으로는 호의를 베푸는 것 같지만,
속내는 그렇지 않았다. 이도저도 할 수 없게 꼼짝없이 당한 느낌이 들
었다. 서로가 정보를 공유하자는 것도 사탕발림에 지나지 않았다. 그
는 서로 툭 까놓고 말할 상대가 아니었다. 그때 오토바이 한 대가 경찰
서 정문으로 들어섰다. 배달원 녀석이었다.

"어떻게 됐냐?"

"성당으로 가던데요."

녀석은 파이버를 벗었다.

"성당?"

"네. 봉천5동 성당이요."

"거긴 왜 간 거야?"

"그걸 내가 어떻게 알아요. 하마터면 들킬 뻔했어요."

"어쨌든 수고했다."

형진은 녀석의 호주머니에 오만 원을 찔러 넣었다.

"제가 보기엔 보통 성당이 아닌 것 같아요."

"그게 무슨 소리냐?"

"형사들이 그냥 성당에 들른 게 아니라고요. 성당 근처에서 죽때리기 시작했어요."

"죽때리다니?"

"잠복했다고요."

그렇다면 녀석의 말대로 보통 성당이 아니었다.

"내일부턴 저 못 볼 거예요. 오늘이 마지막이에요."

"중국집을 그만둔다는 거야?"

"네. 보름 뒤에 군대 가요."

녀석은 다시 오토바이에 올라탔다. 녀석의 바짓가랑이를 잡고 싶은 마음이 간절했다. 보름 후면 한참 멀었으니 좀 더 도와달라는 소리가 목구멍에서 넘어오질 않았다.

"아저씨 덕분에 짭짤하게 실탄도 생겼으니 여자친구랑 여행이나 다녀와야겠어요."

여자친구와 여행 간다는 소리에 차마 그 말을 끄집어내지 못했다.

유토피아는 없다

"뭐 하나 물어봐도 돼요?"

녀석은 오토바이 시동을 걸면서 뒤를 힐끔 돌아보았다.

"지금까지 몇 명이나 죽었어요?"

"둘."

"그런데 왜 인터넷에 안 뜨죠?"

"……."

"그러다가 다른 기자가 가로채면 어쩌려고요."

"……."

"제가 지금까지 살아보니까 이 세상에 믿을 만한 새끼 하나도 없더라고요."

오토바이가 시야에서 멀어졌다. 이제 유일한 정보원도 사라졌다. 아쉽고 허전했다. 그동안 녀석이 얼마나 많은 단서를 제공해주었던가. 정말 이번 일만 잘 마무리 되면 공로패라도 만들어줄 생각이었다.

두 명의 젊은 기자를 포섭했다. 하나보다는 둘이, 둘보다는 셋이 나았다. 홀로 이 엽기적인 사건을 취재하는 것은 무리였다. 제아무리 날고 기어도 한계가 있었다. 그동안 배달원 녀석은 맡은 임무를 충실히 해주었다. 고맙고 기특한 녀석이었다.

수도일보에서 포섭한 후배 기자는 두 명 모두 5년차 기자였다. 찬밥 더운밥 안 가리고 열심히 뛰어다닐 때였다. 남 기자는 국회를, 박 기자는 정부청사를 출입했다. 이들은 수도일보에서 열정적이고 오지랖이 넓은 기자로 유명했다. 솔직히 수도일보에서 썩기에는 아까운 인재였다. 이들 역시 중앙일간지로 가려고 나름대로 호시탐탐 기회를 엿보고 있었다. 형진은 이들을 취재파트너, 아니 보조요원으로 활용하기로 했다. 물론 수도일보에는 이 사실을 알리지 않았다. 후배 기자에게도 철저히 비밀에 부쳤다. 이번 사건이 외부로 새나가서는 안 될 일이었다. 형진 역시 서장 못지않게 이번 사건이 외부에 알려지는 것을 원치 않았다. 후배 기자들에게도 입조심 하라고 단단히 다짐을 받았다.

"벌써 둘이나 죽어나갔다고요?"

처음 후배 기자들은 형진의 제안에 반신반의하는 얼굴이었다. 소설을 쓰시네, 장난 좀 그만하시지 하는 표정이 노골적으로 드러났다. 그도 그럴 것이 이런 독특하고 엽기적인 사건을 어떻게 온전히 받아들일 수 있을까. 백민찬의 사체 사진을 내밀자 두 명 모두 입이 쩍 벌어졌다.

한 방 크게 터뜨려서 팔자를 고쳐보자! 더 이상 이러쿵저러쿵 떠들 필요가 없었다. 후배 기자들은 군침을 질질 흘리면서 형진의 제안을 흔쾌히 받아들였다. 이들에게 세 가지 조건을 달았다. 수도일보는 물론 어느 누구에게도 알리지 말 것, 자신의 허락 없이 인터넷에 올리지 말 것, 진범이 잡히기 전까지 절대 기사화하지 말 것.

기자들에게 확실한 목표만큼 흥이 나는 것은 없었다. 수도일보를 떠나 팔자 한번 고쳐보자는 데 죽기 살기로 덤벼들어도 모자랄 판이었다. 효과는 금방 나타났다. 후배 기자들이 팔을 걷고 나선 지 이틀 만에 샛별회 2세들과 봉천동 성당과의 관계가 밝혀졌다. 샛별회 2세들은 잠적하기 전에 모두 봉천5동 성당에 다녔던 것이다.

"지난해 9월부터 성당에 나오지 않았다고 하더군요. 이들이 잠적한 시기와 비슷합니다."

수사관들이 성당을 주목하고 있는 것도 그런 이유 때문이었다. 남 기자는 한 가지 새로운 사실을 더 알아냈다.

"그들은 비오 신부와도 각별한 사이였다고 합니다. 정신적인 멘토라 고나 할까요."

"비오 신부?"

"네. 수사팀에서도 청년부 회장을 만나 그들과 비오 신부와의 관계를 물었다고 합니다. 그래서 비오 신부에 대해 알아봤는데, 전력이 예사롭지 않습니다."

비오 신부의 아버지는 진보당 사건에 연루되어 복역 도중 교도소 내에서 사망했다. 진보당 사건은 1958년 1월 진보당의 간부들이 북한의 간첩과 접선한 혐의로 구속된 사건이다. 이 사건으로 조봉암 위원장이 간첩 혐의로 형장의 이슬로 사라졌다. 이때 비오 신부는 진보당 사건으로 아버지를 잃었고, 2년 후 화병으로 누운 어머니마저 잃었다. 그때 그의 나이 열네 살이었다. 비오 신부는 평소 아버지와 잘 알고 있는 한 신부의 권유로 신학교에 입학한 후 성직자의 길을 걸었다. 샛별회 사건 2세들과 끈끈한 연대감이 느껴지는 대목이었다. 아버지가 국가 권력에 의해 살해되었다는 것, 고아로 성장했다는 것, 그리고 아버지의 명예가 여전히 회복되지 않았다는 것, 여러 모로 그들과 흡사했다. 비오 신부는 샛별회 사건뿐만 아니라 아직 미제로 남아 있는 여러 시국사건의 진실을 밝히기 위해 활발히 움직이고 있었다. 그뿐이 아니었다. 비오 신부는 그들이 종적을 감추기 전까지 함께 있었다는 것도 남 기자가 밝혀낸 성과였다. 그렇다면 비오 신부도 주목해야 할 인물이었다.

"비오 신부는 제게 맡기십시오."

남 기자는 비오 신부의 신상을 좀 더 털어보겠다면서 강한 의욕을 보였다.

"저는 수사본부 쪽을 맡겠습니다."

박 기자도 이에 질세라 장단을 맞췄다.

"수사본부 쪽은 쉽지 않을 거야."

"염려 마십시오. 제게 좋은 방법이 있습니다."

박 기자는 품 안에서 만년필을 꺼냈다. 녹음 기능을 탑재한 만년필이었다.

"어쩌면 이 녀석이 큰 걸 안겨다 줄지도 모릅니다."

이 만년필로 수사본부 내의 정보를 빼내겠다는 소리였다. 역시 패기에 찬 젊은 기자들은 달랐다. 굳이 시키지 않아도 알아서 척척 해주니 천군만마가 부럽지 않았다.

8

"어서 펼쳐보세요."

김 조교는 이마에 흐르는 땀을 연신 닦았다. 『문학상상』 4월호를 구하느라 반나절 가까이 뛰어다녔다. 책이 나온 지 석 달밖에 지나지 않았는데도 이 책을 구하는 것은 쉽지 않았다. 종로의 대형서점을 세 곳이나 뒤져서야 겨우 손에 넣었다.

수연은 책장을 넘겼다. 「코뿔소를 위하여」는 이 책에 실린 네 편의 단편소설 가운데 하나였다.

K는 운전석 등받이에 몸을 기댔다.

그가 방송국에 들어간 지 두 시간이 넘었다. 현재 시각 밤 11시 5분 전, TV 공개토론 프로그램이 시작할 시간이다. K는 휴대폰에서 DMB 기능을 찾아 버튼을 눌렀다. 곧이어 액정 화면에는 토론 프로그램을 알리는 자막이 떠올랐다. 오늘의 토론 주제는 '부패 정치인의 사면권'이었다.

패널로 참가한 그는 실물보다 TV에 나온 얼굴이 훨씬 나아 보였다. 얼굴에 진한 분장을 했는지 눈가 밑에 있는 점은 보이지 않았다. 토론이 시작되자 그는 다소 과격한 몸짓을 섞기도 하고, 때로는 건너편에 앉은 패널을 공격하기도 했다. 네 명의 패널 중에 그의 목소리가 가장 크고 거칠었다. 부패 정치인에게는 결코 사면권을 주어서는 안 된다고, 공정하게 법집행을 해야 한다고 열을 올렸다.

아주 오래전, 기자 출신인 그는 굵직한 시국사건이 터질 때마다 주제넘게 끼어들었다. 그는 작은 사건도 크게 만들고, 실체가 없는 가공의 사건을 만드는 데 특별한 재주를 가지고 있었다. 그가 작성한 시나리오는 늘 공안기관의 입맛을 충족시켜주었다. K의 아버지도 그가 고안해낸 각본에 희생당했다.

K의 아버지는 40여 일간의 단식 끝에 목숨을 잃었다. 아버지는 목숨을 건 단식을 결행하면서 무슨 생각을 했을까? 요즘 들어 차가운 독방에 앉아 있는 아버지의 모습이 자주 떠올랐다. 그것은 결코 고독하고 나약한 모습이 아니었다. 처음엔 아버지의 죽음에 동의하지 않았다. 그렇게 죽음을 택하는 것보

다 살아 나와서 후일을 도모하는 게 낫다고 생각했다. 그러나 지금은 달랐다. 아버지의 단식은 부당한 권력에 맞서는 최후의 보루였다. 아버지는 죽음에 이르기 직전까지 그들에게 저항했다. 언젠가부터 아버지의 의연하고 강한 모습은 K에게 위대한 유산으로 각인되었다.

TV 토론 프로그램이 끝나자, 새벽 1시가 가까워오고 있었다. K는 등받이에서 몸을 일으켰다. 방송국 앞은 고요했다. 이제 곧 그가 나타날 것이다. 지금쯤 그는 분장을 지우고 패널들과 인사를 나눈 후 주차장으로 걸어오고 있을 것이다.

방송국 정문 입구 앞으로 그의 차가 나타났다. K는 시동을 걸고 전조등을 켰다. 그러고는 그의 차 속도에 맞춰 부드럽게 페달을 밟았다. 그의 차는 여의도를 벗어나 올림픽대로에 접어들었다. 방송국에서 그의 작업실이 있는 오피스텔까지는 한 시간 정도 걸렸다. 그가 작업실에 들어선 것은 새벽 2시였다.

오늘로써 그의 뒤를 밟은 지 꼭 한 달이 됐다. 지금까지 살아오면서 한 사람에게 이토록 집요하게 몰두한 적이 K에게는 없었다. 그의 분신이라도 된 듯 밤마다 그의 사정거리 주변을 맴돌고 관찰하고 뒤를 밟았다.

K는 컴퓨터를 켜고 그의 블로그에 접속했다. 그는 이틀에 한 번꼴로 블로그에 글을 올렸다. 직업은 시사평론가로, 주요 매체에 칼럼을 싣기도 하고, 방송에 출연하기도 한다.

오늘 그의 글은 며칠 전에 있었던 TV 토론 프로그램의 후일담을 담고 있었다. 아직도 할 말이 남아 있는지 제법 조리 있게 올려놓았다.

'국가가 존재하는 한 정치인의 비리와 부패는 항상 우리 주위에 독버섯

유토피아는 없다

처럼 자라왔다. 그런데 우리나라만큼 부패 정치인에게 국민화합이라는 이름으로 면죄부의 혜택을 준 나라는 없다. 현 시대의 사면권은 정당하게 사용되어야 한다. 그런데 현실은 어떠한가. 정파의 이익이나 정치논리에 의해 마구잡이식으로 사용되고 있지 않은가. 지난 사정 국면에서 부패한 정치인들이 대거 사면 복권되는 걸 보면서 국민의 한 사람으로서 참담한 심정을 숨길 수 없다. 국민화합을 위해서라도 이대로 사면권을 남발해서는 안 된다. 다시는 그들이 정치판에 들어오지 못하도록 제도적인 조치를 강구해야 한다. 국민들은 썩은 내가 진동하는 생선을 원하지 않는다. 정의의 저울은 살아 있다……'

정의의 저울이라…… K는 인상을 찡그렸다. 이번에도 또 저울 타령이었다. 그의 글에는 '저울'이라는 단어가 심심찮게 등장한다. K는 그의 글 아래 짧은 댓글을 남겼다. 원래 흔적 남기는 것을 좋아하지 않지만, 이번에는 예외였다.

'침묵을 당하는 모든 진실은 독이 된다.'

"교수님…… 이 소설은?……"
김 조교가 소설을 읽다 말고 고개를 수연 쪽으로 돌렸다. 시사평론가, 칼럼리스트, 전직 정치부 기자…… K라는 인물이 미행하고 있는 인물은 백민찬이었다. 「코뿔소」가 장기국을 모델로 삼은 소설이라면, 「코뿔소를 위하여」는 백민찬을 겨냥한 소설이었다.
"반장님에게 알려야 하지 않습니까?"

그렇지 않아도 최 반장에게 전화를 하려던 참이었다. 수연은 휴대폰을 꺼내들었다.

차는 봉천동 4층 건물 앞에 멈추었다.

두식은 차에서 내리자마자 강 형사와 함께 빠르게 계단을 타고 올라갔다. 원탁 옆의 작은 방이 머리에서 지워지지를 않았다. 이번에도 아주 특별한 육감이 전해져왔다. 수사본부를 떠나기 전에 성당 감찰조로부터 비오 신부의 오늘 일정을 확인했다. 정오에 미사를 집전한 후 오후 2시에는 신부들의 모임이 예정되어 있었다. 만약의 경우를 대비해 비오 신부가 성당을 나설 때면 곧장 연락해달라고 감찰조에게 두 차례나 주의를 주었다.

비오 신부는 양파 같은 인물이었다. 까면 깔수록 구린 맛이 줄줄이 새어나왔다. 비오 신부의 뒷조사를 맡은 전담팀은 그에 관한 정보를 속속 올렸고, 그때마다 새로운 사실이 밝혀졌다. 손지영의 어머니인 장희숙의 장례식을 주도한 사람도 비오 신부였다. 비오 신부는 장례식을 마치고 그녀의 무덤까지 샛별회 2세들과 동행했다. 그뿐이 아니었다. 배윤수가 양평 목장에 있던 2011년 5월, 비오 신부가 목장에 들러 배윤수를 만난 것도 확인됐다. 장기국의 실종신고가 접수된 6월 22일부터 백민찬이 살해될 때까지의 비오 신부의 행적에도 의아스런 점이 한둘이 아니었다. 이 무렵 비오 신부는 유달리 외출이 잦았다.

"제길, 잠겼어."

두식은 강 형사의 등에서 내려왔다. 4층 창문이 처음 왔을 때와는

유토피아는 없다

달리 굳게 잠겨 있었다.

"제게 맡기십시오."

강 형사가 주머니 안에서 얇은 철사를 꺼냈다. 철사를 문고리 틈새로 집어넣고 이리저리 돌리자 문고리가 맥없이 열렸다. 사무실 안은 변한 게 없었다. 사십여 개의 영정사진은 낯선 침입자를 묵묵히 바라만 보고 있었다. 두식은 그들의 시선 따위는 거들떠보지도 않고 곧바로 원탁 옆으로 다가섰다. 강 형사는 이번에도 문을 따는 데 유감없이 실력을 발휘했다. 세 평 남짓한 방은 텅 비어 있었다.

"저게 뭡니까?"

강 형사가 문 입구의 벽을 가리켰다. 쇠로 된 고리에는 밧줄로 만든 올가미와 둥근 곤봉이 나란히 걸려 있었다. 올가미와 곤봉…… 두식은 잠시 아찔한 현기증을 느꼈다. 저건 아버지를 죽음에 이르게 한 곤봉이 아닌가. 어서 병원으로, 병원으로…… 리어카에 아버지를 싣고 종로 거리를 마구 달리던 그날의 모습이 부표처럼 떠올랐다. 곤봉 옆에 있는 올가미는 사형을 집행할 때처럼 둥근 매듭으로 묶여 있었다. 그때 휴대폰의 진동소리가 옆구리를 흔들었다. 휴대폰을 들자 오 교수의 다급한 목소리가 흘러나왔다.

"배윤수의 또 다른 소설을 찾았습니다. 이번엔…… 백민찬입니다."

비오 신부의 사무실을 나오자마자 서점에 들렀다. 오 교수는 배윤수가 최근에 발표한 소설을 찾아냈다. 다소 늦은 감이 있으나 지금이라도 찾아낸 게 다행이었다. 두식은 『문학상상』 4월호를 구입한 후 곧바로 파주로 차를 몰았다. 이 문예지를 간행한 출판사는 파주 출판단지에 위치해 있었다.

이번에야말로 배윤수를 볼 수 있지 않을까. 2011년 9월 종적을 감춘 이후 그는 세상 밖으로 얼굴을 드러낸 적이 없었다. 배윤수가 머물 만한 곳의 CCTV를 수차례 판독했지만, 그의 얼굴은 좀처럼 나타나지 않았다. 장기국과 백민찬의 오피스텔 주변, 사체유기 장소, 그리고 그가 기거했던 집 주변도 마찬가지였다. 「코뿔소」에 나타난 글처럼, 아무리 CCTV의 사각지대를 이용했다고 해도 이처럼 얼굴이 드러나지 않는 것은 이해할 수 없는 일이었다. 투명인간이 아니고서야 CCTV를 피해갈 수는 없었다. 그래서 대다수 수사관들은 그가 성형수술로 얼굴을 바꿨을 것이라고 믿고 있었다.

"이제 빼도 박도 못하겠죠?"

강 형사는 흥분을 감추지 않았다. 이 소설이 발표된 것은 불과 3개월 전이었다. 배윤수의 얼굴, 그의 연락처, 그의 소재지를 밝힐 수 있는 절호의 기회였다. 두식은 차 안에서 「코뿔소를 위하여」를 펼쳤다. 소설 제목에서부터 고약한 맛이 확 풍겼다. 소설 첫 부분은 K라는 인물이 시사평론가의 뒤를 미행하고 탐사하는 과정을 그리고 있었다. 그가 누구인지 한눈에 알아봤다. 오 교수의 말대로 백민찬의 망령이 꾸물꾸물 되살아났다.

계획을 다소 수정했다.

그가 차를 운전하는 경우는 흔치 않았다. 방송국에 갈 때처럼 특별한 경우를 제외하고는 대부분 대중교통을 이용했다. 그는 야행성 인간이었다. 낮에 움직이는 경우는 거의 없었다. 땅거미가 질 무렵이 되어서야 오피스텔 정문을 나섰다. 간편한 추리닝 차림으로 가까운 공원을 산책했다. 그로서는 하루의 시작인 셈이다. 그의 작업실인 1505호는 늘 새벽 늦게까지 불이 켜져 있다. 요즘 그는 책을 출간하려고 무척 분주한 편이다. 집필을 하는 동안에는 집에 잘 들어가질 않았다. 일주일에 한 번 정도 그의 아들이 밑반찬을 가지고 작업실을 찾아왔다.

새벽에 그의 빈틈을 노리기로 했다. 이때는 그의 신진대사가 가장 왕성하게 움직이는 시간이다. 그는 새벽 거리에 종종 모습을 드러냈다. 오피스텔 근처의 편의점에 들러 간단한 먹을거리를 사기도 하고, 사우나에 가기도 했다. 그러나 편의점이나 사우나는 사람이 자주 드나들어 적합한 곳이 아니다. 늦은 새벽에도 그 주변에는 사람들의 왕래가 잦았다.

기회는 좀처럼 오지 않았다. 무엇보다 그는 움직임의 폭이 좁았다. 오피스텔과 집, 편의점, 공원, 사우나 등 제한된 곳에서만 움직였다. 그가 외출을 하는 경우가 극히 드물었다. 사실 기회가 전혀 없던 것은 아니었다. 그를 관찰하기 시작한 지 보름 정도 지났을 때였다. 그날은 한 보수단체의 주최로 공청회가 열렸다. 그는 연사로 참석해 열변을 토했다. 공청회에 모인 사람들은 그의 열변에 뜨거운 박수로 화답했다. 그런 뜨거운 분위기 탓인지 그는 공청회 뒤풀이 자리에서 많은 술을 마셨다. 술자리 도중 그는 식당 밖으로 나와 1층 복도 끝에 있는 화장실로 향했다. 그는 몸을 가누지 못할 정도로 취해 있었다. 화장실에 들어가기 전까지 두 번이나 복도 바닥에 풀썩 자빠졌다. 1층 복도에는 아무도 없었다. 그러나 K는 그가 화장실에서 볼일을 보고 다시 식당에 들어갈 때까지 망연히 바라만 보았다. 아쉬운 순간이었다. 뒤를 무작정 따라 붙을 생각만 했지, 그를 처리할 준비가 되어 있지 않았다.

　마침내 결정을 내렸다. K가 점찍은 곳은 오피스텔 근처의 24시간 해장국집이었다. 그는 일주일에 한두 번 해장국집에 들렀다. 해장국집에서 식사를 하고 반주를 했다. 반주는 소주 한 병 정도를 마셨는데, 어떤 날은 두 병 이상을 마시기도 했다. 그의 주량은 어림잡아 한 병 반 정도 되었다. 그렇게 술을 마시고 오피스텔에 들어가면 곧바로 그의 작업실에 불이 꺼졌다. 잠을 부르기 위해 술을 마시는 것 같았다. 사실 해장국집 주변은 적합한 곳이 아니었다. 해장국집은 대로변에 있었고, 새벽이라고 하나 인적이 끊이지 않았다. 다소 위험해도 달리 방법이 없었다. 기회가 오지 않으면 기회를 만드는 수밖에 없었다.

　새로운 각본을 짰다. 혼자의 힘으로 그를 데려오는 것은 불가능했다. 그래서 B와 S에게 도움을 요청했다. 그들은 이번 일에 분명한 동참 의사를 밝혔다. 반갑고 고마운 일이었다. 그날 이후 B와 S도 오피스텔 주위에 모여들었다. 언제 그가 불쑥 나타날지 모르기 때문에 항상 그 주변에 대기했다.

　본격적인 실행을 앞두고 다섯 번의 예행연습을 거쳤다. 예행연습을 통해 미비한 점은 보완하고 확실한 점은 강화했다. 만약의 사태에 대비해 돌발상황도 염두에 두었다. 이제 비로소 큰 그림이 그려졌다. 선결 조건은 다음 두 가지였다. 새벽 3시 이후, 그가 두 병 이상의 술을 마실 것.

　하늘은 검은 물감을 뒤집어쓴 채 납작하게 엎드려 있었다. 선선한 날씨였다. 밤늦게 내리던 비도 말끔히 개었다. 해장국집 담벼락에 붙어 있는 가로등은 거리를 환히 비추고 있었다.

유토피아는 없다

그가 모습을 드러낸 것은 새벽 3시 반쯤이었다. 간편한 추리닝 차림이었다. 그는 오피스텔 정문을 나서더니 곧바로 해장국집에 들어갔다. 사흘 전에도 이 시각에 해장국집에 들렀다. 그러나 그날은 반주로 소주 반병밖에 마시지 않았다.

해장국집 밖의 투명한 유리창을 통해 그의 동태를 지켜봤다. K의 시선은 줄곧 탁자 위에 있는 소주병에 머물렀다. K의 간절한 바람에 하늘이 응답한 걸까. 그는 빈 소주병을 흔들며 해장국집 주인에게 한 병 더 달라는 신호를 보냈다. 그와 함께 K는 봉고차에 대기하고 있는 B에게 전화를 걸었다. 드디어 때가 왔다고, 하늘이 길을 열어주었다고 나직이 말했다. 그가 해장국집을 나온 것은 4시 반이었다. K는 그가 CCTV의 시각지대로 올 때까지 기다렸다.

"잠깐만요."

K는 큰길 모퉁이를 돌아서는 그에게 다가갔다. 적당히 취한 그의 얼굴은 발갛게 달아올라 있었다.

"혹시 얼마 전에 TV에 나오신 패널 아니십니까?"

그에게 접근할 방법을 두고 오래도록 고민을 했다. 그는 사람들이 자신을 알아보면 무척 좋아했다. 새벽녘에 낯선 사람에게 다가가 알은체를 하는 게 이상해 보일지 모르나, 달리 방법이 없었다. 이것저것 가릴 형편이 아니었다.

"하하. 그렇소. 시사토론을 보신 모양이로군."

그의 입에서 술 냄새가 확 풍겼다.

"반갑습니다. 선생님의 좋은 말씀 잘 들었습니다."

"눈썰미가 좋은 친구일세. 하하."

그와 대화를 나누는 사이 S가 인도변에 봉고차 옆구리를 들이댔다. 조수석에서 내린 B가 K 옆으로 다가왔다. 주위에 지나가는 사람은 없었다. 길고양이 한 마리가 길가에 놓인 쓰레기통을 뒤지고 있을 뿐이었다. S가 봉고차 문을 활짝 열었다. 그와 동시에 K는 그의 오른쪽 겨드랑이를, B는 왼쪽 겨드랑이를 꽉 잡았다.

"이거, 왜 이러시오."

그의 몸을 반짝 들어 봉고차에 쑤셔 넣었다. 뭐라 떠들어대는 그의 면상에 S의 주먹이 꽂혔다. 봉고차는 빠르게 그곳을 벗어났다.

"다 왔습니다."

두식은 『문학상상』 4월호를 접었다. 차창 밖으로 3층 건물 입구에 '문학상상' 출판사 간판이 보였다. 출판사에 들어가자마자 신분을 밝히고 배윤수의 연락처를 물었다. 그런데 머리가 반쯤 벗어진 편집장은 배윤수의 연락처를 모른다고 양 어깨를 슬쩍 들어올렸다. 필자의 연락처를 모르다니, 그의 말이 수긍되지 않았다.

"소설을 청탁할 때는 어떻게 한 거요?"

두식의 목소리는 무슨 일을 그 따위로 하느냐는 듯 다분히 시비조였다. 아무리 문학에 대해 까막눈이어도 그쯤은 알고 있었다.

"배 작가의 소설은 청탁한 게 아닙니다. 배 작가가 4월호에 꼭 실어달라고 부탁을 해온 겁니다."

"소설 원고를 가지고 직접 찾아왔습니까?"

"아닙니다. 메일로 보내왔습니다. 오케이 교정까지 모두 본 것이니 그대로 실어달라고만 했습니다."

"그게 언제요?"

"4월호 원고 마감 전이니…… 2월쯤인 것 같습니다."

"그럼 그 친구를 본 적도, 만난 적도 없다는 소립니까?"

이번엔 강 형사가 물었다.

"네. 통화만 했습니다."

"휴대폰 번호는요?"

"공중전화였던 것 같습니다."

"필자의 연락처를 모른다는 게…….'

"그렇지 않아도 제가 연락처를 물었더니 당분간 그럴 사정이 있다면서 무슨 일이 있으면 메일로 연락하라고 했습니다."

"그럼, 그 메일 주소라도 알려주시오."

잠시 후 편집장은 배윤수의 메일 주소를 가지고 왔다. 그의 메일 주소를 확인한 순간 두식의 얼굴이 험하게 일그러졌다. 장기국에게 보낸 메일주소와 같았다. 아이디도 카론이었다. 교활하고 용의주도한 인간이었다. 도무지 틈이 보이지 않았다. 구멍이 없으면 구멍을 만들어서라도 잘도 빠져나갔다.

"쥐새끼 같은 놈."

두식은 손에 쥐고 있는 『문학상상』 4월호를 슬그머니 비틀었다.

9

수연은 팔짱을 낀 채 창밖을 내다보았다. 본관 앞 분수대에서는 물줄기가 시원스레 뿜어나왔다. 소설은 기어이 현실이 되고 말았다. 「코뿔소」와 「코뿔소를 위하여」는 현직 변호사와 시사평론가의 처참한 죽음을 알리는 예고편이었다. 이런 소설을 두고 사실주의 소설이라고 해야하나. 아니, 논픽션에 더 가까웠다. 소설과 현실의 경계가 거의 없었다.

최 반장이 연구실에 찾아온 것은 땅거미가 질 무렵이었다. 그의 얼굴은 병문안을 갔을 때처럼 초췌해 보였다.

"출판사에 간 일은 어떻게 됐습니까?"

일이 잘 풀리지 않았는지 최 반장의 표정이 어두웠다.

"꽝입니다."

최 반장은 힘없이 의자에 걸터앉았다.

"이번에도 배윤수는 얼굴을 드러내지 않았습니다. 메일로 소설 원고를 보냈다고 하더군요. 그놈의 메일 아이디가 카론이었습니다."

최 반장은 탁자 위에 『문학상상』 4월호를 올려놓고는 아랫입술을 깨물었다. 이 빌어먹을 소설을 어떻게 해석해야 합니까? 그의 눈빛이 그렇게 묻고 있었다. 마땅한 답을 줄 수가 없었다. 수연은 그에게 되묻고 싶었다. 지금까지 이처럼 희한한 사건을 맡은 적이 또 있었느냐고.

"봉천동 성당에 비오 신부라고 들어보셨습니까?"

"강 형사에게 잠깐 들었습니다."

최 반장은 담배를 물었다. 김 조교가 빈 종이컵을 그 앞에 내밀었다.

"아주 까칠한 신부입니다. 마치 그놈들의 대변자 같더군요. 손지영의 어머니 장례식을 주도한 것도 비오 신부입니다."

최 반장은 비오 신부가 그들과 보통 사이가 아니라고, 이번 사건에 어떤 방식으로든 개입했을 거라고 확신에 찬 어조로 말했다.

"얼마 전 비오 신부가 쓰고 있는 건물에 갔는데…… 그 안에 시국사건으로 고인이 된 사람들의 영정사진이 걸려 있었습니다. 그중에는 샛별회 사건의 핵심인물들도 있었습니다."

최 반장은 담배꽁초를 비벼 끄고는 휴대폰으로 찍은 사진을 내밀었다.

"이걸 한번 봐주십시오. 그 건물 안에서 찍은 겁니다."

"이게 뭐죠?"

"곤봉과 올가미입니다. 이게 뭔가를 의미하는 것 같은데…… 도무지 알 길이 없습니다."

곤봉과 올가미, 예사롭지 않은 물건이었다. 그것을 바라보는 최 반장의 눈이 이글거렸다. 연구실 안은 갑자기 최 반장의 거대한 몸이 내뿜는 열기로 후끈거렸다. 김 조교는 창가로 다가가 연구실 창문을 활짝 열었다.

"어제…… 백민찬의 블로그에 올라온 글 보셨습니까?"

수연은 고개를 끄떡였다. 최 반장은 휴대폰을 움켜쥐며 가늘게 몸을 떨었다.

'침묵을 당하는 모든 진실은 독이 된다.'

사흘 전에도 달랑 그 한 문장만이 올라왔다. 아주 짧은 글이지만, 며칠 동안 같은 글이 반복되다보니 하나의 큰 울림으로 전해졌다. 이 문장은「코뿔소를 위하여」에서 K라는 인물이 '그'의 블로그에 단 댓글이었다.

"앞으로 또 큰일이 벌어질 것 같습니다. 느낌이 좋지 않습니다……."

느낌만으로는 부족했다. 수연의 체감 온도는 그보다 더 강하고 확실했다. 여기가 끝이 아니다…… 다음 사냥감을 노리는 그들의 기운이 뼛속까지 파고들었다. 처음 이 사건을 접했을 때부터 하나로는 그치지 않을 것이라고 생각했다. 그들이 남긴 흔적에서, 혹은 그들이 전달하고자 하는 메시지에서 연쇄살인의 강한 징후를 느꼈다.

최 반장은 연구실에 있는 동안 내내 조심스러웠다. 말을 할 때보다 침묵할 때가 더 많았다. 침묵할 때는 습관적으로 담배를 물었다. 최 반장이 자리에서 일어났을 때 그 앞에 놓인 종이컵에는 담배꽁초가 가득했다.

수연은 운전석 차 유리문을 내렸다. 땅거미가 내려앉으면서 다세대 주택이 밀집한 거리에는 사람들이 눈에 띄게 불어났다. 거리를 완전 장악한 꼬마 아이들의 고함소리도 점점 커져갔다. 그러나 고준규의 집은 여전히 깊은 침묵에 둘러싸여 있었다.

"정말 이래도 되는 건지 모르겠어요."

조수석에 앉은 김 조교가 또 구시렁거렸다. 김 조교는 이번 사건에 직접 뛰어드는 게 마뜩잖은 표정이었다. 하긴 그동안 수사관 주위를 빙빙 맴돌거나 조력자 역할만 해왔지 이처럼 대놓고 나선 적은 없었다.

며칠 전, 김 조교와 함께 고준규의 집을 찾아갔다. 자취방에는 고준규의 룸메이트인 김범수가 자리를 지키고 있었다. 김범수는 〈그들만의 세상〉을 만든 촬영감독으로, 고준규의 유력한 조력자 느낌을 지울 수가 없었다. 그는 수연 앞에서 빈틈을 보이지 않으려는 듯 차분하고 신중한 자세를 유지했다. 고준규의 과거를 들려줄 때는 감정은 드러내지 않고 고준규의 편에 서서 대변자 역할을 충실히 했다. 그날 고준규의 방을 나올 때 두 가지가 가시처럼 눈에 밟혔다. 하나는 책장 위에 있는 종이박스였고, 다른 하나는 〈달마도〉 위에 붙어 있는 그림이었다.

사실 고준규의 집을 찾아간 것은 수연의 영역을 넘어서는 행위였다. 범죄심리학자가 단독으로 수사에 직접 나서는 경우는 없었다. 가끔은 수사관과 동행해 탐문수사를 벌일 때가 있으나 그것도 흔치 않았다. 수연은 이번 사건에 푹 빠져 있었다. 거기는 한번 빠져들면 다시는 나올 수 없는 망각의 늪 같았다. 그래도 그 늪에 빠져드는 걸 마다하지 않았다. 이제 단순한 조력자 역할에서 벗어나 이번 사건에 직접 뛰어들고 싶었다.

김범수가 외출하기만을 기다렸다. 그가 집을 비우면 고준규 방에 들어가 책장 위의 종이박스에 뭐가 들어 있는지 살펴볼 생각이었다. 김 조교의 말대로 위험한 일이기는 하나 그걸 두 눈으로 똑똑히 보고도 그냥 지나칠 수가 없었다. 김범수는 오후 3시 무렵, 집 근처의 편의점에서 라면 세 개를 사가지고 들어간 후로는 깜깜무소식이었다.

"교수님."

김 조교는 『문학상상』 4월호를 뒤척이다 말고 고개를 주억거렸다. 뭔가 할 말이 있는 얼굴이었다. 수연은 어서 말해보라는 듯 가벼운 미소를 흘려보냈다.

"교수님은 왜 혼자 사세요?"

뜬금없는 소리였다. 2년 가까이 김 조교와 함께 지냈지만, 그런 소리는 처음이었다.

"늘 궁금했어요. 교수님 같은 미인을 내버려 두는 건 남자들의 직무 유기 아닌가요?"

"욕인지 칭찬인지 알 수가 없네."

"연애는 해봤어요?"

"물론이지."

"어떤 남자였어요?"

"아주 근사한 남자였어. 무엇보다 가슴이 뜨거웠지."

"근데 왜 헤어졌어요?"

"인연이 안 닿았어……."

황 선배를 떠올리면 지금도 가슴이 먹먹했다. 그때는 잘 몰랐다. 그의 죽음을 슬퍼하고 안타깝게 여겼을 뿐, 무엇을 해야 할지 아무것도 떠오르지 않았다. 그의 어머니를 찾아간 것도 그런 슬픔을 홀로 견뎌 낼 자신이 없었기 때문이었다. 그의 어머니 곁에 있으면 조금이나마 마음의 위로가 되었다. 그러던 어느 날, 문득 이런 생각이 떠올랐다. 왜 황 선배의 주검에 의문을 가지지 않았을까? 정말 단순 익사인지, 몸에 구타 흔적은 없었는지 왜 사인을 밝히려고 하지 않았을까? 그의 어머니가 자식을 잃은 슬픔에 빠져 경황이 없었다면, 자신이라도 발 벗고 나서서 정확한 사인을 밝혔어야 했다. 어디든 찾아가서 황 선배 의 죽음에 의문을 제기했어야 했다. 그것이 살아 있는 자의 몫이 아닌 가. 그러나 그땐 슬픔에 젖어 아무 생각이 없었다. 황 선배의 주검에 의문을 가진 것도 한참 후의 일이었다. 아무도 그의 죽음을 기억하지 못했기 때문에 그게 더 서러웠다. 오랜 세월이 지난 후에도 황 선배를 그처럼 허무하게 보낸 게 두고두고 마음의 짐으로 남았다.

"제가 한번 나서볼까요? 괜찮은 남자가 있는데."

"관심 없어."

수연은 고개를 절레절레 흔들었다. 요즘 세상에, 열정적인 남자는 많아도 가슴이 뜨거운 남자는 흔치 않았다.

"똑똑."

그때 운전석 차 유리를 두드리는 소리가 들려왔다. 문 앞에는 홍 검사가 입가에 희멀건 미소를 매달고 있었다. 그는 어서 문을 열라는 듯 손가락을 까딱거렸다. 여기서 홍 검사를 만나다니, 뜻밖이었다. 수연은 차 문을 열고 밖으로 나왔다.

"여기서 지금 뭐 하고 있는 거요?"

홍 검사의 입꼬리가 살짝 올라갔다. 이런 곳에서 만나면 간단한 인사라도 건넬 만한데, 그런 격식 따위는 안중에도 없었다. 되레 두 눈을 부릅뜨고 콧잔등에 날카로운 주름을 세워 올렸다.

"잠복하는 거요?"

"……."

"이젠 수사관까지 할 참이오?"

다분히 시비조였다. 수연은 입을 꾹 다물었다.

"여긴 전문가에게 놔두고 교수님은 제 할 일이나 찾으시죠."

홍 검사는 길 건너편을 눈짓으로 가리켰다. 미용실 앞에 주차된 차 안에는 강 형사가 앉아 있었다. 홍 검사도 줄곧 김범수의 동태를 지켜보고 있던 모양이었다.

"잠복은 개나 소나 하는 게 아니오. 이런 데서 괜히 얼쩡거리다가는 죽도 밥도 안 될 수가 있소."

개나 소라니, 말이 지나쳤다. 그런 소리를 듣고도 가만히 있을 수는 없었다.

"검사님의 눈에는 내가 개나 소만도 못해 보입니까?"

수연은 고개를 빳빳이 추켜올렸다. 그녀의 날카로운 목소리에 홍 검사의 어깨가 움찔거렸다.

"말 좀 가려 쓰세요. 대한민국 검사답게!"

홍 검사와는 더 이상 말을 섞고 싶지 않았다. 다시 차에 타려고 하는데 그가 수연의 어깨를 잡았다.

"잠깐, 뭐 하나 물어봅시다."

수연은 본능적으로 그의 손을 뿌리쳤다.

"얼마 전에 고준규 집에 갔었습니까?"

"그래요."

"거기서 누굴 만났습니까?"

"김범수요."

"그가 뭐라고 하던가요?"

"달리 중요한 말은 없었어요."

"그게 중요한지 안 중요한지는 내가 판단합니다."

"……."

"그런데 그걸 왜 내게 보고하지 않았습니까?"

유토피아는 없다

"……."

"다시 한 번 묻겠습니다. 왜 보고하지 않았죠?"

그의 말투는 범죄자를 다루듯 위압적이었다. 수연도 물러서지 않았다.

"개나 소나 그런 것까지 일일이 보고해야 하나요? 제가 그렇게 할 일이 없어 보여요?"

그때였다. 고준규 집 2층에서 현관문 열리는 소리가 들려왔다.

"교수님, 김범수가 나옵니다."

김 조교가 그만 실랑이를 벌이고 어서 차에 타라고 손짓했다. 김범수가 현관을 나와 계단을 내려오고 있었다. 그의 뒤로 금테 안경을 쓴 사내도 보였다.

"괜히 나대지 말고 당신 자리나 잘 지키시오."

홍 검사는 그렇게 톡 쏘아붙이고는 차에 올라탔다.

10

"저게 뭘까요?"

강 형사의 목소리에 긴장감이 묻어났다. 준혁은 두 눈을 가늘게 모았다. 김범수의 손에는 얇고 길쭉한 판때기가 들려 있었다. 이 판때기는 신문지로 포장되어 있어서 내용물이 보이지 않았다. 김범수의 선배는 담벼락에 바짝 붙어 있는 차에 올라탔다. 김범수는 트렁크에 판때기를 밀어넣고는 운전석에 앉았다. 이윽고 차가 천천히 움직이기 시작했다. 핸들을 잡고 있는 강 형사의 손도 부드럽게 움직였다.

"놓쳐선 안 돼."

준혁은 오 교수의 차 쪽으로 고개를 쑥 내밀었다. 오 교수는 눈길이 마주치는 것을 피하려는 듯 앞만 보고 있었다. 오뚝한 콧날에 앙칼진 성깔머리가 착 달라붙어 있었다.

"오 교수가 여기까지 올 줄은 몰랐습니다."

"보통 성깔이 아니더군."

김범수가 나타나지 않았다면 매섭게 몰아붙일 생각이었다. 최 반장에게 그랬던 것처럼 조교가 보는 앞에서 개망신을 주려고 했다.

"내가 가장 싫어하는 여자가 어떤 타입인 줄 아나?"

준혁의 콧잔등에 주름이 잡혔다.

"분수도 모르고 날뛰는 여자야."

"그래도 오 교수는 이 바닥에서 알아주는 인물입니다."

"알아주기는 개뿔, 남편은 뭐하는 사람이야?"

"아직 결혼하지 않았습니다."

"처녀란 말이야? 오호."

차는 다세대 밀집 주택가를 벗어나 사차선 도로로 들어섰다. 김범수의 차는 우회전을 하려는지 오른쪽 깜빡이등을 켰다. 그때였다. 김범수의 차를 따라 우회전하려는 순간 버스가 앞을 가로막았다. 하필이면 버스정류장이었다. 강 형사는 재빨리 좌측 차선으로 핸들을 꺾었다. 그런데 이번엔 화물트럭이 차선을 막고 꿈쩍도 하지 않았다. 빵빵, 강 형사는 연신 클랙슨을 눌렀다. 화물트럭은 비보호 좌회전으로 들어가려고 좌측 깜빡이등을 켰다.

"돌아버리겠군."

차는 승객을 태운 버스가 지나간 후에야 우회전했다.

"어디로 간 거야?"

김범수의 차는 보이지 않았다. 강 형사는 신호등을 무시하고 그대로 내달렸다. 봉천동 방향으로 내려가자 좌회전과 우회전 길밖에 없는 삼거리가 나왔다.

"여기는……."

강 형사가 창밖으로 고개를 내밀고 좌우를 두리번거렸다.

"아는 곳인가?"

"좌회전하면 봉천동 성당입니다……."

"우회전하면?"

"비오 신부의 사무실입니다."

"우회전!"

강 형사는 핸들을 오른쪽으로 꺾었다. 비오 신부의 사무실은 삼거리에서 5분밖에 되지 않는 거리였다. 차는 비오 신부의 사무실이 위치한 4층 건물 앞에 멈추었다. 사방을 아무리 살펴도 김범수의 차는 보이지 않았다.

"올라가보겠습니까?"

강 형사가 건물 꼭대기를 올려다보며 물었다. 여기까지 왔으니 그냥 돌아가는 것도 우스운 일이었다.

"가보자구."

준혁은 강 형사 뒤를 따라 계단을 올라갔다. 사무실 안에 수많은 영정 사진이 걸려 있다고 했던가. 그렇지 않아도 어떤 곳인지 한번 와보고 싶었다. 강 형사가 철사로 문을 따고 안으로 들어갔다. 사무실 안에 발을 들여놓자 서늘한 냉기가 온몸을 감싸안았다.

"여, 영정사진이 없습니다!"

건물 안은 텅 비어 있었다. 그 많던 영정사진은 다 어디로 갔단 말인가. 갑자기 사무실 안에 기괴한 정적이 흘렀다. 반쯤 열려 있는 창틈 사이로 텁텁한 바람이 불어왔다.

"이곳에 작은 방이 있다고 하지 않았나?"

곤봉과 올가미…… 준혁은 최 반장이 휴대폰에 담아온 사진을 떠올렸다. 강 형사는 사무실에 딸려 있는 작은 방의 문고리를 비틀었다. 이곳엔 잠금장치를 하지 않았는지 문이 스르르 열렸다. 이 방도 마찬가지였다. 문 입구에 걸려 있던 올가미와 곤봉도 보이지 않았다.

홍 검사의 차가 사라지자 수연은 고준규의 집으로 성큼 다가섰다. 지금까지 김범수가 집을 비우기만을 목이 빠지게 기다렸다. 고준규의 2층 집은 문밖에서도 계단과 베란다가 훤히 보였다. 다세대 특성상 정문은 늘 열려 있었다. 그래서 마음만 먹으면 누구나 2층 베란다까지 올라올 수 있었다. 예상대로 2층 현관문은 굳게 잠겨 있었다. 수연은 현관 옆의 베란다 쪽으로 몸을 틀었다. 커튼이 드리운 베란다 창문도 마찬가지였다.

"여긴 안 잠겼어요."

베란다 끝의 쪽문을 살피던 김 조교가 소리쳤다. 그곳은 2층 주방과 통하는 창문으로, 몸 하나 겨우 들어갈 만했다. 김 조교는 날렵한 몸을 창문 안으로 들이밀었다.

"현관문 쪽으로 오세요."

수연은 김 조교가 따준 현관문 안으로 들어섰다. 김 조교는 만약의 경우를 대비하려는 듯 양손에 신발을 들었다. 수연 역시 구두를 손에 들고 거실에 들어섰다. 고준규의 방문턱을 넘어서자, 아주 독특한 기운이 가슴께로 파고들었다. 뭐랄까, 임자 없는 무덤 위에 자리 깔고 누운 기분이라고나 할까. 방 안은 한동안 꼬마 유령이 머물러 있기라도 한 듯 기괴한 기운이 감돌았다.

수연은 구두를 책상 위에 올려놓고 책장을 쓰윽 훑어보았다. 『유토피아』, 『열하일기』, 『수상록』…… 하나같이 이번 사건과 연관된 책이었다. 그런데 책장 맨 아래칸은 텅 비어 있었다. 지난번에 왔을 때는 그곳에 의학서적이 가지런히 꽂혀 있었다.

"이게 대체 뭘 그린 걸까요?"

김 조교는 〈달마도〉 위에 붙어 있는 그림을 유심히 들여다보았다. 이 방에서 가장 눈길을 끌었던 것은 이 그림과 책장 위에 있는 종이박스였다.

"짐승의 뿔을 그린 것 같지 않아요?"

보고 또 봐도 독특한 그림이었다. 짐승의 얼굴은 윤곽이 흐릿해서 뭘 그린 것인지 잘 구분이 가지 않았다. 그런데 얼굴 한가운데 돌출된 삼각뿔은 세밀하게 그려져 있었다. 연필의 굵기를 적절히 활용해 입체감이 살아났다. 이 삼각뿔은 날카로우면서도 부드러워 보였다.

"코뿔소의 뿔을 닮은 것 같아."

"코뿔소라면…… 배윤수의 소설 제목이잖아요."

또 다시 가슴 깊이 묻어둔 의문의 갈고리가 옆구리를 쿡 찔렀다. 배윤수는 왜 소설 제목을 코뿔소라고 지었을까? 그의 소설을 볼 때마다 떠오르는 의문이었다. 그의 소설에는 코뿔소는커녕 그와 유사한 글은 하나도 나오지 않았다. 독자들을 위해 한두 마디 적을 만도 한데 그 같은 글은 어디에도 없었다.

"교수님, 어서 서둘러요."

김 조교가 베란다 쪽을 내다보며 말했다. 수연은 의자를 가져와 책장 앞에 바짝 붙였다. 그러고는 의자에 올라가 책장 맨 꼭대기에 있는 종이박스를 내렸다. 며칠 전 이 방에서 김범수와 이런저런 얘기를 나누다가 우연히 그 종이박스에 눈길이 꽂혔다. 그런데 갑자기 김범수의 얼굴이 하얗게 굳어졌다. 차분하게 고준규에 대해 설명할 때와는 달리 말투도 우물쭈물 더듬거렸다. 이상한 일이었다. 종이박스 안에 무엇이 들어 있기에 저리 허둥대는 걸까. 김범수는 종이박스가 꽤나 신경 쓰이는지 고준규의 방에서 수연을 쫓아내듯 밀어냈다. 별 생각 없이 그것을 쳐다본 것뿐인데, 김범수는 이상하리만치 예민하게 반응했던 것이다. 그런 수상한 태도가 수연을 이 방으로 다시 불러들였다.

종이박스 안에는 잡동사니가 가득 들어 있었다. 영화의 콘티 원고, 낙서장, CD, 복사한 자료들이 뒤죽박죽 섞여 있었다. 그중에는 〈그들만의 세상〉의 시나리오 원본도 있었다.

"이건 새로운 시나리오 같은데요."

종이박스 맨 밑에는 겉장에 '귀국'이라고 적혀 있는 시나리오 초고도 보였다. 대충 훑어보니 끝 부분이 뭉텅 잘려나가 있었다. 수연은 종이 박스 안에서 CD와 시나리오 초고를 챙겼다. 그때였다. 저벅저벅, 2층 계단으로 올라오는 발소리가 들려왔다. 그새 김범수가 온 것인가? 수연의 몸은 석고상처럼 딱딱하게 굳었다. 모든 것이 한순간에 멈춰버린 듯 정신이 몽롱했다.

"현관문 잠갔어?"

수연이 귓속말로 물었다. 김 조교는 고개를 절레절레 흔들었다. 낭패였다. 김범수가 이렇게 빨리 집에 들어올 줄은 몰랐다. 발소리는 2층 현관문 앞에 멈추었고, 수연의 숨소리도 덩달아 멈추었다. 끼이익, 현관문 열리는 소리가 고막을 때렸다.

"오빠, 안에 있어!"

젊은 여자의 목소리였다.

"나 왔어!"

여자의 목소리가 더 크게 들려왔다. 곧이어 신발 벗는 소리, 거실 바닥을 훑고 지나가는 소리, 방문을 여는 소리가 이어졌다.

"오빠."

여자는 고준규의 방 건너편, 김범수의 방으로 들어간 것 같았다. 잠시 짧은 침묵이 흘렀다. 만약 그녀가 이 방에 들어오면 어떻게 둘러대야 할까. 궁색한 변명을 찾으려고 부지런히 머리를 굴렸다. 김 조교는 책장에 기댄 채 고목나무처럼 꼼짝도 하지 않았다. 여자는 화장실에 들어갔는지 물 내리는 소리가 들려왔다. 문 닫는 소리, 거실을 가볍게 울리는 소리, 신발 신는 소리…… 현관문이 닫히는 소리를 끝으로 더 이상 움직임은 감지되지 않았다. 수연은 길게 한숨을 내쉬었다.

"교수님……."

김 조교는 그 자리에 털썩 주저앉았다. 김 조교의 이마에는 땀이 송골송골 맺혀 있었다. 2층 계단을 밟고 내려가는 소리가 아득하게 멀어져갔다. 그나마 다행이었다. 현관문 앞에 구두를 벗어놓았으면 어찌할 뻔했을까.

수연은 고준규의 방을 나와 거실 커튼 틈으로 밖을 내다보았다. 긴 생머리의 여자가 종종걸음으로 초록색 철제문을 나서고 있었다. 키가 크고 마른 편이었다.

고준규의 방에서 가져온 CD는 〈그들만의 세상〉의 메이킹 필름이었다. 메이킹 필름은 영화 제작과정이나 뒷이야기를 다큐 형식으로 만든 것으로, 이 CD에는 연출을 맡고 있는 고준규의 모습이 생생하게 담겨 있었다. 그는 고문기술자 역을 맡은 배우에게 손짓 발짓을 섞어가며 열정적으로 연기 지도를 했다. 때로는 낄낄거리며 웃기도 하고 때로는 엄숙한 표정으로 배우들을 독려했다. 이 영화의 제작현장은 칙칙한 내용과는 달리 시종 화기애애한 분위기였다.

"욕조 뒤편에 앉아 있는 사람을 보세요."

김 조교가 화면을 정지시켰다. 모니터에 나타난 무대는 욕조가 딸려 있는 취조실이었다. 김 조교의 말대로 욕조 뒤에 낯익은 얼굴이 보였다.

"배윤수와 손지영 아닌가요?"

그랬다. 배윤수와 손지영은 영화 제작과정을 구경 온 듯 구석진 곳

유토피아는 없다

에 나란히 앉아 있었다.

"비오 신부도 있어요!"

흰 머리칼의 노신사도 취조실에 한자리를 차지하고 있었다. 비오 신부는 영화 제작과정을 구경하러 온 인물이 아니었다. 영화판에 직접 뛰어들어 주연배우와 진지한 대화를 나누었다. 자신이 고문기술자라도 된 듯 고문 도구를 만지작거리며 이것저것 조언을 아끼지 않았다. 고준규, 배윤수, 손지영 그리고 비오 신부까지…… 이번 사건의 핵심인물이 한자리에 모이니 묘한 기분이 들었다. 그러나 그들이 화면에 나타난 것 말고는 특별히 눈길을 끌 만한 것은 없었다.

〈귀국〉이라는 시나리오도 마찬가지였다. 이 시나리오는 오랜만에 고국땅을 밟은 한 이민자의 귀국 후의 생활을 담고 있었다. A4 용지 30여 쪽으로 그리 길지 않은 분량이었다. 시나리오 주인공이 군사정권 시절 공안기관에 몸담고 있던 인물이라는 것 이외에는 눈에 띄는 내용은 없었다. 더군다나 이 시나리오는 아직 끝을 맺지 못한 미완성 작품이었다.

"생각보다 별거 아니네요."

김 조교는 실망감을 숨기지 않았다. 수연도 맥이 빠지기는 마찬가지였다. 단단히 마음먹고 고준규의 방에 들어갔을 때만 해도 뭔가 큰 것을 건지는 줄 알았다. 별것도 아닌 내용인데 김범수는 왜 그리 호들갑을 떨었을까.

"만약 이들이 다음 대상을 물색하고 있다면…… 이번엔 누구 차례일까요?"

김 조교의 시선이 탁자 위에 놓인 문서로 향했다. 이 문서는 얼마 전

수사팀이 보내온 팩스로, 여기에는 샛별회 사건의 관련자 명단이 적혀 있었다. 수사팀은 샛별회 사건에 관여한 인물을 일곱 명으로 정리했다. 이들 중에 다음 상대로 어느 누구를 점찍어도 이상할 게 없었다. 이들은 하나같이 왜곡과 조작, 그리고 법집행을 유린한 인물들이었다.

"전 재판관을 찍겠습니다."

김 조교는 처음부터 실형을 선고한 판사에게 무게를 두었다. 판사의 판결이 그들을 죽음의 늪으로 몰고 간 주범이었다. 재판이 형식적이고 속전속결로 이뤄진 것도 판사를 점찍은 이유 중에 하나였다.

"교수님은요?"

"고문기술자."

배윤수의 소설에서도, 고준규의 영화에서도, 심지어 그들이 보낸 '고문의 발명'이란 글에서도 고문기술자는 어김없이 등장했다. 소설과 영화에서 고문기술자가 차지하는 비중은 절대적이었다. 소설 속에 등장하는 고문기술자는 '반달곰'이라 불렸다. 한때 기관원들 사이에서는 '반달곰이 없으면 수사가 안 된다'라는 말이 나돌 정도로 악명 높았다. 그는 양심수에게 가혹행위를 한 혐의로 돌연 잠적할 때까지 대공 분야에만 몸담은 공안통이었다. 10년 가까이 도피생활을 해오다가 1999년 검찰에 자수해서 7년의 징역형을 살았다. 샛별회 사건 2세들이 노리기에 아주 적합한 인물이었다.

눈앞이 침침했다. 고준규의 방에서 하도 긴장을 한 탓인지 피로감이 한꺼번에 몰려왔다. 수연은 두 눈을 감았다. 피로를 푸는 데는 낮잠만 한 보약이 없었다.

유토피아는 없다

11

두식은 성당 정문 앞에서 두 발을 가지런히 모았다. 저 멀리 로마네스크 양식의 본관 건물이 거슴츠레 드러났다. 수사본부를 출발하기 전에 비오 신부에게 정식으로 면담을 요청했다. 더 이상 늦출 수가 없었다. 그의 주변을 둘러싸고 있는 수많은 의혹들을 한 번은 반드시 짚고 넘어가야 했다. 속시원히 풀지는 못해도 사방팔방 나돌아 다니도록 가만히 내버려둘 수는 없었다. 할 수만 있다면 발에 족쇄라도 채워 꽁꽁 묶어두고 싶었다. 비오 신부는 많은 시간은 내줄 수 없다면서 두식의 요구에 마지못해 응했다.

"무슨 일로 날 보자고 했소?"

비오 신부는 자리에 앉기도 전에 용건부터 꺼냈다. 간단한 인사치레 따위는 안중에도 없었다.

"긴히 여쭐 말이 있습니다. 묻는 말에 솔직한 답변을 부탁드립니다."

"말해보시오."

그는 여전히 자리를 권하지 않았다. 두식도 양해를 구하지 않고 가죽 소파에 엉덩이를 걸쳤다. 공연한 신경전 따위로 본질을 흐리고 싶지 않았다.

"배윤수가 머물렀던 양평 목장에 다녀간 일이 있습니까?"

"그렇소."

"그곳에 무슨 일로 갔습니까?"

"허허, 자식 같은 아이를 보러 간 게 무슨 문제라도 되오?"

"그 먼 곳까지 일부러 찾아가서 살피시는 분이 어떻게 그 친구의 소재지를 모를 수 있습니까?"

"그 아이가 연락을 하지 않는데 난들 어찌 하겠소."

비오 신부 책상 위에 있는 컴퓨터가 눈에 들어왔다. 두식은 백민찬의 블로그에 올라와 있는 글을 찾아내서 그에게 확 까발리고 싶은 충동을 가까스로 참았다. 그 글을 보면 비오 신부는 어떻게 나올까? 여전히 입 바른 소리를 주절거리면서 그들의 대변자 역할을 할까? 그러나 지금은 그 글을 드러낼 때가 아니다. 굳이 손에 쥐고 있는 패를 다 보여주면서까지 친절하게 설명할 필요는 없다. 언젠가는 이 늙은 신부를 한방에 날려보낼 때가 올 것이다. 그때 죄다 까발려도 늦지 않다.

두식은 서류봉투에서 사진을 꺼냈다. 비오 신부의 붉은 소형차가 포천 도로변에서 찍힌 사진이었다. 비오 신부의 차번호를 확인한 후 CCTV 판독에 들어갔다. 장기국의 사체가 발견된 파주 자유로와 포천 도로변을 집중적으로 판독했다. 마침 비오 신부의 차가 43번 국도에서 찍힌 CCTV를 찾아냈다.

"이 사진은 신부님의 차가 포천 도로변에서 찍힌 것입니다. 7월 19일, 바로 그날은 백민찬의 사체가 발견된 날입니다."

"백민찬의 사체가 발견된 곳이 포천이오?"

"그렇습니다. 포천엔 무슨 일로 가신 겁니까?"

"거긴 내 오랜 친구가 있는 곳이오. 그 친구는 몸이 좋지 않아 요양원에 입원해 있는데, 그날 병문안을 갔소. 그 친구가 누구인지 확인해보면 알 것이오."

그쯤은 이미 두식도 파악하고 있었다. 비오 신부의 말대로 포천의 한 요양원에는 그의 친구가 입원해 있었다. 비오 신부가 병문안을 간 것은 오후 5시쯤이었고, 그가 성당을 출발한 것은 아침 7시였다. 그 사이에 무려 열 시간의 공백이 생겼다. 봉천동에서 포천까지는 두세 시간이면 충분했다. 나머지 시간은 어디에서 무엇을 했을까. CCTV에 그의 차가 찍힌 시간은 오후 1시였다.

"가만히 생각해보니 괘씸한 일이로군. 백민찬의 시체가 포천에서 발견된 것과 내가 포천에 간 게 무슨 상관이란 말이오?"

"……."

"어서 말해보시오. 내 차 트렁크에 백민찬의 사체가 실려 있었기라도 했다는 거요?"

"우연이 반복되면 나중에는 필연이 됩니다."

"허허, 이상한 사람이로군. 그 말이 왜 이 상황에서 나온단 말이오."

두식은 비오 신부의 얼굴이 벌겋게 변하는 것을 놓치지 않았다. 이정도면 적당히 간을 본 셈이다. 처음부터 그가 포천에 간 것을 추궁하려고 한 게 아니었다. 어떻게든 비오 신부와 이번 사건을 엮어서 빈틈을 노리려고 했다. 두식은 재빨리 화제를 돌렸다.

"장희숙 씨를 아십니까? 손지영의 어머니 말입니다."

"그렇소."

"장희숙 씨의 장례미사는 신부님께서 집전하셨다는 소리를 들었습니다."

"맞소. 지영이가 부탁을 해왔소. 그 아이가 찾아오지 않더라도 내가 나서서 도와주려고 했소."

"2011년 7월, 그들과 함께 여행을 떠난 적이 있습니까? 청평으로 말입니다."

이 시기는 그들이 종적을 감추기 불과 두 달 전이었다.

"그렇소."

"여행 목적이 무엇입니까?"

"여행에도 목적이 있소? 그게 밥을 왜 먹느냐는 질문과 무엇이 다르오?"

"신부님께서는 그날 청평댐 근처에서 민박을 했습니다. 민박 주인의 말에 따르면 그날 분위기가 매우 심각했다고 하던데요."

"그야 보는 이의 관점에 따라 다른 게 아니겠소. 또 심각한들 어떻소?"

"배윤수의 소설을 읽은 적이 있습니까?"

비오 신부는 고개를 끄덕였다.

"고준규가 만든 영화는요? 〈그들만의 세상〉이라는 영화입니다."

"그것도 봤소."

"이 영화를 만들 당시 촬영장에 갔었습니까?"

"그렇소. 자주 간 편이오. 준규가 고문기술자 역할을 맡은 배우의 연기를 봐달라고 요청해왔소. 댁도 그 영화를 봤소?"

"……."

"주인공의 연기가 그럴듯하지 않소? 하하하."

두식은 인상을 찡그렸다. 웃음소리가 영화에 나오는 고문기술자의 웃음소리를 꼭 빼다박았다.

유토피아는 없다

"최근에 대부도에 간 일이 있습니까? 정확히 5월 18일입니다."

대부도는 손기출의 과수원이 있던 곳이며, 그가 최후를 맞이한 곳이다. 이날은 대통령의 멘토이며 방통대군으로 불리던 방송통신위원장이 금품수수 혐의로 구속된 날이었다. 대통령의 친형에 이어 정신적인 멘토마저 줄줄이 철창신세를 면치 못했다.

"그날 신부님은 건물을 보수해야 한다면서 연장 도구를 챙겼다고 하더군요."

"으음, 그것까지는 잘 기억이 나지 않지만…… 대부도에 간 것은 맞는 것 같소."

"거긴 무슨 일로 가신 겁니까?"

"글쎄올시다. 시화방조제를 보러 갔다가 대부도까지 간 것 같은데…… 나이가 들면 잘 기억이 나지 않소."

"끝으로 한 가지만 더 묻겠습니다. 그 친구들이 지난해 9월 종적을 감춘 이후 연락이 온 적이 있었습니까?"

"그렇소. 가끔 연락이 왔었소."

"마지막으로 연락이 온 게 언젭니까?"

"올 5월이었소."

"그 친구들을 직접 본 적이 있습니까?"

"통화만 했소."

"무슨 말을 하던가요?"

"특별한 말은 없고…… 그냥 안부전화였소."

비오 신부는 자리에서 일어나더니 책상에 비스듬히 몸을 기댔다. 그러고는 두식을 빤히 노려보았다.

"이번엔 내가 하나 물어봅시다. 왜 그 아이들을 마음에 두고 있는 거요?"

"……."

"그 아이들이 쓴 소설이나 영화 때문이오?"

대답할 가치가 없는 질문이었다. 「코뿔소」와 「코뿔소를 위하여」에는 범행과정은 물론 범행동기도 구체적으로 나와 있었다.

"오죽하면 그렇게라도 드러내고 싶었겠소?"

"그렇다고 살인이 정당화될 수는 없습니다."

"허허, 내 말뜻을 잘 이해하지 못하는군. 어디까지나 소설은 소설일 뿐이오. 그 아이의 상상력이 현실이 될 수는 없다는 소리요."

비오 신부는 흰 머리칼을 손으로 넘기고는 두식 앞에 얼굴을 바싹 들이댔다.

"그 아이들이 어떻게 성장한지 아시오?"

"……."

"그 아이들의 가슴엔 지금도 커다란 대못이 박혀 있소. 아버지의 명예회복을 위해, 샛별회 사건의 진실을 밝히기 위해 10년을 넘게 뛰어다녔지만, 아무도 그 아이들의 말에 귀를 기울이지 않았소……."

"됐습니다."

두식은 그의 말을 잘랐다. 그런 날품팔이 감정에 호소하는 소리라면 더 이상 듣고 싶지 않았다.

"신부님께서는 성직자이십니다. 그들의 장래를 위해서라도 옳은 판단을 내리시길 간곡히 부탁드립니다."

"내가 보기엔 당신도 번지수를 잘못 찾은 것 같소. 아무 데나 마구 쑤시지 말고 살해당한 자들에게 원한이 사무친 인물이 있는지 잘 찾아보시오."

비오 신부는 조금도 물러서는 기색이 없었다. 칼을 들이대면 물러서기는커녕 더 날카로운 창으로 되받아쳤다. 그의 눈빛은 조금도 흔들리지 않고 내내 평상심을 유지했다.

성당을 나오면서 두식은 아쉬운 눈길로 뒤를 돌아보았다. 아직 비오 신부에게 물어보지 못한 게 많았다. 봉천동 사무실에 있는 영정사진은 다 어디로 간 것일까? 쪽방에 있는 올가미와 곤봉의 용도는 무엇일까? 비오 신부와 마주하고 있는 동안 내내 그게 궁금했다. 그러나 그 것은 차마 물어볼 수가 없었다.

12

'침묵을 당하는 모든 진실은 독이 된다.'

오늘 아침에도 이 글이 백민찬의 블로그에 고개를 내밀었다. 이는 독일 철학자 니체의 글이다. 수연은 이 글을 그들이 보내는 죽음의 예고장으로 해석했다. 단테의 『신곡』, '심장 무게달기' 의식에서 보여준 메시지와 크게 다르지 않았다.

요즘 들어 그들의 움직임이 더욱 강하게 느껴졌다. 만질 수도 없고 보이지 않는데도 그랬다. 마치 유령의 기운이 주변에서 빙빙 도는 느낌이었다. 그날 김범수가 낯선 사내와 함께 차 트렁크에 실은 것은 무엇이었을까? 고준규의 집에 찾아온 긴 생머리의 여자는 누구이며, 책장 맨 아래에 있던 의학서적은 왜 갑자기 사라졌을까? 비오 신부도 예외는 아니었다. 그의 사무실에 있던 영정사진은 물론 곤봉과 올가미도 감쪽같이 사라졌다. 불과 이틀 사이에 유력한 조력자들이 동시다발적으로 움직이고 있었다. 막막하고 갑갑했다. 그들의 움직임이 여러 경로로 감지되는 데도 아무런 대비책이 없었다. 그들이 흘린 자취를 더듬어가는 것도 더 이상 못할 짓이었다.

수연은 수사팀에게서 건네받은 샛별회 사건 관련자들의 신상자료를 다시 한번 검토했다. 모두 일곱 명이었다. 26년이 지난 지금, 그들은 여전히 윤택한 삶을 보내고 있었다. 재판관은 법원장에서 옷을 벗은 후 대형로펌 이사 자리에, 교도소장은 퇴임하자마자 공기업의 사외 이사를 맡고 있었다. 고문수사관은 출감 후에 목사로 변신했으며, 또 다른 수사관은 보수단체의 간부직을 맡고 있었다. 장기국을 보좌했던 풋내기 검찰은 대검찰청에서 맹위를 떨치고 있었다.

"여기 열외로 제쳐둔 인물은 뭔가요?"

김 조교가 이들 신상자료 밑에 있는 세 명을 가리켰다. 그들은 경호팀의 손길이 미치지 않아 따로 관리하고 있는 인물이었다. 한 명은 병원 중환자실에 입원해 있었고, 한 명은 10년 넘게 미국에 거주하고 있었다. 나머지 한 명은 유럽에 출장 중이었다. 이들의 약력은 위의 일곱 명과는 달리 간단하게 적혀 있었다.

"어라, 이거 봐라……."

열외 인물의 약력을 바라보던 김 조교가 자리에서 벌떡 일어났다.

"교수님, 그 시나리오의 주인공도 이민자 아니었나요?"

"으응?"

"고준규 방에서 가져온 시나리오 말이에요!"

김 조교는 종이박스 안에 있던, 〈귀국〉이라는 시나리오를 입에 올렸다. 수연은 이 시나리오를 대충 훑어봤을 뿐 자세히 검토하지는 않았다. 결말도 없는 미완성 작품이라 큰 관심을 두지 않았다.

"여기 적혀 있는 이민지의 경력과 시나리오의 주인공이 비슷해 보이는데…… 다시 한번 살펴보세요."

수연은 책상 서랍에서 시나리오 원고를 꺼냈다. 시나리오의 주인공은 미국으로 이민 가기 전에 한때 공안기관에서 근무하던 인물이었다. 그러고 보니 김 조교의 말대로 서로의 경력이 흡사해 보였다. 시나리오는 주인공이 고국에 도착한 후부터 시작하고 있었다.

#1.　　공항 앞 거리(낮)

공항 대합실을 빠져나오는 60대 초반의 김대식, 걸음을 멈추고 하늘을 올려다본다. 15년 만에 고국땅을 밟은 터라 감회가 남다르다. 잠시 후 그 앞으로 말끔한 정장 차림의 50대 초반의 사내가 다가온다.

박주호 (공손히 고개를 숙이며) 고국에 오신 걸 진심으로 환영합니다.

#2　　차 안

차창 밖을 유심히 쳐다보는 김대식, 도시의 풍경이 빠르게 지나친

다. 고층빌딩 숲과 번화한 거리, 대형 커피체인점 앞에 모여 있는 젊
은이들…… 활기찬 도시의 모습.

김대식 정말 많이 변했군…….

박주호 그럼요. 이제 세계 10대 경제대국이 아닙니까. 고국을 떠나신 지 얼
마나 되셨죠?

김대식 15년이야. 강산이 한 번하고 반이 변했지.

박주호 그동안 마음고생이 많으셨습니다.

김대식 마음고생이라…… 후후. 고국은 날 버렸지만, 난 고국을 한 번도 잊
은 적이 없어. 그건 자네도 잘 알지 않나?

박주호 그야 여부가 있겠습니까. 서울엔 얼마나 계실 겁니까?

김대식 글쎄, 한 일주일 정도.

박주호 영구 귀국할 생각은 없으십니까?

김대식 마음은 굴뚝같은데. 그게 어디 내 뜻대로 되는 건가?

#10.　사무실 안

　　　이헌건 국회의원 사무실 안이다. 소파에는 이헌건이 앉아 있고, 김
　　　대식은 사무실 안을 둘러보고 있다.

김대식 (이헌건을 바라보며) 자네 소식은 언론을 통해 잘 알고 있네. 정책위
의장을 맡고 있다고 했나?

이헌건 그렇습니다.

김대식 잘나가는군. 허허.

이헌건 이게 다 차장님 덕분입니다.

김대식 차장님? 그거 참 오랜만에 듣는 소리로군.

이헌건 죄, 죄송합니다.

김대식 아닐세. 난 그 소리가 더 듣기 좋아. 훨씬 더 젊어진 것 같거든. (잠
시 생각에 잠긴다) 그때가 좋았지, 안 그런가?

이헌건 그렇습니다.

김대식 세상은 너무 불공평한 것 같아. 자네들은 고국에서 한자리 차지하
고 떵떵거리며 살고 있는데, 나는 미국으로 쫓겨나 거기에서도 숨
어 지내고 있으니 말이야.

이헌건 죄송합니다.

김대식 자네가 미안할 게 뭐가 있나. (길게 한숨을 쉬며) 고국을 떠날 때만 해
도 일이 년 어딘가 처박혀 있으면 말끔히 정리되고 새출발할 줄 알았
지. 그런데 그게 벌써 15년이나 지났어. 자네도 샌프란시스코에 있
는 금문교 알지?

이헌건 네.

김대식 그곳에서 자살하는 사람이 한 해 얼마나 되는 줄 아나?

이헌건 …….

김대식 내가 공연한 소릴 했군.

이헌건 아닙니다. 회장님 말씀 충분히 이해하고도 남습니다.

김대식 내가 자넬 찾아온 것은 다름이 아닐세. (자리에서 일어나며) 자네와 함
께 가고 싶은 곳이 있어.

#11.   차 안

　　　뒷좌석에 나란히 앉은 김대식과 이헌건. 차 앞으로 피켓을 든 시위
　　　대가 반정부 구호를 외치며 지나간다.

김대식 (얼굴을 찡그리며) 버러지 같은 새끼들!

이헌건 요즘은 개나 소나 다 저럽니다. 예전과는 천지 차이죠.

김대식 나라꼴이 말이 아니로군. 저런 빨갱이 놈들을 다루는 데는 몽둥이
　　　만 한 게 없지.

#12.   건물 앞(낮)

　　　고층건물을 물끄러미 올려다보는 김대식. 아쉬운 표정이 역력하다.

이헌건 철거된 지 꽤 됐습니다.

김대식 내 젊음을 송두리째 바친 곳인데…… 자네도 기억나지? 바짓가랑이
　　　에 오줌을 질질 흘리면서 살려달라고 애걸복걸하던 것들 말이야.

이헌건 물론이죠.

김대식 그때가 그리워. 정말 그리워…….

#13   회상(사무실 안)

　　　다리를 꼬고 앉아 전화를 하는 사내. 30대 초반의 김대식이다.

김대식 (수화기에 대고) 생일 축하해. 우리 꼬마 아가씨. 알았어. 아빠 곧 들

어갈게. 그래그래.

노크 소리와 함께 한 사내가 들어온다. 20대 후반의 이헌건이다.

김대식 (수화기를 내려놓으며) 어떤가?

이헌건 (고개를 절레절레 흔들며) 보통 독종이 아닙니다.

김대식 허허, 그렇다고 이리 시간을 끌면 되나.

#14   회상(취조실 안)

네댓 평 남짓한 취조실 안.

팬티 차림의 벌거벗은 사내가 양팔을 올린 채 밧줄에 매달려 있다.

피투성이의 처참한 몰골이다. 취조실에 들어서는 김대식, 대뜸 사

내의 뺨을 갈긴다.

김대식 어이, 어이.

사내는 정신을 차리지 못하고 고개가 푹 꺾여 있다. 김대식은 양동

이를 들고 취조실 안의 욕조에서 물을 떠와 사내의 얼굴에 붓는다.

그제야 비시시 눈을 뜨는 사내.

김대식 이 새끼, 아직 정신이 멀쩡한데.

여기서부터는 김대식의 젊은 날이 꽤 길게 이어졌다. 공안기관의 한 조직원으로서 정신없이 뛰어다닌 날들이 밀도 있게 그려졌다. 재야인사의 뒤를 쫓고, 잡아들여 취조하고, 일을 마무리 지은 후 축배를 들고, 국가로부터 받은 표창장만 해도 수십여 개에 이르렀다. 이 표창장은 피와 땀, 그리고 노력과 충성의 증표였다. 그러나 그의 위세는 정권이 바뀌면서 한풀 꺾이고 만다. 결국 그는 한 시민단체의 집요한 추적을 견디지 못하고 쫓겨나듯이 미국으로 도피한다. 이 시나리오는 귀국 후의 현재 상황과 과거 공안기관에 몸담았을 때의 회상 부분이 뒤섞여 있었다. 무엇보다 시나리오에서 주목해야 할 것은 마지막 부분이었다.

#45   호텔 방
　　　TV를 시청하면서 전화를 하고 있는 김대식.

김대식 호텔 정문 앞으로 와주시오. 얼마나 기다리면 되겠소? 알았소.

　　　전화를 끊고 옷을 갈아입는다.

#46.   호텔 지하 주차장
　　　주차장에 있는 모범택시가 스르르 움직인다.
　　　모범택시는 주차장을 빠져나와 호텔 정문에 멈춘다.

유토피아는 없다

#47.　호텔 로비

엘리베이터에서 나와 호텔 정문으로 향하는 김대식.

#48.　호텔 정문 앞(낮)

모범택시에 오르는 김대식.

김대식　일산으로 가주시오.

호텔 정문을 벗어나는 모범택시.

#49.　모범택시 안

운전기사가 백미러로 뒷좌석에 앉아 있는 김대식을 흘끔 쳐다본다.

기사　고국에 온 지 얼마나 됐습니까?

김대식　(조금은 놀란 듯) 내가 오랜만에 고국에 온 걸 어떻게 알았소?

기사　기사생활 오래 하다보면 승객 분들의 얼굴만 봐도 압니다. 해외에

　　　오래 거주한 분들의 얼굴은 좀 다르거든요.

김대식　신통한 양반이로군.

기사　고국에 온 지…… 15년 정도 되지 않았습니까?

김대식　으응?

기사　어디로 모실까요?

김대식　(꺼림칙한 표정을 지으며) 일산으로 가주시오.

기사   일산이라면…… 둘째따님의 집이로군요.

김대식 (말을 더듬으며) 다, 당신…… 누, 누…….

기사   하여튼 고국에 오시느라 수고가 많으셨습니다. 우리도 당신이 오기
       를 목이 빠지게 기다리고 있었습니다.

김대식 다, 당신 대체 누구요?

기사   곧 알게 될 겁니다. 하하하.

　　기사의 웃음소리가 활자에서 튀어나와 수연의 뺨을 후려쳤다. 시나
리오는 여기가 끝이었다. 주인공과 기사 간에 어떤 일이 벌어졌는지는
나와 있지 않았다. 처음 이 시나리오를 읽을 때만 해도 별다른 느낌은
없었다. 〈그들만의 세상〉이 너무도 강렬했기 때문에 되레 이 시나리오
는 온건한 편이라고 생각했다. 그러나 지금은 아니었다. 이 시나리오
속에도 그들의 저의가 희미하게 깔려 있었다.

　　"소설에서 시나리오로 옮긴 게 아닐까요?"

　　김 조교가 열외 인물의 인적사항이 적힌 종이를 슬그머니 내밀었다.
그러고는 시나리오의 주인공이 이들 중에 누구와 비슷하냐고 눈빛으로
물었다. 국가안전기획부의 핵심인물, 15년간의 도피생활, 미국 샌프란
시스코 거주…… 그의 이름은 권영욱이었다. 권영욱은 미국에 거주하
고 있기 때문에 샛별회 사건의 관찰 대상에서 한참 빗겨난 인물이었
다. 그때 종이박스를 보고 당황해하던 김범수의 얼굴이 떠올랐다. 김
범수가 고준규의 방에서 수연을 황급히 내쫓으려 했던 것도 이 시나리
오 때문은 아닐까?

유토피아는 없다

"권영욱에 대해 알아봐야겠어요."

김 조교는 인터넷에서 권영욱과 관련된 자료를 모두 끄집어냈다. 수사팀에서 제공한 인적사항으로는 턱없이 부족했다.

권영욱은 어떤 인물인가. 그는 국가정보원의 전신인 국가안전기획부 사찰팀의 핵심인물로, 학원계과 노동계의 동향을 맡았다. 그의 활약이 두드러진 것은 1982년, 제5공화국이 들어선 이듬해부터였다. 그는 간첩 용의자와 야당 정치인, 민주화 운동가들을 감시하기 위해 엿장수, 월부 책장사, 강냉이 장수 등으로 변장하며 은밀하게 활동했다. 청와대는 주요 시국사범을 검거한 공로를 높이 평가해 그를 행정관 자리에 앉혔다. 2년여 동안 청와대에서 근무했던 그는 다시 옛 보금자리인 안기부로 돌아와 반제동맹사건, 제헌의회사건 등 굵직한 사건을 진두지휘했다. 샛별회 사건도 그가 맡았던 시국사건 중에 하나였다. 당시 재야인사들은 그를 '남산에서 온 저승사자'라고 불렀다. 권영욱은 검찰과 청와대, 그리고 정치권과 언론과도 끈끈한 유대관계를 맺으면서 영역을 확대했다. 정권이 위기에 처할 때마다 대규모 용공조작 사건을 터뜨려 반전의 기회로 삼았다. 5공화국 말기부터 6공화국 시절에는 안기부의 기획조정실장으로 승진하여 수천억 원에 이르는 비자금을 조성하는 등 막강한 영향력을 발휘했다. 문민정부가 들어선 후에는 용공조작 혐의와 각종 공안사건의 배후인물로 지목돼 왔으나 한 번도 수사 대상에 오른 적이 없었다. 특히 그는 안기부 시절에 확보한 유력인사들의 비리를 담은 파일을 보유하고 있는 것으로 알려졌는데, 이를 적절히 활용해 정재계 막후에서 공작정치를 주도해 왔다. 한때 부정축

재 혐의로 감사원의 표적이 되기도 했으나, 오히려 감사원의 비리를 폭로하겠다고 맞서서 면죄부를 받았다.

그의 영향력이 쇠퇴한 것은 1997년 국민의 정부가 들어선 후부터였다. 시민 인권단체들은 수많은 조작 사건에 가담했던 그를 법정에 세우려고 했으나 번번이 수포로 돌아가고 말았다. 결국 그는 한 시민단체의 끈질긴 추적을 견디지 못하고 1997년 미국으로 도피했다. 이때부터 그의 기나긴 도피성 외유가 시작됐다. 그 후 권영욱은 한 번도 고국땅을 밟지 못했다. 한 인터넷 신문의 칼럼에는 권영욱을 다음과 같이 요약정리했다.

안기부 출신의 권영욱은 양심수 사이에서는 '야마Yama'라고 불렸다. 그가 몸에 늘 지니고 있는 부적 때문에 붙여진 별칭이었다. 이 부적에는 지옥의 주인인 '야마'의 그림이 그려져 있었는데, 당시 공안 담당수사관들은 이 부적이 행운을 가져온다고 믿었다. 이 부적은 양심수 사이에는 공포의 대상이지만, 그들에게는 행운의 상징이었다. 한 시민단체에서는 그를 잡기 위해 현상금까지 내건 적도 있었다. 결국 그는 1997년 시민단체의 추적을 피해 미국으로 도주했다. 그 후 두 차례나 귀국을 시도하려고 했지만, 모두 수포로 돌아가고 말았다. 고국에서 그를 노리는 사람은 한둘이 아니었다.

수연의 눈길이 '야마'라는 단어에 꽂혔다. 권영욱의 별칭인 야마는 『신곡』에 등장하는 카론이나 이집트 신화에 나오는 아누비스와도 그 의미가 비슷해 보였다. 이번엔 '야마'를 검색했다.

유토피아는 없다

인도의 베다 신화에 나오는 최초의 사자死者로서, 모든 사자를 다스리는 왕이다. 야마는 죽은 자를 지배하는 왕으로, 지옥의 주인으로 알려져 있다. 야마는 지옥에서 귀졸鬼卒로 하여금 죄인을 고문 심판하게 하여 무거운 고통을 지운다고 한다. 불교에서는 일반의 야마신神의 관념을 받아들여 온화한 '야마천夜魔天'으로 되어 있고, 또한 '염마閻魔'로서 귀신 세계의 주인, 명계冥界의 지배자 및 심판관으로 보고 있다. 우리나라에서는 야마를 흔히 염라라고 부른다.

"카론이나 아누비스보다 한 수 위로군요."

카론과 아누비스는 전령이나 안내자 역할을 맡았다. 그러나 야마는 그 자체가 지옥의 대왕이었다. 야마를 묘사한 글 옆에는 그림도 있었다. 야마는 붉은 옷에, 머리에는 커다란 왕관을 쓰고 있었다. 물소를 타고 있는 그의 한 손에는 곤봉을, 다른 손에는 올가미를 잡고 있었다.

"그날 반장님이 휴대폰에 담아온 사진이…… 곤봉과 올가미 아니었나요?"

그랬다. 곤봉과 올가미는 야마의 상징이었다.

13

대체 이 괴물 같은 놈들은 어디로 사라졌단 말인가.

준혁은 출구 없는 미로에 갇힌 것처럼 갑갑했다. 놈들을 잡아들이는 것은 시간문제라고 생각했다. 그런데 놈들의 신병 확보는커녕 얼굴조차 확인하지 못했다. 배윤수, 고준규, 손지영…… 놈들은 모든 게 노출됐다. 이름, 주민등록번호, 이력, 연고지, 친분관계까지 모두 밝혀졌다. 2011년 9월 이후의 행적만 드러나지 않았을 뿐이다.

신분을 감추고 살아가는 것은 쉽지 않은 일이다. 수사팀은 놈들이 잠적하기 전의 신용카드, 금융거래 내역까지 확보했다. 놈들이 도피할 만한 연고지, 도움을 청할 만한 지인들에게도 수사망이 뻗쳐 있었다. 어딘가 콕 박혀 숨어 있지 않는 한, 놈들은 거의 움직일 수 없는 상태다. 그런데도 놈들은 보란듯이 이 거리를 활보하고 있다.

과연 이게 가능한 일일까? 그렇다고 방법이 전혀 없는 것은 아니다. 가장 먼저 떠오르는 것이 신분 세탁이다. 놈들의 이름, 주민등록번호는 이미 오래전에 이 세상에서 사라졌을지도 모른다. 잠적과 동시에 다른 이름으로, 또 다른 주민등록번호로 살아가고 있는 건 아닐까? 신분증을 위조하는 것은 그리 어려운 일이 아니다. 몇 푼만 쥐어주면 인터넷에서 얼마든지 거래가 가능하다. 몇몇 수사관은 놈들이 얼굴을 확 뜯어 고쳤을 것이라는 의견도 내놓았다. CCTV 판독팀은 2011년 9월 이후 놈들의 얼굴을 찾아내지 못했다.

준혁은 오랜만에 전의가 타올랐다. 모멸감과 분노를 전의로 바꾸자 엄청난 힘이 모아졌다. 손, 발, 몸통 할 것 없이 뜨겁게 타올랐다.

"손지영의 거주지를 찾았습니다."

저녁을 먹고 수사본부로 들어서는데, 민 형사에게 전화가 왔다. 가뭄의 단비 같은 소리였다. 준혁은 수사팀에게 손지영의 마지막 거주지가 확인되면 반드시 먼저 보고하라고 지시를 내렸다.

"가보시겠습니까?"

민 형사는 지금 9시라고, 토를 달았다.

"그걸 말이라고 하나. 지금 어디야?"

9시가 아니라 자정이 넘었대도 단박에 달려갈 참이었다. 손지영의 존재는 배윤수와 고준규보다 더 각별했다. 그녀는 어머니가 말기암 선고를 받고 병원에 입원해 있을 때 사당동에 거주하고 있었다. 그 후 손지영은 한 차례 이사를 했는데, 그곳을 도저히 찾을 수가 없었다. 수사팀은 손지영이 이전에 살던 사당동 집에서 그리 멀지 않은 곳으로 이사했을 것으로 판단했다. 그녀의 어머니가 입원한 병원이나 그녀가 다니던 보습학원이 사당동에 있었기 때문이었다. 그래서 손지영의 사진만 가지고 사당동의 부동산을 죄다 훑고 다녔다. 마침내 민 형사가 손지영이 잠적하기 전에 거주하던 곳을 찾은 것이다.

"부동산이 아직도 문을 열었나?"

차는 남부순환도로를 지나 사당동 쪽으로 접어들었다.

"염려 마십시오. 집에 가지 못하게 단단히 붙들어 매놨습니다."

민 형사는 이미 손을 봤다는 듯 소리 없이 웃었다. 차는 주택가로 들어선 지 얼마 되지 않아 부동산 앞에 멈추었다.

"여길 찾느라 고생이 이만저만이 아니었습니다."

부동산 주인은 홀로 연속극을 보고 있었다. 민 형사가 들어서자 그의 얼굴이 험하게 구겨졌다.

"훤한 대낮을 놔두고 왜 이런 오밤중에 찾아오겠다고 난리를 피우는 게요. 당신 때문에 집에도 들어가지 못하고 있잖소."

"죄송합니다."

민 형사는 깍듯하게 예의를 갖추었다. 부동산 주인은 눈썰미가 대단한 사람이었다. 손지영이 원룸에 입주한 것은 2010년 8월이었다. 오랜 세월이 흘렀는데도 그는 손지영의 사진을 보고는 한눈에 알아봤다. 아주 참하고 싹싹한 아가씨였다고, 가끔 거리에서 만나면 인사를 해서 똑똑히 기억하고 있다고 말했다.

"원룸에 아직도 이 여자가 살고 있습니까?"

"그건 모르겠소. 나도 그 아가씨를 본 지 꽤 됐소만."

준혁은 민 형사를 보고 한심하다는 듯 얼굴을 찡그렸다. 공연한 질문이었다. 손지영이 아직도 그 원룸에 있으리라는 것은 지나가는 소도 웃을 일이었다. 범죄자들에게 가장 시급한 일은 무엇보다 안정적인 주거지를 확보하는 일이다. 손지영이 살던 원룸은 부동산에서 10여 분 정도 떨어진 곳에 있었다. 4층짜리 건물 앞에는 아파트 공사가 한창이었다.

"여기 301호요, 이제 됐소?"

부동산 주인은 그렇게 툭 내뱉고는 오던 길로 되돌아갔다. 저 안에 누가 살고 있을까? 부동산 주인의 말로는 손지영은 이사를 간 것 같지 않다고 했다. 이사를 가게 되면 인근 부동산에 매물이 나와야 하는데 301호는 지금까지 월세 매물이 나온 적이 없었다고 했다.

초인종을 누르자, 20대 후반으로 보이는 긴 생머리 여자가 문틈으로 고개만 빠끔 내밀었다.

"누구시죠?"

민 형사는 신분을 밝히고는 그녀에게 언제부터 이 원룸에 살았는지를 물었다.

"1년 조금 더 됐어요."

"언제 이곳에 이사를 왔습니까?"

"무슨 일 때문에 그러는데요?"

민 형사는 품 안에서 손지영의 사진을 꺼냈다.

"이 여자를 본 적이 있습니까?"

"지영이로군요."

긴 생머리 여자가 고개를 끄덕였다.

"이 여자를 아십니까?"

"물론이죠. 지영이와는 지난해 보습학원에서 함께 일했어요. 지영이가 이 원룸을 얻은 후에 제가 여기에 들어온 거예요."

준혁은 고개를 갸웃거렸다. 긴 생머리 여자는 손지영과의 관계를 묻지도 않았는데, 자신을 그렇게 소개했다. 여기까지는 그런대로 봐줄 만했다. 그러나 그녀가 이 원룸을 먼저 입에 올린 것은 언뜻 납득이 가지 않았다.

"그럼 이 원룸에서 손지영과 함께 생활했습니까?"

"네."

긴 생머리 여자가 원룸에 들어온 것은 2011년 3월이었고, 손지영이 원룸을 나간 것은 2011년 9월이었다.

"안에 좀 들어가겠소."

준혁은 그녀에게 양해를 구하지도 않고 안으로 성큼 들어갔다. 문밖에서 한가롭게 노닥거릴 때가 아니었다. 원룸 안은 둘이 쓰기에는 그리 큰 편은 아니었다. 여자가 쓰는 방이라서 그런지 모든 게 깔끔하게 정돈되어 있었다.

"손지영이 원룸을 나갈 때는 어땠소?"

준혁이 물었다.

"그게 뭘 묻는 거죠?"

"그러니까 당시 손지영의 주변상황이 어땠는지를 묻는 거요."

"지영이는 어머니가 돌아가시고 난 후 몹시 우울해 보였어요. 그러고 얼마 지나서 않아 보습학원도 그만두었죠. 지난해 9월에는 여행을 다녀와야겠다면서 집을 나갔어요."

준혁은 한두 마디를 더 물은 후 부지런히 방 안을 살폈다. 싱글침대, 책상, 컴퓨터, 옷장…… 그때 옷장 맨 위에 있는 종이박스가 눈에 잡혔다. 종이박스가 날 좀 꼭 봐달라는 듯 슬그머니 옆구리를 내밀었다. 그러고 보니 이 종이박스가 눈에 익었다. 고준규의 방에서도 이것과 비슷한 종이박스를 본 것 같았다.

"저건 뭐요?"

"지영이의 잡동사니를 모아둔 겁니다."

준혁은 깨금발을 하고 종이박스를 내렸다. 박스 안에는 화장품, 손거울, 노트 등이 담겨 있었다. 박스 맨 아래에는 두툼한 양장본의 앨범도 있었다. 앨범 첫 장에는 세 명의 젊은이가 나란히 포즈를 취하고 있는 사진이 꽂혀 있었다. 배윤수, 고준규, 손지영…… 하루에 수십 차례 들여다본 얼굴인데도 놈들의 얼굴이 낯설게 보였다. 다음 장을 펼쳤다. 여기에는 세 장의 사진이 나란히 어깨를 맞대고 있었다. 장난감 차에 탄 어린아이를 젊은 아빠가 흡족한 얼굴로 쳐다보고 있었다. 사진 속의 젊은 아빠는 배종관이었다. 마루에 누워 단잠을 자고 있는 갓난아기에게 젊은 아빠가 부채질을 해주고 있었다. 이 얼굴은 고석만이었다. 원두막에서 갓난아이를 안고 있는 사내는 손기출이었다. 놈들의 아버지가 희멀건 미소를 매달고 앨범 한자리를 차지하고 있었다. 그 뒤로 앨범 속에 놈들의 아버지 사진은 없었다. 대부분이 놈들 혼자 찍은 사진이었다. 중학교 졸업식 사진에 배윤수와 고준규는 혼자였고, 손지영 곁에는 어머니가 있었다. 꽃다발을 가슴에 안고 있는 그들의 얼굴 표정은 하나같이 무뚝뚝했다. 졸업식장이 아니라 장례식장에서 찍은 사진 같았다. 성인이 된 후에도 이들에게서 웃는 사진은 거의 없었다. '그날 이후 나는 웃음을 강탈당했다.' 사진 속의 얼굴들은 그렇게 말하고 있었다.

"집을 나간 후로 손지영 씨에게 연락이 없었습니까?"

민 형사는 손지영을 말할 때마다 꼬박꼬박 '씨'자를 붙였다. 그건 과분한 호칭이었다.

"가끔 통화를 하곤 했어요. 한 달에 두 번 정도 전화가 왔던 것 같아요."

"휴대폰 번호를 아십니까?"

"휴대폰을 잃어버렸다면서 늘 공중전화를 이용했어요."

"최근에 온 전화는 언제였습니까?"

"보름 정도 된 것 같아요."

"그때 무슨 대화를 나눴습니까?"

"음. 그러니까 두 명의 남자가 원룸으로 찾아올 테니 안내 좀 해달라고 했어요."

두 명의 사내? 앨범을 뒤척이던 준혁의 손길이 멈췄다.

"그 두 남자가 이들이오?"

준혁은 앨범 첫 장에 있는 배윤수와 고준규를 가리켰다.

"아니에요."

그녀는 고개를 가로저었다.

"다시 한번 잘 보시오."

"아니에요. 전혀 다른 얼굴이에요."

"그들이 여기엔 왜 왔소?"

"지영이가 부탁했다면서 종이박스 안에서 뭔가를 가지고 가더군요."

"그게 뭐요?"

준혁이 빠르게 물었다.

"그러니까…… 밧줄처럼 보였어요."

"밧줄?"

"네. 올가미 같은 거…….."

누구일까? 보름 전에 손지영의 원룸에 찾아와 올가미를 가져간 두 남자는. 얼마 전 비오 신부 사무실에 갔을 때도 쪽방에 있던 곤봉과 올가미가 사라졌다.

준혁은 원룸을 나와 힘없이 계단을 내려갔다. 불길한 기운이 등골을 쓸어내렸다. 조만간 뭔가 큰일이 빵 하고 터질 것 같았다. 최 반장과 오 교수도 요즘 들어 놈들의 움직임이 예사롭지 않다고 했다. 놈들은 다음 살해 대상을 물색해놓은 건 아닐까. 아니, 지금 이 순간에도 그의 뒤를 은밀하게 쫓고 있는 건 아닐까. 샛별회 사건 관련자들에게 철통같은 경비를 세워도 마음이 놓이지 않았다.

"이거, 느낌이 좋지 않습니다."

운전대를 잡은 민 형사의 손이 파르르 떨렸다.

"어서 운전이나 해."

준혁은 조수석 등받이에 몸을 파묻었다. 그런 느낌 따위는 백날 떠들어봤자 소용없는 소리였다. 그때 옆구리에서 문자메시지 벨소리가 울렸다. 작은어머니였다.

'작은아버지가 위독하다. 마지막으로 할 말이 있으니 꼭 봤으면 한다.'

이번 문자는 예전과는 달랐다. 마지막, 꼭…… 절박함이 절절하게 묻어나왔다. 제길, 그래서 어쩌란 말인가.

그들의 다음 목표물은 권영욱이었다. '야마'로 불리는 사내의 심장을 정조준하고 있었다. 여러 주변 정황이 이를 뒷받침해주고 있었다. 굳이 그들의 움직임을 따질 필요도 없었다. 시나리오 하나만으로도 특별한 감이 왔다.

아니야…… 수연은 고개를 절레절레 흔들었다. 그런 판단을 내리기에는 이른 감이 없지 않았다. 권영욱은 아직 귀국 전이었다. 그들의 입맛대로 귀국 시기를 저울질할 수는 없었다. 게다가 그의 귀국을 다룬 기사는 어디에도 없었다. 귀국은커녕 짧은 동정 기사도 없었다. 2008년 이후 권영욱은 단 한 차례도 언론에 나타나지 않았다. 이따금씩 1980년대의 암울한 시대를 말할 때 논객들에 의해 잠깐 언급될 뿐이었다. 그것도 인권 유린 등 나쁜 사례를 인용할 때만 등장했다.

수연은 인터넷에서 권영욱의 귀국에 관한 기사를 겨우 찾았다. 2007년 3월에 실린 칼럼이었다.

1997년 미국으로 도피한 권영욱은 그동안 두 차례 귀국을 시도했다. 그의 둘째딸 결혼식과 '나라사랑연구회'의 20주년 행사에 참석하기 위해서였다. 그러나 권영욱은 고국땅을 밟지 못했다.

나라사랑연구회, 처음 듣는 단체였다. 이번엔 나라사랑연구회를 검색하고 홈페이지에 들어갔다. 이 단체는 전직 안기부 요원이 주축이 되어 만든 친목단체로, 곧 30주년 행사를 앞두고 있었다. 홈페이지에 올라온 여러 사진 중에는 권영욱의 젊은 시절 사진도 있었다. 공안 업무를 맡은 정보원답게 날카로운 인상이었다. 수연은 홈페이지에 나와 있는 번호로 전화를 걸어 30주년 행사에 권영욱이 참가하는지를 물었다.

"그건 저희도 알 수 없습니다."

여사무원은 짧게 대답했다. 알고 있어도, 알려줄 수 없다는 소리로 들렸다.

"권영욱 씨에게 연락은 하셨습니까?"

"전화한 분은 누구시죠?"

"권영욱 씨를 잘 아는 사람입니다."

"저는 잘 모릅니다."

여사무원은 알 수 없다, 모른다는 소리만 되풀이하고 전화를 끊었다.

"원래 나라사랑연구회의 30주년 기념행사는 지난주에 열릴 예정이었다고 합니다."

김 조교가 수연 앞으로 다가왔다.

"저도 어제 연락을 했었거든요."

"……."

"그들은 권영욱을 노리고 있는 게 틀림없습니다. 아마 지금쯤 그가 귀국하기만을 기다리고 있을 거예요."

수연도 같은 생각이었다. 권영욱은 지난 2002년 나라사랑연구회의 20주년 행사에 참가하려다가 뜻을 이루지 못했다. 샛별회 사건 2세들이 뜸을 들인 까닭은 여기에 있는 게 아닐까? 수연은 큰 그림을 그리면서 그들의 행적을 바짝 따라잡았다. 그들은 권영욱의 귀국 시기에 맞춰 모든 일을 준비했다. 장기국과 백민찬에 이어 권영욱을 차례대로 제거할 계획이었다. 그런데 예상치 않은 일이 벌어졌다. 나라사랑연구회의 30주년 행사가 미루어지고 권영욱은 귀국하지 않았다.

감이 오질 않아…… 수연은 한숨을 길게 내쉬었다. 그건 무리한 추측이었다. 아직 그의 귀국 일정조차 파악되지 않았는데도 자꾸 그쪽으로 쏠렸다.

집으로 들어가는 길에 아파트 앞의 술집에 들렀다. 구석진 자리에 앉아 소주와 파전을 시켰다. 혼자 잔을 비우는 것은 실로 오랜만이었다. 한 잔씩 목줄기를 타고 내려갈 때마다 속 안이 활활 타올랐다.

왜 최 반장에게 알리지 않았을까? 그들이 세 번째 대상으로 권영욱을 노리고 있다고 왜 말하지 않았을까? 시나리오에 담긴 내용, 야마의 상징인 곤봉과 올가미, 손지영의 원룸에서 두 명의 사내가 가져간 올가미, 그리고 여전히 왕성하게 꿈틀대고 있는 그들의 움직임…… 예상이 빗나가도, 무리한 추측이라고 해도 할 수 없는 일이다. 권영욱의 귀국 날짜만 밝혀지지 않았을 뿐 모든 화살이 권영욱을 겨냥하고 있었다.

그때 술집 안에서 이상야릇한 시선이 느껴졌다. 창가 옆의 탁자에서도, 한 무리의 중년 사내들 쪽에서도, 심지어 술집 입구의 카운터에서도 수연을 힐끔힐끔 쳐다보고 있었다. 하나같이 측은하고 안쓰러운 시선이었다. 40대 초반의 여자가 홀로 술잔을 기울이는 게 눈요깃감이라도 되는 것일까.

집에 들어와 화장실 욕조에 찬물을 받았다. 그러고는 그 안에 오랫동안 몸을 담갔다. 온몸이 축 늘어지면서 묘한 감정이 꿈틀거리기 시작했다.

권영욱의 추악한 과거는 수연의 직분마저 망각시켰다. 지금까지 범죄심리학자라는 직분을 잃은 적이 없었다. 어떤 사건이든 냉철하게 판단하고 타당한 추론을 제시했다. 그래서 일선 수사관들에게 미력하나마 실마리를 제공했다. 그것이 수연에게 주어진 임무였다. 그러나 지금은 달랐다. 권영욱은 한마디로 인간쓰레기였다. 이 세상에 모든 추악하고 더러운 게 그의 몸속에 있었다. 1년 내내 청소를 해도 지워지지 않을 오물이 그 안에 가득했다. 냄새가 너무 고약해서 숨을 쉴 수가 없었다. 왜곡과 조작, 고문과 가혹행위, 편법과 술수, 그가 제멋대로 휘두른 철퇴로 수많은 사람이 희생당했다. 배종관, 고석만, 손기출뿐만이 아니었다. 그는 무고한 인물에게도 수많은 올가미를 씌워 저세상으로 보냈다. 한때 야마라고 불리던 사내, 정녕 야마가 데리고 갈 사람은 바로 그가 아닌가!

오랜 고민 끝에 결정을 내렸다. 그냥 내버려둘 것, 흐르는 물처럼 그냥 놔둘 것, 그 스스로 운명을 맞이할 수 있게 간섭하지 말 것. 만약 그

가 운 좋게 목숨을 유지한다면 이 또한 그의 운명이었다. 솔직히 그의
운명까지 이래라 저래라 간섭하고 싶지 않았다. 그건 하늘의 몫이었다.

코뿔소는
뿔이 하나다

1

그것이 불길한 징후였을까.

아침에 이를 닦는데 칫솔이 똑 하고 부러졌다. 면도날이 아래턱과 인중 사이를 살짝 그었다. 머리를 감고 숙직실로 오는 길에 콘크리트 바닥에서 나뒹구는 비둘기를 봤다. 비둘기의 눈에는 붉은 피가 맺혀 있었고 두 발은 뭉그러져 있었다. 아직 숨통이 끊어지지 않았는지 뾰족한 부리가 꿈틀거렸다.

정오 무렵, 마른하늘에 날벼락 같은 소식이 수사본부로 날아들었다. 권영욱이 증발했다! 수십 년 전 미국으로 줄행랑을 친 그가, 집중관리 대상에서 열외 인물로 제쳐두었던 그가 감쪽같이 사라진 것이다. 처음엔 헛것을 들은 게 아닌지 귀를 의심했다. 권영욱이 입국했다는 사실만으로도 놀라운 일인데, 고국땅을 밟은 지 하루도 되지 않아 실종되었다니. 환장할 노릇이었다.

권영욱이 입국한 것은 어제 오후 4시 무렵이었다. 탑승자 명단에는 주광종이라는 가명으로 등록되어 있었다. 인천공항에는 나라사랑연구회 사무국장이 그를 마중 나갔다. 권영욱의 입국을 알고 있는 사람은 사무국장과 나라사랑연구회 회장뿐이었다. 이들은 오래전부터 권영욱의 입국을 은밀히 추진하고 있었다.

권영욱이 서울시청 앞 프라자호텔에 도착한 것은 6시쯤이었다. 사무국장은 어젯밤 10시까지 권영욱과 함께 호텔에 머물렀다.

"호텔에서 저녁식사를 하고 10시가 조금 넘어 헤어졌습니다."

"언제였습니까? 마지막으로 통화를 한 게."

"오늘 아침 8시쯤이었습니다."

그 후 권영욱은 호텔 내 뷔페와 커피숍 정문에 달려 있는 CCTV에 잡혔다. 권영욱이 호텔에서 사라진 시간은 오전 9시쯤으로 추정됐다.

"오전에 약속이 있었습니까?"

"아닙니다."

그럼, 대체 어디로 갔단 말인가.

"아마 둘째딸의 집에 가려고 했을 겁니다. 오래전에도 둘째딸 결혼식 때 입국하려고 했으나 뜻을 이루지 못했거든요."

권영욱의 귀국 사유도 뒤늦게 밝혀졌다. 나라사랑연구회의 30주년 기념행사에 참석하기 위해서였다. 원래 권영욱의 입국은 일주일 전으로 예정되어 있었으나, 행사가 연기되는 바람에 입국도 늦춰졌다.

"사흘 전에 우리 사무실로 권 차장님을 묻는 전화가 두 차례나 왔다고 합니다."

"전화를 한 자가 누굽니까?"

"처음엔 남자였고, 다음날엔 여자였다고 합니다."

"그들이 뭘 물었습니까?"

"권 차장님이 30주년 행사에 참석하는지를 물었다고 하더군요."

그들은 권영욱의 입국을 어떻게 알았을까? 벌써부터 그들의 예정된 각본이 머릿속에 그려졌다. 지금까지의 수순대로라면, 앞으로 수사팀이 해야 할 일은 별로 없어 보였다. 어느 인적이 뜸한 야산에서 권영욱의 사체를 거두어들이는 수밖에.

두식은 또 다시 깊은 수렁에 빠져들었다. 그런데 같은 수렁이라고 해도 이번엔 느낌이 달랐다. 놀랍고 당혹스럽기는 마찬가지지만, 이번만은 슬쩍 눈감아주고 싶은 충동까지 들었다. 처음 샛별회 사건에 관여한 명단을 봤을 때, 기왕이면 다음 상대로 권영욱이 되기를 은근히 바란 적이 있었다. 그날의 불쾌한 거래는 아직도 두식의 가슴속에 깊이 각인되어 있었다. 제삿날이 되면 아버지의 영혼은 어김없이 찾아와 두식을 붙잡고 물었다. 내 무덤은 어디에 있냐고, 왜 나의 육신을 불구덩이에 집어넣었냐고.

코뿔소는 뿔이 하나다

어찌됐든 권영욱은 쥐도 새도 모르게 사라졌다. 이제 와서 땅을 치고 후회해도 소용없는 일이다. 미국까지 수사관을 파견해 그를 보호할 정도로 수사인력이 남아돌지는 않았다.

두식은 가장 먼저 비오 신부를 수사선상에 올려놓았다. 지금으로서는 그 말고 달리 비벼댈 언덕이 없었다. 비오 신부는 어제 오전에 외출한 후 지금까지 깜깜무소식이었다. 성당에서도 외출 사유를 알지 못했다. 그의 휴대폰은 어제 미행을 놓친 후부터 먹통이라 위치추적도 되지 않았다.

"홍 검사는 어디 있나?"

수사본부에 들어서자마자 홍 검사부터 찾았다. 오전 내내 홍 검사가 보이지 않았다. 아침 일찍 자리를 비우더니 그 역시 깜깜무소식이었다.

"병원에 간다고 하던데요."

"어서 연락해봐."

"전화를 받지 않습니다."

병실 문은 반쯤 열려 있었다. 준혁은 병실 안으로 선뜻 들어가지 못하고 복도 의자에 걸터앉았다. 기어이 이곳에 오고야 말았다. 아침에도 작은어머니에게 문자가 날아왔다.

'1102호, 면회는 11시부터다.'

저리 애타게 주절거리고 있는데, 더 이상 모른 체할 수가 없었다. 한편으로는 30년 만에 나타난 이들이 무슨 말을 지껄이려는지 궁금하기도 했다. 추측건대 어머니에 대한 얘기가 절반 이상을 차지할 것 같았다. 어머니 얘기 말고는 달리 할 말도 없어 보였다. 작은아버지는 어머니를 늘 싸늘하게 대했다. 어느 때는 큰고모나 작은고모보다 더 차갑게 느껴졌다. 어머니의 유해를 아버지 무덤 옆에 뿌리자고 했을 때 결사적으로 반대한 사람도 작은아버지였다.

사실 어머니 얘기라면 더 이상 듣고 싶지 않았다. 그동안 홍 씨 집안 사람으로부터 많은 대가를 지불 받았다. 이제 와서 더듬어보니 그들이 쏟아내는 폭언과 폭력은 이 세상을 살아가는 데 질 좋은 자양분이 됐다. 그들은 인내라는 소중한 열매에, 잡초 같은 질긴 생명력을 심어주었다. 그렇다고 그들에게 받은 고통과 핍박을 잊은 것은 아니었다. 받은 만큼 돌려주는 것, 언젠가는 이를 꼭 실천하리라 벼르고 있었다.

병실에 들어서자 침대 간이의자에 앉아 있던 작은어머니가 벌떡 일어났다. 그녀는 로봇처럼 뻣뻣하게 다가와 대뜸 준혁의 손을 잡았다. 30년이 넘어 마주하는데도 아무런 느낌이 없었다. 끄트머리가 뾰족한 갈고리에 손을 잡힌 기분이었다.

"여보, 여보. 준혁이가 왔어요."

작은어머니의 입에서 튀어나온 그 이름이 낯설었다. 홍 씨 집안사람들은 그의 이름을 부른 적이 별로 없었다. 그들에게 준혁의 이름은 야, 이놈, 이 새끼였다. 그들은 이름을 부르는 데도 무척 인색했다.

작은아버지는 부스스 눈을 떴다. 몰골이 말이 아니었다. 거무튀튀한 얼굴만 봐도 이미 지옥의 한자리는 예약해놓은 상태였다. 풀어헤친 환자복 사이로 앙상한 갈비뼈가 드러났다. 작은어머니는 사전에 무슨 약속이라도 했는지 메모지와 볼펜을 내밀었다.

"말을 잘 못해."

작은아버지는 힘겹게 몸을 일으키더니 준혁을 한참 동안 쳐다봤다. 움푹 팬 그의 눈가에 이슬이 몰려들었다. 뭐라 말하려고 입술을 움직였으나 으으, 소리만 비명처럼 흘러나왔다. 그는 끓어오르는 가래를 꿀꺽 삼킨 후 메모지에 짧은 글을 써내려갔다.

'내가 한 짓이다. 네 어머니는 잘못 없다.'

그게 전부였다. 작은아버지는 그렇게 두 문장을 휘갈기듯이 적고는 다시 침대에 누웠다. 이게 대체 무슨 수작인가.

"나 좀 보자."

작은어머니는 준혁을 데리고 복도로 나갔다. 그녀는 의자에 앉자마자 한숨부터 내쉬었다. 준혁은 유서 같은 그 짧은 글이 무얼 뜻하는지 묻지 않았다. 이제 곧 그녀의 입을 통해 내막이 나올 테니까.

"네 아버지 말이다……"

그 소리가 익숙했다. '네 아버지 말이다……' 처음 전화 왔을 때와 똑같은 억양이었다. 예상이 틀린 것인가. 어머니가 먼저 나올 줄 알았는데, 뜻밖에도 아버지가 흘러나왔다.

"어디서부터 말을 해야 할지 모르겠구나."

"……."

"네 아버지가 어머니를 처음 만난 곳은 깊은 절간이었지. 그때 네 아버지는 고시준비를 하고 있었다……"

작은어머니는 젊었을 때의 아버지 얘기로 물꼬를 텄다. 그러니까 준혁이 이 세상에 나오기 전의 일이었다.

아버지는 홍 씨 집안의 희망이었다. 어려서부터 수재 소리를 귀가 닳도록 들으며 집안의 기대를 한몸에 받았다. 서울의 명문대학에 입학한 후로 아버지에 대한 기대치는 더욱 높아졌다. 홍 씨 집안사람들은 아버지가 판검사가 될 것이라고, 그래서 홍 씨 가문을 반듯하게 일으켜 세울 거라고 믿어 의심치 않았다. 그런 아버지에게 큰 변화가 온 것은 군에서 제대한 이듬해였다. 그해 아버지는 처음으로 사법고시에 도전해 낙방의 쓴맛을 보았다. 아버지의 인생이 낙방이나 불합격과는 거리가 멀었던 터라 홍 씨 집안사람들이 받은 충격은 매우 컸다. 충격을 해소하는 일은 또 다른 기대와 격려로 나타났다. 첫술에 배부를 수 없다고 아버지를 위로하고 다독거렸다. 모두가 재도전을 원했다. 올해가 아니면 내년, 내년이 아니면 후년으로 목표치를 길게 잡았다. 그러나 아버지는 판검사와는 전혀 다른 길을 가고 있었다. 아버지가 홍 씨 집안사람들의 기대 속에 산사에 들어갔을 때는 이미 고시를 포기한 후였다. 아버지의 가방에는 육법전서가 아니라 소일거리의 소설책이 가득 들어 있었다.

그곳에서 어머니를 만났다. 산사에 기거하는 고시준비생과 나들이객으로 온 미용사와의 첫 만남, 그것은 운명이었다. 그 짧은 만남이 불꽃같은 사랑으로 번지고 그 증표로 준혁을 가졌다. 홍 씨 친척들은 노발대발했다. 장래 판검사가 될 인물과 별 볼 일 없는 미용사의 만남은, 결코 용납될 수 없는 결합이었다. 어머니에게 쏟아지는 협박과 공갈은 집요하고 섬뜩했다. 그러나 아버지는 굴복하지 않았다. 하나뿐인 목숨과 어머니를 놓고 무엇을 선택할 것인지 그들이 보는 앞에서 대놓고 무력시위를 벌였다. 목숨을 내놓으면서까지 완강하게 버티는 아버지의 고집을 아무도 꺾을 수가 없었다. 그렇게 해서 아버지는 홍 씨 집안의 반대를 무릅쓰고 어머니와 살림을 차렸다. 당시로서는 파격적인 행보였다. 결혼식도 올리지 않고 읍내 한 구석에 작은 방을 얻었다. 그러나 이런 아버지의 열정은 오래가지 못했다. 그들의 동거는, 아버지에게는 불같은 젊음의 증표일지 몰라도 어머니에게는 불행을 담보로 한 최악의 선택이었다. 그때부터 이미 어머니는 홍 씨 친척들의 눈 밖에 나 있었다. 아버지를 홀린 마녀라는 소리도 서슴지 않았다.

그 무렵 아버지는 특별한 직업을 가지고 있지 않았다. 그런데도 아버지는 늘 바쁘게 돌아다녔다. 틈만 나면 야당 정치인과 재야인사, 종교인들을 만났다. 아버지가 정치에 남다른 관심을 기울인 것은 산사에 머물면서부터였다.

"그때까지만 해도 네 아버지가 정치에 관심을 두고 있는지는 아무도 몰랐다……."

고시를 포기한 후 그 빈자리에 정치라는 아주 매력적인 열매가 들어왔다. 거기는 또 다른 세상이었다. 아버지가 현실 정치에 눈을 뜬 것도 고시를 포기한 직후였다. 사람들은 아버지의 총명한 머리를 잊지 않았다. 비록 판검사는 물 건너갔으나 다른 방법으로 이름을 떨치리라고 믿었다. 그해 제정된 유신헌법은 아버지의 가슴에 불을 지폈다. 키 작은 대통령이 사실상 종신제를 선언한 날, 아버지는 읍내에서 유신을 반대하는 모임을 결성했다. 고교 교사와 종교인, 재야인사 등이 명단에 이름을 올렸다. 참석 인원은 몇 되지 않았고 영향력도 미미한 편이었다. 그러나 아버지는 이 모임이 작은 불씨가 되어 전국 방방곡곡으로 들불처럼 번지리라고 믿었다. 이들의 모임은 외딴집, 산속, 성당 지하실 등 경찰의 눈을 피해가며 은밀하게 이어졌다.

그러던 어느 날, 이 모임이 든든한 밑불을 만들어가고 있을 즈음에 뜻밖의 사태가 벌어졌다. 익명의 제보를 받은 경찰이 갑자기 들이닥친 것이다. 전혀 예상치 못한 일이었다. 아버지는 이를 우려해 늘 계곡에 있는 한적한 식당에서 모임을 가졌는데, 그게 발각되고 말았다. 경찰이 계곡의 식당에까지 치고 들어오자 사람들은 혼비백산 흩어졌다. 아버지 역시 검거를 피하려고 산속으로 숨어들었다. 잡히는 날에는 콩밥 먹을 각오를 단단히 해야 했다. 유신헌법이 장악한 시국은 살벌했다. 입 한번 잘못 놀려도 그대로 철창행이었다.

경찰의 추적은 집요했다. 산속에까지 기어 올라와 아버지를 압박해 왔다. 날은 점점 어두워지고 있었다. 숲속에 들어선 후에는 한 치 앞도 구분할 수 없었다. 그때 최악의 사태가 벌어지고 말았다.

"네 아버지는 산속에서 그만 발을 헛디디고 말았어. 날이 어두워서 앞이 보이지 않았던 거야."

아버지는 산 아래로 추락했다. 실족사. 허무한 죽음이었다. 너무도 허망해서 아버지의 처참한 시신을 보고도 아무도 믿으려 하지 않았다. 그렇게 홍 씨 집안의 희망은 한순간에 사라졌다. 희망이 사라진 자리에 골 깊은 의혹이 들어섰다.

누가, 왜 아버지를 밀고했는가! 아버지를 매장한 후로 이런 의문이 유령처럼 마을을 떠돌아다녔다. 그날 경찰은 누군가의 제보를 받고 계곡의 식당을 급습했던 것이다. 밀고자는 누구인가, 가장 먼저 떠오른 사람이 어머니였다.

2

어디서부터 손을 써야 할지 막막했다. 책상 위에는 배윤수의 소설집과 『문학상상』 4월호가 나란히 어깨를 맞대고 있었다.

한심하다 못해 처참한 일이었다. 권영욱은 감쪽같이 사라졌는데 소설책이나 끼적대고 있다니…… 기대가 전혀 없지는 않았다. 배윤수의 소설집에 권영욱과 관련된 글이 있을지 몰라 다시 한번 소설을 훑어봤다. 그뿐 아니었다. 오 교수가 「코뿔소를 위하여」를 발견했을 때처럼 배윤수의 소설이 또 있는지 인터넷을 샅샅이 뒤졌다. 문예지는 물론 여성잡지, 시사잡지까지 뒤지고 또 뒤졌다. 그러나 어디에도 배윤수라는 이름은 없었다. 그때 책상 위에 있는 휴대폰이 울렸다.

"저, 송 기잡니다."

"무슨 일이오?"

"뭐 좀 물어볼 게 있어서요."

"말해보쇼."

"지난번 양평의 목장에 갔을 때 주민호라는 친구를 만났습니까? 배윤수의 고등학교 동창 말입니다."

장래희망이 프로게이머라고 했던가. 주민호는 배윤수의 소설에 대해서는 아무것도 알지 못했다.

"그 친구가 좀 수상해 보이지 않았습니까?"

"……."

"제가 그 친구에 대해 좀 알아봤는데 말입니다……."

"됐소. 다음에 합시다."

두식은 신경질적으로 전화를 끊었다. 지금 그쪽에 관심 둘 처지가 아니었다. 발등에 주먹만 한 불똥이 떨어졌다. 모든 통로를 열어두고 권영욱의 동선부터 찾아내야 했다. 권영욱의 둘째딸은 아직 그가 입국한 것을 알지 못했다. 그녀는 며칠 전에 샌프란시스코에 있는 권영욱과 짤막하게 안부 통화를 했다. 그런 그녀에게 권영욱이 가명으로 입국한 지하루 만에 감쪽같이 사라졌다는 말을 할 수는 없었다. 두식은 의자에 몸을 깊숙이 파묻고 두 눈을 감았다.

또 다시 배윤수의 소설이 등줄기를 타고 스멀스멀 기어 올라왔다. 그는 왜 이번 사건을 소설로 남기려고 한 것일까? 「코뿔소」가 그랬고, 오교수가 찾아낸 「코뿔소를 위하여」가 그랬다. 그의 소설은 한 편의 각본처럼 치밀하게 그려졌다. 소설을 먼저 쓴 후 소설에 나타난 대로 행동에 옮겼다. 그래서 그의 소설에 주목하지 않을 수가 없었다. 배윤수의 다음 소설이 있다면, 이번엔 권영욱을 모델로 하지 않았을까. 결코 허튼 추측이 아니었다. 두 번에 걸친 그들의 행로가 그런 추측을 이끌어냈다.

그때였다. 관자놀이에 찌르르한 전류가 흐르면서 금속성 물체가 정수리를 지그시 눌렀다. 노트북이었다. 노트북에 떠오른 한글문서가 암흑 속을 비집고 들어왔다. 동시에 오른쪽 어깨에 묵직한 기운이 모아졌다. 그것은 목장 별채 앞에서 부딪쳤던 주민호의 어깨였다. 거기서 뭐

하는 겁니까? 주민호의 목소리가 등짝을 후려쳤다. 두식은 눈을 번쩍 떴다. 주민호의 방…… 그날 그곳에서 무엇을 봤던가. 컴퓨터 두 대와 노트북, 그리고 노트북에 꽂혀 있던 USB. 배윤수의 다음 소설, 그 소설을 쓸 만한 곳…… 뒷골이 빽적지근하면서 특별한 육감이 온몸으로 퍼져갔다. 병원 응급실 앞에서 느꼈던 육감과 아주 흡사했다. 두식은 강 형사를 불렀다.

"따라와."

이번엔 두식이 직접 운전대를 잡았다.

"어딜 가는 겁니까?"

"양평 목장."

그나마 이번 사건을 파고들 수 있었던 것은 배윤수의 소설 덕분이었다. 그의 소설이 있었기에 여기까지 올 수 있었다. 지금으로서는 그의 소설보다 더 확실한 단서는 없었다. 배윤수의 다음 소설은 아직 발표하지 않은 육필 원고로 남아 있을지도 몰랐다. 주민호의 방에서 보았던 노트북의 한글문서, 그리고 노트북에 꽂혀 있던 USB…… 그때 왜 그걸 살피지 않았을까. 양평 목장에 도착하자마자 두식은 주민호의 방으로 향했다.

"여긴 또 어쩐 일이오?"

목장 주인이 뜰에서 풀을 베다 말고 두식에게 다가왔다.

"이 방에 있던 젊은이는 어디에 있습니까?"

"주 씨 말이오? 그 친구 그만뒀소."

짜증이 울컥 치밀었다. 가는 곳마다 사람이 떠난 뒤였다. 그가 언제 그만두었느냐고 물었다.

"댁이 목장에 온 지 이틀 뒤였소. 전날에는 배 씨를 찾는 사람이 또 왔소."

"그게 누굽니까?"

"기자라고 하던데…… 주 씨는 그 기자 양반이 다녀간 후 부랴부랴 이곳을 떠났소."

송 기자가 다녀간 모양이었다. 주민호는 송 기자와 무슨 일이 있었기에 목장을 급히 떠난 것일까.

"그 친구가 어디로 갔는지 아십니까?"

"그걸 내가 어찌 알겠소. 뭐가 그리도 급한지 짐도 챙기지 않고 사라졌지 뭐요."

주민호를 만나면 배윤수의 소설에 대해 캐물을 생각이었다. 아울러 배윤수의 또 다른 소설이 있는지, 소설이 있다면 그 내용이 무엇인지 반쯤 죽여서라도 알아내려고 했다.

두식은 그의 방으로 들어가 방안 구석구석을 둘러보았다. 다른 짐은 그대로 남아 있는데, 컴퓨터 두 대와 노트북만이 없었다. 강 형사는 책장과 책상, 옷장 등 가리지 않고 손길 가는 대로 마구 헤집었다.

"이것 보십시오."

강 형사가 책장 맨 아래칸에서 두툼한 원고뭉치를 찾아냈다. 프린트로 출력한 소설 원고였다.

"「코뿔소를 위하여」의 초고 같은데요."

원고에는 붉은 밑줄이 어지럽게 그어져 있었다. 탈고를 하기 전에 붉은 볼펜으로 교정을 본 원고였다. 책장을 뒤지는 손길이 더욱 빨라졌다.

코뿔소는 뿔이 하나다

두식은 자신의 실수를 인정했다. 그때 주민호를 매섭게 다그치고 컴퓨터와 노트북도 살펴봤어야 했다. 주민호 역시 그들과 한 패거리가 분명했다. 이 방에서 나온 배윤수의 소설 원고가 그걸 말해주고 있지 않은가.

"USB가 있는지 찾아봐!"

배윤수의 소설을 프린터로 출력한 것으로 봐서 또 다른 곳에 저장해두었을지도 모른다. 두식은 주민호의 책상 서랍을 차례차례 뒤졌다. 그런데 맨 아래 서랍은 아무리 용을 써도 열리지 않았다. 강 형사가 목장 주인에게 망치를 구해와 서랍 옆구리를 사정없이 내리쳤다. 그제야 아래 서랍이 찌그러지면서 속살이 드러났다. 서랍 속에서 가장 먼저 눈에 띈 것은 수십여 장에 이르는 사진이었다.

이건 또 뭔가? 순간 두식의 몸이 눈사람처럼 꽁꽁 얼어붙었다. 이 사진들은 한 인물만을 집중적으로 찍었는데, 다름 아닌 권영욱이었다. 권영욱이 노천카페에서 차를 마시는 사진, 요세미티 국립공원에 들어가는 사진, 자이언츠팀의 연고지인 AT&T 파크 야구장에서 찍은 사진…… 사진의 배경이 되는 곳 중에는 샌프란시스코의 금문교도 보였다. 하나같이 권영욱의 뒤를 미행하면서 은밀히 찍은 사진들이었다.

"단단히 벼르고 있었군……."

강 형사가 혼잣말로 중얼거렸다. 그랬다. 오래전부터 이들의 칼끝은 권영욱을 겨냥하고 있었다. 미국에도 조력자가 있는 걸까, 아니면 직접 미국에 건너가 권영욱을 염탐한 걸까. 설마 거기까지 손을 뻗칠 줄은 상상조차 하지 못했다.

사진을 다 걷어내자 맨 아래 조그만 수첩이 보였다. 두식은 수첩을 건져 올렸다. 수첩 안에는 소설을 쓰려고 틈틈이 메모해둔 글이 깨알같이 적혀 있었다. 맨 뒷장에는 각종 문예지의 이메일 주소와 전화번호가 나와 있었다.

"이번에도 소설을 실어달라고 미리 부탁한 게 아닐까요?"

두식도 같은 생각이었다. 배윤수는 수개월 전에 소설이 실릴 달까지 콕 짚어냈다. 강 형사는 수첩 속에 적혀 있는 문예지에 일일이 전화를 걸었다. 그러고는 배윤수에게 연락이 왔었는지, 그가 메일로 소설을 맡겼는지를 물었다. 일곱 번째 전화를 했을 때야 비로소 원하던 대답이 흘러나왔다.

"그렇습니다. 다음 호에 배 작가의 소설을 실을 예정입니다."

그곳은 『소설광장』이라는 문예지였다. 『소설광장』은 「신 허생전」을 발표한 곳이었다.

"언제 연락이 왔습니까?"

"지난달이었습니다."

"배윤수 씨가 직접 원고를 가지고 왔습니까?"

"아닙니다. 이메일로 보내왔습니다."

이번에도 「코뿔소를 위하여」를 발표했을 때와 똑같은 전철을 밟고 있었다.

"그 소설 제목이 뭡니까?"

"「코뿔소를 위한 변명」입니다."

제길, 또 코뿔소란 말인가. 두식은 뿌드득, 이를 갈았다.

코뿔소는 뿔이 하나다

밀고자는 마누라다!

소문은 입에서 입으로 전해졌다. 어머니와 아버지의 불편한 관계가 거기에 더 힘을 보탰다. 당시 어머니는 아버지와 사이가 좋지 않았다. 준혁을 낳은 후부터 그들 사이에 금이 가기 시작했다. 원인을 제공한 사람은 아버지였다. 아버지는 어머니의 바람막이가 되어주지 못했다. 홍 씨 친척들에게서 쏟아지는 비난과 힐책을 막아주기는커녕 남의 일 대하듯 수수방관했다. 어머니는 배신감을 느꼈다. 목숨마저 담보로 잡은 사랑과 용기는 동거에 들어갈 때뿐이었다. 아버지는 어머니에게 살림을 맡긴 채 직업도 없이 마냥 겉돌았다. 집에 들어오는 날보다 외박하는 날이 더 많았다. 부부싸움은 날마다 반복되었다. 그릇이 깨지고 험한 욕지거리가 오가고 서러운 통곡소리가 새벽녘까지 이어졌다.

밀고자는 마누라다…… 이런 소문은 아버지가 죽은 지 보름도 되지 않아 정설로 굳어져갔다. 그 후로 어머니에게는 '남편을 잡아먹은 여편네'라는 꼬리표가 따라다녔다. 홍 씨 친척들은 하루가 멀다 하고 어머니의 눈에서 피눈물을 뽑아냈다.

"그때 네 아버지를……."

작은어머니는 잠시 말을 멈추고는 고개를 푹 숙였다.

"경찰에 알린 사람이 작은아버지였어."

숨이 턱 막혔다. 밀고자가 작은아버지라니…… 작은어머니와 준혁 사이에 짧은 침묵이 이어졌다. 그와 동시에 준혁의 가슴속으로 바위만 한 질문이 꾸역꾸역 밀고 들어왔다. 그 불편한 시간 속에 수많은 의문이 붕붕 떠다녔다. 작은아버지가 왜 아버지를 밀고했단 말인가. 잠시 후 그런 의문을 해결해주기 위해 그녀의 친절한 설명이 뒤를 따랐다.

"작은아버지는 네 아버지가 만든 그 모임이 홍 씨 집안을 망칠 것으로 판단했어. 더 일이 커지기 전에 이쯤에서 아버지를 막아야 한다고 생각한 거지. 아울러 이 기회에 아버지가 마음을 고쳐먹고 다시 고시에 도전하기를 바랐던 거야……."

준혁은 속으로 피식 웃었다. 씨도 안 먹히는 소리, 세 가지 모두 이유가 될 수 없었다. 준혁의 꽉 막힌 가슴을 뚫어주기 위해서는 좀 더 가슴에 와 닿는 이유가 필요했다. 밀고를 하기 전에 아버지를 설득했는지, 과연 밀고만이 아버지를 막을 수 있는 최선의 방법이었는지 묻고 싶었다.

'딴 꿍꿍이가 있었겠지…….'

아버지에게 해코지를 부린 데는 다른 이유가 있을 것이다. 뭔가 작은아버지에게 이익이 되는 게 뒤따라야 앞뒤가 맞아떨어졌다.

준혁은 기억의 강물을 거슬러 올라갔다. 아버지의 예기치 않은 사고는 두 살 때 벌어진 일이었다. 아무리 뛰어난 수재의 아들이라고 해도 그때의 기억을 되찾는 것은 불가능했다. 그러나 당시 상황을 유추하는 것은 어렵지 않았다. 무엇보다 아버지의 불행한 죽음 이후 작은아버지의 행적이 눈에 거슬렸다. 당시 작은아버지는 결혼을 한 이듬해까지 백수 신세를 면치 못하고 있었다. 그런 작은아버지가 아버지의 장례를 치른 지 얼마 되지 않아 경찰서 안의 매점을 물려받았다.

작은아버지와 경찰 사이의 모종의 뒷거래가 있었던 것은 아닐까? 아버지의 모임 장소를 일러주고 그 대가로 경찰서 매점을 물려받은 것은 아닐까? 작은아버지는 그러고도 남을 인간이었다. 수재였던 아버지와 백수건달이었던 작은아버지는 여러 모로 달랐다. 아버지는 홍 씨 집안사람들의 사랑과 기대를 한몸에 받았지만, 작은아버지는 늘 멸시의 시선을 받았다. 작은아버지는 경찰서 매점을 물려받은 후 안정된 삶을 이어갔다. 준혁의 나이 아홉 살 때는 경찰서 매점을 정리하고 읍내에 식당을 차렸다. 어머니가 저세상으로 간 후 준혁은 그 식당에서 머슴처럼 일했다.

그날 작은아버지는 아버지의 사고를 예상하지 못했을 것이다. 감옥에 가서 몇 년 살다 나오면 된다고 가볍게 여겼을 것이다. 아버지가 마음을 바로잡고 고시에 재도전할 거라고? 그건 준혁의 지성을 모독하는 소리였다.

"작은아버지를 용서할 수 있겠니?"

작은어머니의 용서가 무얼 말하는 건지 잠시 헷갈렸다. 아버지를 저세상에 보낸 것을 용서해달라는 것인지, 자신에게 가한 핍박을 용서해달라는 것인지.

준혁은 차분하게 마음을 가라앉혔다. 어떤 돌발상황에서도 냉정을 찾는 데는 익숙했다. 머릿속은 지난날의 악몽이 어지럽게 소용돌이치고 있었다. 낭떠러지에서 떨어져 만신창이가 된 아버지의 몸, 저수지에 뿌려진 어머니의 유해, 시도 때도 없이 날아든 욕설과 폭력…… 병실에 누워 있는 작은아버지를 어떻게 해야 좋을까. 머리를 굴리고 또 굴렸다. 시간이 없으니 어서 결정을 내리라고 뇌세포가 뒷골을 콕콕 찔렀다. 애초부터 관용이나 자비 따위는 장식물로도 곁에 두고 싶지 않았다. 준혁은 작은어머니의 두 손을 잡았다. 그녀의 손바닥이 파충류의 혓바늘처럼 느껴졌지만 꾹 참았다.

"무슨 말씀인지 잘 알겠습니다."

드디어 마음의 결정을 내렸다. 그런 결정을 내리기까지 1분도 채 걸리지 않았다. 홍 씨 집안과 결별한 후부터 생긴 습관이었다. 한번 결정을 내리면 무슨 일이든 빠르게 밀어붙였다. 그런 과감한 결정이 지금의 자신을 만들었다고 생각했다.

준혁은 작은어머니의 어깨를 토닥거린 후 다시 병실 안으로 들어갔다. 작은아버지는 그새 잠들어 있었다. 준혁은 작은아버지의 손을 꼭 잡았다. 이 부뚜막 같은 손바닥으로 얼마나 많이 맞았는가.

"그동안 얼마나 힘이 드셨어요."

준혁의 목소리는 깃털처럼 부드러웠다.

"고맙다. 준혁아."

작은어머니가 대신 인사를 건넸다. 그녀의 눈에서 눈물이 주르르 흘러내렸다.

"이젠 마음에 두지 마세요. 다 지난 일입니다. 하늘에 계신 어머니도 아버지도 잘 알고 있을 겁니다."

작은어머니의 눈물은 멈출 줄을 몰랐다. 준혁은 주머니에서 손수건을 꺼내 그녀의 닭똥 같은 눈물을 닦아주었다.

"병실을 옮기시는 게 좋겠어요."

이곳은 6인용 병실이었다. 작은아버지 옆의 침대에는 한 노인네가 입가에 침을 질질 흘리며 홀로 뭐라 구시렁거리고 있었다.

"특실로 옮기세요. 제가 조치하겠습니다."

"주, 준혁아."

코뿔소는 뿔이 하나다

작은어머니는 뜻밖의 호의에 놀라 제대로 말을 잇지 못했다. 준혁은 그런 작은어머니를 가볍게 포옹하면서 나지막이 속삭였다.

"2년 넘게 절 길러주셨잖아요. 이제 그 은혜를 갚아야지요."

준혁의 가는 실눈이 작은아버지에게로 향했다. 두 눈을 감고 있는 작은아버지의 눈에서도 눈물이 흘러내렸다. 그 눈물이 이렇게 말하고 있었다. 그래도 키운 보람이 있구나.

작은아버지의 병실을 나서자마자 원무과에 들렀다. 마침 1인용 특실이 하나 남아 있었다. 특실을 예약하고 병원을 나서는데 휴대폰이 울렸다.

"지금 어디십니까?"

강 형사의 목소리가 다급하게 울렸다.

"무슨 일이야?"

"오늘 아침에 권영욱이…… 실종됐습니다."

"누구?……"

"권영욱이요."

준혁은 전화를 끊고 하늘을 물끄러미 올려다보았다. 폭포수 같은 햇빛이 머리 위로 쏟아졌다. 방금 강 형사가 뭐라고 지껄인 것인가. 권영욱이라면 미국에 거주하고 있어서 열외 인물로 제쳐둔 인간이 아닌가. 눈앞이 캄캄했다. 예상대로 정말 큰 게 빵 하고 터지고 말았다.

3

"왜 경찰에 알리지 않았어요?"

연구실에 들어서자 김 조교가 바짝 다가왔다.

"권영욱이 입국할지도 모른다는 거……."

아직도 그 생각에는 변함이 없었다. 그냥 내버려둘 것, 그의 운명에 간섭하지 말 것…… 지금쯤 수사본부는 초상집으로 변해 있을 것이다. 오후 1시쯤 최 반장에게 전화가 왔다. 권영욱의 실종을 알리는 그의 목소리는 담담했다. 오늘 아침 호텔에서 사라졌다고, 그들이 권영욱을 노릴 줄은 꿈에도 몰랐다면서 혀를 내둘렀다.

수연은 김 조교의 말을 한 귀로 흘리고 〈귀국〉을 다시 살폈다. 이 시나리오는 주인공이 모범택시 안에서 운전기사와 나누는 대화가 끝이었다. 곧 알게 될 겁니다. 하하하…… 그를 데리고 가는 곳이 어디인지, 운전기사의 정체는 무엇인지 나와 있지 않았다. 그때 휴대폰으로 강형사의 문자메시지가 올라왔다.

'메일을 보냈습니다. 배윤수의 또 다른 소설입니다.'

메일함에는 방금 전 강 형사가 보낸 메일이 도착해 있었다. 강 형사는 배윤수의 소설이 담긴 첨부파일과 함께 짧은 글을 남겼다.

'이 소설은 다음 달 『소설광장』에 실릴 예정이라고 합니다.'

수연은 첨부파일을 열었다. 제목은 「코뿔소를 위한 변명」이었다.

하늘은 높고 푸르렀다. 아침 일찍 내리던 비도 말끔히 개었다.

코뿔소는 뿔이 하나다

공항 앞 거리는 한산했다. K는 차 안에서 시계를 봤다. 12시 15분, 잠시 후면 그가 나타날 시간이다. 지금쯤 입국 절차를 마치고 개찰구를 나오고 있지 않을까.

그가 귀국하기만을 손꼽아 기다렸다. 그의 귀국 날짜를 확인한 후로는 아무 일도 손에 잡히지 않았다. 무려 15년 만의 귀국이었다. 그 오랜 세월 동안 한 번도 그를 잊은 적이 없었다.

공항 출구 쪽으로 사람들이 우르르 몰려나왔다. 인파 속에서 커다란 짐 가방을 들고 있는 그를 발견했다. 사진으로 본 것과는 달리 얼굴은 훨씬 더 늙어 보였다. 그새 이마도 벗어지고 흰머리도 더 많이 생긴 것 같았다. K는 등받이에서 몸을 반쯤 일으키고 차 유리문을 열었다.

오랜만에 고국땅을 밟았기 때문일까. 택시 승강장 쪽으로 가던 그는 잠시 걸음을 멈추고는 하늘을 올려다보았다. 하늘엔 뭉게구름이 여러 갈래로 흩어지고 있었다. K는 두 주먹을 슬며시 움켜쥐었다. 그가 고국땅을 밟은 느낌이 남다르듯 K역시 그를 본 감회가 남달랐다.

차는 영종대교를 지나 공항고속도로를 달리고 있었다. 바로 코앞에, 그를 태운 택시가 K의 차를 에스코트하듯 앞장섰다. 이윽고 택시는 일산 방향의 서울외곽순환도로로 들어섰다. K의 예상은 정확히 맞아떨어졌다. 귀국 후 첫 행선지로 일산에 거주하는 둘째딸의 집을 꼽았다. 비행기를 타고 오는 동안 둘째딸의 얼굴이 내내 눈에 밟혔을 것이다. 둘째딸의 결혼식에 참석하지 못해 늘 마음이 허전했을 것이다. 그의 짐가방 안에는 둘째딸과 사위, 그리고 손녀딸에게 줄 선물이 가득 들어 있지 않을까.

그가 둘째딸 집 앞에 도착한 것은 2시 무렵이었다. 조그만 정원이 딸린 단독주택이었다. 담장이 사람 허리께밖에 되지 않아 정원이 훤히 들여다보였다. 그가 초인종을 누르자, 둘째딸 부부와 손녀딸이 부리나케 달려 나왔다. 그들을 바라보는 그의 얼굴에 이 세상에서 가장 행복한 미소가 걸려 있었다. 그는 손녀딸을 번쩍 안았다. 본의 아니게 이산가족이 되어야 했던 그들의 감격적인 상봉이었다.

단독주택이 즐비한 언덕 사이로 어둠이 빠르게 내려앉았다. K는 그의 둘째딸 집 앞을 서성거렸다. 집 안에서는 웃음소리가 끊이지 않았다. 그의 웃음소리가 가장 크고 요란했다. 한때 K에게도 그들처럼 행복한 날들이 있었다. 5년 만에 교도소에서 나온 아버지는 삶에 강한 애착을 보였다. 모든 슬픔을 훌훌 털어버리고 예전의 자상한 아버지로 돌아왔다. 낮에는 과수원 일을 돌보고 밤에는 책을 읽었다. 이따금씩 K가 좋아하는 카레를 만들어주기도 했다. K는 동화책을 읽어주는 아버지의 목소리를 들으며 잠이 들었다. 그러나 그런 행복도 오래가지 못했다. 언젠가부터 아버지는 말이 없었다. 늦은 밤이면 과수원을 빠져나가 마을 주위를 정처없이 떠돌아다녔다. 새벽녘에 집에 돌아와서는 방 안에 우두커니 앉아 창문을 바라보았다. 해가 뜨면 잠이 들었고, 해가 지면 일어났다. 가끔은 이상한 신음소리를 내면서 온몸을 떨기도 했다. 그때까지만 해도 K는 아버지가 서서히 미쳐가고 있는 것을 알지 못했다. 정신병원에 입원하고 나서야 아버지의 상태가 아주 심각하다는 것을 알았다.

정신병원에서 퇴원한 후부터 아버지는 밧줄로 올가미를 만들기 시작했다. 원두막에 쭈그리고 앉아 밤낮없이 올가미를 만들었다. K는 아버지가 그 올가미를 어디에 쓰려고 하는지 몰랐다. 아버지가 죽고 난 후에야 비로소 그 올가미의 용도를 알았다. 당신이 만든 올가미로 목을 매단 것이다.

코뿔소는 뿔이 하나다

K는 지그시 눈을 감았다. 그들의 웃음소리는 그 밤 내내 그칠 줄을 몰랐다. 오늘만은 그들의 행복한 시간을 허락하기로 했다. 15년 만의 감격적인 만남인데, 하루쯤은 그냥 내버려두기로 했다. 그것이 K가 그에게 베풀 수 있는 유일한 배려였다.

다음날 오후, 둘째딸 집의 대문이 열리고 검은 승용차가 나타났다. 뒷좌석에는 그와 둘째딸이 나란히 앉아 있었고, 그의 사위는 운전대를 잡고 있었다. 그를 태운 차는 시내로 접어들더니 곧 한 호텔 앞에 멈추었다.

꼭 사흘이 걸렸다.

타이밍은 절묘했다. 오랜 기간 손발을 맞춰온 노력이 헛되지 않았다. 모든 일이 한 치의 착오도 없이 착착 맞아떨어졌다. 그가 호텔 정문으로 나왔을 때와 모범택시가 호텔 정문으로 다가갔을 때가 정확히 일치했다. 어찌 보면 당연한 일이었다. 오늘을 위해 수십 차례 예행연습을 거쳤다. 시간을 재고 간격을 재고 걸음걸이를 쟀다.

그가 호텔에 숙소를 잡은 후 세밀한 탐사 작업이 벌어졌다. 이번 일에는 K 말고도 다섯 명이 동원되었다. 그가 묵고 있는 객실, 호텔 로비, 호텔 정문 등에서 그의 일거수일투족을 지켜봤다. 그를 주시하고 있는 눈동자는 한둘이 아니었다. 그가 어디를 가든 그들의 시선을 벗어날 수 없었다.

차는 신호등 앞에 멈추었다. K는 브레이크 페달에서 발을 떼고 사이드 브레이크를 올렸다. 트렁크 쪽에서 뭔가 들썩거리는 게 느껴졌다. 이제야 그가 깨어난 것일까?

신호등이 바뀌고 K는 부드럽게 운전대를 돌렸다. 저 멀리 기도원 풍경이 여트막이 떠오르고 있었다.

방조제 양옆으로 검푸른 바다가 끝없이 펼쳐졌다. 차는 일정한 속도를 유지하며 제방 위를 달리고 있었다. 방조제를 지나 포도밭과 승마장을 거쳐 비포장도로로 접어들었다. 이윽고 차가 멈춘 것은 방조제를 건넌 지 반시간 후였다. 비포장도로 사이로 울창한 나무들이 길게 늘어서 있었다.

K는 시동을 끄고 차 밖으로 나왔다. 한여름의 따가운 햇볕이 머리 위로 쏟아졌다. 비탈길 아래로 야트막한 능선 한가운데에 붉은 건물이 웅장한 모습을 드러냈다. 그가 최후를 맞이할 곳이었다. 기도원은 마법의 성처럼 우뚝 솟아 있었다.

K는 차 뒤로 다가가 트렁크를 열었다. 그의 몸은 새우등처럼 휘어져 있었다. 그는 갑자기 쏟아지는 햇빛에 눈이 부신지 눈살을 찌푸렸다.

"내가 누군지 알겠습니까?"

K의 목소리가 차갑게 울렸다.

"여기 기도원이 있는 곳은…… 대부도가 아닐까요?"

김 조교가 모니터를 보면서 나지막이 중얼거렸다. 대부도는 손기출이 자신이 만든 올가미로 목을 매단 곳이다. 이 소설에서도 그와 유사한 장면이 나타났다. 그러나 이 소설은 현실과 다소 동떨어져 있었다. 권영욱이 귀국한 것은 소설과 일치하고 있으나, 첫 행선지와 납치 날짜는 달랐다. 권영욱이 입국한 후의 첫 행선지는 둘째딸의 집이 아니라 호텔 숙소였다. 소설에서는 권영욱이 호텔에 사흘을 머무른 후 납치된 것으로 묘사되어 있지만, 실제상황은 단 하루밖에 걸리지 않았다.

코뿔소는 뿔이 하나다

그는 기도원 중앙에 얌전히 앉아 있었다. 팬티만을 걸친 알몸이었다. 두 팔은 뒤로 단단히 묶여져 있었다.

K는 기도원 안에 설치된 캠코더의 위치를 살폈다. 빛과 조명, 피사체의 각도도 알맞게 조절했다. 이제부터는 그의 입을 통해 진실을 밝힐 차례였다. K는 천천히 그 앞으로 다가갔다. 검은 두건을 쓴 그는 인기척을 느꼈는지 몸을 비비꼬았다. 죽음, 공포, 절망, 좌절…… 지금 그의 심리상태를 파악하는 것은 어렵지 않았다. 삶과 죽음의 중간에 서 있는 기분일 것이다. 한 발만 잘못 디뎌도 그대로 저승길로 곤두박질치는 것이다. 아니, 현재 자신이 처한 상황을 곧이곧대로 받아들이지 않는지도 모른다. 악몽을 꾸는 것이라고, 이 악몽에서 깨어나면 곧 예전의 달콤한 일상으로 되돌아올 것이라고 스스로를 위로하고 있을지도 모른다. 그러나 불행하게도 꿈은 아니다. 그의 몸을 조준하고 있는 캠코더 렌즈가 정직한 현실의 몫을 강요하고 있었다.

K는 캠코더의 플레이 버튼을 눌렀다. 그의 심문 과정을 오래오래 남기고 싶었다. 그가 왜 이곳에서 최후를 맞이하게 되는지를 그의 범죄행위를 통해 낱낱이 밝히고 싶었다. K는 그의 머리를 두르고 있는 검은 두건을 벗겼다. 그의 눈이 황소눈처럼 커졌다.

"이름이 뭐죠?……"

여기서부터는 소설 속의 K가 그를 신문하는 과정이 그려졌다. 이 소설에서 유일하게 대화체 문장이 많이 나오는 부분이었다. K의 매서운 질문이 이어지고, 그의 입에서 오래 묵은 진실이 흘러나왔다. 신문이 진행되는 동안 한쪽에서는 캠코더가 그 모습을 녹화하고 있었다. 이 소

설은 앞서 발표된 두 소설과는 달리 신문과 집행 과정을 자세하게 묘사
하고 있었다. 그때 연구실에 전화벨 소리가 울렸다. 김 조교는 짧게 통
화를 한 후 수연 앞으로 다가왔다.

"수사팀은 곧 출발한다고 합니다. 저희도 가봐야 하지 않습니까?"

"……."

"수사팀도 그들이 있는 곳이 대부도라고 확신하고 있습니다."

수연은 썩 내키지가 않았다. 거기에 간들 마땅히 할 일도 없었다. 그
들이 남긴 뒤치다꺼리나 처리하고 권영욱의 최후를 확인하는 것에 지
나지 않았다. 그러나 김 조교의 생각은 달랐다. 이번 사건의 유력한 조
언자로서 끝까지 힘을 보태야 한다고 여겼다.

"교수님……."

김 조교의 따가운 시선이 수연의 몸을 간절하게 더듬었다. 어서 결정
하라, 당신이 가지 않으면 나라도 따라가겠다, 그렇게 말하고 있었다.

4

소설을 읽는 동안 낯익은 공간이 하나둘씩 눈앞을 스쳐지나갔다. 방
조제, 포도밭, 기도원…… 소설 속의 무대는 대부도였다. 이미 한차례
다녀간 탓인지 소설 속의 풍경이 낯설지 않았다. 손기출의 과수원을
찾아갈 때의 주변 풍광이 이 소설 속에 나와 있었다. 두식은 마지막 장
을 펼쳤다.

이제 마침표를 찍을 때가 왔다. 더 이상 그와 나누는 대화는 무의미했다.

기도원 앞에는 여러 사람들이 모여 있었다. 하나같이 아픈 상흔을 가슴 깊이 간직한 채 살아온 사람들이었다. 그를 이곳으로 데려오기까지, 그들에게 많은 도움을 받았다. 그들 또한 그의 귀국을 간절히 기다리고 있었다. 그들의 바람은 곧 K의 바람이었고, 그들이 원하는 것은 곧 K가 원하는 것이었다. 몸은 여럿이지만 마음은 하나였다. 걸어온 길은 달라도 가야 할 길은 같았다.

"시작하시죠."

누군가 K의 등 뒤에서 나직이 말했다. K는 가방에서 올가미를 꺼냈다. 팽팽하게 당겨진 올가미는 마치 견고한 쇠막대기 같았다. 올가미를 쥐고 있는 K의 두 손끝에 거대한 힘이 모아졌다. 손목 부위에 퍼런 실핏줄이 드러나고 짜릿한 촉감이 전해졌다. 이 정도의 힘이라면, 사나운 맹수도 저세상으로 보낼 수 있을 것 같았다.

돌이켜보면, 지난여름은 K에게 있어서 가장 뜨겁고 치열했던 날들이었다. 많은 사람들이 하나씩의 아픈 사연을 간직하고 모여든 기도원의 음습한 내면 풍경, 두 달 넘게 빛과 그림자처럼 떠오르던 선명한 기억들…… 그 폭염의 광장에서 K는 역사의 몫으로 남겨두었던 응징의 문을 소리 없이 열었다.

K는 그를 향해 성큼 다가갔다.

"가시죠."

수사관들이 두식 앞으로 몰려들었다. 이번에야말로 끝장을 내겠다는 얼굴들이었다. 그들의 눈빛은 뭘 꾸물거리느냐고, 어서 일어나 그놈들을 족치러 가자고 재촉하고 있었다.

"홍 검사는?"

두식이 자리에서 일어나며 물었다. 대한민국 검찰이 만만하게 보입니까? 아직도 철밥통이라는 소리가 찰거머리처럼 따라다녔다.

"휴대폰이 꺼져 있습니다."

홍 검사에게 무슨 일이 생긴 걸까. 강 형사와 잠깐 통화를 한 후로 그의 휴대폰은 내내 먹통이었다.

"권영욱이 실종되었다는 소식은 전했나?"

"물론이죠."

수사팀은 각자 품 안에 권총을 휴대한 후 세 대의 차에 나눠 탔다. 조수석에 앉은 두식은 양손을 주머니에 찔러 넣었다. 육감이 왕성하기는 한데 손에 딱 잡히는 게 없었다. 정말 그들이 권영욱을 납치해서 대부도로 간 것일까? 샛별회 2세들이나 권영욱이 대부도에 있는지 확신이 서지 않았다. 그들이 권영욱과 함께 있는지도 자신할 수 없었다. 어디까지나 이건 소설에 지나지 않았다. 그런데도 주변상황이 꼭 소설처럼 이뤄질 것 같은 예감이 들었다. 이미 두 차례나 그걸 뼈저리게 경험하지 않았는가.

"반장님!"

경찰서 주차장을 벗어나는데 한 사내가 온몸으로 차 앞을 막아섰다. 송 기자였다.

"자네, 지금 뭐하는 건가?"

"여쭈어볼 게 있습니다."

"나 지금 바빠."

코뿔소는 뿔이 하나다

"잠깐 시간 좀 내주십시오. 긴히 드릴 말씀이 있습니다."

"……."

"양평 목장에서 만난 주민호 있지 않습니까? 그 친구가 어떤 자인지 알아냈습니다. 그뿐 아닙니다. 이번 사건에 연루된 사람이……."

"이봐, 나중에 들을 테니 어서 비켜!"

"아닙니다. 지금 들어야 합니다."

송 기자는 쉽게 물러설 기세가 아니었다. 차바퀴 아래 누우려는지 허리를 잔뜩 구부렸다.

"그냥 밟아."

강 형사가 가속 페달을 힘껏 밟았다. 차 앞 범퍼가 송 기자의 옆구리를 살짝 스치고 지나쳤다. 어이쿠, 소리와 함께 송 기자는 바닥에 풀썩 자빠졌다.

경찰서를 벗어나자마자 내비게이션에 시화방조제를 찍었다. 과연 소설 속의 기도원을 찾을 수 있을까. 급히 서두른 탓에 아무런 정보도 가지고 있지 않았다. 유일한 정보라고는 「코뿔소를 위한 변명」뿐이었다.

"오 교수에겐 연락했나?"

"곧 출발한다고 합니다."

차는 양재 인터체인지에서 과천 쪽으로 접어들었다.

"잘 생각하셨어요."

수연은 고개를 절레절레 흔들었다. 잘 생각해서 내린 결론이 아니었다. 김 조교의 시선이 하도 따가워서 마지못해 차에 올랐을 뿐이다. 차가 학교 주차장을 빠져나가자 김 조교는 속력을 높였다.

"수사팀에서도 교수님이 와주시기를 바라는 눈치더라고요."

김 조교에게 되묻고 싶었다. 대부도에 간들 무엇이 달라지겠느냐고. 수연이 그곳에 간다고 해서 변할 것은 없다. 수사팀 이외에 이를 확인할 사람이 하나 더 늘어난 것에 지나지 않았다. 사실 대부도에서 그들을 만나거나 검거할 확률은 제로에 가까웠다. 그러나 권영욱의 사체가 그곳에서 발견될 확률은 절반이 훨씬 넘었다.

"교수님 심정 충분히 이해해요. 아마 저 같아도 경찰에 알리지 않았을 겁니다."

싱거운 소리였다. 왜 경찰에 알리지 않았느냐고 다그칠 때는 언제고 이제 와서 그런 소리를 늘어놓다니. 지금도 권영욱의 운명에 끼어들고 싶은 생각은 추호도 없었다.

"김 조교는 복수를 꿈꿔본 적이 있어?"

"그야 당연한 거 아닙니까?"

김 조교는 그것도 질문이냐는 듯 입술을 삐쭉 내밀었다. 법의 지배가 확립된 이후 사적인 복수는 금지됐다. 법이라는 제3자가 복수의 대리인으로 임명되었기 때문이다. 그럼에도 불구하고 현대인은 처절한 복수극을 갈망한다. 복수는 정의를 빙자해 짜릿한 전율을 원하는 대중의 금지된 욕망이다.

"전 그들의 행동이 단순한 복수라고 생각하지 않아요."

"……."

"그들은 청소부가 아닐까요? 이 땅의 쓰레기들을 쓸어담는 청소부

말입니다. 우리 사회는 그들에게 빚을 지고 있는 거예요."

"그들을 동정하는 건가?"

"아닙니다. 이해하는 거죠. 내가 과연 그들과 같은 처지였으면 어땠을까요? 아마 그들과 똑같은 마음이었을 겁니다. 단지 그들은 실천으로 옮겼다는 게 저와 다를 뿐이죠."

"그럼 우린 그런 청소부를 잡으러 가는 거네."

김 조교의 말을 약간 비틀어봤다. 아무 반응이 없었다.

"그런데도 굳이 거기까지 따라가야 하나?"

"아직 잘 모르시는군요. 저는 그들을 보려고 대부도에 가는 게 아닙니다. 권영욱이 어떻게 최후를 맞이하는지 그걸 보러 가는 겁니다."

권영욱의 최후…… 그렇다면 그곳에 가볼 만한 이유가 됐다. 카론, 아누비스, 이번엔 야마의 차례인가. 갑갑하고 막막했다. 차는 대부도를 향해 내려가는 것이 아니라 올라오는 차량들에 뒤섞여 거꾸로 가는 느낌이었다. 수연은 뒷덜미가 등받이에 쏠릴 때마다 몸을 세우려 무릎 관절에 힘을 곱절은 불어넣었다. 차가 월곶 인터체인지를 지나자 시화방조제를 알리는 푯말이 보였다.

5

바다 빛깔은 푸르렀다. 평일이라서 그런지 차는 별로 없었다. 두식은 차창 밖으로 고개를 내밀었다. 험하게 출렁거리는 바다 물결이 아릿하게 두 눈을 적셔왔다.

아버지의 유해는 바다에 뿌려졌다. 그해 5월 아버지의 장례의식은 바다 한가운데서 간단히 끝났다. 화장터에서 한줌 뼛가루로 나온 유해는 물결 속에 고이 녹아내렸다. 정말 단출한 의식이었다. 아버지의 유해를 바다에 다 뿌리고서야 알았다. 이 땅과 마지막으로 작별하는 의식치고는 절차가 너무 간소하다는 것을. 뭉게구름을 감아올린 바다는 그곳을 떠날 때까지 내내 소리 없이 비명을 지르고 있었다.

아버지의 무덤은 만들지 않았다. 경찰이 내건 협상조건은 아버지의 장례를 조용히 치르는 것만이 아니었다. 발인을 하루 앞두고 경찰서장과 찻집에서 한 차례 더 만났다. 경찰서장은 여전히 검은 양복과 넥타이를 매고 와서 예의를 갖추었다. 두 번째 만났을 때 경찰서장은 협상조건으로 하나를 더 추가했다.

"화장을 했으면 좋겠소."

경찰서장은 그렇게 제안하면서 자꾸 찻집 구석 쪽을 힐금힐금 쳐다봤다. 거기에 그 사내가 있었다. 신문으로 얼굴을 가리고 있었지만, 다리를 꼬고 앉아 있는 자세가 낯설지 않았다.

'인생이란 게 뭔지 아쇼? 우박 치면 우박 맞고, 벼락 치면 벼락 맞는 거요.'

첫날 경찰서장과 함께 찾아온 점퍼 차림의 사내, 인생이 무엇인지 한 수 지도하던 그가 가죽 소파에 앉아 있었다. 대체 저 사내는 누구인가. 50대 중반의 경찰서장도 쩔쩔매는 걸 보니 보통 인물은 아닌 듯싶었다.

아버지의 시신을 화장하는 문제는 쉽게 결정을 내리지 못했다. 두식은 완강하게 반대했다. 아버지의 시신을 불구덩이에 밀어넣을 수는 없었다. 어머니도 그것만은 선뜻 응하지 않았다. 게다가 아버지의 묫자리는 이미 정해져 있었다. 노점상인과 시민단체에서는 마석 모란공원을 추천했지만, 어머니는 아버지의 고향에 묻기를 원했다. 그래도 고향만 한 곳이 없다면서 양계장 뒷산을 점찍어 두었다. 그런 가운데 발인 날짜는 성큼 다가오고 있었다. 자정이 넘어서 사복경찰이 조문객으로 가장해 아버지의 빈소에 들어섰다. 사복경찰은 두식을 거들떠보지도 않고 어머니부터 찾았다. 그들의 대화는 짧았다. 사복경찰이 돌아간 후 어머니는 한동안 넋이 빠진 채 아버지의 영정사진만 쳐다봤다. 무슨 대화를 나누었냐고 물어도 대답이 없었다. 어머니의 양 어깨에 무거운 짐이 내려앉았다. 그 짐이 너무 무거워서 어머니는 일어서려다가 두 차례나 자리에 풀썩 주저앉았다. 늦은 새벽, 결국 어머니는 그들의 요구에 따르기로 결정했다. 그렇게 말하면서도 어머니는 차마 그것이 아버지의 뜻이라고는 말하지 못했다. 화장터로 가는 동안 어머니는 말이 없었다. 화장을 하는 게 옳은 일인지, 꼭 그렇게 해야 하는지 곰곰이 생각하는 눈치였다.

어머니는 아버지의 빈소를 지키는 동안 의연한 자세를 잃지 않았다. 장례식장에 모여든 사람들이 어머니를 강하게 만들었다. 어머니는 그들 앞에서 약한 모습을 보이지 않는 게 아버지에 대한 마지막 도리라고 여겼다. 그래서 낮이나 밤이나 조금도 흐트러짐이 없이 빈소를 지켰다. 그런 어머니가 바닷가에서, 아버지의 유해를 다 뿌리고 난 뒤 한없이 울었다. 그 울음소리가 너무 서러워서 두식도 한참을 울었다.

"대부도에 기도원은 모두 다섯 곳이라고 합니다."

뒷좌석에 앉은 민 형사는 수시로 수사본부와 연락을 취하고 있었다. 이제야 대부도에 있는 기도원 현황이 파악된 모양이었다. 다섯 곳의 기도원 중에 어디로 가야 할까? 대부도는 작은 섬이 아니었다. 이 섬의 기도원을 모두 둘러보려면 하루 가지고는 턱없이 모자랐다. 그때 배윤수의 소설이 떠올랐다. 대부도를 묘사한 글 중에서 어느 특정 지역을 나타낸 게 있지 않을까. 기도원으로 가는 길을 묘사한 풍경 중에 다음과 같은 글이 눈에 들어왔다.

'차는 포도밭과 승마장을 지나 비포장도로로 접어들었다…….'

내비게이션에 승마장을 찍었다. 승마장이 있기는 하나 그 주변에 기도원은 없었다. 여기서부터는 현지인의 도움이 필요해 보였다.

"차 좀 세워봐."

두식은 대부동 주민센터 안으로 들어가 승마장 주변에 기도원이 있는지를 물었다.

"어느 기도원을 찾는데요?"

기도원의 이름은 알지 못했다. 소설 속에서는 그곳을 '마법의 성' 혹은 '요새'라고 표현했다. 차마 주민센터 직원에게 '마법의 성'이 어디에 있느냐고 물을 수는 없었다. 주민센터 직원은 두식의 얼굴이 절박해 보였는지 대기석에서 신문을 뒤척이고 있는 중년 사내에게 다가갔다. 직원의 말을 귀담아들은 중년 사내가 팔자걸음으로 두식에게 다가왔다.

"승마장 주변의 기도원을 찾는다고 했소?"

"그렇습니다."

코뿔소는 뿔이 하나다

"그 근처에 기도원이 하나 있기는 한데…… 폐쇄된 지 꽤 됐소만."

폐쇄된 기도원? 그곳이 가장 적합해 보였다. 소설의 표현대로 '마법의 성'과도 잘 어울릴 것 같았다.

"그곳이 어딥니까?"

"여기서 한참 들어가야 하는데."

중년 사내는 기도원의 약도를 그려주었다.

6

수사팀 차량은 시화방조제를 건넌 후 대부도로 들어섰다. 모두 세 대였다. 최 반장을 태운 차가 맨 앞에서 나머지 차를 이끌고 있었다. 방조제를 건너자 크고 작은 식당들이 길게 이어졌다. 형진은 그들과 적당한 간격을 두고 뒤를 밟았다.

아직도 사이드미러에 긁힌 옆구리가 시큰거렸다. 최 반장의 차가 그대로 밀어붙일 줄은 몰랐다. 수사팀 차량이 경찰서를 빠져나가자마자 남 기자와 함께 곧바로 뒤를 따라붙었다.

"어디로 가는 걸까요?"

남 기자가 물었다.

"둘 중 하나겠지."

제3의 실종자 아니면 샛별회 2세들일 것이다. 장기국과 백민찬에 이어 새로운 실종자가 또 나왔다. 하나에서 둘, 둘에서 셋…… 지난날 권력 주변에서 부귀와 영화를 누렸던 자들이 감쪽같이 사라지거나 저세상으로 갔다. 차가 신호등 앞에 멈추자 형진은 주머니에서 만년필 녹음기를 꺼냈다. 남 기자는 만년필을 힐끔 쳐다보더니 입가에 희멀건 주름을 달았다. 이 만년필 안에는 수사관들의 대화 내용이 저장되어 있었다.

"지난달에도 국회의원 회관 화장실에서 한 건 올렸습니다."

후배 기자들은 노련한 사냥꾼이었다. 형진은 이번 사건에 그들을 대충 부려먹으려고 했던 생각을 고쳐먹었다. 그들은 두세 수 앞을 내다보는, 수읽기의 탁월한 능력자였다.

남 기자가 본관 4층 화장실에서 녹취한 녹음기에는 놀라운 내용이 담겨 있었다. 줄줄줄, 졸졸졸. 오줌을 갈기면서 수사관들끼리 나눈 대화의 내용을 요약하면 이랬다. 세 번째의 실종자가 또 나왔다, 그는 오랜만에 입국한 인물로 호텔 정문에서 사라졌다, 둘째딸의 집에 가려다가 변을 당한 것 같다…… 그러나 실종자의 신원은 알 수 없었다. 수사관들은 실종자의 이름 대신 '그 인간'이라고 불렀다. 백민찬의 사체를 목격했을 때처럼 이번에도 큰 건이 걸려든 것 같았다.

"주민호에 대해서는 더 알아봤나?"

얼마 전 양평 목장에 갔을 때 주민호가 수상한 인물이라는 것을 단박에 알아봤다. 이틀에 걸쳐 뒷조사를 했더니 뜻밖의 전력이 나왔다. 주민호는 전직 해커였다. 오래전에 공공기관을 해킹하다가 발각되어 구류를 살기도 했다. 한때 해킹 실력이 뛰어나 국가에서 그를 특채하려고 한 적도 있었다.

"그의 아버지는 주중휘라는 인물로 구국연맹사건으로 고인이 된 사람입니다."

주민호 역시 샛별회 사건 2세들의 전력과 유사했다. 그것만 보더라도 한 패거리가 분명했다. 형진이 최 반장의 차를 막고 물어보려 했던 것도 주민호와 배윤수의 남다른 관계였다.

"박 기자는 어디쯤에 있나?"

"쌍계사 근처에 있다고 합니다."

경찰서를 떠나기 직전 박 기자에게 전화가 왔다. 그는 비오 신부를 미행 중인데 공교롭게도 그가 전화한 곳은 시화방조제였다. 이게 우연의 일치일까. 수사팀 차량도, 비오 신부 차량도 사전에 약속이라도 한 듯 대부도 안으로 들어섰다. 아무래도 이 섬에서 한바탕 큰일이 벌어질 것 같은 예감이 들었다.

"내비에 찍어봐."

내비게이션에 나타난 쌍계사는 301번 국도에서 그리 멀지 않은 곳이었다. 수사팀 차량은 방조제를 건넌 후부터 줄곧 301번 국도를 달리고 있었다.

"저기 있습니다."

쌍계사를 가리키는 팻말 아래 깜박이를 켠 차가 보였다. 차 옆에는 박 기자가 도로 쪽으로 고개를 쑥 내밀었다. 차는 박 기자 앞에 멈추었다.

"어서 타."

형진은 차 유리문을 열고 소리쳤다. 수사팀 차량은 마침 신호등 앞에 멈추었다. 박 기자는 자신의 차를 재빨리 식당 앞에 주차시킨 후 형진의 차에 올라탔다.

"어떻게 된 거야?"

"쌍계사 근처에서 비오 신부를 놓쳤습니다."

"신부 혼자였나?"

"그건 잘 모르겠습니다…… 그런데 이곳엔 어쩐 일입니까?"

박 기자가 운전석 쪽으로 고개를 내밀었다.

"실종자가 또 나왔어."

남 기자가 한쪽 눈을 찡긋거렸다.

"저 앞의 차가 수사팀 차야."

수사팀 차량은 301번 국도에서 우회전한 후 곧장 직진했다. 대체 어디로 가는 것일까. 비오 신부, 샛별회 사건 2세들, 제3의 실종자…… 인생역전을 노릴 수 있는 큰 것 한 방이 꼬리에 꼬리를 물고 이어졌다. 이번엔 반드시 그 꼬리를, 아니 꼬리를 이어주는 몸통의 존재를 밝혀야 한다.

이윽고 수사팀 차량이 멈춘 곳은 대부동 주민센터 앞이었다. 형진은 수사팀 차량과 적당한 거리를 두고 차를 세웠다. 차에서 내린 최 반장은 주민센터 안으로 들어갔다.

"선배님, 이 사진 좀 보십시오."

뒷좌석에 앉은 박 기자가 형진 앞에 사진을 내밀었다. 사진 안에는 등산복 차림의 십여 명의 젊은이가 2열 횡대로 서 있었다. 그들 가운데 비오 신부가 환하게 미소 짓고 있었다. 비오 신부 옆에는 샛별회 2세들의 얼굴도 보였다.

"이 사진은 어디서 구했어?"

사진의 배경은 북한산이었다. 그들 뒤로 백운대와 만경대 사이에 위

코뿔소는 뿔이 하나다

치한 백운봉암문이 희미하게 보였다.

"비오 신부 사제실에서 가져온 겁니다."

"오호, 대단하군."

유능한 기자란 엿듣고 훔치는 데도 일가견이 있어야 한다. 끈기와 노력 없이 저절로 굴러오는 특종은 없다.

'이게 누구야⋯⋯.'

사진을 훑어오던 형진의 동공이 활짝 열렸다. 그들 중에 주민호의 얼굴도 보였다. 배윤수의 옆자리에서 희미하게 웃고 있었다. 예사롭지 않은 사진이었다. 비오 신부를 에워싸고 있는 젊은이들⋯⋯ 대체 이들은 누구란 말인가.

"혹시 샛별회 사건에 장기국도 가담한 겁니까?"

박 기자가 물었다.

"이번 사건을 취재하다보니 샛별회 사건과 관련된 인물이 하나둘씩 나오더라고요."

어라, 요것 봐라. 장기국이라는 이름은 또 어디서 주워들었을까. 알짜 정보를 제공해주는 것은 좋으나 거기는 이들이 건드려서는 안 될 영역이었다. 아무리 후배 기자들이라고 해도 마음을 놓을 수가 없었다. 자칫하다가는 배달원 녀석의 말대로 두 눈 멀쩡히 뜨고 특종을 뺏길지도 모를 일이다. 형진의 오랜 경험에 비춰볼 때 기자들은 결코 믿을 만한 종자가 못 됐다.

"거긴 신경 쓸 거 없어. 자네들은 샛별회 2세들에게만 집중하면 돼. 그게 자네들이 할 일이야."

형진은 똑부러지는 소리로 말했다. 후배 기자들이 이번 사건에 깊이 파고들거나 너무 많은 것을 알아도 좋을 게 없었다. 겉으로는 선배니 후배니 어쩌고 떠들어도 특종 앞에서는 위아래가 없었다.

"최 반장이 나옵니다."

남 기자가 짧게 소리쳤다. 주민센터에서 나온 최 반장은 손짓을 하며 수사관들을 불러모았다. 운전대를 잡은 형진의 손에 땀이 차올랐다. 드디어 제3의 실종자나 샛별회 2세들의 위치를 파악한 것일까.

"저기 있어요!"

김 조교는 브레이크 페달을 밟았다. 대부동 주민센터 앞에 차 세 대가 나란히 멈춰 있었다. 수사팀 차량이었다. 최 반장은 맨 앞 차의 범퍼에 기대고 서서 수사관들에게 뭔가 지시를 내리고 있었다. 수연은 차에서 내려 최 반장에게 다가갔다.

"마침 잘 오셨습니다. 기도원을 찾았습니다."

최 반장이 메모지에 그린 약도를 가리켰다. 기도원의 위치는 소설에 나온 대로 승마장에서 그리 멀지 않은 곳이었다.

수연은 발갛게 얼굴이 상기되어 있는 최 반장에게 두 가지를 묻고 싶었다. 정말 그들을 잡으러 가는 거냐고, 소설과 실제상황을 혼동하는 것은 아니냐고. 아무리 소설이라는 형식을 빌렸다고 해도 나 여기 있으니 어서 잡아가쇼, 하고 동네방네 떠드는 범죄자는 없다. 실제상황을 소설로 만들 수는 있어도 소설을 실제상황으로 만들 수는 없다.

"기도원은 폐쇄된 지 꽤 오래 됐답니다."

최 반장은 담배를 입에 물고 라이터를 찾지 못해 허둥거렸다. 강 형
사가 담배에 불을 붙여주자, 담배 연기를 길게 허공으로 내뿜었다. 그
의 눈동자 속에 소설과 실제상황이 복잡하게 얽혀 있었다.

"기도원까지는 얼마나 걸릴 것 같습니까?"

"차로 10분 정돕니다. 저희 뒤를 따라 오십시오."

최 반장은 담배를 비벼 끄고는 다시 차에 올랐다. 수사팀 차량은 완
만한 경사길로 들어섰다. 지나가는 차량은 거의 없었다. 이따금씩 짐
을 잔뜩 실은 화물트럭이 요란한 굉음을 내며 도로를 질주하고 있을
뿐이었다. 도로 옆으로 포도송이가 주렁주렁 매달렸다. 차는 포도밭을
지나 승마장 입구를 스치듯이 지나쳤다.

"이건 소설이 아니에요……."

김 조교의 시선이 승마장 간판을 따라잡았다. 소설이 아니라 실제상
황이라면 앞으로 어떻게 되는 것일까? 「코뿔소를 위한 변명」의 마무리
는 애매모호했다. 호텔 앞에서 납치한 '그'를 올가미로 매단 것인지, 아
니면 지난날을 반성하는 '그'의 고백을 듣고 살려둔 것인지 분명하지가
않았다. 싱거운 결말이었다. 배윤수는 '그'의 앞날이 어떻게 될지 독자
의 몫으로 남겨놓았는데, 그건 작가의 직무유기 같았다.

"그런데 홍 검사가 보이지 않네요."

수사팀이 타고 온 세 대의 차량 안에 홍 검사는 없었다. 수연은 두
눈을 지그시 감았다. 홍 검사가 오든 말든 거기까지 신경 쓸 일은 아니
었다.

강남역 근처의 한 나이트클럽 앞에 차를 세웠다. 차에서 내리자마자 곧바로 붉은 카펫을 밟고 클럽 안으로 들어갔다. 시간이 촉박했다. 이번 기회를 놓치면 평생 후회할지도 모른다. 준혁은 마음의 결정을 내린 후 불도저처럼 밀어붙였다. 권영욱의 실종은 잠시 접어두기로 했다. 지금 이보다 더 급한 일은 없었다. 클럽 안은 대낮인데도 어둡고 침침했다.

"거기 누구쇼?"

클럽 입구에서 검은 정장을 한 깍두기 한 놈이 준혁 앞으로 다가왔다. 깍두기는 준혁을 위아래로 쓰윽 훑어보더니 갑자기 허리를 직각으로 굽혔다.

"여, 여긴 어쩐 일이십니까?"

"망치 있나?"

준혁은 아파트 주차장에서 도화지를 들고 있던 깍두기를 찾았다.

"우선 이쪽으로 오십시오."

깍두기는 준혁을 클럽 안의 룸으로 안내했다. 룸 안은 술 냄새가 진동했다. 간밤에 폭탄주를 돌렸는지 꽃무늬 벽지에는 종이 쪼가리가 더덕더덕 붙어 있었다.

"부르셨습니까?"

잠시 후 룸 안으로 들어온 깍두기가 공손히 허리를 굽혔다. 역시 사람은 제 물에서 놀아야 한다. 아파트 주차장 앞에서 볼 때는 멍청하고 실없는 건달로 보이더니 이곳에서는 조직원 특유의 품격이 느껴졌다.

준혁은 허리를 곧추세우고 깍두기의 인사를 정식으로 받았다.

"긴 말 하지 않겠다."

"말씀하십시오."

무슨 일로 클럽까지 찾아왔을까. 깍두기의 얼굴에는 방문객에 대한 호기심과 함께 어떤 기대감이 잔뜩 묻어났다.

"쓸 만한 일감이 있다."

아버지의 죽음은 준혁을 큰 혼란 속으로 밀어넣었다. 아버지와 어머니의 결합, 한때 불꽃처럼 타올랐을 그들의 사랑도 위로가 되어주지는 못했다. 남편 잡아먹은 여편네…… 어머니는 무려 9년이나 홀로 가슴에 묻어두었다. 이제야 그런 어머니의 심정을 알 것 같았다. 어느 누구도 당신의 무고를 받아들이지 않았을 테니까. 어머니가 자살하기 전에 아버지의 무덤을 찾은 이유도 짐작이 갔다. 나는 아니라고, 밀고자가 아니라고 어머니의 퉁퉁 부은 얼굴이 말하고 있었다.

도저히 용서가 되지 않았다. 죽음을 코앞에 두고 나온 작은아버지의 발상이 가소롭고 괘씸했다. 이승을 떠나기 전에 시커먼 양심만은 훌훌 털고 가겠다는 것이었다. 차라리 지난날을 조용히 참회하면서 저승사자를 받아들이는 게 인간의 도리가 아닌가.

한때 열렬하게 복수를 꿈꾼 적이 있었다. 작은아버지, 큰고모, 작은고모…… 열세 살 때 작은아버지의 집을 떠나면서 가슴 한구석에 복수라는 이름을 오롯이 새겨넣었다. 열여덟 살이 되어 작은고모 집을 나올 때는 좀 더 확실한 복수의 개념을 정립했다.

'받은 만큼 돌려주겠다.'

1986년, 열여덟 살이 되던 그해 겨울을 잊을 수 없었다. 이젠 누구의 간섭 없이 홀로 설 자신이 생겼다. 더 이상 홍 씨 집안사람들의 뒤치다꺼리나 할 나이가 아니었다. 가출이 아니라 엄연한 독립선언이었다. 작은고모 집을 나오자마자 생존 전선에 뛰어들었다. 그무렵 안 해본 일이 없었다. 자장면을 배달하고, 막노동판에서 모래를 나르고, 유흥가에서 삐끼도 해봤다.

열아홉이 되고 검정고시를 준비했다. 중졸의 학력으로 이 사회를 살아가기에는 너무 벅차다는 것을 일치감치 깨우쳤다. 한 가지 기술을 터득하고 싶었으나 그쪽 방면에는 도무지 재주가 없었다. 그래서 공부를 선택했다. 어렸을 때부터 머리만은 비상하다는 소리를 자주 들었다. 아버지에게 유일하게 물려받은 유전자라는 소리도 들었다. 닥치는 대로 일을 하면서도 책을 놓지 않았다. 대입 검정고시는 단 한 번에 통과했다. 대학 입학을 앞두고 어디에 진로를 맞춰야 할지 한동안 고민에 빠졌다. 기왕에 마음먹은 것, 입신출세에 모든 것을 걸고 싶어 법대를 선택했다. 대학에 입학한 후에는 오직 책만 파고들었다. 다른 친구들보다 2년이나 늦었기 때문에 더욱 열성을 쏟았다. 사법고시에 일곱 번을 낙방했다. 실망도 좌절도 하지 않았다. 원래부터 정상적으로 성장한 몸이 아니었다. 남들보다 출발선이 한참 늦었는데 결승선이 늦는 것은 당연했다. 여덟 번째 도전해서야 겨우 고시의 문턱을 넘었다. 말 그대로 칠전팔기였다.

사법연수원 시절, 문득 이런 생각을 한 적이 있다. 그 치열했던 복수의 감정은 어디로 간 것일까. 받은 만큼 되돌려주겠다는 의지는 어디로 사라졌는가. 고시에 목숨을 걸고 먹고사는 데 정신이 팔려서 한동안 그때의 분노와 증오를 잊어버렸다. 복수의 칼날을 접은 건 아니지만, 그렇다고 더 매섭게 날을 세운 것도 아니었다. 세월이 흘러가면서 복수의 칼날도 무디어졌다. 어쩔 수 없는 일이었다. 그런데 홍 씨 집안사람들이 불쑥 나타나 복수의 불씨를 되살려주었다. 오래도록 몸속에 웅크리고 있던 작은 악마를 불러내 든든하게 밑불을 지펴주었다. 그렇게라도 불러내서 결단을 요구하는데 굳이 사양할 이유가 없었다. 이제라도 받은 만큼 돌려주면 되는 것이다.

"할 수 있겠나?"

준혁은 물컵을 비우면서 깍두기의 눈치를 살폈다. 깍두기는 선뜻 답을 주지 못했다.

"형량을 반으로 줄여주마."

그래서 미리 준비한 당근을 제시했다. 깍두기의 눈빛이 달라졌다. 결코 청탁이 아니었다. 엄연한 협상이었다. 서로가 원하는 것을 주고받으면 되는 것이다.

"제가 어떻게 해야 합니까?"

"그걸 나한테 물으면 어떻게 하나. 선수들이 알아서 해야지."

"다른 환자들의 눈이 있을 텐데요."

"그럴 줄 알고 특실로 옮겨놨다."

"……."

"난 약속은 꼭 지킨다."

"알았습니다. 하겠습니다."

깍두기는 더 이상 망설이지 않았다.

"조용히 처리해. 난 시끄러운 건 질색이다."

준혁은 병실 호수를 적어주고 나이트클럽을 나왔다. 작은아버지의 운명을 결코 하늘에 맡길 수는 없었다. 그건 아버지와 어머니에 대한 모독이었다.

그새 날은 어둑해졌다.

능선을 타고 넘어온 바람은 부드럽게 얼굴을 훑고 차바퀴 속으로 숨어들었다. 사방을 아무리 둘러봐도 기도원은 보이지 않았다. 기도원은커녕 그와 유사한 건물도 눈에 띄지 않았다. 우마차 길 뒤편으로는 오래된 폐가들이 듬성듬성 보이고 오른쪽에는 울창한 숲이, 그 반대쪽에는 포도밭이 펼쳐져 있었다.

두식은 도로변에 반쯤 문이 열려 있는 농가로 들어갔다. 툇마루 위에는 한 노인이 고추를 거두어들이고 있었다. 노인에게 이 근처에 기도원이 있는지를 물었다.

"기도원? 거긴 문 닫은 지 오래됐는데."

제대로 찾아왔다. 그곳이 어딘지 알려달라고 정중하게 부탁했다.

"날 따라오쇼."

고추를 거두다 말고 문밖으로 나간 노인의 어깨가 움찔거렸다. 그의 집 앞에 열 명이 넘는 수사관이 길게 늘어서 있었다.

"뭣 하는 사람들이오?"

"경찰입니다."

코뿔소는 뿔이 하나다

노인은 더 이상 묻지 않고 묵묵히 걸음을 옮겼다.

"최근에 이곳에서 낯선 젊은이들을 본 적이 있습니까?"

"젊은이?"

"남자가 둘이고 여자가 하난데…… 외지에서 온 사람들입니다."

"그러고 보니 요즘 들어 첨 보는 젊은이들이 자주 눈에 띄는 것 같소만."

"차를 타고 왔습니까?"

"그렇지. 예까지 어떻게 걸어올 수 있겠소."

"오늘도 그들을 봤습니까?"

"글쎄, 본 것 같기도 하구 아닌 것 같기도 하구…… 허허. 주의 깊게 보질 않으니 기억이 오락가락하오."

"폐쇄된 기도원은 어떤 곳인가요?"

이번엔 오 교수가 물었다. 샛별회 2세들이 이 기도원을 택했다면, 나름대로 이유가 있을 것이다. 그들은 인연이든 악연이든 모조리 불러내서 제 입맛대로 꿰맞추는 재주를 가지고 있었다.

"그게 무슨 소리요? 기도원이 기도하는 곳이지."

"그러니까 기도원에 특별한 사연이 있는지를 묻는 겁니다."

"특별한 사연이라……."

노인은 걸음을 멈추었다.

"서울에서 온 목사가 그 기도원을 지었다고 하는데…… 듣자 하니 그 목사는 꽤 오랫동안 감옥에 갇혀 있었다고 한 것 같소. 목사가 죽고 나서 아들이 한동안 기도원을 꾸려나갔는데, 아들이 떠난 후로 저렇게 방치된 거요."

"목사 아들은 뭐 하는 사람인가요?"

"미국에 유학 갔다는 소리를 들은 적이 있는데…… 자세한 건 나도 잘 모르오."

노인이 우마차 길 쪽으로 나와 있는 나뭇가지를 걷어올리자, 차 한 대가 들어갈 만한 샛길이 나타났다.

"이 샛길로 쭉 올라가면 나올 거요."

노인은 두식과 오 교수를 힐끔 쳐다보고는 오던 길로 내려갔다.

"교수님은 이곳에서 기다리는 게 좋겠습니다."

두식은 샛길 쪽을 유심히 살폈다. 가파른 경사길이 낮은 구릉과 서로 어깨동무하듯이 이어져 있었다.

"아닙니다. 저도 가겠어요."

오 교수는 이곳에 놀러 온 게 아니라는 듯 두식의 제안을 슬며시 밀어냈다. 하긴 여기까지 애써 따라왔는데 뒷짐 지고 기다리라고 할 입장이 아니었다. 두식은 샛길을 벗어나 낮은 구릉 쪽으로 방향을 틀었다.

"여길 봐요!"

김 조교가 비포장도로의 바닥을 가리켰다. 이곳을 지나친 지 얼마 되지 않은 듯 바퀴자국이 선명하게 드러났다. 바퀴자국은 샛길을 타고 올라와 낮은 구릉 쪽으로 이어져 있었다. 현장에 바짝 다가섰기 때문일까. 낮은 구릉을 타고 불어오는 바람결에 그들의 체취가 강하게 느껴졌다. 장기국의 사체 발견 현장에서, 고석만의 아내 무덤에서 맡았던 냄새와 흡사했다. 두식은 오감을 활짝 열었다. 코끝을 스치고 지나치는 실바람 속에 정체 모를 살의가 번뜩였다.

바퀴자국을 발견한 후부터 몸을 더욱 낮추었다. 다소 긴장한 탓인지 안면근육이 씰룩거렸다. 뒤에서 슬금슬금 따라오는 오 교수의 입에서는 숨소리조차 들려오지 않았다.

"아!"

낮은 구릉 위에 올라서자 우중충한 하늘을 떠받치고 있는 건물이 한눈에 들어왔다. 기도원이었다. 아니, 기도원으로 쓰이던 곳이었다. 소설 속의 풍경과 그리 다르지 않았다. 그들의 은거지가 대단히 비밀스런 장소에 있으리라는 예상은 했어도 이처럼 완벽하게 고립된 곳에 있을 줄은 몰랐다.

심장이 쿵쾅쿵쾅 뛰기 시작했다. 긴장하거나 초조해서가 아니었다. 그들의 모가지를 비틀 생각을 하니 몸도 마음도 주체할 수가 없었다. 기도원 앞에 무릎을 꿇고 두 손 모아 기도를 올리고 싶은 심정이었다. 제발 저 개자식들을 잡을 수 있게 해달라고. 그래서 이 빌어먹을 사건에서 손을 털 수 있게 해달라고.

두식은 수사관들을 불러 네 개조로 나누었다. 두 개조는 기도원을 맡고 나머지 두 개조는 산과 샛길 쪽으로 통하는 길을 맡았다. 그때 오교수가 두식의 옆구리를 쿡 질렀다. 그러고는 아래턱으로 기도원 건물 아래를 가리켰다.

"오오!"

모범택시 한 대가 기도원 앞에 납작하게 누워 있었다. 「코뿔소를 위한 변명」에서도 납치한 인물을 모범택시 트렁크에 싣고 오지 않았는가.

갑자기 목젖에 뜨거운 것이 물컥 잡혔다. 폐쇄된 기도원, 모범택시……
두식은 소설 속의 등장인물이라도 된 듯 몸을 가늘게 떨었다. 산기슭을
훑고 올라오는 실바람이 나뭇가지를 가늘게 흔들었다. 그때였다. 모범
택시 아래 잡초더미에서 부스럭거리는 소리가 들려왔다. 두식은 걸음
을 멈추고 귓불을 쫑긋 세웠다. 날짐승 소리는 아니었다. 수풀이 구두
에 밟히는 소리, 나뭇가지가 몸에 부딪치는 소리, 그 소리 틈에 간간이
사람의 숨소리도 섞여 있었다. 몇 명이나 될까? 수풀이 흔들리는 것으
로 봐서 두세 명 정도 되어 보였다.

두식이 소리 나는 쪽으로 몸을 틀려고 하자, 강 형사가 소매를 잡았
다. 그쪽은 내게 맡겨달라, 강 형사의 눈빛이 반짝거렸다. 그러고는 아
래턱으로 기도원을 가리켰다. 강 형사는 두 명의 수사관과 함께 모범
택시 뒤쪽으로 살금살금 다가갔다.

두식은 수풀 아래로 내려가다 말고 기도원으로 방향을 틀었다. 기도
원 정문은 놔두고 옆길을 따라 올라갔다. 워낙에 좁은 길이라 발길을
옮길 때마다 기도원의 붉은 벽돌이 옆구리를 스쳤다. 벽돌 특유의 차
가운 냉기가 온몸으로 퍼져갔다. 오 교수와 김 조교는 낮게 몸을 숙이
고 두식의 뒤를 따라갔다.

기도원 정문에 이르자, 민 형사가 품 안에서 권총을 꺼냈다. 수사본
부를 떠나기 전에 절대 사살하지 말라고, 반드시 생포해야 한다고 여
러 차례 주의를 주었다. 그들을 생포하면 얼굴을 뜯어고쳤는지 그것부
터 확인할 생각이었다.

들어갑니다, 민 형사가 한쪽 다리를 들어 올리고 눈을 찡긋거렸다.

코뿔소는 뿔이 하나다

두식은 이에 대한 답으로 오른손 주먹을 얼굴 앞에 들이댔다. 하나, 둘, 셋…… 민 형사의 운동화가 기도원의 나무문을 세차게 걷어찼다.

우지직, 나무문이 활짝 열리고 기도원 안이 드러났다. 캄캄한 암흑이었다. 기도원 안에 창문은 두 개밖에 없었다. 그것도 검은 커튼으로 가려져 있었다. 두식은 재빨리 입구 쪽의 벽을 더듬었다. 스위치가 손에 잡혔고, 곧이어 기도원이 환하게 밝아졌다.

아!

짧은 탄성이 새어나왔다. 심장도, 맥박도, 혈관도 모든 신체 부위가 일시에 멈추었다. 권영욱은 기도원 중앙의 콘크리트 기둥에 대롱 매달려 있었다. 그 역시 팬티만 걸친 알몸이었다. 머리 위로 뻗은 두 팔은 꽁꽁 묶여 있었고, 고개는 푹 꺾여 있었다. 혀는 입 밖으로 쑥 기어 나왔다. 처참한 몰골이었다. 뒤늦게 기도원에 들어선 오 교수는 물끄러미 그 모습을 쳐다보았다.

두식은 천천히 권영욱의 사체 앞으로 다가갔다. 그의 목을 감은 올가미는 천장에 붙박인 쇠고리에 단단히 묶여 있었다. 이 올가미가 비오 신부의 사무실 쪽방에서 본 그 올가미인지 구분이 가지 않았다. 손을 내밀어 권영욱의 심장 쪽에 갖다댔다. 숨을 거둔 지 얼마 되지 않은 듯 몸은 미지근했다. 이번엔 팔뚝에 손을 대자 사체가 푸줏간에 걸린 고기처럼 빙그르르 한쪽으로 돌았다.

"저건…… 야마……."

김 조교가 권영욱의 목덜미를 가리켰다. 뻣뻣하게 굳어 있는 그의 목덜미에는 손바닥만 한 종이가 착 붙어 있었다. 메멘토 모리, 백민찬의 사체에 바늘자국이 새겨진 곳과 같은 위치였다. 민 형사가 옆에 있는 나무의자에 올라가 그것을 떼내었다. 조그맣고 얇은 종이에는 이상한 그림이 그려져 있었다. 머리에 왕관을 쓴 괴물이 한 손에는 곤봉을, 다른 손에는 올가미를 잡고 있었다.

"탕!"

그때 기도원 밖에서 한 발의 총성이 울려 퍼졌다. 두식은 기도원 밖으로 튀어나오며 빠르게 주위를 살폈다. 총소리가 들려온 곳은 모범택시 아래쪽이었다. 기도원 주위에서 도피로를 차단하고 있던 수사관이 하나둘씩 모여들었다.

"무슨 일이야?"

아무 대답이 없었다. 수풀 쪽에서 가는 신음소리만이 흘러나올 뿐이었다. 그곳에는 사람의 형체를 한 물체가 길게 누워 있었다. 강 형사는 총을 쥔 채 가는 한숨만 내쉬고 있었다.

"총소리는……."

뭐냐고 물으려다가 말문을 닫았다. 수풀에 나동그라져 있는 사람은 송 기자였다. 그의 다리에서 붉은 피가 콸콸 흘러내렸다.

"아, 씨발! 어따 대고 총질이야!"

송 기자는 누운 채로 강 형사가 쥐고 있는 총을 빤히 올려다보았다. 기도원의 지붕 아래로 붉은 해가 지고 있었다.

코뿔소는 뿔이 하나다

8

　그 밤 내내 기도원 주위를 떠나지 못했다. 차마 이대로 발길을 돌릴 수가 없었다. 그들이 다시 나타나지 않으리라는 걸 잘 알면서도 그곳을 벗어나지 않았다. 오 교수와 김 조교는 10시가 넘어서 기도원을 내려갔다. 오 교수는 기도원을 떠나면서 혼잣말처럼 알아들을 수 없는 한마디를 툭 내던졌다. 권영욱의 별칭이 야마였다고.

　송 기자는 두 명의 수사관이 부축해서 안산의 한 병원으로 데리고 갔다. 그는 넓적다리에 피를 흘리면서도 기도원 안에서 무슨 일이 있었느냐고, 자신이 데려온 후배 기자가 보이지 않는다고 고래고래 소리를 질렀다. 어떻게 여기까지 알고 따라왔을까. 하여튼 귀신같은 인간이었다. 새벽 2시가 되어서야 두식도 기도원을 떠났다.

　몸이 천근만근이었다. 서울로 올라오면서 「코뿔소를 위한 변명」을 다시 끄집어냈다. 소설 내용과 지금 벌어지고 있는 실제상황을 비교했다. 그런데 소설에 나오는 글귀가 하나도 떠오르지 않았다. 이상한 일이었다. 불과 반나절밖에 되지 않았는데 무엇을 읽었는지 생각나는 게 하나도 없었다. 소설의 주인공이 누구였는지조차 가물가물했다. 그나마 유일하게 떠오른 것은, 이 소설에서도 여전히 코뿔소가 등장하지 않는다는 것이었다. 그것만은 확실했다.

　경찰서에 도착한 것은 새벽 4시 무렵이었다. 서장실에는 불이 환하게 켜져 있었다. 기도원 현장에서 권영욱의 사체를 수습하면서 곽 서장에게 전화를 걸었다. 상황이 종료되기 전까지 기도원 주변에서 벌어진 일을 짤막하게 보고했다. 권영욱도 장기국을 따라갔다고, 목덜미에 이상한 부적이 붙어 있었다고 말했다. 아울러 권영욱의 목을 감은 올가미가 비오 신부의 사무실 쪽방에서 본 그 올가미 같다고도 덧붙였다. 서장은 별다른 말이 없었다. 그 부적이 뭔지, 그 올가미가 확실한지 묻지 않았다. 휴대폰에는 한동안 한숨과 탄식이 이어지더니 비명 같은 짧은 한마디가 흘러나왔다. 할 만큼 했잖아.

두식은 숙직실로 가려다 말고 본관 계단 앞에서 걸음을 멈추었다. 주차장 쪽에서 희뿌연 사람의 형체가 터벅터벅 다가왔다. 홍 검사였다.

"어떻게 됐소?"

대답을 하기 전에 먼저 묻고 싶은 게 있었다. 하루 종일 어디서 무얼 하고 있었느냐고. 두식은 손바닥을 펴고 목 밑으로 쓰윽 그었다. 권영욱이 저세상에 갔다는 수신호였다. 두식은 비실비실 웃으면서 홍 검사 앞을 지나쳤다.

"이봐!"

날선 목소리와 함께 홍 검사의 손이 두식의 어깨를 잡았다. 두식은 반사적으로 그의 손을 거칠게 뿌리쳤다. 어라, 홍 검사의 눈매가 가늘게 찢어졌다.

"어떻게 됐는지 설명해야 할 것 아냐!"

그럴 기분이 아니었다. 대답 대신 가슴에 담아둔 질문으로 받아쳤다.

"어디에 있었습니까? 하루 종일."

홍 검사는 입을 꾹 다물었다.

"연락도 되지 않고…… 휴대폰은 꺼져 있고."

"······."

"내가 제일 싫어하는 인간이 어떤 인간인지 아십니까?"

두식은 홍 검사 앞에 얼굴을 바짝 들이댔다.

"말만 뻔지르르하게 늘어놓다가 정작 필요할 땐 꼬리를 감추는 인간입니다."

"······."

"우린 그런 인산을 싸가시라고 부르죠. 싸, 가, 지."

싸가지라는 말에 힘을 잔뜩 불어넣고는 숙직실로 발길을 돌렸다. 한숨 푹 자고 싶은 생각밖에 없었다. 홍 검사가 또 다시 몸에 손을 대면 면상을 갈기려고 주먹을 꼭 움켜쥐었다.

"이런 씨발!"

홍 검사의 목소리가 새벽어둠 속에 축 가라앉았다.

문틈 사이로 뿌연 빛줄기가 스며들었다. 두식은 눈꺼풀만 반쯤 밀어 올렸다. 가장 먼저 새소리가, 그다음에 사람 목소리가 두런두런 들려왔다. 숙직실 뒤 소각장에서 들려오는 소리였다. 숙직실 바닥에서 나뒹구는 빈 소주병이 눈에 들어왔다. 잠들기 전에 편의점에서 소주 두 병을 사왔다. 도무지 이대로는 잠을 부를 자신이 없었다.

두식은 갈증을 견디지 못하고 자리에서 일어났다. 냉장고 안에서 생수를 꺼내려고 할 때 휴대폰 소리가 울렸다.

"여기 정문입니다."

경찰서 정문 앞을 지키고 있는 의경이었다.

"반장님을 찾아오신 분이 계신데요."

이 이른 아침에 누가 찾아왔을까.

"누군데?"

"비오 신부님이라고 하는데요. 어떻게 할까요?"

"알았어. 내가 그리로 가지."

비오 신부가 여길 찾아오다니, 뜻밖이었다. 그렇지 않아도 날이 밝으면 성당에 한번 찾아가려고 했다. 어제, 어디서 무얼 했는지 혹독하게 밀어붙일 생각이었다. 정문 앞에는 비오 신부가 구둣발로 바닥을 콕콕 찌르고 있었다.

"잠깐 얘기 좀 할 수 있겠소?"

두식은 고개를 끄떡였다. 잠깐 가지고는 어림도 없었다. 하루 종일 시간을 내도 부족할 것 같았다.

"식사는 하셨습니까?"

이제 8시밖에 되지 않아 대화를 나눌 장소가 마땅치 않았다. 경찰서 앞의 커피숍은 10시 넘어서야 문을 열었다. 아침식사를 하지 않았으면 해장국이라도 함께 하는 게 어떠냐고 물었다.

"급히 가야 할 곳이 있소."

할 말만 하고 가겠다는 얼굴이었다.

"그 아이들에게 연락이 왔소……."

두식은 양미간을 모으고 가만히 비오 신부를 쳐다봤다. 어디를 다녀온 것일까. 그의 몸에서 바다 냄새가 물씬 풍겼는데, 그게 자꾸 신경을 건드렸다. 낚시꾼 20년이면 바다 냄새 정도는 금방 짚어낼 수 있다.

코뿔소는 뿔이 하나다

"언젭니까? 그게."

"오늘 새벽이오."

"뭐라던가요?"

비오 신부는 구두코로 바닥을 찍었다.

"앞으로 찾지 말라고 했소……."

누구 맘대로? 오장육부를 다 뒤집어놓고 나 몰라라 손 털면 그만인가.

"진작 말하려고 했는데…… 그 아이들을 이해하시오."

"뭘 이해하라는 겁니까?"

두식은 비꼬는 투로 물었다. 이상한 일이었다. 비오 신부를 만나면 무척 할 말이 많을 것 같았는데, 아무것도 생각나지 않았다. 그를 본 순간 머릿속이 하얗게 비워졌다. 오직 그의 몸에서 나는 바다 냄새만이 코끝을 자극했다.

"어찌됐든 이젠 그 아이들을 찾지 마시오. 그 말을 전해주려고 왔소."

"잠깐만요."

두식이 비오 신부의 소맷자락을 잡았다.

"바다에 갔었습니까?"

뭔가 적당한 말을 해야겠다고 생각했는데 그 말이 무심코 튀어나왔다. 비오 신부는 두어 번 고개를 끄덕이고는 정문 앞에 있는 횡단보도 쪽으로 걸어갔다. 이대로 보내서는 안 됐다. 이렇게 그를 떠나보내면 다시는 영영 만날 수 없을 것 같았다. 그런데도 그가 시야에서 사라질 때까지 멍하니 뒷모습만 쳐다봤다. 그가 완전히 모습을 감춘 뒤에야 그에게 묻고 싶은 질문이 하나둘씩 떠올랐다. 권영욱이 입국한 지 하루

만에 실종된 걸 알고 있었는지, 어제부터 연락이 두절되었는데 어디에
간 것인지, 혹시 그곳이 대부도는 아닌지, 봉천동 건물에 있는 올가미와
무슨 관계가 있는지, 그 올가미가 권영욱의 목을 감은 올가미인지……
수많은 의혹의 돌멩이가 머릿속을 사정없이 후려쳤다.

두식은 다시 숙직실 안으로 들어왔다. 한두 시간 더 자고 싶은 생각
밖에 없었다. 숙직실 안에서는 곽 서장이 우두커니 서 있었다. 밤을 꼬
박 샜는지 얼굴이 푸석푸석해 보였다.

"동영상이 또 올라왔어."

"…….."

"이번엔 나라사랑연구회야……."

9

오랜만에 늦잠을 잤다. 그런데도 머릿속이 개운하지가 않았다. 어제
는 자정이 훨씬 넘어서야 집에 들어왔다. 침대에 눕자마자 그대로 곯아
떨어졌다. 수연은 인스턴트 죽으로 아침을 해결하고 아파트를 나섰다.
연구실로 오는 도중 차 안에서 최 반장이 보낸 문자메시지를 받았다.

'방금 권영욱의 동영상을 메일로 보냈습니다. 이번엔 말이 좀 많더
군요.'

어젯밤 최 반장은 권영욱의 사체를 보고도 그리 놀라워하지 않는 것
같았다. 그저 올 것이 왔을 뿐이라는 듯 담담한 표정이었다.

"이리 매달아놓으니 푸줏간의 고깃덩이 같지 않습니까?"

오히려 다소 익살스러운 얼굴에서 '그것 잘됐다'라는 느낌까지 받았다. 김 조교도 마찬가지였다. 기도원을 내려오는 김 조교의 얼굴은 밝은 편이었다. 샛별회 2세가 검거되지 않았기 때문인지, 그의 바람대로 권영욱의 최후를 똑똑히 목격했기 때문인지 알 수 없었다. 김 조교는 서울에 도착할 때까지 별 말이 없었다. 수연과 헤어질 때는 오늘은 잠을 푹 잘 수 있을 것 같다는 말로 작별인사를 대신했다.

연구실에 들어서자마자 메일함을 열었다. 첨부파일 안에는 권영욱의 목을 매달기 전에 찍은 동영상이 담겨 있었다. 이 동영상은 장기국이나 백민찬의 것과는 여러 모로 달랐다. 동영상 분량도 상당히 길었고, 무엇보다 대화가 많았다. 아니, 그것은 대화가 아니라 신문이었다.

어둠침침한 방 안에 팬티 바람의 한 사내가 무릎을 꿇은 채 앉아 있었다. 권영욱이었다. 그 앞에는 길쭉한 거울이 놓여 있었고, 거울 꼭대기에는 올가미가 위태롭게 걸려 있었다. 언뜻 보기에 최 반장이 휴대폰에 담아온 그 올가미 같았다.

"이름이 뭐죠?"

젊은 남자의 굵고 낮은 목소리가 화면 가득히 울려퍼졌다. 그 소리가 낯설지 않았다. 「코뿔소를 위한 변명」에서도 처음 신문에 들어가기 전에 '이름이 뭐죠?' 그렇게 시작하고 있었다. 소설의 일부분이 동영상 속에서 그대로 재현되고 있었다.

"다, 당신은 누구요?"

권영욱은 산만하게 주위를 두리번거렸다. 목소리의 주인공이 보이지 않는지 고개가 좌우로 빠르게 돌아갔다. 화면은 한곳에 고정된 채

권영욱의 표정만을 또렷하게 잡고 있었다. 그의 안면근육에 두려움과
당혹감이 파편처럼 박혀 있었다.

"다시 묻겠어요. 이름이 뭐죠?"

이번에 들려오는 목소리는 차갑고 위압적이었다.

"귀, 권영욱입니다. 대, 댁은 누구요? 그리고 여긴 어디요?"

"앞으로 묻는 말에만 대답하십시오. 질문은 받지 않겠습니다."

"……."

"알겠습니까?"

잠시 짧고 무거운 침묵이 흘렀다.

"아, 알았습니다."

권영욱은 그의 차가운 말투에 금방 꼬리를 내렸다.

"당신은 진실을 밝히기 위해 이곳에 왔습니다. 앞으로 묻는 말에 아
는 대로, 솔직하게 말씀해주십시오."

"……."

"우리가 원하는 것은 진실입니다. 무슨 말인지 아시겠습니까?"

권영욱은 마지못해 고개를 끄떡였다.

"1986년에 있었던 샛별회 사건을 기억하십니까?"

"샛별회…… 그게……."

"기억이 안 납니까?"

"……."

"대답하십시오."

"아, 알 것 같습니다."

코뿔소는 뿔이 하나다

"당시 당신의 직책은 무엇이었습니까?"

"정보기관에서 사찰 업무를 담당했습니다."

"구체적으로 말씀하십시오."

"학원계와 노동계의 동향을 체크해서…… 청와대 민정 비서실에 보고하는 일을 맡았습니다."

"장기국 씨와 백민찬 씨를 알고 있습니까?"

"네."

"샛별회 사건에 그들도 가담했습니까?"

"그, 그렇습니다."

"어떻게 가담했고, 무슨 일을 맡았습니까?"

"장기국은 샛별회 사건을 맡은 담당검사입니다. 백민찬은 당시 정치부 기자였는데, 이 사건에서 여러 조언을 해주었습니다."

"조언이라는 게 무얼 말하는 거죠?"

"그러니까 샛별회 사건이 만들어지는 데…… 커다란 밑그림을 그렸습니다."

"당신들 뜻대로 각본을 만들고 그 각본대로 사건을 조작했다는 겁니까?"

"……."

"대답하세요."

"그, 그렇습니다."

"당신은 샛별회 사건에서 어떤 역할을 맡았습니까?"

"이것저것 여러 일을 맡았습니다."

"샛별회라는 이름은 어떻게 생겨난 거죠?"

"그, 그건…… 제, 제가 지은 겁니다. 보통 이런 시국사건은 이름이 붙기 마련인데…… 이들에게는 그런 이름이 없어서 임의대로 지은 겁니다. 그러니까 이들이 자주 모이던 식당이 하나 있었는데, 그 식당 이름이 샛별식당이었습니다."

"샛별회 사건의 피의자가 누구인지 기억하십니까?"

"배종관, 고석만…… 나머지 한 명은 기억이 나지 않습니다."

"손기출입니다. 이제 기억이 납니까?"

"네."

"이들을 신문한 적이 있습니까?"

"그, 그렇습니다."

"신문 당시 가혹행위가 있었습니까?"

"……."

"말씀하십시오."

"……."

"우린 당신을 신문하는 게 아닙니다. 있는 그대로 말하면 됩니다. 없으면 없었다고 말하십시오."

"이, 있었습니다."

"어떤 가혹행위입니까?"

권영욱은 고개를 푹 숙였다. 잠시 후 긴 한숨과 함께 천천히 고개를 들었다.

"물고문, 전기고문, 거꾸로 매달아놓고 때리기……."

"계속 하십시오."

"고춧가루 탄 물 먹이기, 손톱 빼기, 관절꺾기, 송곳 찌르기…… 자, 잘못했습니다…… 제발 사, 살려 주십시오……."

"이들의 죄명은 무엇입니까?"

"국가보안법 위반, 반국가단체 구성죄입니다."

"그들이 국가에 반하는 단체를 구성한 적이 있습니까?"

"……."

"말씀하십시오."

"어, 없습니다."

"그런데 어떻게 이런 사건이 만들어진 거죠?"

"그건…… 순전히 백민찬 때문입니다. 저는 처음 이 사건을 접하고 사안이 미미해서 훈방 처리하려고 했습니다. 그런데 백민찬이 이 사건을 학생운동의 배후집단으로 만들자고 해서……."

"조작했다는 겁니까?"

"그, 그렇습니다."

"조작 과정을 구체적으로 말씀해보십시오."

"마땅한 증거물이 없어서…… 주로 이들의 자백에 의지했습니다. 재판과정에도 이들의 자술서가 증거물로 채택되어……."

"이게 뭔지 아십니까?"

권영욱이 산만하게 두리번거렸다.

"거울 아래를 보십시오."

그 소리와 함께 카메라의 시선이 거울 아래로 내려갔다. 거울 밑에 야마의 그림이 그려진 부적이 붙어 있었다. 권영욱의 목덜미에 붙어 있던 그 부적이었다.

"부, 부적입니다."

"무슨 부적이죠?"

"이걸 지니고 있으면 행운이 온다기에……"

"어떤 행운을 말하는 거죠?"

"액을 물리치고 시국사범들을 검거할 수 있는……"

"샛별회 사건의 피의자가 구속된 후 어떻게 된지 아십니까?"

"한 명은 교도소에서 자살하고…… 다른 한 명은 단식으로 사망한 것으로 알고 있습니다."

"나머지 한 명은요?"

"잘 모르겠습니다."

"지금 그들은 모두 고인이 되었습니다. 끝으로 그들에게 하고 싶은 말이 있습니까?"

"……"

"지금이라도 늦지 않았습니다. 기회를 드리겠습니다."

"……"

"하실 말씀이 없습니까?"

"우선 그분들에게 사죄의 말을 전하고 싶습니다. 그리고…… 절 이해해달라는 말을 하고 싶습니다."

"뭘 이해해달라는 거죠?"

"전 단지 국가를 위해……"

코뿔소는 뿔이 하나다

"알았습니다. 우리가 당신을 이곳에 데려온 것은 나름의 이유가 있기 때문입니다. 그래서 지금 당신의 역할이 중요합니다."

"제 역할이라뇨?"

"앞으로 샛별회 사건에 대해 증언해주실 수 있습니까?"

"……."

"샛별회 사건과 관련된 두 분은 증언을 거부했습니다. 우리는 그들에게 용서를 구하고 진실을 밝힐 기회를 드렸습니다. 그러나 그들은 끝까지 변명과 궤변으로 일관했습니다."

"저, 저……."

"강요하지는 않겠습니다."

"……."

"시간이 필요합니까?"

"……."

"그럼, 생각할 시간을 드리겠습니다."

"자, 잠깐만요. 뭐 좀 물어봐도 되겠습니까?"

"말씀하세요."

"혹시 샛별회 사건 피의자들의…… 자제분이십니까?"

"우리가 누군지 궁금합니까?"

"그, 그렇습니다."

"우리는 그들이 고용한 영혼의 조련사입니다."

그것으로 동영상은 끝났다. 카메라의 시선은 줄곧 권영욱에게 고정되어 있었다. 카메라가 움직인 것은 단 두 번밖에 없었다. 야마가 그려진 부적을 비추었을 때와 동영상이 끝날 무렵 거울 위에 걸린 올가미를 클로즈업할 때뿐이었다.

영혼의 조련사…… 수연은 허리를 꼿꼿하게 폈다. 마지막으로 남긴 말이 등골을 서늘하게 쓸어내렸다.

10

'가지가지하는군.'

이번엔 말이 꽤나 많았다. 제놈들이 무슨 집행관이라도 된 듯 시시콜콜 지난날을 따져 물었다. 권영욱의 입을 통해 나온 말들은 맨정신으로 듣기에는 너무도 참담했다. 동영상을 보는 동안 저승길을 앞둔 한 인간의 애절한 목소리가 가슴을 쥐어뜯었다. 하나뿐인 목숨 앞에서는 자존심이고 뭐고 간에 다 쓰레기통에 처박았다. 제발 살려주십시오, 죽을죄를 지었습니다…… 한때 정보기관에서 실세 역할을 한 자의 입에서 나올 소리가 아니었다. 그러나 권영욱은 자존심도 잃고 하나뿐인 목숨도 잃었다.

준혁은 마우스를 쥐고 동영상을 다시 처음으로 되돌렸다. 놈들은 복수에 눈이 먼 희대의 살인마였다. 권영욱의 목을 매달아 한 번을 죽이고 그의 사체에 부적을 붙여 두 번을 죽이고 생전의 동영상을 만들어 세 번을 죽였다. 정말 잔인하고 냉혹한 놈들이었다. 놈들은 진실을 원한다면서 진실을 가뒀고, 고문의 위험을 떠벌리면서 고문으로 위협하고 응징했다. 아주 오래된 일을 그렇게 까발려서 대체 무얼 얻으려는 것인가. 살인의 굿판을 벌이면 저세상에 간 놈들의 아버지가 오두방정을 떨며 덩실덩실 춤추리라고 여긴 건가.

'어디서 봤더라…….'

보면 볼수록 눈에 거슬리는 게 하나 있었다. 권영욱의 발가벗긴 몸 앞에 놓여 있는 거울이었다. 처음엔 그냥 무심코 지나쳤다. 그런데 자세히 들여다보니 그 거울이 낯이 익었다. 오래전 일은 아니었다. 짧으면 일주일, 길어야 보름을 넘기지 않았다.

준혁은 자리에서 일어나 수사본부 안을 휘적휘적 걸어 다녔다. 눈길이 넌지시 창가 쪽으로 향했다. 최 반장의 자리는 오전 내내 비어 있었다. 싸가지라…… 어제 새벽 최 반장에게 맥없이 당한 게 목구멍에 가시처럼 남았다. 그렇게 세게 나올 줄은 미처 몰랐다. 그가 파편처럼 내뱉은 한마디에, 졸지에 싸가지없는 인간이 되고 말았다. 당장이라도 받은 만큼 돌려주고 싶지만 지금은 대놓고 나설 명분이 없었다. 언젠가는 기회가 오는 법, 굳이 서두를 필요는 없었다. 기회가 오지 않으면 어떻게든 기회를 만들어서라도 반드시 조인트로 응징할 것이다. 조인트로 성이 차지 않으면 싸대기를 올려붙여서라도 목구멍에 박힌 가시를 뽑아낼 것이다.

"그게 거울이지 뭡니까?"

그때 정말 싸가지없는 목소리가 명치를 콕 찔렀다. 고준규의 룸메이트, 〈그들만의 세상〉의 촬영감독인 김범수였다. 그랬다. 고준규의 집에서 그 거울을 본 것 같았다. 방을 나올 때 보니 싱크대 앞에 고물상에 넘기면 딱 좋을 것 같은 거울이 놓여 있었다. 김범수는 그 거울을 영화의 소품으로 쓸 거라고 했다.

오오, 왜 이제야 그놈이 떠올랐을까. 그뿐 아니었다. 고준규의 방에서 본 것들이 한 무더기로 쏟아져 나왔다. 『해부학 실습』, 『외과학총론』, 금테 안경 낀 사내, 수술바늘 자국, 메멘토 모리, 의료전문가…… 기억의 한 귀퉁이에서 나온 불씨들이 하나둘씩 모이더니 엄청난 화력을 뿜어대고 있었다. 아직 이 불씨들이 남아 있을까.

준혁은 고준규의 집으로 차를 몰았다. 진작 그놈을 잡아들여 족쳤어야 했다. 수사가 막바지에 이르면 저 수면 아래 가라앉아 있던 것이 어느 정도 잠복기를 거친 후 불쑥 나타나는 경우가 종종 있다. 지금이 바로 그랬다. 불씨가 다 꺼지기 전에, 거둬들일 수 있는 데까지는 거둬들여야 한다.

고준규의 집 앞에서 길게 숨을 골랐다. 노크를 하고 인기척을 살폈다. 아무런 반응이 없었다. 문고리를 슬며시 잡자, 문이 맥없이 열렸다. 발자국 소리를 죽이고 안으로 들어갔다. 이게 어떻게 된 일인가! 방 안은 텅 비어 있었다. 책도 거울도 책장도 〈달마도〉도 아무것도 없었다. 방 안에 남아 있는 것이라고는 〈달마도〉 위에 붙어 있던 코뿔소의 뿔, 그 그림뿐이었다.

김범수, 대체 이놈의 정체는 무엇이란 말인가. 촬영감독이 아니라 놈들의 조력자라는 인상을 지울 수가 없었다. 이번엔 손지영의 원룸이 있는 사당동으로 차를 몰았다. 보습학원 강사라고 하던 긴 생머리의 여자도 수상했다. 동영상에 나온 올가미는 그녀가 전해준 게 틀림없다. 원룸에 찾아온 두 명의 사내 중에 김범수가 있지 않을까. 나머지 한 명은 금테 안경을 낀 김범수의 선배일지도 모른다. 도무지 정신을 차릴 수가 없었다. 머릿속이 검은 물감을 뒤집어쓴 것처럼 캄캄했다. 그래도 아직 불씨는 꺼지지 않았다. 어떻게든 이년이라도 잡아들여 김범수의 몫까지 족쳐야 했다.

정신줄을 놓았는지 사차선 도로에서 가벼운 접촉사고를 일으켰다. 너무 서두른 탓에 우회전하는 차를 보지 못했다. 상대 차의 범퍼가 약간 벗겨졌다. 이제 스무 살이 갓 넘어 보이는 녀석은 어떻게 할 거냐고 눈부터 부라렸다. 보험 처리도 하지 않고 즉석에서 이십만 원에 합의를 봤다. 지금 그깟 몇 푼에 신경 쓸 때가 아니었다. 그 녀석은 이게 웬 횡재냐는 듯 콧노래를 부르며 차에 올랐다.

301호 초인종을 누르고 반응을 살폈다. 아무런 기척이 없어서 이번엔 철문을 두드렸다. 역시 반응이 없었다. 인기척은 302호에서 먼저 나왔다. 302호의 철문이 반쯤 열리고 한 여자가 문밖으로 고개를 빠끔 내밀었다.

"거기 이사 갔어요."

아직 잠이 덜 깬 목소리였다.

"그게 언제요?"

"며칠 된 것 같은데."

"여기 살고 있던 여자를 아십니까? 긴 생머리 여잔데."

"몇 번 본 적은 있어요."

준혁은 손지영의 사진을 꺼내 그녀의 얼굴에 갖다댔다.

"이 여자는요?"

"이 여잔…… 작년에 301호에 살던 사람인데, 학원강사라고 했던가."

"이 학원강사가 긴 생머리 여자와 함께 산 적이 있습니까?"

손지영이 원룸에 입주한 것은 2010년 8월이었고, 긴 생머리 여자가 원룸에 들어온 것은 2011년 3월이었다. 손지영이 원룸에서 사라진 것이 2011년 9월이니까 이들은 수치상으로 6개월을 함께 산 셈이었다.

"아뇨. 거긴 늘 여자 한 분만 있었어요. 작년까지는 학원강사라는 이 여자 혼자 살았는데, 올 봄부턴가 긴 생머리 여자분이 들어와 살았던 것 같아요."

준혁은 표나지 않게 한숨을 토해냈다.

"그럼, 이 두 여자가 함께 있는 걸 보지 못했다는 겁니까?"

"네."

"느낌이 어땠습니까? 학원강사와 긴 생머리 여자가 혹시……."

차마 그들이 동일인물인지는 묻지 못했다.

"느낌이라뇨? 뭘 말하는지 모르겠네요."

"그러니까 내 말은, 두 여자의 체격이나 말투가 서로 비슷해 보이지 않았는지 묻는 겁니다. 얼굴만 빼고……."

"그런 것 같기도 하네. 둘 다 키가 크고 마른 편이었는데…… 목소리도 아주 비슷했어요. 뒷모습도 같았고요. 그러고 보니……."

여자는 잠시 생각에 잠겼다.

"서로 같은 옷을 입고 다녔어요. 그뿐 아니라…… 귀걸이도 똑같은 걸 했어요. 호호, 제가 귀걸이에 관심이 많아서 잘 알아요. 전 액세서리 공예사거든요."

준혁은 301호 철문 앞에 털썩 주저앉았다. 302호 여자는 '별 이상한 사람 다 보겠네' 하면서 문을 거칠게 닫았다.

'그러니까 밧줄처럼 보였어요. 올가미 같은 거…….'

긴 생머리 여자의 얼굴이 스르르 떠올랐다. 그 얼굴에 손지영의 사진이 겹쳐졌다. 302호 여자의 말대로 둘 다 키가 큰 편에 마른 체격이었다. 얼굴은 달라도 체형은 같았다. 목소리도 같고 뒷모습도 같았다. 순간 팔뚝에 오돌오돌한 소름이 돋아났다.

준혁은 두 눈을 질끈 감았다. 긴 생머리의 여자와 손지영이 공중에 붕붕 떠다니면서 저희들끼리 뭐라 주절거렸다. 내가 누군지 맞혀보라고, 그것도 못 맞히냐고 낄낄거렸다.

11

긴급 브리핑은 오후 4시로 예정되어 있었다. 보통 브리핑이 아니었다. 청와대 행정관, 검찰청 수사기획관, 국정원 기획조정실장, 경찰청 차장이 참석하는 매머드급 특별 브리핑이었다. 이는 곧 정권 수뇌부에게까지 이번 사건이 보고됐다는 것을 의미했다. 이런 거물들이 대거 몰려온다는 소식에 수사본부는 바짝 긴장했다. 혹시 기자들이 눈치챌까봐 다음 달에 개최하는 국제 행사의 경호업무라고 연막을 깔았다.

그새 판이 이 정도로 커졌는가. 이런 거물급들이 직접 브리핑을 듣기 위해 일선 경찰서에 오는 경우는 없었다. 간혹 경찰이 그쪽으로 불려가는 일은 있어도 그쪽이 경찰서로 내려오지는 않았다. 그들은 이번 사건을 일반 살인사건으로 보지 않았다. 살인 용의자들의 배후에 불순세력이 개입한 사건으로 봤다. 다분히 정치적인 의도가 깔린 사건으로 확대 해석했다. 하긴 그럴 만도 했다. 장기국, 백민찬, 권영욱은 지난 군사정 권에서 살아 있는 권력을 등에 업고 승승장구하던 인물들이었다.

"어차피 한 번은 부딪쳐야 할 일이야!"

서장은 냉정함을 잃지 않았다. 경찰서에서 유일하게 평상심을 유지 하고 있는 것은 서장뿐이었다. 그는 차라리 일찍 매를 맞는 편이 더 낫 다면서 풀이 죽은 수사관들을 다독거렸다. 옳은 소리였다. 그게 잘되 지 않아서 문제였다.

수사본부 내에 거물들을 상대할 브리핑팀이 급하게 꾸려졌다. 사안 이 워낙 막중한 터라 모든 부서가 발 벗고 나섰다. 서장은 보고할 내용 을 체계적으로 정리해 달라고 두식에게 손을 내밀었다. 두식은 서장의 요청에 성심껏 응했다. 이는 서장만의 일이 아니었다. 그 동안 샛별회 2세들의 뒤꽁무니를 졸졸 따라다녔던 수사책임자로서의 막중한 임무 였다.

어디서부터 정리를 해야 할까. 두식은 이번 사건이 처음 발생한 6월 22일, 장기국이 오피스텔에서 감쪽같이 증발한 날로 거슬러 올라갔다. 장기국의 실종, 배종관의 논문집, 메일에 올라온 글, 단테의 『신곡』을 모 방한 동영상…… 백민찬도 같은 흐름을 따라 차분히 더듬어 올라갔다. 고석만의 그림, 블로그, '심장 무게달기' 의식 동영상, 메멘토 모리…… 「코뿔소」, 「코뿔소를 위하여」, 「코뿔소를 위한 변명」…… 코뿔소 삼형 제도 빠뜨릴 수 없었다. 끝으로 이번 사건의 발단이 된 샛별회 사건과 핵심인물, 그들의 2세들을 한데 묶었다. 자나 깨나 이들의 흔적을 붙

코뿔소는 뿔이 하나다

잡고 있던 터라 보고서 내용을 술술 써내려갔다. 서장은 만족한 얼굴로 두식이 정리한 보고서에 오케이 사인을 보냈다.

"다 좋은데 말이야…… 암만 생각해도 이건 좀 이상해."

브리핑자료를 훑어오던 서장이 고개를 갸웃거렸다.

"자넨, 세 연놈들이 이 모든 걸 다 할 수 있다고 생각하나?"

"……."

"겨우 남자 둘, 여자 하난데."

두식도 그게 가장 큰 의문이었다. 피해자들을 차례대로 납치하고 살해하고 사체를 유기하고…… 그게 과연 가능한 것일까? 아무리 오랜 준비를 했다고 해도 이들 셋이서 이 모든 것을 할 수 있을까? 빈틈을 채워넣는 것도 보고서 작성자가 할 일이었다. 두식은 재빨리 샛별회 2세 말고 조력자로 보이는 인물, 비오 신부, 주민호, 김범수를 끼워넣어 구색을 맞췄다.

"근데 말이야…… 왜 이놈의 소설 제목에는 하나같이 코뿔소가 들어가는 거야?"

"……."

"나도 소설을 읽어봤는데 말이야…… 소설 어디에도 코뿔소가 등장하지 않잖아. 이게 대체 무슨 뜻인가?"

좋은 지적이었다. 브리핑 자료를 추리다가 두식도 그게 궁금해서 오 교수에게 전화를 걸어 물어봤다. 그러나 오 교수도 그것은 알지 못했다.

"그건 저도 모르겠습니다."

두식은 솔직하게 대답했다. 아무리 용을 써도 거기까지는 채워넣을 수 있는 게 없었다.

"어쨌든 수고했어."

브리핑 시간이 돌아왔다. 서장은 거물들 앞에서도 주눅들지 않고 차분하게 대응했다. 처음 장기국의 실종사건이 터졌을 때와는 전혀 딴판이었다. 서장은 침착하고 노련한 인물이었다. 위기에 처할수록 더욱 강했다. 왜 아직도 범인을 못 잡느냐고 질책과 비난이 쏟아져도 평상심을 유지했다. 반드시 대한민국 경찰의 자존심을 걸고 범인들을 잡을 것이라고, 그래서 법의 심판대에 놈들을 세우겠다고 결연한 의지를 보여주었다.

브리핑이 끝난 후 거물들끼리 서로 얼굴을 맞대고 본격적인 대책이 논의됐다. 두식은 조용히 브리핑실을 나왔다. 여기서부터는 그가 관여할 일이 아니었다. 어떤 대책이 나올지 보나마나 빤한 일이었다. 수사 인력은 두세 배로 증가할 것이며, 담당자들에게는 견책성 질책이 따를 것이다. 어쩌면 수사책임자가 교체될지도 몰랐다. 당장 내일부터 공개 수사로 전환하거나 범인들의 엽기적인 범행을 싸잡아 비난하는 보도 자료가 뿌려질 것이다. 샛별회 2세들의 몽타주가 거리 곳곳에 나붙고 언론에 수사자료를 대방출할 것이다.

잠시 후 브리핑실에서 서장이 나왔다. 두식은 시계를 봤다. 대책 논의 시간은 불과 10여 분밖에 되지 않았다. 두 시간 가까운 브리핑 시간에 비하면 턱없이 짧은 편이었다.

"어떻게 됐습니까?"

뜻밖의 결과가 나온 걸까. 서장의 얼굴은 의외로 밝은 편이었다.

"조만간 수사본부는 해체될 거야."

"해체라뇨, 그게 무슨 소립니까?"

"이번 사건에 투입된 수사인력은 보안을 유지하는 데 동원될 거야."

그래도 무슨 소린지 잘 알아들을 수가 없었다. 원래 보안은 잘 유지됐으니 큰 염려는 없었다.

"적당한 선에서 덮자는 소리지."

"덮다니요? 그게 말이나 되는 소립니까?"

기껏 거물들이 모여서 한다는 소리가 적당한 선에서 덮자는 것이라니, 이해가 가지 않았다. 서장은 몇 가지 이유를 달았다. 이런 엽기적인 사건 때문에 생길 국민 불안, 흉흉한 민심으로 닥쳐올 경기침체, 유언비어와 괴담 따위의 사회혼란 등으로 정리했다. 설령 진범이 잡힌다고 해도 파장은 만만치 않을 것으로 예상했다. 그러나 두식이 보기엔 피해자들의 전력이나 권영욱의 동영상에 나타난 신문 과정이 거물들의 심기를 건드린 것 같았다. 서장도 그것은 부인하지 않았다.

"내가 보기엔 말이야…… 이미 결정을 내린 후 여기 온 것 같아. 다들 사후 대책에는 별 관심이 없더군."

거물들보다 더 윗선의 지시가 있다는 소리였다.

"그런다고 이번 사건이 덮어지겠습니까?"

"……."

"보는 눈이 있지 않습니까? 한둘이 아닌데."

"덮도록 해야지. 꽉꽉 눌러서라도 말이야. 이제부턴 수사팀을 그쪽으로 다 돌리자고. 철통보안!"

전혀 예상치 못한 일이었다. 두식은 뒤늦게 서장의 얼굴이 왜 밝은지를 알았다. 샛별회 2세들을 잡아들이는 것보다 이번 사건을 덮고 보안을 유지하는 게 한결 쉬워 보였다.

"절대 외부로 흘러나가선 안 돼. 그땐 자네나 나나 끝이라고, 끝."

"송 기자도 기도원 현장에 왔었습니다."

"그놈은 내가 어떻게든 처리해볼게."

"쉽지 않을 텐데요."

"내게 맡겨……."

"……."

"수사팀에도 잘 말해. 공연히 나대지 말라고 말이야. 말 한마디 삐끗했다가는 다들 골로 가는 거야…… 한 방에 훅 가는 거라고."

"앞으로 유사 사건이 또 터지면 어쩌죠?"

"그건 그때 가서 생각하자고."

거물들은 이번 사건이 외부에 알려지는 것을 원치 않았다. 이쯤에서 끝나기를, 또 다른 사건이 터지지 않기를 간절히 원했다. 거물들답지 않은 결정이었다. 따지고 보면 살해당한 인물들은 한때 그들 조직에서 충성을 맹세했던 선배들이 아닌가.

브리핑이 끝나고 두식은 곧바로 봉천동 성당으로 향했다. 사건을 덮기 전에 반드시 만나야 할 사람이 있었다. 비오 신부에게 물어볼 게 너무도 많았다. 사흘 전 그가 경찰서에 찾아왔을 때 묻지 못한 것을 한 아름 머리에 지고 성당에 들어섰다.

코뿔소는 뿔이 하나다

툭 까놓고 말하고 싶었다. 휴직계를 낼 거라고. 이번 사건에서 손을 뗄 거라고 선수를 칠 생각이었다. 이젠 다 지나간 일이니 계급장을 떼고 한판 붙어보자고 호기 부릴 생각도 해봤다. 그러나 비오 신부는 성당에 없었다.

"어제 출국했습니다."

성모마리아 목걸이를 한 아가씨가 친절하게 말했다.

"어디로 갔습니까?"

"아프리카 잠비아입니다."

"잠비아?"

아프리카의 드넓은 평원이 불쑥 떠올랐다. 두식의 흐리멍덩한 두 눈 속에 갈기를 휘날리는 수사자가 어슴푸레 보였다. 수사자 옆에 2톤이 넘는 코뿔소도 보였다.

"오래전부터 계획되어 있었어요."

잠비아 오지에 젊은 신부가 봉사활동을 하고 있는데, 그를 도우러 가는 것이라고 했다. 고국에 다시 오려면 몇 년은 걸릴 것이라고, 그녀는 묻지도 않은 말을 덧붙였다.

"혹시 형사 분이세요?"

두식은 고개를 끄떡였다.

"비오 신부님이 형사 분이 오시면…… 이걸 전해주라고 했어요."

그녀는 서랍 속에서 네모난 종이상자를 꺼내 두식에게 내밀었다. 상자 안에는 손바닥만 한 성모마리아의 조각품이 들어 있었다.

"뭡니까, 이게?"

"용서와 화해의 증표라고 했어요."

용서와 화해의 증표라…… 누가 누구를 용서하는 것인지, 화해의 대상이 누구를 말하는지 전혀 감이 오지 않았다. 두식은 본관을 나와 성당 안을 둘러보았다. 종교적인 색채 때문인지 마음이 아득하고 홀가분해졌다. 성당에 도착하기 전까지 양 어깨를 짓누르던 긴장감도 사라졌다. 두식의 발걸음이 멈춘 곳은 정문 옆의 마리아 동상 앞이었다. 이상한 일이었다. 여러 차례 성당을 드나들었는데 오늘에서야 비로소 이 동상을 발견했다.

바로 이곳인가. 장대비가 쏟아지던 날, 비오 신부와 배윤수가 처음 만난 곳이. 두식은 성모마리아 동상을 오랫동안 바라보았다.

12

오랜만에 광주행 버스에 몸을 실었다.

권영욱의 동영상이, 그 안에서 흘러나오는 그들의 절절한 목소리가 수연의 몸을 조용히 일으켜 세웠다. 샛별회 2세들이 마지막으로 남긴 말이 가슴을 쥐어뜯었다. 수연에게도 밝혀야 할 진실이, 그날의 아픈 상흔이 남아 있었다.

황 선배가 태어난 곳은 광주였다. 그의 시신이 묻힌 곳은 무등산 아래의 야산이었다. 그의 어머니를 찾아뵌 지 얼마나 되었을까? 햇수를 헤아려보니 15년이 훨씬 넘었다. 이번 사건을 따라다니면서 황 선배의 얼굴이 종종 떠오르곤 했다. 아무리 오랜 세월이 흘러도 쉽게 잊힐 얼굴이 아니었다. 수연에게는 유일한 남자였고, 풋풋한 첫사랑이었다. 지금도 그의 뜨거운 가슴을 기억하고 있었다.

'요리 솜씨가 많이 늘었네.'

단칸방을 나서기 전에 황 선배가 마지막으로 내뱉은 말이었다. 그날 동틀 무렵, 이불 속에서 기어나와 방문턱을 넘어서려는 그의 발목을 잡았다. 잠깐만 기다리라고, 한 시간만 더 있다가 가라고 다시 아랫목에 앉혔다. 따뜻한 아침밥을 해주고 싶었다. 수배중인 그를 이대로 보내고 싶지 않았다. 마침 엊저녁에 사다놓은 동태를 끓였다. 마늘을 다지고 파를 썰고 두부를 넣었다. 동거를 시작하고 그에게 제대로 된 음식을 해먹인 적이 거의 없었다. 요리 솜씨는 황 선배가 훨씬 뛰어났다. 콩나물국에 파와 마늘을 언제 넣어야 하는지, 김치찌개에 두부와 참치를 언제 넣으면 더 맛있는지를 잘 아는 남자였다.

그날 그는 동태찌개와 계란말이로, 밥 두 공기를 깨끗하게 비웠다. 꿀맛이다, 빈 공기를 바라보고는 환하게 웃던 그의 얼굴이 마지막 모습이었다.

황 선배의 집은 조선대학교 옆의 허름한 단독주택이었다. 수연은 반쯤 열려 있는 대문 안으로 들어섰다.

"이, 이게 누구여?"

십수 년이 흘렀어도 그의 어머니는 수연을 한눈에 알아봤다. 이마에 주름만 늘었을 뿐 예전 모습 그대로였다. 손은 여전히 따뜻했다.

그의 어머니에게 큰절을 올렸다. 갑자기 눈물이 핑 돌았다. 미안하고 안타까운 생각에 고개를 들지 못했다. 아직도 황 선배의 사인을, 그의 죽음 뒤에 가려진 진실을 밝혀내지 못한 게 그렇게 서러울 수가 없었다.

황 선배의 방은 작고 아담했다. 방 안에는 그의 체취가 고스란히 남아 있었다. 낡은 책상과 의자, 수많은 책…… 그의 어머니는 황 선배가 쓰던 물건을 하나도 버리지 않았다. 대학 3학년 때 수연이 황 선배에게 선물한 책도 한자리를 차지하고 있었다. 그 책의 속표지에, 수연의 손글씨가 적혀 있었다.

'진리는 정의의 시녀요, 자유는 그 자식이고, 평화는 그 반려자다.'

황 선배의 좌우명이었다. 그 글을 적어 넣으면서 그와의 사랑이 운명이라고 생각했다. 오후 늦게 그의 어머니와 함께 장을 보고 요리를 했다. 그의 어머니는 오늘은 특별한 날이니 특별한 요리를 만들고 싶다고 했다. 말은 하지 않아도 어떤 요리인지 금방 눈치챘다. 황 선배는 삼계탕을 가장 좋아했다. 황 선배와 동거할 때 삼계탕을 만들어보려고 했으나 엄두가 나지 않았다. 삼계탕은커녕 육개장을 만드는 것도 버거운 일이었다. 닭은 핏기가 완전히 빠지도록 뱃속까지 깨끗이 씻은 후 다리 안쪽에 칼집을 넣었다. 찹쌀은 쌀알이 전체적으로 뽀얗게 될 때까지 불렸다. 수삼은 윗부분의 단단한 머리 부분을 잘라내고, 대추는 씨를 빼냈다. 냄비 안에서 한창 삼계탕이 익어가고 있는데 곽 서장에게 전화가 왔다.

"이쯤에서 수사가 중단될 겁니다. 아쉽기는 하지만…… 그래도 어쩔 수 없습니다."

"……"

"교수님도 이번 사건을 절대 외부에 알려서는 안 됩니다. 이건 아주 높은 사람의 지시입니다."

코뿔소는 뿔이 하나다

아주 높은 사람이 누구일까. 솔직히 그가 누구인지 별로 궁금하지도 않았다. 그렇지 않아도 이번 사건에서 손을 털려던 참이었다.

"시집은 갔는가?"

가슴살을 먹기 좋게 발라주면서 그의 어머니가 물었다. 수연은 고개를 살짝 흔들었다.

"그놈이 나쁜 놈이여."

그의 어머니 얼굴에 잔잔한 미소가 번졌다. 수연도 그녀를 따라 웃었다.

13

"무슨 소린지 알아들었지?"

부장검사는 콧잔등에 주름을 세웠다. 알아듣고도 남았다. 한마디로 덮고 가자는 소리가 아닌가.

"자네도 할 만큼 했잖아."

솔직히 할 만큼 하지 못했다. 전열을 다시 정비한 후 온 힘을 짜내 달려들려고 했다. 그런데 이쯤에서 덮자니, 맥이 빠졌다.

"사나흘 푹 쉬고 원래대로 복귀해."

준혁은 깍듯하게 고개를 숙이고 부장검사실을 나왔다. 내가 결정할 일이 아니야…… 윗선에서 지시가 내려왔다는 소리였다. 그렇다면 할 수 없는 일, 더 이상 마음에 두지 않기로 했다. 한번 결정하면 빠르게 해치우듯이 한번 단념하면 깨끗이 잊었다. '우린 그런 인간을 싸가지라고 부르죠……' 최 반장에게 조인트를 날리지 못한 게 가장 아쉬웠다. 어떻게든 조인트를 깔 구실을 만들어보려고 했는데, 최 반장은 이미 휴직계를 낸 뒤였다.

작은어머니에게 문자가 온 것은 오후 3시쯤이었다. 검찰청을 나서 려는데 목이 빠지게 기다리던 소식이 전해져왔다.

'작은아버지가 돌아가셨다. 발인은 모레 아침 9시다.'

역시 전문가답게 깔끔하게 해치웠다. 그날 클럽을 나오면서 깍두기 에게 두 가지를 다짐받았다. 무슨 일이 있어도 다시는 연락하지 말 것, 앞으로는 아파트에도 찾아오지 말 것. 서로의 흔적을 남길 필요는 없었 다. 한 치 앞을 내다보지 못하는 게 인생이다. 훗날 CCTV와 휴대폰에 남긴 흔적이 비수로 돌아올지도 모를 일이다. 준혁은 즉시 작은어머니 에게 답장 문자를 보냈다.

'고인의 명복을 빕니다.'

축하 메시지였다. 한바탕 잔치라도 벌이고 싶은 심정이었다. 이대로 작은아버지가 천수를 누리게 할 수는 없었다. 그 스스로 죽게 내버려 둔다면 평생 땅을 치고 통곡할 일이었다. 작은아버지의 운명은 하늘의 것이 아니었다.

오랜만에 아버지의 무덤을 찾았다. 어머니의 두 눈이 퉁퉁 부어 내 려간 날 이후 처음이었다. 그 긴 세월 동안 무덤 주위에는 많은 변화가 있었다. 무덤으로 오르는 길목을 찾는 데만 두 시간이 걸렸다. 그 길목 으로 찾아 들어가 아버지의 무덤을 찾는 데는 더 오랜 시간이 걸렸다. 아버지의 무덤은 아이 키만 하게 자란 잡초와 수풀에 뒤덮여 보이지도 않았다. 그나마 비석이라도 있는 게 천만다행이었다.

준혁은 무덤을 내려와 마을회관에서 제초기를 빌렸다. 웃통을 벗어 젖히고 무덤을 덮고 있는 잡초를 모조리 베어냈다. 마을 청년 두 명이 나서서 마치 자신의 일처럼 도와주었다. 거의 한 트럭분의 잡초가 나왔다. 반나절이 지나서야 아버지의 무덤은 어머니와 함께 왔을 때의 모습을 되찾았다. 벌초가 끝난 후에는 제수품을 사가지고 왔다. 명태와 꽃다발, 그리고 소수를 무덤 앞에 놓았다. 그렇게 차려놓고 보니 고석만의 아내 무덤에 놓인 것과 꼭 닮았다.

무덤 옆에 앉아 아버지의 기억을 더듬었다. 이제 와서 더듬어보건대, 검사에 뜻을 둔 것도 아버지의 피를 물려받은 것 같았다. 그러나 아버지는 준혁과는 달리 딱 한 번 사법고시에 도전하고 꿈을 접었다. 꿈을 접고는 정치에 뜻을 두었다. 그게 가장 큰 패착이었다. 판검사나 하시지, 무슨 정치를 하겠다고.

'내 무덤은 만들지 마라…….'

아버지의 무덤을 내려오는데 어머니의 메마른 목소리가 양 어깨를 지그시 내리눌렀다.

14

휴직계를 제출하고 나자 마음이 한결 편했다. 20년이 넘은 수사생활 중에 이처럼 피곤한 적이 또 있었던가. 사실 사명감이나 책임감 따위는 이미 걷어치운 지 오래였다. 수사기간 내내 지뢰밭에 빠져든 기분이었다. 자존심이라는 것도 상대를 봐가면서 내세워야 한다는 것을 절실하게 깨우쳤다.

어젯밤 두식은 서장과 면담을 가졌다. 당분간 쉬고 싶다고 말했다. 몸도 마음도 난쟁이처럼 쪼그라들었다. 서장은 얼마나 필요한지를 물었고, 한 달이면 좋겠다고 대답했다. 서너 달 푹 쉬면 좋겠으나 그렇게 말할 처지가 되지 못했다. 서장은 두식의 요구를 군말 없이 받아들였다.

수사본부 책상을 정리하고 나서 오 교수에게 전화를 걸었다. 오 교수와 술을 한잔 하고 싶었다. 오래도록 얼굴을 맞대면서 밥 한 끼 함께한 적이 없었다. 오 교수는 두식의 제안에 흔쾌히 응하고 그녀의 단골 집으로 안내했다.

"어제 연구실에 갔었습니다. 자리에 안 계시더라고요."

오 교수는 두 손으로 잔을 받았다.

"옛애인의 무덤에 갔었어요. 대학 다닐 때 한 남자를 사랑했었죠. 갑자기 미치도록 보고 싶더라고요."

무덤이라…… 그것만 떠올리면 주먹만 한 돌멩이가 목구멍으로 기어 올라왔다. 명절 때마다 성묘를 가는 가족 행렬이 그렇게 부러워 보일 수가 없었다. 어머니는 매장했다. 주위의 무덤보다 훨씬 크게 만들고 비석도 가장 비싼 것으로 세웠다. 그래야 조금이나마 마음의 위로가 되는 것 같았다.

"휴직계를 냈다는 소리를 들었어요."

두식은 고추장에 파묻힌 멍게를 젓가락으로 건져 올렸다.

"며칠 좀 쉬려고요. 얘기 들으셨죠?"

이쯤에서 덮자는 소리, 서장이 통보했을 것이다. 서장은 이번 사건을 알고 있는 사람에게 일일이 전화를 걸어 거물들의 결정을 있는 그대로 전해주었다. 오 교수는 고개를 끄떡였다.

"그러고 보니 장기국이나 백민찬의 동영상은 맛보기였더군요."

두식은 권영욱의 동영상을 에둘러 그렇게 표현했다. 진국은 따로 있었다.

"교수님도 알고 계셨습니까? 놈들이 권영욱을 점찍고 있었다는 거."

"……."

"〈귀국〉이라는 시나리오를 봤습니다."

"저도 짐작만 하고 있었어요. 그때는 확신이 서지 않았거든요."

확신이 서지 않았다고? 오 교수답지 않은 소리였다. 그녀는 권영욱의 별칭이 야마라는 것도, 목덜미에 붙은 부적이 야마의 그림이라는 것도 훤히 꿰차고 있었다. 하여튼 그걸 추궁하려고 만나자고 한 건 아니었다. 두식은 화제를 돌렸다.

"며칠 전에 성당에 갔었습니다. 그 까칠한 신부는 아프리카로 갔다고 합니다."

오 교수는 멍게를 집으려다 말고 고개를 번쩍 들었다.

"저도 비오 신부에 대해 알아봤는데…… 권영욱과는 보통 인연이 아니더군요."

"뭡니까? 그 인연이라는 게."

"1980년대 비오 신부는 두 차례나 옥살이를 한 적이 있어요. 공교롭게도 그를 감옥에 집어넣은 장본인이 권영욱이었습니다. 두 번 모두요."

그렇다면 그건 인연이 아니라 악연이었다. 따지고 보면 두식 역시 권영욱과 보통관계가 아니었다. '좋은 게 좋은 거 아니우?' 그날 아버지의 죽음을 두고 경찰서장과 함께 협상을 하러 왔던 인물, 마흔이 조금 안 돼 보이는 점퍼 차림의 사내가 권영욱이었다. 샛별회 사건에 관여한 명단을 봤을 때, 기왕이면 다음 상대로 권영욱이 되기를 은근히 바란 것도 그런 이유 때문이었다.

경찰이 된 후에도 그의 정체가 늘 궁금했다. 경찰서장 앞에서도 다리를 꼬고 거만하게 앉아 있던 그의 모습이 머릿속에서 지워지지를 않았다. 그의 정체를 알게 된 것은 1997년 새 정부가 출범한 지 얼마 되지 않아서였다. TV 뉴스에 미국으로 도피한 그의 얼굴이 큼지막하게 나왔다. 〈귀국〉이라는 시나리오의 모델이었다.

'인생이란 게 우박 치면 우박 맞고, 벼락 치면 벼락 맞는 거요.'

자신의 말대로 그는 벼락을 맞고 말았다. 그것도 날벼락이었다. 그새 소주 두 병이 비워졌지만, 오가는 말은 별로 없었다. 오 교수는 틈틈이 삼계탕 얘기를 꺼냈고, 두식은 아버지가 닭장사를 했었다고 응수했다.

"그만 일어날까요?"

오 교수가 먼저 자리에서 일어났다. 새로 시킨 닭똥집 안주는 아예 손도 대지 않았다.

"반장님도…… 이번 사건을 덮고 싶은가요?"

술집을 나서자마자 오 교수의 입에서 뜻밖의 소리가 튀어나왔다. 어려운 질문이었다. 같은 질문이라도 서장과 대화할 때와는 느낌이 달랐다. 두식은 마땅한 답을 찾지 못했다.

코뿔소는 뿔이 하나다

"차라리 잘된 것 같아요."

"뭐가 말입니까?"

두식이 빠르게 물었다.

"피차 좋은 게 좋다는 뜻이에요. 샛별회 사건도 26년 동안이나 덮었잖아요. 그럼, 이만."

"잠깐만요. 물어볼 게 있습니다."

오 교수가 뒤를 돌아다봤다.

"코뿔소가…… 뭘 의미하는지 알아냈습니까?"

오 교수는 고개를 절레절레 흔들면서 버스정류장 쪽으로 사라졌다. 속이 쓰리고 신물이 넘어왔다. 한동안 잠잠하던 지렁이 놈들의 공격이 또 시작됐다. 두식은 셔터를 내리는 약국 앞으로 느릿느릿 걸어갔다.

15

새벽바람이 제법 쌀쌀했다.

마지막으로 사제실을 정리할 차례였다. 비오 신부는 본당을 나와 사제실로 들어갔다. 막상 이 땅을 떠나려 하니 마음이 무거웠다. 그동안 많은 짐을 덜어낸 것 같은데도 홀가분하지가 않았다.

혹시나 해서 TV를 틀었다. 야마라 불리던 사내는 오늘도 뉴스에 나오지 않았다. 장기국도 그랬고 백민찬도 그랬다. 뉴스 앵커는 태풍이 북상하고 있다는 소식만을 앵무새처럼 떠벌이고 있었다. TV를 끄고 창문을 활짝 열었다. 늦더위는 한풀 수그러들었다. 이번 여름은 그의 칠십 평생 가운데 가장 뜨거운 여름으로 기억될 것 같았다.

비오 신부는 그 아이들의 '대부'였다. 원래 사제는 모든 이의 영적 아버지라 한 개인의 대부가 될 수 없다. 그걸 잘 알면서도 아이들의 대부가 됐다. 1996년 여름, 그땐 그럴 수밖에 없었다. 그 아이들은 삶과 죽음의 경계선에서 위태롭게 외줄을 타고 있었다. 조금만 발을 헛디디 도 저 아래 낭떠러지로 곤두박질칠 것 같았다. 비오 신부는 아이들에 게 손을 내밀었다. 아이들의 손은 하나같이 얼음장처럼 차가웠다. 아이들과의 첫 인연은 그렇게 시작됐다.

3년 전 성탄 미사를 앞두고 아이들이 사제실로 찾아왔다. 창밖에는 함박눈이 내리고 있었다. 고요하고 거룩한 밤이었다. 아이들은 앞으로 해야 할 일을 털어놓았다. 오래도록 가슴에 품은 얘기들이 하나하나 실타래처럼 풀어져 나왔다. 너무 크고 묵직한 울림이어서 고막이 찢어지는 것 같았다. 어느새 대못 하나가 가슴팍에 슬며시 들어와 있었다. 수십 년간 그 아이들을 지켜본 그로서는 차마 가슴에 묻어두라는 말을 하지 못했다.

"누구나 하나쯤 아픈 상처를 가지고 이 세상을 살아가는 거야……."

그가 아이들에게 해줄 수 있는 말은 고작 그것밖에 없었다. 그 후 그는 하느님을 찾지 않았다. 기도실에 들어가지 않고 미사도 젊은 신부에게 맡겼다.

그새 계절이 바뀌었다. 잔설이 녹고 꽃망울이 터지고 텁텁한 바람이 불어왔다. 때이른 장마도 어김없이 찾아와 대지를 적셨다. 그 아이들은 장대비 속에서도 분주히 움직이고 있었다. 소설을 쓰고 영화를 만들고 목표물 주변을 탐색했다.

비오 신부는 그 아이들의 '조력자'였다. 미력하나마 그 아이들에게 힘을 보태기로 했다. 오랜 고민 끝에 내린 결정이었다. 빠뜨린 건 없는지 빈틈은 없는지 꼼꼼하게 체크했다. 기왕에 시작한 일이라면, 그 또한 깔끔한 마무리를 원했다.

동영상을 찍자고 한 것은 그의 아이디어였다. 아이들은 오래도록 여운이 남을 수 있게 짧고 강렬한 것을 원했다. 동영상은 거기에 딱 맞는 밥상이었다. 그 밥상에 맞난 반찬을 올리는 것은 아이들의 몫이었다. 그러고 보니 이번 일에서 그의 역할은 적지 않았다. 대부도 기도원을 제공한 것도, 야마의 부적과 올가미를 준비한 것도 그였다. 이쯤이면 제법 큰 역할을 한 듯싶었다. 이번 일에는 그 이외에도 많은 조력자들이 흔쾌히 참가했다. 그들의 역할은 그와는 비교가 되지 않았다. 그들은 뛰어난 전사였고, 과묵한 저승사자였으며, 냉철한 심판관이었다.

판이 커질수록 하루하루가 가시방석이었다. 하나에서 둘, 둘에서 셋으로 이어지면서 그의 가슴은 바짝 졸아들었다. 이런 일은 난생 처음이기 때문에 긴장의 끈을 놓지 않았다. 제아무리 치밀한 계획을 세워도 뜻대로 되기란 쉽지 않은 일이다. 지나고 보니 그건 기우였다. 그 아이들은 똑똑하고 치밀했다. 잘 짜인 각본대로, 처음부터 끝까지 퍼즐 맞추듯 착착 맞아떨어졌다. 그것은 오랜 학습과 훈련으로 이뤄진 결과였다. 한 가지 첨부한다면, 하늘의 도움 없이는 있을 수 없는 일이었다. 비오 신부는 먼저 간 넋, 그 아이들의 아버지가 큰 힘을 실어준 것이라고 생각했다.

알고 보면 인연이라는 게 놀랍고 신비로운 거였다. 샛별식당에서 그 아이들을 만날 때마다 그런 생각이 들었다. 그 아이들은 30년 전 아버지들이 그랬듯이 이 식당에서 만나는 것을 좋아했다. 아버지를 추억하고 더듬어 보기에 샛별식당만 한 곳이 없었다. 30년이란 세월은 아무런 장애가 되지 않았다. 되레 지난 세월만큼 아버지들의 몫까지 덤으로 가슴에 새겼다. 비오 신부는 그것이 오래 묵은 광기로 나타나든, 진실로 포장된 폭력으로 나타나든 개의치 않았다.

　그 뜨거운 여름을 보내는 동안 아이들은 성당 주변을 떠나지 않았다. 거기서 판을 재고 판을 키우고 판을 이끌어갔다. 젊은 사제도, 청년부 회원도, 경찰마저도 그 아이들을 알아보지 못했다. 지난 봄, 그 아이들은 이미 모든 익숙한 것과 결별했다.

　비오 신부는 하나하나 사제실을 정리해 나갔다. 아프리카에 가져갈 것이라고 해야 한 짐도 되지 않았다. 그런데 평소 곁에 두었던 사진이 보이지 않았다. 3년 전쯤, 북한산 등반 기념으로 여러 아이들과 함께 찍은 사진이었다. 어디에 두었더라…… 나이가 드니 기억력이 예전 같지가 않았다. 그때 맨 위 서랍에서 성모마리아의 조각품이 눈에 들어왔다. 1989년 교도소에서 나올 때 재판을 담당했던 판사가 용서와 화해의 증표로 준 선물이었다. 문득 이 조각품을 전해줄 사람이 떠올랐다. 최 반장의 아버지가 경찰 곤봉에 맞아죽었다는 것을 나중에 알았다. 그런 아픔이 있는데도 왜 굳이 경찰이 되려고 했을까. 성모마리아 옆에는 엽서 한 장이 꼿꼿하게 고개를 들고 있었다. 양평 목장에서 그 아이가 손글씨로 적어 보내온 엽서였다.

코뿔소는 뿔이 하나다

코뿔소는 태어나자마자 뿔이 자라기 시작한다. 코뿔소의 뿔은 죽기 전까지 자라는 걸 멈추지 않는다. 싸우다가 부러져도 다시 돋아나 평생을 자란다. 코뿔소 새끼는 어미의 뿔을 보고 가야 할 곳을 찾는다. 코뿔소는 새끼든 어미든 뿔이 가리키는 방향으로만 간다.

에필로그 ───────────────────────

한 달 만의 외출이었다.

택시는 한 고등학교 정문 앞에 미끄러지듯이 멈추었다. 택시에서 내
리자 사차선 도로 건너편에서 목발을 짚은 사내가 손을 흔들었다. 송
기자였다.

"몸은 좀 어떻소?"

송 기자는 흰 이를 드러내며 멋쩍게 웃었다.

"죽을 맛입니다."

휴직계를 낸 지 얼마 되지 않아 그가 입원해 있는 안산 병원에 갔다. 두식이 입원했을 때와 입장이 바뀌었다. 그러나 송 기자는 두식과 달리 쌀쌀맞게 대하지 않았다. 되레 권총을 실물로 본 게 그날 처음이라고 농담을 건넸다.

"수사본부는 어떻습니까? 해체된 겁니까?"

확실한 답을 줄 수 없었다. 해체된 것 같기도 하고 아닌 것 같기도 하고. 그는 이번 사건에서 아직 손을 뗀 것 같지가 않았다. 서장이 그의 입을 막는 데 얼마나 처발랐는지 궁금했다.

"서장에게 얼마나 받았소?"

두식은 툭 까놓고 물었다.

"2천이요. 솔직히 그걸로는 어림도 없지 않습니까?"

적어도 2억은 돼야 제대로 값을 치른다는 소리로 들렸다.

"반장님, 저길 좀 보십시오."

송 기자는 왼쪽 목발을 들어 길모퉁이에 있는 허름한 식당 간판을 가리켰다.

'샛별식당.'

샛별회라는 이름이 지어진 곳…… 권영욱이 동영상에서 말하던 곳이 바로 여기란 말인가. 송 기자는 문을 열고 식당 안으로 들어갔다. 점심시간이 한참 지나서인지 식당 안은 텅 비어 있었다.

"저 노인네가 누군 줄 아십니까?"

송 기자가 빈 의자에 목발을 기대 세우면서 물었다. 계산대 옆에는 백발의 노인이 벽에 등을 기댄 채 꾸벅꾸벅 졸고 있었다.

460 | 461

"비오 신부의 형입니다."

그 소리에 정신이 번쩍 들었다. 노인의 머리칼도 비오 신부처럼 은빛으로 출렁이고 있었다.

"병원에서 나오자마자 여기부터 들렀죠. 후후. 저기 주방에 딸려 있는 별실에 가봤더니 가족사진이 붙어 있더군요. 그 사진 속에 젊은 날의 비오 신부가 있었습니다."

송 기자는 애써 엄숙한 분위기를 만들려는 듯 두 손을 탁자 위에 가지런히 올려놓았다.

"반장님은 진범이 누구라고 생각하십니까?"

말 같지도 않은 소리였다. 두식은 대답하지 않았다.

"이 사진 좀 보십시오."

송 기자는 품 안에서 한 장의 사진을 꺼내 탁자 위에 올려놓았다. 등산복 차림의 젊은이들을 찍은 단체사진이었는데, 배윤수와 고준규, 손지영도 한자리를 차지하고 있었다. 그들 한가운데는 비오 신부가 흰머리칼을 휘날리며 환하게 웃고 있었다.

"이건 어디서 났소? 훔친 거요?"

"총 맞기 전에 비오 신부의 사제실에서 가져온 겁니다. 후후, 뭐든 노력 없이 저절로 굴러오는 건 없습니다. 이 사진을 보고 감이 오는 게 없습니까?"

아직 감이 오지 않았다. 그들 뒤로는 커다란 바위로 쌓아올린 암문巖門이 보였다.

"잘 보시면 반장님도 알고 있는 인물이 있을 겁니다."

에필로그

그들 네 명 말고는 딱히 눈에 익은 얼굴이 없었다. 두식이 별 반응을 보이지 않자 송 기자가 배윤수 옆에 있는 젊은이를 손가락으로 가리켰다. 순간 양평 목장의 별채가, 그 별채 문 앞에서 두식의 어깨를 밀치던 얼굴이 떠올랐다.

"이 친군…… 주민호 아닌가?"

비오 신부의 형, 샛별식당, 주민호…… 어쩐지 분위기가 송 기자의 주문대로 청심환이 꼭 필요한 것처럼 돌아가고 있었다.

"후후, 이제 찾았습니까? 허나 이 친구는 주민호도, 배윤수의 고등학교 동창도 아닙니다. 저도 이 친구의 정체를 밝히는 데 시간이 꽤 걸렸습니다. 그의 본명은 주영준입니다. 전문 해커 출신이죠. 그의 아버지는 구국연맹사건으로 고인이 된 주중휘라는 사람입니다."

이번엔 그의 뭉툭한 손가락이 주민호 앞의 인물을 가리켰다.

"여기 금테 안경 낀 친구는 외과수련의인 조중호라는 자입니다. 얼마 전까지 고준규의 집에서 김범수와 함께 살고 있었죠. 조중호는 군사정권 시절, 삼청교육대에서 의문사한 조문광의 아들입니다."

송 기자는 사진 속의 인물을 가리키며 차례차례 그들의 정체를 짚어냈다. 대부도 기도원을 지은 목사의 아들은 스탠퍼드 대학에 재학 중이라고 했다.

"스탠퍼드 대학이 어디에 있는지 아시죠? 샌프란시스코입니다."

금문교를 배경으로 찍은 권영욱의 사진이 목덜미를 감아올렸다. 도무지 정신을 차릴 수 없었다. 두식은 청심환을 준비하지 않은 것을 후회했다.

"이걸 다 어떻게 알아냈나?"

"두 명은 저 노인네가 알려줬고, 두 명은 제가 직접 찾아낸 겁니다."

송 기자는 계산대 옆에서 졸고 있는 노인을 슬쩍 쳐다보았다.

"이제 감이 좀 옵니까?"

감이 오는 정도가 아니었다. 외과수련의, 전문 해커, 대부도 기도원, 샌프란시스코 거주…… 그것만으로도 커다란 밑그림이 그려졌다.

"진범은 따로 있는지도 모릅니다. 샛별회 2세는 단 한 번도 얼굴을 드러낸 적이 없었으니까요. 범행에 직접 나선 인물은 바로 이들이 아닐까요?"

시국사건으로 희생당한 인물들, 그리고 그의 자녀들…… 샛별회 2세들의 흐름과 엇비슷했다. 두식은 송 기자의 이상야릇한 눈빛을 바라보면서 한 가지 의아한 점이 떠올랐다.

"이걸 내게 다 까발리는 이유가 뭔가?"

"반장님이 제게 먼저 말하지 않았습니까? 선수끼리 툭 까자고요."

"……"

"전 깔 만큼 다 깠으니 이젠 반장님 차롑니다."

송 기자는 탁자 위에 놓인 사진을 두식 앞으로 바짝 내밀었다. 흰자위가 드러난 그의 눈동자가 이렇게 말하고 있었다. 나머지 인간들을 까발리는 것은 당신의 몫이라고.

"어떻습니까? 저랑 다시 한번 해보지 않겠습니까?"

"……"

"반장님은 진급하고 저는 특종을 잡고."

"……."

"이대로 덮기에는 너무 아깝잖아요."

아깝기는 하지만 썩 좋은 제안은 아니었다. 그가 특종을 잡을지는 몰라도 두식이 진급하는 데는 어려움이 따를 것 같았다. 청와대까지 나서서 덮자는데 감히 일개 수사관이 반기를 들 수는 없는 일이었다.

"어찌됐든 죄다 까보십시오. 아마 줄줄이 엮여 나올 겁니다."

송 기자는 화장실에 다녀오겠다면서 빈 의자에 기대세운 목발을 잡았다. 쓰윽쓰윽, 식당 주방 쪽에서 칼 써는 소리가 들려왔다. 열린 문틈 사이로 매서운 칼바람이 기어 들어왔다. 두식은 머릿속으로 기억의 물줄기를 하염없이 건너고 있었다. 장기국의 변호사 사무실에서 배종관의 무덤, 봉천동 성당을 거쳐 대부도 기도원에 이르기까지, 어둡고 음습한 잔영들이 휙휙 지나쳤다. 봉천동 4층 건물에 이르러서는 두 눈이 따끔거리고 머리칼이 활활 타올랐다. 수십여 개에 이르는 영정사진이, 그들의 눈동자가 들불처럼 달려들었다.

두식은 탁자 위에 있는 단체사진을 물끄러미 내려다봤다. 그들 뒤에 바위로 만든 암문이 마치 지옥의 문을 연상시켰다. 그들 스스로 영혼의 조련사라고 했던가. 그러고 보니, 사진 속의 얼굴들은 하나같이 먼저 간 영혼을 품고 있었다. 넉넉히 품고서는, 이렇게 중얼거렸다.

여기에 들어오는 자, 희망을 버려라.

침묵 당하는 ─────────────────
모든 진실은 독이 된다 ─────────────

'어둠은 빛을 이길 수 없다.'

막바지 탈고를 앞두고 있는데, 한 아이의 노랫소리가 은은하게 들려왔다. 잠시 글 쓰는 걸 멈추고 아이의 노래가 시작되는 곳을 따라갔다. 광화문 광장이었다. 그곳에 수많은 촛불이 타올랐다. 자신을 태워 주위를 밝히는 촛불…… 장관이었다. 내 평생 그만한 걸작을 본 적이 있던가! 촛불 한가운데서 아이의 노랫소리가 또 들려왔다. 거짓은 진실을 이길 수 없다…… 광화문 광장뿐 아니었다. 부산 서면 로터리에서도, 광주

충장로에서도, 남해의 작은 섬에서도 돌림노래처럼 이어졌다. 그들이 한결같이 요구하는 것, 진실이었다.

지난겨울, 오랜만에 친구들을 광장에서 만났다. 멀리서 오랜 벗이 찾아오니 그렇게 반가울 수가 없었다. 우리가 광장에서 만난 것은 이번이 처음은 아니었다. 십수 년 전에도 우리는 광장에 있었다.

그때는 탄핵을 반대하려고 촛불을 들었다. 이번엔 탄핵을 찬성하려고 촛불을 들었다. 품격의 차이다. 국민의 눈물을 닦아주는 지도자가 있는가 하면, 눈에서 피고름을 짜내는 지도자도 있다. 인격의 차이다. 훌륭한 지도자를 곁에 두는 것이 큰 위로가 된다는 걸 다시 한 번 깨우쳤다.

이 소설은 1980년대 부당한 국가권력의 횡포로 스스로 목숨을 끊은 아버지들에게 바치는 진혼곡이다. 26년 전, 그날의 진실을 밝히기 위해 그들이 선택한 것은 전사^{戰士}였다. 아무도 그들의 절규에 귀를 기울이지 않았다. 그래서 그들은 무장을 하고 직접 진실 사냥에 나섰다. 자비와 관용은 없다. 영혼의 조련사가 되어, 코뿔소처럼 뿔이 가리키는 곳으로 뚜벅뚜벅 걸어갈 뿐이다.

소설을 쓰는 동안 내내 불편하고 참담했다. 암울한 시기를 다시 끄집어낸 것은, 세상 돌아가는 꼴이 그때와 판박이 같기 때문이었다. 한마디로 깍두기판 세상이다. 한 번도 아니고 두 번이나 호된 학습을 치렀다. 그런데도 진실은 여전히 가려져 있다. 진실을 은폐하려는 자들의 몸부림은 가히 결사적이다. 이삼십 년 후, 또 이런 진실을 밝히려는 전사들이 봉기하지 않을까 염려된다. 소설로나마 위안을 삼기에는 현실이 너무도 척박하다.

　졸작을 선뜻 받아주신 김현정 팀장님, 원고를 꼼꼼하게 살펴준 정민교 편집자께 감사를 올린다. 소설을 무사히 마칠 때까지 '진실 찾기'에 도움을 준 여러 술친구들도 빠뜨릴 수 없다.

　'작가의 말'을 쓰는 도중 세월호가 수면 위로 올라왔다. 무려 1073일 만이었다. 몸 성한 데가 한 군데도 없었다. 뜯기고 찢기고 갈라졌다. 가슴이 먹먹했다. 그 모습을 한 남자의 시선으로 보지 않았다. 두 딸아이를 둔 아빠의 시선으로 보았다. 가슴이 더 먹먹했다.

　이제 진실도 함께 끌어올릴 때다. '침묵 당하는 모든 진실은 독이 된다.' 니체의 명언이 가슴에 팍팍 꽂히는 봄이다. 아이의 노래는 아직 끝나지 않았다.

　'진실은 침몰하지 않는다.'

조완선

코뿔소를 보여주마
초판 1쇄 발행 2017년 4월 11일
초판 2쇄 발행 2017년 6월 9일

지은이 조완선
펴낸이 김선식

경영총괄 김은영
책임편집 정민교 **책임마케터** 이주화, 최혜진
콘텐츠개발2팀장 김현정 **콘텐츠개발2팀** 김정현, 문성미, 이승환, 정민교
전략기획팀 김상윤
마케팅본부 이주화, 정명찬, 최혜령, 최혜진, 최하나, 김선욱, 이승민, 김은지, 이수인
경영관리팀 허대우, 권송이, 윤이경, 임해랑, 김재경
외부스태프 이승욱

펴낸곳 다산북스 **출판등록** 2005년 12월 23일 제313-2005-00277호
주소 경기도 파주시 회동길 357 2, 3층
대표전화 02-704-1724 **팩스** 02-703-2219 **이메일** dasanbooks@dasanbooks.com
홈페이지 www.dasanbooks.com **블로그** blog.naver.com/dasan_books
종이 한솔피앤에스 **출력·인쇄** (주)갑우문화사

ISBN 979-11-306-1193-8 (03810)

• 책값은 뒤표지에 있습니다.
• 파본은 구입하신 서점에서 교환해드립니다.
• 이 책은 저작권법에 의하여 보호를 받는 저작물이므로 무단 전재와 복제를 금합니다.
• 이 도서의 국립중앙도서관 출판시도서목록(CIP)은 서지정보유통지원시스템 홈페이지(http://seoji.nl.go.kr)와
  국가자료공동목록시스템(http://www.nl.go.kr/kolisnet)에서 이용하실 수 있습니다.
  (CIP제어번호 : CIP2017007849)